往生书

SALLY KOSLOW
THE LATE, LAMENTED MOLLY MARX

【美】萨莉·科斯洛 著

龚容 译

人民文学出版社

世界的真正奥秘，是那看得见的，而非那看不见的。

———奥斯卡·王尔德

1

当初我幻想自己的葬礼，脑中浮现的可不是眼下这一幕。首先，我希望自己是个尊贵的九旬老太，已有资格被人赞为优雅端庄；亲朋好友在我面前围成扇形，淡淡的忧伤像蕾丝一样把他们连起来。

我当然希望葬礼能在一个更美丽的地方，也许是一座海边的石头礼拜堂，灰紫色的海浪訇然作响，淹没了送葬者的啼哭声。不知怎的——我连苏格兰人都不是，我竟然渴望穿坎贝尔格子呢裙的男子将吹奏着风笛，有几个迷人矜持的孙子，甚至曾孙，被哄着背诵他们自己的动人诗句。我不知道他们的红鬣发是谁遗传的，因为我的头发漂染成金色，像尺子一样顺直。那些丧失亲人的人，真难以置信啊，这些泪眼婆娑的老人竟然是我的亲骨肉——他们用亚麻手绢擦拭着泪水，尽管在其他场合，他们只用纸巾。葬礼在日落之前不久举行，空气里弥漫着紫丁香的幽香。春天。至少在我出生的地方，在芝加哥的郊区，紫丁香意味着漫长的冬天已经结束，生活又将重新开始。

我没想到会待在这儿，一座洞穴似的、灯光幽暗的曼哈顿犹太教会堂内。我没想到，我被四百多人包围着，其中三百多人，我都想不起来曾和他们交谈过。最重要的是，我没想到自己年纪轻轻就会死去。噢，也许有些人觉得三十五岁不算年轻，而我却不这么认为。这个年纪死去实在太年轻了，因为当我的故事还没有完全开始时，它也没有结束。除非确实如此。

她死了，所有那些坐在教堂靠背长椅上的人一定是这么想的。真丧气啊。在最后这个问题上，他们都错了。实际上，如果教堂会众知道我的整个故事——最终，我也希望他们会知道，因为我需要有人站在我这边，而不是他那边，尤其不能是她那边——有一点会清楚的，那就是我，莫莉·迪万·马克斯，还没有丧失生活的乐趣。在这一点上，我说的是实话。

"要是可以，她会来这儿，"他说道，"要是可以，她会来这儿。"说话的是斯特劳斯·谢尔曼，他在我的右边行使着主教职责。我真希望他是那个笑容可掬的小拉比①，我一直告诉自己该上他的成人教育课，这倒并不是因为我喜爱——曾喜爱——乌干达的犹太音乐。但讲话那人是个高级拉比，每句话他都要讲两遍，像回声一样，因为不够深邃，第一遍就消声了。我觉得我应该放弃这个事实：他就是那种位高权重的拉比，每逢节假日，被邀请到那些捐了十亿美元的大人物家去享用美味多汁的白肉。我的丈夫巴里确信谢尔曼拉比在今天讲话，我不知道他这么做是不是要让我难过。因为每次他给出一条训诫的时候，我都会扭动身体，喃喃自语："现在就杀了我吧。"我讨厌去想，上帝决定满足我的要求。

我意识到，自己对谢尔曼拉比或愁眉苦脸的丈夫都不够好。巴里的那只大鼻子都哭皱了。我发现，当他用黑色西服的袖管小心地擦鼻子时，有好几个人注意到他这身剪裁考究、精纺的套装。是阿玛尼吗？他们想。根本不是。这是一套在米兰附近的一家折扣卖场买的高仿品，不过如果他们认为它是阿玛尼，巴里会高兴的。那是一般人的想法。

也许，一些坐在靠背长椅里的女人，想知道我穿的是什么。棺材

---

① 犹太教的法学博士，法师。

2

还没打开——说说这倒霉的一天吧——可我是穿着一条红裙子下葬的。好吧，确切地说，它是酒红色的，不过有件事却使我面带微笑（不幸的是，这只是个比喻），因为在永恒的天国，我将一直穿着这条裙子，这件值钱的衣服，尽管是在巴尼商店打六折买的。我很少在那儿买东西，因为一般说来那儿就是骗钱的。我敢肯定，如果让我婆婆——迷人的基蒂·卡茨——来为我挑选，今天我应该被填进一件有领扣的衬衫和一条褶裥裤里，那会让我看起来像个相扑手。不过，我姐姐露西出面干预了。露西和我有过开心的时候，她会理解，要是我能穿着这条赴星期六情人节晚会时的裙子下葬，我会多兴奋！

不管我去哪儿，我希望他们注意到这双鞋子——黑缎面，极高的露跟女鞋，脚趾尖露出的角度十分完美。这双鞋我只穿过一次，那个夜晚巴里和我几乎没离开过舞池。我俩旋转摇摆的时候，简直就像在做爱：我们变成了人们眼中的一对。我成了马克斯医生太太，至少他们希望我们这样。我喜欢看巴里以他那种微妙而富于挑逗的方式，移动他那副运动员的身板，喜欢看他怎么把手放在我的腰间，然后为了让全世界看见，再把手搭在我的臀上。真遗憾啊，我们不能一辈子都跳梅伦格舞，仿佛一部弗雷德与金杰没完没了的歌舞片。

我将要去的那个地方有没有舞会呢？我离题了，这会让巴里发疯的。

"我们亲爱的莫莉·马克斯，要是可以的话，她会到这儿来，"谢尔曼拉比说道，这已经是第三遍了。"她死亡的原因可能相当神秘，不过这一点不该由我们来评判。这不该由我们来评判。"

每当有人告诉你不要去评判，你就会评判。这间阴冷的圣堂里的每个人都在评判——包括巴里和我。我能听见所有的话，人们心里的话，还有他们嘴里说的。

"是谋杀。"

"是自杀。"

"是男朋友嫉妒心发作造成的。"

"她有男朋友吗？是那个胆小怕事的人？"

"你们都弄错了。是他有个女朋友才对。"

"如果是自杀，干吗还要大办丧事呢？"

我听到一个自以为是的声音。"对犹太人来说，自杀的话，是埋葬地点成问题，而不是葬礼。"

"他熬不过六个月就会再娶。"

"尤其是他还带着个小丫头呢。"

是啊，还有个孩子。安娜贝尔·迪万·马克斯，差不多四岁大，穿一条天鹅绒黑裙，脚上是一双玛丽·简款的皮鞋。我的小美人安妮正紧握着阿尔弗雷德小兔，她脸上的表情简直能让希特勒落泪。眼下这会儿，我不允许自己去奢想我的宝贝，她正纳闷她的妈咪去哪儿了，这个讨厌的噩梦何时才会结束。假如我可以再活五分钟，这些时间可以用来记住安娜贝尔的心跳，并让她的心跳与我保持一致，勾勒出她小鸟一般的肩膀上的骨头，抚摩她奶油色的柔嫩肌肤。我将永远都是安娜贝尔的妈妈。阿门。

大家叫我什么都可以，可在当妈咪这件事上，我无时无刻不想着把事情做好。我尽量为我的孩子而生活——不是通过她生活，而是为她生活。我试过了。我确实试了。我永远不会放弃安娜贝尔。比起我对她无条件的爱，没有什么东西对我来说更重要了，那是一条延续到现在仍无法割断的长线。我曾得到的最好赞誉来自巴里，在安娜贝尔出生几周后，巴里十分干脆地说："莫莉，你有母性。真的。"

"我们亲爱的莫莉，我们可爱的莫莉，"那位拉比说道，"她身上有太多的东西。对于我们悲痛的巴里来说——婚姻这一个特殊制度的成员——她是他结婚近七年的爱妻，一位他将共度一生的女性。对安娜贝尔来说，她是温柔慈爱的妈咪。对她的父母克莱尔·迪万与德尼尔·迪万来说，她是他们心爱的女儿，对露西·迪万来说，她是她非常让人羡慕的双胞胎妹妹，绝对让人羡慕。对她的同事来说，她

4

是……"谢尔曼拉比翻着他的笔记本，"一本杂志的美编。"

错了。安娜贝尔出生后，我就不再当美编了。最近，我成了一名室内设计的自由职业者——这种人专爱在房间里摆修长的白兰花和羽毛，这样它给杂志拍照后，多数读者看了会自惭形秽，因为他们自己的家绝不可能看起来是这样的。随后，他们会眨一下眼并自以为是地嘀咕，要是有人真住照片里的那种房间，屋里怎么可能连一张装在泰迪熊相框里的全家福快照都没有？谁会当真去买白色的美人榻和刺人的剑麻地毯？怎么清洗啊？然后，他们翻过这一页。

我没有利用中东和平来赚钱，甚至也没有像我的双胞胎姐姐那样在幼儿园里教孩子。可是，我热爱自己的工作，在我所属的这个渺小的世界里，我是一个巨人。我对一个壁炉台所做的事简直可以称得上是艺术。一般人肯定不愿请我上他们家里去，因为怕我会重新整理他们的书架，并建议他们把一半小饰物拿去在 eBay 上卖掉。

"莫莉是一个忠实的朋友，是一个技艺高超的单车好手，是西北大学一位主修艺术史的研究生。"

这位拉比当真要背出我的整个履历吗？揭发我被布朗大学拒绝，并始终只是卫斯理公会教徒的候选人员吗？晒晒我在佛罗伦萨学习大三课程并逃过每堂课的光荣历史吗？提到我曾两次遭解雇，而且两次解雇仅隔了十四个月的事吗？向大家透露巴里和我去做婚姻咨询的事吗？

斯塔福德医生确实就站在那里。天啊！她摆出一副深受感动的样子。我经常想象当巴里和我去她那里进行婚姻咨询的时候，她心里到底在想什么？我怎么上了这两个浅薄透顶、从不反躬自省的新手的当？噢，我有三所私立大学的学费要付。这就是原因。不过，我看见他们在流泪，我敢说他们是真心的。

主赋予，主收回。当他收回快乐时光的时候，我发现，他会拿一种精准的屁话侦察器来补偿你。这可以算作一种渺小的安慰，可我觉得我会喜欢它的。

"现在，我们有请莫莉的丈夫，"那位拉比说道，"有请巴里、巴里·马克斯医生。"

巴里亲了亲安娜贝尔的额头，松开了握住她的那只手。她瞟了基蒂一眼——基蒂不让她叫自己奶奶——心想要不要朝她靠过去一点儿。"基蒂发出一股怪味儿，"以前她老这么说。"宝贝儿，那只不过是她身上的烟味儿。"我总是这么回答她。"等你以后长大，可别抽烟啊，否则你也会发出怪味的。"但愿安娜贝尔会牢记我的嘱咐。要是她将来变成一个戴鼻环、绣纹身、嘴叼香烟、在东村一带闲逛的十四岁女孩……我也无能为力。

基蒂穿着一身朴素的黑套装——是古驰或者华伦天奴的。要是知道我看不出这两个牌子有什么差别，她会感到震惊，尽管我承认这身衣服对她再合适不过了。考究的裁剪充分显示出一位六十四岁瑜伽爱好者的身材，私底下我们都同意，这样的身材穿上衣服比我都好看。今天，她仿佛抢劫了蒂凡尼精品店的一层楼似的。对基蒂来说，好东西越多越好。她戴着一副指关节那么大的钻石耳环，别着一枚胸针，胸针上镶着蓝宝石与翡翠，犹如尼亚加拉大瀑布一般在她胸口上流泻着宝光。她腕上套了一只手镯来搭配胸针，夹着一只黑蜥蜴皮手袋，不消说，那是用来放香烟的。

我希望终有那么一天，安娜贝尔能继承基蒂的一些小首饰。我不是说我死了基蒂会很高兴，不过，最起码她现在有了不传给我任何首饰的好借口。

巴里来到这家犹太礼教会堂前，一跃登上六级台阶，他清了清喉咙，从上衣口袋里掏出几张便条。他唰的一声把它们撕成两半。我就知道他会那么干的！去年在我姨妈朱丽的葬礼上我们也见过类似的表演。他是否觉得我娘家人不会注意到他的这一剽窃行为？噢，他才不会真地在乎他们，难道不是吗？更糟糕的是，除去迪万家的人，圣堂内的每个人都对他那种撕心裂肺的忧伤感到很受用。四面八方，我都听到有人在呜咽并抽鼻子，看到有人陪着掉几滴眼泪。

"我还是大学高年级生时，就爱上了莫莉。"他开口说。

我当时念大学二年级，他那时还是医科预科生，最后还有一门二十世纪艺术的公共课需要修学分。他在昏暗的大教室里我旁边的位子上坐下了。巴里想成为一名收藏家，他对我说，我记得自己当时认为他的这种谈吐颇为自命不凡；在我认识的人里，他们想拥有的艺术品顶多是一幅亚历克斯·凯兹的小狗石版画，要么就是在毕业生画展静悄悄的拍卖会上成交的一件学生习作。不过，巴里梦想的是规模更大的东西。五年以后，我发觉他成了一名整形医生，住在曼哈顿的西奈山地区，对这一点就不感到奇怪了。假使有人天生就有引诱女人去做整鼻手术的本事，那就是巴里·马克斯了，在他精心设计的推销术里也包括自己的鼻子。

今天来参加葬礼的人里，他的病人少说来了四十个。所有那些长着精致匀称鼻子的哭泣者中，没有一个是我的死党、杂志社同事、书友会朋友或骑脚踏车的伙伴。巴里的病人之间是否有电话联网呢？就像安娜贝尔所在的幼儿园也有一个，每逢天气恶劣，这个系统就会发挥作用。会不会清晨五点半就有人开始打电话了，"抱歉把你吵醒了，但我猜你准想知道巴里·马克斯又恢复自由身了。他妻子的葬礼十点举行。请转告其他人。"

"有关我的妻子莫莉，以下这四点你们应该知道一下，"巴里说道，"首先，她是这个世界上笑声最悦耳的。你们许多人都知道她的笑声。正是因为那种笑我才娶了她。我无法相信以后再也听不到了。"

到目前为止，一切都还过得去。说实话，以前确实有过许多笑声，没人会觉得巴里娶我是因为我的乳房，大多数整形医生老婆的乳房要么小得像油桃，要么大得像西瓜。

"第二，莫莉是我认识的人当中最诚实坦荡的一个。在这一点上，谁都比不上她。她对自己的缺点……"

他这是要开始讨论我的缺点吗？

"……还有我的缺点，都很坦然。"

这里面是否也包括我对他坦白过我跟半数朋友都调过情？

"第三，我认识的人里头谁都不如她那么热爱生活。她真该活到一百岁才对。"

对此我没有异议。

"还有一件事……"巴里结结巴巴地说，"还有一点……"他微微垂下头。不用谎言探测器我也能察觉到，他一定是真的感受到了丧妻之痛，因为他头上的犹太帽掉了，这样礼拜堂里的每个人都能看到他头上的那块小枕秃。巴里并没有冲过去把犹太帽捡起来戴回头上。谢尔曼拉比上前用胳膊搂住他。巴里朝棺材走过来，亲吻了一下自己的手指——那根戴着婚戒的手指，他总把婚戒放在抽屉里——接着，把手指压在桃花心木的盖板上。然后，他回到自己的座位上，把安娜贝尔拉到他的大腿上。

我猜想别的事我都不会知道了。

"莫莉最亲密的好友，萨布利娜·劳森，现在想发言，"那位拉比说，"有请萨布利娜·劳森。"

我很高兴布里自动提出致悼词，因为我可以很肯定地说，布里是我朋友当中唯一没有被巴里魅力所俘虏的人，最近她已经决定当同性恋了。在我们还是室友时，她肯定还不是同性恋呢，可是去年，她遇到了才华横溢的智利建筑师伊莎多拉，后来她搬进了她为布里设计的阁楼里。在布里走到前面之前，伊莎多拉在布里嘴唇上温柔地亲了一下。

我始终为有布里这样的朋友而骄傲。我们是一对好搭档。她身高几乎有六英尺——在做律师前她当过模特儿——而我顶多只有五英尺三。今天，她那一头富有光泽的茶褐色头发在脑后打了条辫子，上穿干净清爽的白色短衫，下配完美的深灰色长裤。除了她的心外，布里身上的一切都是硬线条的。

在我的朋友圈里，布里最早尝试同性之爱，却从不为此沾沾自喜。我很高兴她找到了伊莎多拉，却不敢拿我的生命（要是我真的还有生命的话）来打赌说，布里就不会再返回到异性恋的队伍里。我无法相信像布里那么喜欢男人的人会彻底放弃他们。她以一种随时准备停顿的压抑语气念道：

> 有比睡眠更宁静的东西
> 在这内心的房间里！
> 它胸脯上戴着一根嫩枝——
> 不会说出它的名字。
>
> 有人摸它，有人吻它——
> 有人摩挲它懒散的手——
> 它那单纯的引力
> 我无法理解！

我对诗歌的鉴赏仅仅停留在读读卡明斯，而布里的床头柜上摆的是艾米莉·狄金森的诗集。当她念到这首诗的最后一行，她咬着嘴唇，泣不成声。

> 当心地善良的邻居
> 聊起"早逝者"——
> 我们——会含蓄地说，
> 鸟儿已经逃走了！

过了一会儿，布里继续说："莫莉有时忘了吃饭，却有着比旁人更多的精力。她经常央求我跟她一道骑单车远游。就在上周六，她还把安娜贝尔放在脚踏车后座上，驮着她来接我，提议我们蹬着车子去布鲁克林桥那边吃饭……"她还回想起一件事，有一次我俩在阿斯彭的一条山道上迷了路。我心里纳闷，大家这会儿会不会认为我是一个四肢发达、头脑简单的粗人。

"我们还有最后一个要发言的人。"谢尔曼拉比说道，"请迪万家的露西上来好吗……?"

没人把我俩当姐妹。我们是异卵双胞胎，可我很奇怪，为什么没有一个更合适的术语来称呼这一现象呢。我们行受诫礼①时，露西比我高八英寸，重四十磅。当露西的乳房已经发育成熟的时候，大家都对我还没有经过青春期感到大惊小怪。但我知道她讨厌把我当成她的迷你版，我却认为她只不过是胖了一点。嫉妒像一只红辣椒，为我俩的关系调味。大多嫉妒来自露西。我结婚了，而她与其他人的一切联系都中止了——往往是那个小伙子搬到另一个州居住，却没有留下来的地址。我有了一个小孩，她也不顾一切地想要一个。大家都误解了露西。虽然她不是一个很好相处的姐姐，但我很喜欢她。

"莫莉和我还只有五岁的时候，"她说道，"她告诉我花椰菜是一种动物，我的真名叫穆西。我们是莫莉和穆西。"

她可真会挑时间啊。圣堂里的人哄堂大笑。我很抱歉我让她一直顶着那个名字，这种情形一直等到她去上大学时才改观——她考进了布朗大学——我父母大约花了两千美元为她治疗。露西滔滔不绝地说了一大堆自七年级起我俩的轶事。来送葬的人纷纷查看自己的黑莓手机。"我要告诉大家一件事，"末了她这样说，"我们会找出那个害死我妹妹莫莉的凶手。听着，要是你就站在这儿，迪万一家一定会把你找出来。"听上去我姐姐就像在竞选前一天晚上发表演讲似的。

大家蓦地回过神来。谢尔曼拉比一点都不喜欢露西讲话的腔调，这就跟有些人在他举行庄重仪式时嘁嘁说话一样讨厌。他急匆匆地朝露西走去，露西狠狠瞪了他一眼，这个动作同时也吓走了她最近才交的五位男友。她俯视着巴里，他不敢去迎接她的目光。

---

① 保守派和改革派犹太教庆祝女子满十三岁的典礼。

"下葬仪式不对外开放，"谢尔曼拉比说得很快，"不过今天晚上，马克斯家里将举行七日丧期哀悼活动。"他大声念出我家的地址，随后，有个陌生人突然放歌起来，她长着一只明显出自巴里手艺的鼻子。伴随着犹太教会堂里的涡轮管风琴，她的声音越来越响亮。"我可以飞得比鹰高，"她唱道，心里很清楚要去百老汇登台，曼哈顿的上西城可是最近的一条通道，"因为你就是我翅膀下的风。"

我感到很屈辱。感谢上帝此刻我待在棺材里。每一位我真正的朋友——这间大堂里至少有六十个——和我父母、姐姐、姨妈和舅舅们一样，都为这不光彩的一幕闹剧感到窘迫。这首歌是不是巴里弄出来的恶作剧？要不就是基蒂？

杀了我，现在就杀了我。

2

我不知道自己是死了还是活着。我记不起来了。河滨礼拜堂的尖顶。浑身都疼。一片漫长、没有尽头的黑暗。

这可不是我原先计划的。我的脚踏车呢？它去了哪儿？

我听见河流声，很有规律，就像脉搏。我本能地数起浪头，这跟我虚弱的咚咚心跳声很合拍。一，二，三……四十二，四十九……一百零一，一百零二。

冷啊，冷啊，冷啊。

下雪了。雪花飘到我脸上。

妈的，太冷了。

我仍然戴着一只骑脚踏车时戴的手套，它已经撕破了，沾满血迹，露出我生着冻疮的手指。

从来……没有……这么……冷过。从来……

吐出一丝微弱的呼吸，我走了。一片叶子飘下来，一点烟灰从香烟上掉落，一颗露珠在一片花瓣上蒸发。

就⋯⋯像⋯⋯那样⋯⋯没⋯⋯什么⋯⋯大不了的。

我以前看过太多的烂片。并没有沿着一条笼罩着可怕白光和响着竖琴声的通道走下去，还有⋯⋯再说，像普罗旺斯奶油一般的云朵。我走过去，只见到一片黑暗，只听到亨利·哈得逊公园大道上嗖嗖嗖的来往车辆。

黎明时分。躺在以岩石为界的哈得逊河与自行车道之间那片乱糟糟的矮树丛底下，我听见不到十英尺开外的地方，有人跑步的声音。每年的这个时候，很少有人会经过这里，他们的目光凝视着前方，因为这里不是中央公园，一个公众聚会的场所。这条路荒凉而狭窄。"只有傻瓜才会在这里跑步，"巴里曾对一个夸口在河边跑步有多清净的朋友这么说。"我同样也不明白，你干吗要把自行车骑到那里，"他掉过头来对着我，又来了一句。

这是我最心爱的短途旅行，骑自行车直达乔治·华盛顿桥，那里有盏小小的红色灯塔，巍然不动地守卫着它巨大阴影下的一小块土地——对我来说，这是一处小小的私人圣地。我喜欢给安娜贝尔朗读有关灯塔的那本小红书，就像我喜欢妈妈给我和露西读它时那样。

那些跑步的人还在跑，随后我听见她的声音。"噢，我的天呐！"她轻呼，低得几乎听不见，随后，她又喊了一遍。她的脚步声越来越近。在我的两腿上方，站着一个穿黑色紧身运动裤、披宽松风雪大衣的女人。她摘下一只iPod耳机。"你还活着吗？"她冲我大喊。"你还活着吗？"她又试了一次，还是不管用。她一边推开盖住我上半身的悬钩子的枝蔓，一边低声把这些话重复了一遍又一遍。

她的声音给堵在了嗓子眼里，就好像她在梦里尖叫。她掏出一只手机，脱掉手套，使劲拨打911呼救。

"我正在河滨公园内，"她趁着喘息的空档说道，"这儿有个女人——我不知道她是否还……活着。"

我知道我的这位守护神的名字叫安吉拉,她是哥伦比亚大学哲学系的毕业生。在她的余生中,她始终都不会忘记我死亡时的可怕样子,对此我深感歉意。

警察和医护人员到达之后,判定我已经死了好几个钟头。后来他们又说,并没有我的失踪记录。

3

我得承认,我即将安葬在新泽西州,这个地方集中了巨无霸折扣店、震耳欲聋的口音和炼油厂。公园州?别胡扯啦!

我父母希望可以把我空运回芝加哥,就让我愉快地栖息在菲莉斯奶奶和路易爷爷身旁。基蒂觉得把我像运行李箱那样送走,这主意也不赖。在生命终结的那一天,打个比方吧,她很可能想在她的独养儿子身边占一个空位——除了双人床之外,天底下还没有哪样东西能比这个更好的了。不过,巴里选择了芝加哥。"莫莉姓马克斯呀,"他嚷道,"家族墓地里有她的一份。"

然而,出现了一个小小的意外:巴里的父亲和爷爷就安息在这里,在贝尔蒙特公园跑道上听得见的范围里,贝斯·戴维公墓的不动产墓地内只能再挤进一名姓马克斯的人。所以,巴里在离我的旧家很远的地方——一个真正有围栏、名为"避风港"的社区内,为我买了一处新家,动作比他挑选笔记本电脑还要快。我离宜家永远只有六个出口的距离。实在是浪费啊,我什么家具也不需要,因为我有足够的时间来辨认方向。

在犹太教礼拜堂外,下起了一场冷雨。大多数送葬者又返回到日常生活中:工作、赴午餐约会、去托儿所接蹒跚学步的小孩。三辆豪华轿车堵在教堂入口处。巴里、安娜贝尔和基蒂挤进一部轿车里。我父母和露西挤进另一辆。马克斯家和迪万家的人钻进第三辆的后排。伊莎多拉和布里开着一辆英国产的美洲豹绿色跑车在路上飞驰，与此同时，至少有二十辆不那么有名的汽车，载满了我的朋友、邻居、姑表兄弟姊妹和同事，尾随着灵车。

尽管这会儿还只有十一点半，汽车前灯在蒙蒙细雨中打出亮光。我觉得自己就像齐佩瓦谷高中行进乐队的一名女指挥。大约两个月以前，我们在自家客厅里，被一大群吵吵嚷嚷的人包围着，站在看得见中央公园西手景色的那扇窗前，观看感恩节的游行。因为喝了巴里掺了大量伏特加的血红玛丽——不，我猜是大鸟①的缘故——很少有人会拒绝我们一年一度的邀请。

一辆眼熟的黄褐色吉普车加入了迟疑不前的汽车队列中，却在一百二十五号大街的地方猛然驶离亨利·哈得逊公园大道。那是卢克乘坐的车。

如果卢克随大流，那可能会显得奇怪，对每个人来说，都会显得奇怪，除了我。我会愿意他也跟去，那一袭黑大衣打在他长腿上哗哗作响，他脖子上系着一条淡蓝开司米羊毛围巾，那是他生日时我送的礼物，映出他眼睛的颜色，还微微散发着我香水的味道。他有没有哭？他有没有无声地诅咒？他有没有向我的双亲、向巴里自我介绍？他有没有把安娜贝尔拉到胸口上抽泣呢？他怎样替自己解释呢？问题太多了。

也许这就跟他没来一个样，因为我们已经到了墓地。下葬仪式很草率，令人无法忍受。安娜贝尔把脸躲到巴里身后去。我父母——看上去一下老了十岁，去年他们刚迎来六十二岁生日——他们相互依偎，露西则仿佛一株根系相连以求相互支撑的脆弱植物。掘地工花了好大力气才把棺材摆到墓穴中央。我同样也艰难地躺在了墓地中央。我的

---

① 美国照相侦察卫星。

14

注意力集中在附近一条积满尘土的花岗岩长凳上，心中纳闷，巴里和安娜贝尔会不会回来坐到上面，跟我说话。要不巴里会一个人来？他会向我道歉吗？或者找一个抱怨的理由？

　　用希伯莱语和英语祈祷的人都有。随后，我听见了，砰地一声巨响。就像一枚炸弹，一铲泥土猛地落在棺盖上。巴里——他是健身馆里每个三十八岁男人都羡慕的对象——以运动家的热忱抛下一把泥土。接下来是我父母。大约隔了半分钟，我感到一阵悸动。露西把安娜贝尔带到坟前，她把戴着紫色连指手套的小手放在露西光秃秃的大手上，然后撒下一把新泽西州的沙土，土掉到我没有受伤的左肩上。布里和伊莎多拉互相搂着细腰，走到棺材附近，也做了同样的动作。基蒂退后一步，头侧到一边。在队伍末尾，有人蹑手蹑脚地靠近棺材，丢下一把泥土。由于他们对我所信仰的宗教习俗很不了解，比如，当看到每位犹太教信徒停顿了十秒钟，然后为死者唱起祈祷的《卡迪什》来，他们就感到很吃惊。"颂扬赞美主按照他自己的愿望……"这种异国的却很熟悉的临终话语深深印在了我的身体上。这首神圣的插曲是专为我，为莫莉·迪万·马克斯而唱的。

　　"创造了这个世界。"《卡迪什》唱完了。阿门。巴里匍匐着爬回墓穴，在避风港墓地大块头员工的帮助下，用泥土盖住棺材，直至它完全被掩埋。今后我再也不会向人抱怨缺乏隐私了。

　　"我饿了，"我听见某个人在说。用英语译过来的话，我相信这句话是《卡迪什》的最后一行赞美诗。

　　"在莫莉和巴里家摆了酒席，"有个声音在重复我家的地址。

　　"是扎巴的菜还是巴尼·格林格拉斯餐馆的菜？"

　　"还要好一点，在那儿呢吧！"

　　参加葬礼的人散开了，留下我独自一人。我心想，在返回曼哈顿的路上，他们当中有多少人会在四号公路买点东西？

4

四年前，巴里和我搬进了这套公寓。当时我怀上安娜贝尔已经七个月了。在那之前，我们一直租住简大街上的一套一室户公寓，房子像儿童玩具室那么大，那是我在我们订婚那一年找到的。在这幢赤褐色砂石建筑的背后，我们的公寓俯瞰着业主的花园。每到五月，从我们的厨房那里，可以看见一株山楂树鲜花盛开，每逢冬季，可以看见松鼠在采集黑核桃。我通常不按常理出牌——井井有条从来就不适合我——不过有时，在外出工作之前，我会腾出时间吃一个涂着苦橙酱的圆烤饼，并和着格雷伯爵茶一起吞下，让自己幻想我这会儿是住在伦敦。

待在这个温暖舒适的小角落，让我们的宝宝躺在大床边上的摇篮里，我会感到很满足。然而，基蒂却一再坚持，要是潜在的病人觉得我们无法负担更大一点的房子，这对巴里开业行医会很不利。谣言会满天飞——候补整形外科医生做过调查。巴里和我对住郊区都不感兴趣，格林威治村附近也很难找到面积大点的公寓。如此一来，我们就在纽约的非闹市区住下来。巴里想住到东面，他说这样离女子学校近些，我倒疑心真正对他有吸引力的，是他母亲住在七十七号大街和公园大道的岔路口。我恼羞成怒地告诉他，虽说我和附近的妇女一样，喜欢望着麦迪逊大街的橱窗发呆，可我永远都不会年纪大得住到那个地方去。如果我们真要住到非闹市区，我幻想自己住在滨江大道上，对我来说那——住在格林威治村附近——就像英国跟曼哈顿的关系一样。

我们在中央公园西面的一套房子里安顿下来，那是一条与东部地区风格相仿的街道，横跨中央公园西部，每周三那儿的每位业主都会收到《纽约时报书评》。我试图说服巴里让我以一种新维多利亚的风格重新布置它。我迷上一种叫紫葡萄蓟的油漆色，迷上一种仿锦缎的墙纸，还有一只栖息在六英尺高铁笼里的孔雀标本。在我们那古典风格的六尺二的大卧室里，还附带一个我们的保姆德尔菲娜睡觉的小房间。我想铺上土耳其旧地毯，摆上皮面豪华精装的奥斯汀文集，还有旧脚凳。也许再养一条英国小猎犬。我渴望从我家前门穿过时可以甩掉整个二十一世纪。我与巴里分享了我心中的美景。

"我在哪里放我的等离子电视呢？"他问。"莫莉，你在说胡话吗？让我住你描述的那种公寓，我还没那么老呢。我简直能感到那灰尘让我的哮喘复发了。"他一边像看一个神经病人那样瞟了我一眼，一边把我拉到他怀里。"一定是孕期失调的荷尔蒙在作怪。没关系，宝贝儿。"

我把他推开，奔到屋外，将身后的门重重关上。我的幻想像丢下楼梯的骨瓷一样粉碎了。我可能反应太强了。

我们又妥协了，装修和其他任何事没什么差别——谁都不会得到最想要的。我们家宽敞的厨房，似乎是属于康涅狄格州新迦南市的那一型，带玻璃面板、刷白漆、带镀镍拉手的橱柜，那种摆满了普通移印青花陶瓷碗和大浅盘的家庭。厨房的台面是奶油大理石，会马上被红葡萄酒弄脏的那种。让基蒂吓了一跳的是，我给旧木地板上了钻蓝亮漆，仿佛动画片《小美人鱼》里的海洋一样。看到后，她说："你干吗不用我的室内设计师呢？"听口气，她已经忍到了极限。"亲爱的，我付钱。"她又说，这句话可以理解为"没品位的傻子"。

"基蒂，我是家居装饰的编辑呀。"我提醒她。

巴里的哑铃在我晚上去洗手间时总会把我绊倒，除了这一点，我还是相当喜欢我们的卧室的。卧室里摆着一张细长腿的写字台，和至少五种柔和花卉图案的布料，那是有一次我为了拍照，从波特贝洛跳蚤集市上淘来的上等织物。安娜贝尔的卧室颜色是小鸡黄，角落里放了一把绿天鹅绒软垫摇椅，旁边是一个书架，摆着那些标志性书籍《爱洛伊丝》、我母亲的那一版《秘密花园》以及一个小姑娘在看《爱冒险家的多拉》前可能读过的所有其他的书。不过，屋里的其他地方都空荡荡的。要摩登的，还是要乏味的，你自己挑吧！

巴里弄来了他的怪兽电视，把整个房间都霸占了。我原来准备在这儿放一张古色古香、专为大型宴会用的餐台，上面雕着精致的树叶。如今取代大餐桌的，是一个只有六人餐位的桌子。电视机前还放着一对斜躺式沙发。对一个牛仔来说，皮质长沙发显得过于男性化。我要说我喜欢的细节有：墙上挂着几幅阴郁的黑白摄影作品，还摆了几件精美瓷器，我现在才意识到，摆这些是说"我最好现在就退出。"

我对这间公寓的态度有点虚伪，虽说比起大多数城市居民的条件来，那已经算相当奢侈了。我希望我可以说自己不是那种不时会小心眼的人，不过，要是连这会儿我都做不到开诚布公，那什么时候才可以呢？我是有不少缺点。我爱说闲话。别人成功了，我不会总是感到欢欣鼓舞。我有时会忘记别人的生日，还过分依赖外卖食品。我热衷于去上"妈妈和小宝宝"亲子课。我从不在第一轮竞选时投票。我每天吃的黑巧克力远远超过六点三克，那可能会降低我的血压。我甚至不清楚六点三克到底是多少。我的体重应该已经轻了五磅。好吧，是八磅。我不常擦我的鞋，总是把鞋子穿到鞋跟都磨损了。我也不洗我的发刷，有时来不及卸妆就睡了。我订阅了两本时髦的名流杂志。除非我父母来访，每周五我宁可去电影院，狼吞虎咽地吃掉一桶爆米花当饭，而不会按照惯例做一餐烤鸡配白面包卷的犹太安息日晚餐。我从来无法填完一个纵横字谜游戏（就连周一那种简单的也做不来），也做不来电脑上的拼字游戏，也看不懂足球。我也根本练不出腹肌来，因为我极少做俯卧撑。我讨厌歌剧和动感单车课。看侦探片时，我从来跟不上情节，即使后来有人给我解说，似乎我只有小学三年级水平。

我本来可以当一个更好的妻子。我俩婚姻里的问题，既是我也是巴里的过错。大家都知道，我总是强迫自己别因他讲的笑话而发笑，它们往往让我们的朋友引用好几年且把你吓得半死，这让他恼火。而我给他讲故事时，我总是采用过多愚蠢的细节。要每隔几个月，我才会给我的丈夫吹一次箫。

我可以接着数落我的缺点，很有可能这么做。有件事我倒做得很正确，那就是雇了德尔菲娜·亚当斯，只付给她基本工资。

今天，德尔菲娜招来她的朋友纳尔西莎，还另请来几名勤快肯干的牙买加流浪儿帮忙。这间公寓从未擦得那么亮过。由殡仪馆提供的暗黑的合成纺织品，遮住了休息室的大镜子。按照犹太教习俗，客厅周围到处摆着矮墩墩的纸板箱——直系亲属可以坐到上面——像网上的广告那样突然冒出来。

在钢琴上方，一大束白玫瑰旁——花肯定是德尔菲娜买的，因为犹太人并不喜欢在悼念死者的时候摆花——起码有十张装在相框里的照片给凑到了一起，像跳康加舞似地排列着，展示了莫莉·马克斯的生活：还是新生儿的露西和我；万圣节前夕扮成马利布芭比娃娃的我；我的高中毕业照，这张照片无疑证明了奥黛丽·赫本式的棕色短发不大适合我；布里和我进大学毕业后背着背包度罗马假日；我穿着无肩带礼服的结婚照，这件衣服现在为安娜贝尔精心保存着；孕期挺着大肚子的我；穿泳装的我，该死，穿比基尼泳装的我，样子不像我想得那么难看，这让我盼望要是我每晚都吃甜食就好了，正如厨房冰箱贴上建议的那样。

"她挺招人爱的，"一个浅黑肤色、穿紧身黑麂皮裤的女人这样评论，"是美国中西部式的可爱，"这个陌生人到底是谁？她怎能在一周服丧期的头一个下午就那么自在，竟然评论起我的长相来了？她一定就是在葬礼上独唱的那个人的朋友，因为她们曾一起走到巴里面前，给了他一个久久的拥抱。

"马克斯医生，你失去了妻子，我感到很难过。"穿黑裤子的人一边说，一边把她的手搭到巴里的手臂上。"我叫珍妮弗，是阿德里安娜的妹妹。我要向你表示慰问。"

值得赞扬的是，巴里并没有延长谈话，尽管——我无法肯定——

19

他也许用手在阿德里安娜装腔作势的屁股上很快拍了一下，也许这下拍得太长了。我确实注意到他衣服的翻领上戴着一条有裂缝的黑缎带。如果他真的遵守传统，他就该把他的丧服弄短，否则那会让他很丢脸的。这件衣服很昂贵，尽管它是冒牌的。

"真是太浪费了，"我听见露西说道。她这是在说我的生活、我的死亡是一种浪费呢，还是指这里的食物是浪费呢，我无法肯定。我想她指的是食物，基蒂本来订购的美味佳肴，再加上客人们送来的食物，把餐桌上的每寸地方都给占满了：大量产自加拿大新斯科舍省的烟熏鲑鱼，撒了水瓜钮嫩果的黑鳕鱼，腌鲱鱼，鲟鱼，白鲑色拉，拌过奶油干酪的带或不带嫩芽的细香葱，百吉圈，比亚利碎洋葱面包卷，还有巧克力和肉桂味的老妈妈蛋糕。更多的老妈妈蛋糕。所有这些，伴着一杯接一杯的高热量咖啡被吃得精光。基蒂一定也租来了这种场合用的杯碟餐盘，因为我那套蒂芬妮牌的十人用瓷器，那套山雀图案的青花瓷，哪儿也看不见。精光锃亮的银碗里堆满了腰果和松露巧克力，茶几上珍馐美味排得满满当当。明摆着，基蒂让德尔菲娜和她的手下搞定了打蜡上光的事。我对那套公寓的清洁工作一直很马虎。这是我第五十一条罪状。

到了四点钟，来凭吊的一下子超过了一百人。客人们把他们的外套挂在楼下休息室的衣架上。在我们家的前门，德尔菲娜的妹妹换掉了平时那条镶金属圆亮片的牛仔裤，穿一条得体的连衣裙，优雅地接过绑着红带子的点心盒。如果把客人送的乳格拉饼干首尾相连，都可以铺一条通往斯卡斯代尔去的路了。在厨房里，盛着三明治和水果堆的大浅盘——新鲜水果和果脯——被精巧地放在有色塑料包装盒内，由快递员送到公寓后门入口处。我敢说我的母亲和姐姐最后会去核实城市之果教堂是否接受捐赠。

"莫莉会喜欢这个聚会的，"布里一边说，一边把一块涂着白巧克力的椒盐脆饼掰成两片，然后将其中一半喂给伊莎多拉。不错，一个派对像什么样就会成什么样。五点半时客人都不见了，却在八点钟又以三倍的威力回来了，这时谢尔曼拉比要举行一个简短的仪式。

祷告结束后，安娜贝尔开始撑不住了。我的父母把她送到床上。小兔子阿尔弗雷德摆在她旁边，她的拇指伸进嘴巴里，虽说她已经有一年多没吮它了。她那双严肃的蓝眼睛不到一分钟就闭了起来。

我的魂灵来到她身边。我用胳膊搂住我那幼小的、没娘的孩子。我使出我所有不可思议的力量，让她梦见我们俩在一起，使她能感到我有多爱她。我回想起她过三岁生日那天，每位客人都带来一个她最喜欢的洋娃娃，我们搞了一个真正的庆生茶会。"妈咪，我们可不可以每年都来这么一次？"安娜贝尔曾这么问。"那还用说吗，安妮贝尔，这会成为我们的规矩。"我已经开始策划她的四岁庆生会，我希望那时订购一套真正的茶具。商品目录单就在我的床头柜上。现在又会怎样呢？巴里会不会带她去麦当劳，雇一个变戏法的人，再送她一套电子游戏？

我希望安娜贝尔可以像我一样做那个庆生茶会的梦，但她累得都做不了梦了。她深深地叹了口气，身体蜷成胎儿的姿势，犹如一个小小的逗号，只有透过柔软的白毯子，才能瞥见她的棕色发卷。我吸入她那易碎的天真，同时数着她甜蜜的呼吸，巴望我的心可以随她一起跳动。随后，我逼自己返回客厅，和近一百五十名来客一起激动着。这是为什么我从一开始就没有看到他。卢克是和他的生意伙伴西蒙一起来的，他带来一株种在白瓷瓶里的白水仙。我肯定任何注意到卢克和西蒙的人都认为他俩是一对儿：模样登对的帅哥，脚上都穿着意大利上等细羊皮懒汉鞋。

西蒙朝他认识的人走去。卢克在房间里寻找着。"您一定是卡茨太太吧。"他一边说，一边朝我婆婆走去。我婆婆显得很吃惊，也因为自己引起了这位黑发陌生人的注意，而感到相当得意。

"您是……？"

"卢克·德莱尼，"他回答，"我是莫莉的朋友。"基蒂没反应。"是工作上的朋友。"

"卢克？"她说，"是让一卢克·戈达尔的卢克吗？"

我听见他心里在说，是《铁手卢克》的卢克，我就是那么称呼他的。"是天行者卢克。"

基蒂不明白他指的是谁。"你说你和莫莉在哪里共过事？"她问道。

卢克面露喜色，他眼角都起皱了。"我是个摄影师，"他说，"我们是在伦敦拍照时遇上的。"

基蒂没接茬。

"莫莉很有才华。"他又说道。

"这我知道，"基蒂说道，"你认识我儿子吗？"

"不认识，"卢克说道，"不过当然啦，莫莉一直跟我讲起他。"罪名成立。

基蒂左顾右盼。卢克觉得她这是在找巴里，我却知道她只是假装这样，因为她对卢克丝毫不感兴趣，这样很好，因为卢克也不想去认识巴里。今晚不想，以后每晚也不想。基蒂道了声歉就离开了。卢克朝陈列照片的钢琴那里走去。

他盯着的那张照片，是我搂着满月的安娜贝尔。我听见他心里说，你们都很美，两个人都是。尽管照片里的我素面朝天，头发只是简单地剪了一下，还用洗发水洗过。等他发觉旁边没人注意时，轻轻摸了摸我照片里的嘴唇，仿佛他真能感觉到它们的存在。他的手指来回移动着。我发誓我可以感觉到他指尖的热度。

5

"我一直在想，我本来可以做点什么的。"

"你根本没有生活在这个半球上，"布里的情人伊莎多拉小声说。她用杏仁油在布里顾长的背上轻轻按摩，从她健硕修长的肩膀开始，在她光滑的橄榄色肌肤与心形臀部上部的接合处停下来。我移开视线，那不光是因为我始终认为布里的臀部长得比我好，无论我瘦得多么皮包骨似的，我的臀部倒是酷似裙撑的形状；也是因为我从来不对女性之间搞恋爱感兴趣。

"不过，肯定在什么地方有线索可循，"布里从那张整理得很干净的白色大床上坐了起来。她原先的辫子已经松开，一头深褐色的秀发铺散在上过浆的枕套上。这间仓库改造阁楼的设计显得井然有序。每一处表面不是黑色，就是白色，地板是深胡桃木的那种，每一片金属制品——下至门铰链——都是哑光的不锈钢制品，上面连一个指纹印都没有。书籍和杂志都整齐地堆放着，似乎一丁点的不整洁，就会引得主人每天拿一把丁字尺跟在后头暴跳如雷。家具则是来自二十世纪中叶那些可敬的设计大师的真传。这里是那么一尘不染，我恨不得穿着摇滚演唱会上那种男扮女装的衣服，手捧着一束染成铁青色的康乃馨出现。

为了像伊莎多拉认为的那样过日子，布里放弃了四分之三的私人物品。伊莎多拉可能还不知道，这些东西并不是像布里让她相信的那样，是在克雷格列表网站上卖掉的，而是在布朗克斯区租了一个小仓库存放。最起码，布里在那点上听了我的话。我马上可以跟你打赌，她巴不得自己能裹在一条老奶奶的棉被里，坐在一张摇晃的蓝椅子上来回摆动，那椅子是我们在雄鹿城的一次谷仓甩卖中赢来的。

"线索？"伊莎多拉说道。"类似神秘的电话那种吗？"

布里的脸胀得通红。

"我只是在讲笑话。"伊莎多拉以她西班牙人的那种诱人喉音说道。

"我曾经希望，"布里说道，"起码会有一张明信片的，上面写了一句什么话。"

"呃，纽约的邮政系统可能出了问题，"伊莎多拉说，"可都过去一周了。"她去握布里的手，布里却套上她那件奶油色浴袍，走到窗前，直勾勾地盯着下面的街道。"我很抱歉，"布里的情人这么说，"我知道

23

你很受伤，我希望我可以帮点忙。"

伊莎多拉离开了房间。她意识到这会儿帮不上忙，无论说什么都不能安慰布里，或得到她的好脸色。布里一直呆望着瓢泼大雨。"我能感觉到你，莫莉，"她轻轻自语，"知道你就在这儿，在附近。我说不清楚。我起誓我闻到了你的香水。"每家免税店都会骂我，在我生前的最后五年，我每天只擦一种叫"永恒"的香水。我浴室的架子上还放着半瓶。

"是啊，我在这儿，"我说，"转过头来。"布里是那种女性都渴望得到的朋友。她身上丝毫没有过分黏人的地方。不过，她总让我知道她只需要我身上的那些好东西。布里把更好的那个我给激发出来。在她面前，就算只是打打电话，我也会随机应变，试图显得更幽默更快活更敏锐。我希望她知道此刻我就在她身边。"我在这儿呢。"我说道。

布里望着窗外，什么也没看见。"莫莉，给我发个信号吧。"她说。

6

"我是鲍勃，"他一边说，一边握住我的手，"我被委派当你的向导。"

"你是天使吗？"我读了太多德尔菲娜留在家里的《路标》杂志吗？

他是一个方下巴、穿戴整齐的黑发男人，就像梵蒂冈在电视上做宣传时用的年轻牧师那么精力充沛。"你是吗？"鲍勃严肃地问。

我是吗？

鲍勃清了清喉咙，放声大笑。"是的，莫莉，你真幽默。我们试图不像天使那样含蓄。对我俩，这有点夸张。你就把我当私人教练、导盲犬、兄长吧。"

"我从未有过兄弟。"

"我们知道，"鲍勃答道。"这也是我被委派给你的一个原因。稍后我就会向你自我介绍的，不过，你似乎是靠自己领悟事情的人。"

这是赞美吗？

"是的，"鲍勃说，"你可以把它当成赞美。"

"谢谢你！"我说。

"不瞒你说，这几天来，我一直在处理我那些更穷苦的案子。你知道那是什么样的。我无法从一个等腰三角形里看出什么来。"

我试着去回忆它们会是什么样，或者我是否真的见识过。

"莫莉，别担心，"鲍勃说，"复数？电子数据表？除非你喜欢做对数游戏，数学在此地完全是一门选修课。"

也许，无论我在哪儿我都会喜欢的。

鲍勃拿出一块写字板。"然而，我们还是应该复习一些基础知识。让我们现在就开始吧，在布里的卧室里，你是从什么时候开始希望联系到她的？"

"什么？"

"每个人至少试一次，"他喷了一声说，"你记不记得你母亲经常说的一个口头禅'就像在跟一面墙说话'？"

妈妈起码对露西和我说过四百遍。"该上床了，姑娘们。"我们不理她，使劲盯着看电视剧《爱之船》。"莫莉！露西！"没人答应。"就像在跟一面墙说话。"她喃喃自语。

我明白了。

"我知道你能懂，"鲍勃说，他眨了眨眼。"要是那样和人交流，你只会令自己沮丧。"他查了一下他的笔记，然后，一屁股在一张麂皮双人沙发里坐下，并拍了拍他旁边的位子。我坐下来。

我从不相信有什么天堂。因为这个原因，我也从不相信地狱的存在。大多数犹太人都喜欢那么做，计划去巴塔哥尼亚和布拉格度假期，却从来不做去天国长途旅行的打算。不过，倘使我真地幻想过天堂，我会把它想成一个硕大无比的古根海姆博物馆，内有不断盘旋上升、直达蓝色苍穹的楼梯，不论我现在落到哪里，再怎么说，看或感觉起来都更像是一个高档的休养胜地。今天可以是圣地亚哥一年中的任何一天，既不热也不冷。我们正待在一个日光治疗室里。从嵌着铅条的玻璃窗里可以俯瞰到一个郁郁葱葱的公园，鹅卵石铺就的小道纵横交错，四通八达。男女老少在小道上健步行走，仿佛他们有地方要去。

"呃，有些新来的人，"鲍勃说，"他们发现自己必须具有一种……嗯……飞来飞去的能力，对此他们有点不知所措。"

"就像昨天那样？"一分钟前我还在安娜贝尔房间里，下一分钟我就在瞪着巴里了。这些都是我移到布里和伊莎多拉住处前发生的事。

"一点不假，"鲍勃说道，"你就是那件臭名昭著的便宜衣服。"

"请你换个比喻，如何？你看壁纸如何？"

"好吧。那么，莫莉，你练过瑜伽吗？"

"偶尔。挺糟的。"

"啊，"他说道，"那么，我可以规劝你的就是，在你让自己切换地方前，从1数到35——也就是你的年龄——怎么样？那是一个我们爱用的词：切换。这有助于你把力量保留到在最需要用的地方。"

"可我怎么能知道什么是'最需要的地方'呢？"我嚷道，鲍勃倒是一副好脾气，连眼珠都没转一下。

"你会知道的，"他一字一顿、清晰地说。而我呢，不得不承认他似乎有一颗温暖的、怦怦跳动的心。"打个比方吧，总统和第一夫人是否也做爱，就不是你要知道的，所以呢，就请你不要去想，如果亲眼看见他们是否共用一间卧室，会多么有'趣'啊。如果是的话，他们又在那里做什么。"

真该死。

"这倒让我想起另一件事来了。你已经发现自己现在拥有一种听到别人心里想什么的能力。"

"这真是不可思议。"

26

"你必须向我保证每次只听一个人心里怎么想。假如你滥用这项特权，它就会被终止。你听见了吗？这就是说，你在监听一个人的时候，就会错过另一个人在想什么。这些就是规则。我不能过分强调。你听过'不谐和音'这个词吗？"

我点了点头。

"要有选择地运用你那听心术的本事，否则，你会觉得自己好像在高峰时间经历一场泰晤士广场地铁站举办的滚石音乐会。"

"鲍勃，你看上去很严肃。"我说道。他宛若一个刚刚丢了工作的肯娃娃。

"你想得真妙，莫莉，"他吃吃笑着说，"我会喜欢与你共事的。不过，还是让我们言归正传吧。如果你不选择每次只听一个人的声音，或每回只留意一个人是怎么想的，我警告你，那你会一下子变回到……"

我明白了。

"现在，来说说你那么微妙地称为'谎话侦察器'的能力。"

我脸红了吗？

他摆了摆手。"这名字就跟其他名字一样好。我会让你知晓一些小秘密。你一直有那种能力。你根本就没想过去激活它。具有这种能力去激活它的人并不多。"

我设法把这些话听进去，可"鲍勃到底有多热心"这念头让我分了神。我把他设想成一个穿着格子短袖衬衫在西亚斯购物的人，两周去剪一次头发，从不忘了用牙线或他奶奶的生日。我心里纳闷，他会不会牵着一头小牛犊去爱荷华州的集市。

"不是一头小牛犊，"他说，"是一头上等大母猪，就跟猪小姐一样棒。也不是在爱荷华，而是在北加利福尼亚。"他微微一笑。"也不对，我不在集市上吃煎得很老的吞基。可这是对的，我是一名雄鹰童子军的成员，玩橄榄球，吹法国号，已经从医学院毕业了。是儿科住院大夫。订了婚。在那场事故发生前，我一直生活得很美满。是由一个大

27

肚子里灌满啤酒的司机造成的。啪的一声。车撞了，人跑了。"

我不知该说什么好。

"没什么好说的。"鲍勃一边说，一边亲切地看着我，眼睛像强光灯一样。"当然啦，除了那一点，你想问什么都可以，早晚都行。什么都行，你听见了吗？在延续期内，我就是你的夏尔巴人，记住了吗？"

不过，我已经受够了。我觉得我好像在经历一场面试，已经被盘问了两个钟头，这会儿一下给不出一个机灵的回答。"我拥有的这些力量，鲍勃，"我终于开口说，"它们能持续多久呢？"

视野里并没出现一架竖琴，不过，有人在学艾尔维斯·普莱斯利，他唱道："我情不自禁爱上了你。"我嘴唇上仿佛尝到了覆盆子的酸甜味。在远处，一丛银河般、带露水的白玫瑰捉住清晨的光线，我们前方的路上弥漫着淡淡的花香。对我的鼻子来说，这香气远比来世更怡人。

"莫莉，我不能告诉你，因为我不知道。我们谁都不知道。不过，你很幸运——对大多数人来说，甚至在他们还没到这儿前，这些力量就消失了。对少数一些人来说，这种力量会永远持续。"鲍勃碰了碰我的胳膊。"我相信，"他说，"我们的力量会持续到需要它们的时候，这纯粹是私人推测。我不是宗教人士，尽管我也不是犬儒主义者。"

我眨了眨眼。

鲍勃走了。就在附近，一只胖乎乎的知更鸟栖息在一根枝条上。我可以发誓，我看到它也眨了眨眼。

7

在柳枝树荫的庇护下，巴里和我在我父母家的后院里举行了婚礼。柳枝上闪烁着——请亚伯拉罕、以撒及雅各布的神宽恕我——圣诞小彩灯。七个祝愿仪式才举行一半，雨水就把我们打湿了，所以听到

"祝新郎对新娘的爱恋不断增长"的时候，我满脑子在想，我的头发会不会鬈起来，想到巴里的时间也只有一小会儿。

在婚前几个月，巴里和我去格林威治村的一家饭店为我庆生——我二十七岁了——我发现我椅子上摆着一个博柏丽盒子。盒子里是一把雨伞，伞上别着一张卡片，巴里在卡片上写了首小诗，关于保护我"抵抗生活中的狂风暴雨"。盒子里还有一枚结实的祖母绿裸钻戒指。

我直勾勾地望着戒指，好像它会爆炸。我们还没谈过一起生活的事呢。我希望巴里出手大方。幻想他会送我一只装饰派风格的手镯，或一对我在萨克斯精品店相中的昂贵的金耳环。这些他都没给我，我们才约会了六个月，他就请我嫁给他了。

"莫莉·迪万，你就是我要的女人，"他说道，"从遇到你的那一刻，我就知道了。"

上大学时，我跟巴里短暂约会过。在那之后，我还跟三个男人认真地交往过：特雷弗，他因为莎拉甩了我；杰夫，是我甩了他，因为我在做爱时昏昏欲睡；克里斯蒂安，我跟他分手倒不是因为他是基督徒，而是因为他认为开胃菜单单就是蘸了很多芥末和卡夫奇妙酱的鸡蛋。

我考虑到巴里身上的优良品质。与小孩在一起时，他很顽皮；他不需要地图就能驾驭生活——这家伙就是全球定位系统的活化身，就我所知，光凭记忆或嗅觉，他就能重新找到五年前访问过的一个偏僻地点，而我却有一种很出奇的本事，应该右转时，总会左转。我考虑到他肩膀的宽阔、腰的纤细、外科医生完美手指的长度和坚定性。我注意到这个事实，他对自己想要什么样的生活心知肚明，相反，我却无法告诉自己，午饭是想吃科布色拉还是金枪鱼。

很显然，他喜欢我、需要我、爱我，这些都很让我欢喜。

我当机立断地决定，二十七岁是最适合跟人订婚的年纪：你青春正富，不会玩世不恭，或者脸上也没有太多褶子，以至于无法穿曳地的白婚纱；这个年纪已经成熟到明白自己要进入什么生活。你也很有希望在生活变得起伏不定、充斥着治疗不育症的专家之前就有所察觉。

巴里·马克斯向我求婚的那一天，他说的都很对："我要全心全意跟你结合。"我的眼泪洒在桌布上。我确实感谢他的求婚。

他肯定是一早就猜到了我会说"是"，因为离开饭店后，我们立刻驾车去了他妈妈住的公寓，起码有六个亲戚和家庭成员，聚在那里举杯祝我俩将来幸福。"为马克斯医生和马克斯太太干杯!"基蒂边说边端起一杯香槟。直到此时，我才想起，有一天我不再是迪万家的人。我的名字尽善尽美，就算有个男扮女装的同性恋胖子与我同名，也是如此。不过巴里响应了基蒂的祝词，也说"为马克斯太太干杯"，而那些祝福简直让我窒息了。那天晚上，在简大街我自己的家那里，巴里放我下车，我才给我父母打了电话。

"哪个拉里?"我父亲问道。

"是巴里，"我说，"巴里·马克斯。那个当大夫的。"

"那个整形外科医生?"我母亲问道。

"他喜欢别人称呼他美容师。"

一阵坚冰一样难以打破的沉默横亘在我们中间。"宝贝儿，你肯定吗?"我妈妈接着说，"你才跟克里斯托弗分手没多久。"

"是克里斯蒂安，"我说，"再说，都过去九个月了。"我跟他分手，成了我妈的心病。听说这个消息，她马上给了我一条杰·戴特的处方。"你们两个人中间要是没有耶稣，婚姻会变得极其艰难。"

"几时我们会见到这位巴里?"我父母几乎异口同声。我当场就觉得自己不知感恩，因为我冲动地答应嫁给一个我爸妈连面都没见过的男人。对于我的父母，我始终觉得，他们一直是两个我真心敬重的完人，他们宽宏大量，要是知道他们介意，我就会觉得烦恼了。

"我们会想办法的。"我平静地说。

"露西见过他吗?"我父亲问。假如露西也对巴里表示认同，那对他就很有益处。按照迪万家的分类法，我父亲和露西属于有判断力的那种人，而我被认为和我母亲一样，是那种好心肠、没头脑的金发女郎。

"现在还不行。"我说。我本想我的父母会欢呼雀跃，而不是连珠炮似的向我发问，我们的谈话就像在举行记者招待会。"难道你们不高兴吗？"末了我这么问。如果我发牢骚的话，我注意到现在要为自己说话为时已晚。我强颜欢笑，脸都笑疼了。

"亲爱的莫莉，要是你想跟一个男人结婚，他准得是个非常特殊的人物。"我母亲说道。关键时刻她不单是支持我的顶梁柱，她还很清楚何时该结束一场谈话。"可别急匆匆的，订婚时间弄长些吧。"

第二天，巴里和我订了婚期。四个月后，我才把它付诸实施。用美术字还是用我母亲那与众不同的字体？用主持人还是用乐队？主菜吃康沃尔母鸡还是吃智利黑鲈？用不用帐篷？用牡丹花还是绣球花？在中午还是傍晚？开老式宾利车还是开粉红凯迪拉克？头发盘起来还是披着？再小的细节也可以被解构，就跟《犹太法典》里的句子似的。

除了宾利车和大乐队之外，巴里并没提出很强的反对意见。"你只有这么一遭，无论你想要什么，我都会答应。"他这么说。我觉得从来没有一个男人这么爱我。

"我从没把你当成一个疯疯癫癫的新娘。"婚礼前三个月，我们在纽约购买婚纱时，布里这么说。

布里说得对。我经历了各种俗事，痴迷于认定婴儿的生活要靠他们自己的理论。一个粉红色的婚礼？太多的纸杯蛋糕。黄色的婚礼？《魅力》杂志指出，对百分之八十的人来说，黄皮肤很不讨好，但"别弄得太科祖梅尔风格了"，我一边发号施令，一边迅速抽出一张油漆色卡给婚礼协调人看，这人是我逼着父母花好大一笔钱雇来的。"必须是那种鸭蛋青。"类似"过了时尚"这种术语成了我的口头禅。我敢说人们都在嘲讽我，我却安之若素，因为正当我沉浸在做新娘的美梦里，我又怎能看见或听见什么呢？

说到挑选婚纱，布里把我拉回到现实世界。我从新娘杂志里精选出不少于五百件的婚纱——衡量，而且，我们还经历了很让人吃不消的买婚纱的过程，参加了茶会和诸如此类的一切，我险些要拿出五分之一的积蓄，来购买一件维拉王的婚纱，幸好这时布里把我拉进更衣室里。"我这人最不会拒绝设计师设计的服装了，"当我在半个钟头内试了十四件婚纱后，衣着考究的她昂首挺胸、很神气地站在那里对我说。"不过，可别把钱扔在一条裙子上。你就是把一个干洗袋套在身上，也会很漂亮的。说实话，抹胸裙就是抹胸裙。"

在时尚圈里，我是个小卒，不是将军，所以我听布里的。她把我领到一袭紧身缎子婚纱前，婚纱上镶着星星点点的灰蓝色水晶。"这件可以衬出你眼睛的蓝色，"她这么说，我却怀疑她只想让我穿一件显瘦的套装。我们在婚纱衬里上缝了一个卡罗琳娜·海莱拉的假标牌，我婆婆基蒂不仅从不知道这是件赝品，还在一个月后她举办的订婚宴上向朋友显摆过。直到那时，我父母才和巴里正式见了面。在他修医科预科学分和我做新娘梦期间，我们从没去过芝加哥。

订婚宴会设在城市俱乐部，尽管已是未亡人的身份，基蒂仍把那里当作她的第二个家。在宴会上，巴里跟我母亲和露西都跳了舞，还邀请我父亲打高尔夫。我认为这个夜晚过得很美妙。"怎么样？"在返回芝加哥的路上，我在我父母租来的那辆车里问道，这个晚上这还是我们一家人第一次独处。"你们觉得怎么样？"

"他很帅，"我母亲说，"鼻子并不像你说的那么大，跟脸型很配。"

"呃噢。"我应道，等待更多的赞美。

"今晚的食物很棒，可亲家挺难缠的。"我父亲说。除了我母亲之外，他讨厌别的女人请他跳桑巴舞。

"是吗，嗯，那你觉得巴里怎么样？"

他踌躇片刻。"如果你爱他，我们也会爱他。"他终于开口说。

"他是跳舞高手。"我母亲又补充说。看得出来她有些紧张。

我掉过头去，望着我姐姐。

32

"他称赞了我的胸脯。"露西说道。

"他没有。"我厉声说，这时我母亲叹了口气。露西是我所见过的最关注自己乳房的女性。她以为每个男人都爱盯着她的大胸脯，想知道它们是真是假。它们确实是真的。

"有。"

"没有。"

"你们两个人……"我妈妈说道。

"莫莉，你为什么想和这家伙结婚，请告诉我三条理由，那枚像汽车前灯那么亮的戒指不算在内。"

我盯着露西。我不能说"你只不过是嫉妒我"，也不是因为她的问题跨越了一条我不想跨越的界线，只是因为，她或许对我心灵深处某些未探明角落有一定的了解。我望着窗外，从飞驰而过的汽车上是找不到答案的。

"他会是个好父亲的。"我提了一条。

"这一条很关键。"我母亲马上做出了反应。她没有问我凭什么这么说，而我也无法解释，光是凭我的直觉这么说的。

"他为我担心，"我说道："我喜欢一个男人不让我在十点以后独自在隧道里开车。"我像是无法替自己做决定似的。

他也许爱我比我爱他更多些，这是一条我认为不该列出的理由。我依然认为，在一段成功的二人关系里，扮演"工作狂"的那位总是特别讨人喜欢。对于我们来说，我相信真正的原因是他以破纪录的速度向我求婚。还是因为我被他吸引了呢？对母亲我可以无话不谈，但跟父亲谈性难道合适吗？不。莫不是因为巴里让我很信赖？这点我也无法肯定。

"这些都站不住脚。"露西窃笑道。

"你是不是觉得跟他结婚会毁了我？"我问她。

"你对那家伙根本不了解。"我注意到她没有正面回答我的问题。

"我们分分秒秒都一起度过。"尽管那是谎话。他的工作似乎总会妨碍我们。"爸妈订婚比我们还快。"他们才认识两个月，就私奔了。

"这点我同意。"露西说。

在接下来那段路上，我们四个人都没有吭声。

八月份终于来了。举行婚礼的日子也到了。那天，露西穿得比举止随便的好莱坞小明星更暴露。我只花了很小的代价，就让她放弃了谈论我结婚是个错误的话题。"你现在还是可以逃婚的。"一个月前在准新娘赠礼会上，她压低嗓门对我说。她把赠礼会安排在芝加哥一家专卖X级电影里的内衣和玩具的商店里。我弄到了足够装备一所妓院的皮带，三十一位来宾每人都得到了一个唇膏震荡器。

三个星期以后，我成了婚姻史中一条恰当的脚注，而不是那个夺人眼球的标题。把我的头发盘起来无疑是错误的——我看上去就像帝景豪生大酒店里的一名女服务员——不过不是因为这个缘故，也不是因为谢尔曼拉比超额预订了来宾人数，只好把他那个颤颤巍巍的伙伴也拉来了。等我后来再去看照片时，我看到了一个战战兢兢的新娘。

我挽着父亲的胳膊从礼堂的通道上走过。在彩棚底下，离我六英尺开外的地方，一个陌生人正在那里等候。我花了一些时间才弄明白，这人就是巴里·马克斯，十分钟之后他将成为我的丈夫，直到永远。我出汗了，担心别人会注意到。我还在草坪中央铺着的白地毯上绊了一跤。这条地毯把迪万家和马克斯家隔开。我爸爸脸色惨白，挽牢我的胳膊。我们对看了一眼，从他脸上，我看到了我曾感受到的那种恐惧。

我不记得发誓时都说了什么，也不记得整个仪式的细枝末节，除了巴里那冗长夸张的舌吻外，什么都忘个精光。我们第一次像夫妻那样行走时播放的那首我很痴迷的歌是什么？我脑子里一片空白。

婚宴随即开始了：喧哗，漫长，热闹。夏天，芝加哥的黄昏来得迟，到了十点，隐藏在橡树上的小灯泡亮起来，伴随着满天繁星，犹如密镶钻石般摇曳生辉。灯泡的热度加上炎热的天气，大家不光在仪式结束后喝了马蒂尼，喝了一箱箱冰冻白葡萄酒，后来还喝了香槟酒。

我发觉，再也没有什么比一个醉酒的女人更迷人的了，不过说实在的，我只是有点微醺。我们手脚软绵绵地抽烟，露西和我又开始玩"莫莉和穆西"那一套，独自待在一圈鼓掌的女友中间，这是一种一点都不淫荡的表演，因为只有新娘与她的女性朋友才跳这种芙罗芙罗舞。不久，布里和我其他的美国西北部朋友以及纽约的相识也加入进来，站在伊莎多拉的那一边观看，这对一场表演来说，也显得太干净了。

"这一定就是幸福的感觉。"我们站在舞池中央旋转的时候，我对布里这么说。我们的短靴跟随着节拍跳上跳下。

乐队停下来稍事休息的时候，我钻进后门，来到楼上给自己搽上一点香粉，秀丽的新娘形象保持下去。等我走出盥洗室，我听见了巴里的笑声。他的大笑会让电影院里的人们转身来看是谁在笑。这声音蓦地停止了，可它是从楼下传来的，于是我朝那里走去。

我来到前厅的时候，巴里刚好从客人用的洗手间里出来，朝另一个方向走去，朝那条通到外头的走廊走去。我正想喊他的名字，洗手间的门又开了。他从纽约来的一个客人——雷密？罗密？还是若妮？——离开了洗手间，大摇大摆地朝另一个方向走去。我们俩撞到了一起。

"莫莉，"她有点不知所措地说。她褐色的唇膏都糊了，一头红色长发凌乱不堪。我看不出这发型是有意设计的，还是贪婪的溺爱。"多么美丽的婚礼啊！"她大声赞扬着走开了，犹如一只蝴蝶那么天真无辜。

我踉踉跄跄地来到外头，就近摸索一把椅子。

"我一直到处找你，"巴里朝我奔过来，"宝贝儿，来吃蛋糕吧。"

"先等会儿吧。"我说。这会儿，一名侍者推着蛋糕来了。蛋糕有三层那么高，是巧克力酥皮做的坯，上面抹着厚厚一层鲜奶油，嵌着一颗颗硕大的草莓，顶上有颗闪闪发光的星星。巴里和我完成了最后一个步骤——他把手搁在我的手上，那枚崭新的指环在他棕褐色的皮肤上奕奕生辉——刀切开蛋糕时，恐惧也把我的心切开了。我们对着照相机微笑。

"马克斯太太是不是准备开始新生活呢？"巴里一边轻声细语地说，

一边把我拉到他怀里。他的呼吸透着薄荷味儿，他的微笑很自信，他的牙齿白得很不自然。

往哪里戳这把刀，马克斯太太又有了一个主意。在他吻我时，我心里暗想，相机喀嚓一闪。

8

如果有人认为，在七日服丧期银行会宣布一个讨论鳏夫社交生活状况的延期偿付期限，他们肯定大错特错了。

"只要你准备好了，就告诉我，因为你知道我妻子的姐姐——你还记得那个斯黛西吗？"

"那个大胸斯黛西？"巴里又追问。

"对极了。斯黛西和她丈夫？挂了。"

我至少有六次偷听到事先约好的偷情，其中有一次是我们会计发出的，他希望巴里去见见他女儿。她目前在斯坦福大学念四年级，他向我保证说，"那是个老家伙。"

"我觉得你可以吃点东西了，"安娜贝尔幼儿园里的一位离了婚的妈妈，捧着一大锅蔬菜千层面对巴里说，"这是给你和安德雷的。"

当巴里打量她那是常人两倍宽的臀部时，我只听见他心里说，这人不合我胃口，不过他嘴上却在说，"谢谢。安娜贝尔和我很喜欢吃。"他把百利耐热玻璃锅端给了女佣德尔菲娜，她把它塞进冰箱里。

"应该去买一台更大的冰箱。"回到客厅后，他吩咐德尔菲娜。

"你要做的事可多着啊。"等他离开后，德尔菲娜自言自语。

如今许多犹太人把七日丧服期改成一到两天，我的家庭却照旧：整整七天，包括安息日休假你得表现规矩的那天，巴里这天会到教堂露面，周五晚上和周六早晨都会去。这整个一周，我一直密切监视我丈夫。这位哀悼模范是否研究过葬礼习俗？尽管他穿衣服很小心，上穿开司米黑套头毛衣，下着一条法兰绒灰长裤，没刮胡子，这令他看上去显出邋遢的样子。在许多场合，但凡有人提到我，他就显得眼泪汪汪。

我花了两天工夫来观察他，尽管巴里医生已经改变了他一丝不苟的作息时间。在晚饭之前，如果不是在七日服丧期内，他会照往常一样工作以后去跑步，接着花五到十五分钟冲个澡，时间长短取决于他有没有手淫。饭后，他会使用笔记本电脑收邮件上。然后，他会上《华尔街日报》的网站去看医学新闻，接着，一边吃点爆米花，一边把电视机开得很响，经常是看一个婚姻节目。由于七日服丧期的缘故，他暂时终止了这些活动，但傍晚的其他时间还是跟以前一样过。在十一点十分，巴里做两百个仰卧起坐、五十个俯卧撑，亲一下安娜贝尔的额头，用洁碧冲牙器洗八分钟牙。下面他开始看"雷特曼的独白"节目，接着，在午夜时分再看一章悬疑小说、历史书或运动员传记。

不过，他又增加了一个有趣的活动。巴里开始养成了戴结婚戒指的习惯，每到夜晚他就把戒指存放到那只卡蒂娅盒子里，戒指买来时就放在那只盒子里。他把盒子放在从上往下数的第二个抽屉里。由于那枚戒指很少有出场的机会，那只盒子显得很干净。我从来不会为这个烦恼的——我父亲就不戴结婚戒指，我还知道许多骗子却总是戴戒指。尽管如此，那枚刻着我俩结婚日期和"真爱永恒"字样的戒指，已经开始出现在他手指上了。今晚，他一直盯着这枚亮闪闪的戒指看，仿佛以前从未见过它，电话铃响的时候，他把戒指转了一个面。

"真讨厌，"他拿起话筒后说，"等这种严酷的考验结束，我就开心了。"

电话那端稍有点鼻音的那个人，这周每晚十一点都会打来电话。

"感谢上帝今天是最后一天了。"巴里说道。

我仔细端详巴里的脸。他的眼睛看上去有点肿，眼角还有皱纹，是最近增加的。

"我感觉怎么样？简直糟透了。"

这话没让我不高兴。

"我觉得她能对付过去，不过这很难说——她最近简直就一言不发。"

不对。只要巴里不在旁边，安娜贝尔的嘴巴简直就没停过，尤其是她一个人待着的时候。

"大家都围着她转——德尔菲娜，我岳母，还有那个大嘴露西。噢，还有莫莉的朋友。"

她们都来过了，三三两两轮流来，在七日服丧期的每个晚上。

"是啊，尤其是那位口红拉拉。"

我的铁姐们儿当真都来过了。

"明天？不可能，我要回外科诊室去。"

那个瓮声瓮气的嗓音又响起来。

"不，我的感情没有变。"

他真的在乎那个女人吗？我说不上来。结婚以后，我从来不知道他是否真的在乎我。

"我这会儿得挂电话了。"

那个声音显得愈加瓮声瓮气了。

"请自重些吧。"他说道。

他望了望挂钟。

"说真的，我很累。换个时间吧，斯蒂法妮。"

斯蒂法妮。

巴里爬到床上。他避免碰到我睡的那边，似乎翻身碰到那儿就意味着，他自己也会躺在棺材里，不到两分钟，他就呼呼大睡了。

他早晨确实有手术，可十点以后就结束了。七点三刻，来了一个名叫希克的警探。他是非裔美国人，不会超过三十多岁，戴一只不显眼的金耳钉。我忍不住盯着他，那是个比他自以为还帅的男人。

"马克斯先生。"他说道，一边盘点我们客厅里的东西。

"请称呼我马克斯医生，"巴里本能地说道。傻瓜，他心想，我干吗要这么说？

"打扰了，"希克说，"马克斯医生。很遗憾你痛失爱妻，抱歉我在这个时候打扰你，先生，但正如我在电话上告诉你的，我们这是按规矩办事。我只想问几个问题。"

"愿意效劳。"巴里说。

咱们走着瞧，我听见希克心里说，"马克斯太太骑车外出的那天傍晚——也就是发现她死亡的那一天，你在哪儿？"

巴里马上就给出了答案："我在跑步。地点是在中央公园里。为跑马拉松做准备。"

"我也一样。"希克以一种比我的料想更友善的语气说。

"呃，那你知道你需要为此投入多长时间了，"巴里说道，"最起码一个像我这样的老家伙需要多久。"他笑着说道，试图以自己的魅力来行个方便。他猜测自己实际上并不比希克大多少，而那位警探呢，却并不打算向他亮出自己的锻炼细节。

"那晚有没有人见过你？"

巴里虽然踌躇了好一会儿，可也已经准备好怎么回答了。"门房。"

我们的夜间看门人阿方索，连二十分钟之前有人快递给你一窝蝙蝠都不会记得的，再说他很喜欢巴里，因为巴里每个赛季都要给他几张扬基队的球票。

"那你在中央公园哪儿跑步？"希克问。

"进公园后穿过马路，往南跑，一直跑到公园北端，随后回到八十一号大街，"巴里说，"像往常那样跑一圈。"

"那花了你多长时间？"

巴里在椅子里动了动身子，同时转了一下结婚戒指。"跑一圈我一般需要四十五分钟左右。"

巴里摆出一副等别人来祝贺他用七分钟跑完了一英里的样子，而希克却问："有人看到你跑步吗？"

妈的，这到底是怎么回事？巴里暗想。"当然啦，我想很多人都看见我了，可我们一般不大会停下来做自我介绍的。"看在老天的份上，这又不是在快速约会。他心想。

"在你印象里，有没有谁想伤害你妻子呢？"希克问。

巴里沉思了好一会儿才开口说："大家都爱莫莉。她对谁都构不成威胁。"不完全是最高赞美，但我觉得他自以为这是在夸奖天堂里的我。

"马克斯太太有烦心事吗？"

除了我还有谁？巴里心里想。"没什么异常的地方。她这辈子过得挺幸福。"安逸，受宠，享有特权。对，对，对。

这确实是他的想法，而希克也领会了他的意思。

"所以感谢你光临寒舍，警探，我还希望……"——并盼望，他心想——"纽约警局能调动所有警力来抓杀害我妻子的那个该死的凶手。"

希克警探心想，鉴于他老婆的死可能是一起简单愚蠢的事故或自杀，这位莽汉走得也太超前了。"今天就到这里吧，马克斯医生，我们会跟你保持联系的，"他说着，从椅子里站起来。"很抱歉打扰了你。"他握了握巴里的手，并递上一张名片。我注意到他的手，很大很有力，像我丈夫的手那样经过修饰。

"没关系的。"巴里说着，把他的名片塞进口袋里。警探离开后，巴里叹了口气，听上去就像一个上了年纪的人的唏嘘。两分钟以后，他也出门去了。外面在下雨，他却忘了带伞。

我又去探望安娜贝尔。整个礼拜，她一直一个人玩芭比娃娃，带着她的洋娃娃站着度过七日服丧期。我就是那漂亮的金发娃娃伊丽莎白，我会端茶，还写得一手好字，我整个一周都在睡觉。我一直纳闷，安娜贝尔会不会让我醒过来。

"我想你，妈咪，"她说，"我爱你。"她温柔地用她那破破烂烂的婴儿褟褓裹住伊丽莎白，裹住我。"你不冷吧，妈咪？"她穿着粉红色法兰绒婴儿睡袍、赤脚穿过房间，来到玩具筐前，把里面的玩具一一倒在地

40

板上，直到找到一只极小的塑料盘子，上面粘着一小块褐色松饼。她把它摆到伊丽莎白旁边。"你一定饿了，妈咪，来吃点吧。"我听出了那和我自己同样悦耳动听的嗓音。

八点一刻整，德尔菲娜轻轻扣响房门，把门打开，抑扬顿挫地说道："早安，阳光。"她把扔得满地都是的乱糟糟的玩具和书籍收拾好——把那些玩偶摆得整整齐齐地做祈祷。

"你一直在忙，是不是，小姐？"她充满爱意地说，"别担心——你这里的朋友我会为你照顾的，可我们得穿衣服了——我们得上幼儿园了。"

安娜贝尔没有动。

"你想穿哪件？"德尔菲娜问道，"随便挑一件吧。"

我女儿在她的抽屉里到处搜索一遍，找到了一件几乎和我那件衣服很配的丝绒毛衣，那是去年母亲节基蒂送给我们母女俩的礼物。我那件只穿过一次，因为它们让我觉得自己就像要到西班牙餐厅吃早到者特惠餐的那些人。从去年夏天起，安娜贝尔就没再穿她那件。她瘦削的胳膊和大腿比衣服长出几寸来。

"太棒了，"德尔菲娜说，"现在，开始干吧，穿上华夫运动鞋。"

德尔菲娜离开房间以后，安娜贝尔长长地看了伊丽莎白最后一眼。"现在，你好好地睡一觉吧。"她说。

9

从我现在躺着的这个地方，我很容易扪心自问一下，当初我看见那个小妖精扭着屁股从我父母的化妆间走出来，我为什么不在婚礼现场与巴里当面对质呢？我为什么不在两百五十位渴望结婚蛋糕的宾客面前大喊一声"回去"呢？常言说，做事要看时机。对死亡而言，就不需要这么麻烦了。

婚礼的次日早晨，我们决定去夏威夷度蜜月，巴里和我乘飞机飞往北部。蜜月头一天，我本想用夏威夷的兰花花环扼死他，但当我泡到热浴盆中啜饮凤梨鸡尾酒的时候，我的怒火却熄灭了——这倒不是因为对热带的向往令传教士堕落。没有喝醉的时候，我们就做爱，在床上，在吊床上，在细白沙的沙滩上……这样做，那样做，偶尔再那样做。旅程快结束时，我已经说服自己，化妆间里发生的那丑陋一幕也许是我自己想出来的。我穿着一条草裙回到纽约，又重了五磅，还得了尿路感染。余下来的蜜月时间，我心中暗暗发了一个誓，要成为那种不计前嫌的大度妻子，有资格得乡村音乐大奖，并赢得我丈夫始终如一的感情。

　　婚礼后又过了三周，我跟布里一块吃午饭，那会儿她还没去法学院念书，依旧是那位最引人注目的异域摄影师——她刚从肯尼亚回国——尽管她才二十八岁，却已放弃当美国顶尖摄影师的计划。她的上一份工作是为约翰内斯堡排名第二的《妇女周刊》拍照。

　　她问我婚后生活时，我告诉她，每天巴里去医院上班前，我都得逼着自己起床跟他吻别。"每周我要买两次鲜花，每天晚上，我都要放上一沓爵士乐唱片。"

　　我连一半的真相都没告诉布里，也没提及我还放了李勒·罗维和米歇尔·布伯勒的唱片。每天，我都要在脑子里记下嘲讽的评论和有价值的话题，经常是从博客圈里窃取来的，同时还偷学了三道体面的菜式。我会上这三道菜用来激发——来模仿——巧妙的应答。我定制了印有"巴里和莫莉"字样的餐巾，还把巴里的衬衫拿去洗衣店干洗。我怎么会知道他喜欢把衣服挂在衣架上，而不喜欢把三件衬衣装进一个盒子里，就像每周送他一次生日礼物那样？

　　布里不再翻阅那叠她在长途旅行摄影时加拍的照片。"请原谅，"她说，"莫莉，可你已经见过我的朋友了吗？"

　　"你指哪位？"

"你不该为这事儿那么担心。"布里凑近我，目不转睛地盯着我，那双眼睛像石墨一样呈烟青色，却没有那么柔软。我的婚礼还没过保质期呢，这可以让我躲过别人的批评，可显然也已经到头了。自从我结婚以来，这还是头一次有人——就连露西都没有——跟我直率地讲话。"你已经到了可悲的边缘，"她补充说，惟恐我不能领会她的意思。

我在空无一物的木桌上转我的葡萄酒杯。我的婚戒被光线照亮了，上面那粒钻石也迅速划了一个代表永恒的圆光环。

"你的话我听见了。"我说道。

"我不敢肯定你是否真的听见了，"她边说边把手搁在我的手上，不让我再去转酒杯。"看着我。"

我很不情愿地照做了。

"假如有什么人被固定在一个底座上，那就是你了，莫莉。而不是他。自你认识巴里以来，你就摆出一副'你是天我是地'的样子。"

"好吧，你说够了吧。"我低声说。"感谢你如此鼓励我恢复自信心，但我想让我的婚姻美满。"

"是吗?"她说，"那就是这样的吗?"

"谁也不能教你怎么结婚，"我以一种最好留给一个擅长鼓动人心的演说家的语气说道，"我无法把我的双亲学得很像——他们已经树立了一个高标杆，真该死。"也许我使用了一个截然不同的形容词。反正，这并不是说丹·迪万和克莱尔·迪万夫妇在你要呕吐的时候喁喁情话，亲昵得让你作呕，但他们依然会为彼此发狂，有时候，我注意到我父亲正盯着我母亲看，甚至在她打完网球回家，汗珠从她的后背上滴落下来，并令她轮廓精致的脸庞附近的头发都变鬈时——他脸上那副表情仿佛在说，像我这样一个傻瓜怎么会中超级百万的彩票?至于我妈，她尊重内衣的力量，我常常以为，凭她闺房里的衣柜，我就能讲出许多我父母私生活的故事，柜里装满了查米尤绉缎质地、用料节省的内衣，足以显露她紧实的双腿，每一袭搭配内衣裙子的长袍——纯棉绣花和服，和那种伊丽莎白时代色调的天鹅绒。露西管她叫艺妓。

"况且，"我又补充说，"你甚至都不怎么了解巴里呢。我觉得你有点自以为是。"

"你说得对，莫莉，"布里说着，身体靠到椅背上。"我还是个单身，能知道什么呢？"她的话虽然充满歉意，语气却不像。"我只是不想让你忘了你自己。"

"你为我担心，我感到很欣慰。"片刻之后我又说道，"我也为你担心，尤其担心你会私奔。"当时布里有五位男友，离她宣布自己是萨福子民的日子还为时尚早。"我很自私。我怕会失去你，怕把你留给某个会让你住到月亮背面去的人，那里没有吹风机，也没有佳洁士洁白牙贴。"

布里呵呵笑了，那是一种深沉、富有磁性的嗓音，我巴不得每分每秒都可以听到。"再讲讲你遇到的那位摄影师吧。"我说道。她描述了最近被她征服的猎物，某个叫卢克的人。把他的一切一五一十地告诉了我。黑发，碧眼，长腿。

我的脑子仍在想"莫莉忘了自己"那档子事。不过，潜意识里我一定记住了某些东西，因为一年后，当我遇见卢克的时候，我脑海里还深埋着那些线索，我是带着我特有的坦率来接近这个特殊男人的。一开始，我就特地直视着他的眼睛。巴里曾反复告诉我一直忽略了这一点，那是我许多缺点之一，在我们结婚的第二年，他太幸福了，以致于没有引起我的注意，否则我能成为一个更完美的人和伴侣。

我与卢克第一次相见的地方，是在肯尼迪机场。"请原谅，可你不会就是布里的朋友莫莉吧？"在有人告诉我飞往伦敦那班飞机已被超额预订，我必须乘坐几个钟头后的下一班飞机后，一个黑发男子马上问我。

"是的，我是莫莉，"我说，"莫莉·马克斯。"我很想笑一笑，但却因延误而感到非常恼火，我所能做的只是尽量别皱眉。

"卢克·德莱尼，"他说着，握了握我的手，为我们俩都误了点而苦笑。"我也被他们甩了。"

"你是不是跟我一样气愤?"我问他,"要不是路上那么堵……"

"最起码你还有一条理由,"卢克说,"而我是起晚了。我谁都不能怪,只怪我自己。"他说话的时候,我注意到他的眼睛恰恰就是我本来为我的婚礼设定的颜色,楠塔基特晴空的那种碧蓝色。我的视线从他的眼睛落到他嘴上。他的嘴唇很饱满,鼻梁相当长,下排牙齿稍有点歪,非常惹人喜爱。

等候下一趟飞机对我而言是件很吃力的事。这是婚后我第一次离家外出,对我要出差一周,巴里倒没显得特别大惊小怪。事实上,这天早上他似乎打算跟我大吵一场,为了惩罚我在离家前忘了付有线电视费。大部分费用都由他来负担,而开支票却是我的主要职责。

我脸上又浮起了微笑。

"我们去喝一杯,你看如何?"他问道。"一旦我们到达伦敦,我们就要工作那么长的时间,我会累得根本不想再去酒馆喝酒了。"

"我们?"

他抓住我的手提包——那里面塞满了文件、一瓶一升容量的水、一块大得足够做沙发布的羊绒围巾——领着我朝头等舱的休息室走去。"赛缪尔·王今天早晨临时决定不去了,我预定了中午的机票。"这话替卢克·德莱尼这名字为何没出现在我的备忘录上做了解释。

休息室里很挤,摄影师却有着鹰一样的眼睛——他一眼就看到屋子尽头有两把空扶手椅。"你去抢位子,我去买喝的,你喝……?"

"黑比诺,谢谢。"

等我来到空椅子前,一位带着一个蹒跚学步幼儿的妈妈已经飞快地坐了上去。我转身朝卢克走去,他正摇摇晃晃地端着一个摆着葡萄酒杯、干果、一条巨型三角巧克力棒的托盘。

"我们的位子被一位妈妈占了。"我说。

"可这儿还有一个。"他就跟使了魔法似的指着空地上的一把双人椅。

我们很随便地聊了十五分钟后,他问:"我能否对你坦白一件事?"

他仍然爱着布里，我心想。我最好的朋友与之分手的男人当中，变得多愁善感的他不是第一个。得知他很可能依然被笼罩在她的魔力下，我觉得松了口气。"你但说无妨。"我说道。

　　"对这次拍摄我怕得要命。"

　　"当真？"我问道，着实吃了一惊。"为什么？"对我来说，这次工作就是例行公事。在那段日子里，我负责一本杂志的美术设计，手下有四名工人每天在密林里为我砍树开道。这本杂志正要拍摄伦敦高级住宅区里的房屋，每幢都比下一幢更别致。这是那种我闭着眼睛也能完成的工作，一边想象着屋主会不会因为摄影师的助理把烟灰掸在妈妈的破地毯上而抓狂。噢，那地方还会有要关进笼子里的狗。不过，只要我始终可以用饼干来让它们高兴，并为屋主和手下晚上泡小酒馆埋单，我相信在英国就会天下太平。我们已经通过《伦敦消费导刊》在许多所谓"棒极了"的饭店里都预定了房间。

　　"我也算是时尚圈里的人，"卢克说，"可我觉得自己无法忍受模特儿乱发脾气。从现在开始，除了非生物体，我啥都不想当了。"

　　"我没有怪你。我可以做的只有……"我刚要开口，这时扩音器里响起了一个声音打断了我，宣布我们那个航班将要延误。飞机究竟要耽搁到几时才能开，那个圆润的嗓音倒没有说。

　　等卢克去拿第二轮饮料时，我给巴里打电话汇报，尽管我已经意识到，自己正处于一种怒火冷却成失望的低迷状态中。我猜他已经到家了。

　　铃一响，他就接了电话。"当真吗，莫莉？"巴里说，像是在很认真地听我讲目前交通不便那一类话。"要不要我来接你去吃饭？"

　　巴里这会儿突然表现得像个模范丈夫一样，而我呢，正在跟一个醉眼朦胧中望去又添了一分帅气的男人畅饮葡萄酒，我将在大洋彼岸与此人共事六天。机场大巴会载我到什么样的另类现实中呢？"你真会那么干吗？"我不置信地问。

　　"干吗不？"他说。"我可以单脚跳进汽车——等着瞧，四十分钟能到那儿吧？明天我休息。起床迟一些也无妨。"

我觉得自己都蠢到家了。难道我那位老公果真会与我的福祉那么相关吗？卢克端着更多葡萄酒回来的时候，我还在犯嘀咕呢。"巴里，很高兴你那么体贴我，不过他们没说我那班飞机几时起飞。你可能大老远地赶到机场，可还没等你泊好车，我倒有可能已经开路了。"

他回答前先停顿了一小会儿。"明白了。"他说道。

"看来只好这么办了，"我说道，语气里似乎有点心虚，"不过说不定那会怪……有趣的。"依然很心虚的样子。

"呃，祝你好运，"他说，"爱你。"

"我也爱你。"我大声说，一方面提醒自己已经结婚了，另一方面，万一卢克没注意到我手上的戒指，也提醒他注意一下。

好不容易我们俩上了飞机，并排坐下。我忖度要不要在我耳朵和嘴唇上涂万用药膏，我最爱干的就是跟飞机上空气里的细菌做斗争。

万用药膏依然留在我的手提包里。卢克和我仍在谈天说地，飞机开到格陵兰岛上空的某处，我发现他也是双胞胎，同卵双生的双胞胎。他的哥哥，迈卡，在达特默斯教英语。

"也许，我们该把你哥哥介绍给我姐姐。"我说道。

"我看这行不通，"他说，"我哥哥已经结婚了。不过，干吗不介绍给我呢？这要取决于你姐姐是否像你。"第四杯葡萄酒——要不是第五杯了——让我今天下午遇到的这位腼腆小伙彻底变了样。

这倒不是圣母马利亚出现在我窗口，向我宣布这位同伴即将成为我生命中某个挺重要的人物，可那会儿我意识到，尽管我不知道该如何对待卢克，我也不想把他转给别人，无论是我姐姐还是其他什么人。

"说真的，干吗不呢？"我说，"等我一回国，就来处理这事儿。"

这是我的第一个谎。

卢克与我的怀疑简直太吻合了。尽管在去英国的路上我可以兴致勃勃地一直唠叨下去，我必须赶紧放弃这个话题。"最好能睡一会儿，"我说，"明天十一点，我可能要和手下碰头，还要落实两百个拍摄细节呢。"

"我真是个絮叨的傻瓜，很抱歉。"话虽如此，他拿出一个眼罩并把它戴上。"我像不像佐罗？还是像脑子有病的可怜虫？"他一边转身对着我，一边以杰瑞米·艾恩斯那种低沉嗓音说道，"你有没有被我吓着了？"

从我朦胧的醉眼里望去，他仿佛比一个打过雄性激素的熊猫还讨人喜欢。"我真是怕了你，"我一边钻到那条羊绒披肩底下，一边这么承认。

清晨，当我醒过来，发觉卢克的腿也在羊毛披肩底下，他穿着红袜子的两只脚碰着了我的脚。我一直假寐，后来机组乘务员使劲摇我的肩膀，想确定我是否还活着，我这才慢悠悠地睁开了眼睛。

这些都是以前的好时光。

10

我母亲、父亲和露西，正聚在厨房里的松树农场餐桌前，呷着清晨的第二杯清咖啡。轻盈的雪花纷纷落在天井和院子里，尽管如此，太阳依然照耀在险恶的云层下伊利诺斯州那些畏畏缩缩的人身上。

从我去世以后，这个家里的每个人不到清晨就醒了，哪怕服了安眠药也不管用——真可惜啊，好市多公司不能把这种药装在桶那么大的瓶子里摆在柜台上卖。昨晚，露西坐市郊火车北上回家，并在我们儿时的那间卧室里休息。大概是为了向一九八五年致敬，这个房间为我刷成淡紫色，为她刷成浅绿色，麦当娜的招贴画是给我们俩的，如今已经褪色。这两周以来的每个周末，她都要坐车回到这里，相信她这么做能够安慰我的双亲，可事实正相反。露西是孤伶伶一个人，我的双亲却拥有彼此。当他们坐在汽车里，当我母亲为我父亲按摩头颈的时候；当他把晨报带到床头的时候；当他们在寒冷的不眠之夜亲吻

48

拥抱的时候——他们无声地表示着哀伤。

"别把蛋糕上的碎屑剥下来。"我母亲说。

"别把我当十岁小孩。"

"又开始了，你们两个人。"

"别，别，别，你们两个人，你们两个人。"这是迪万家经常唱的饭前赞歌。嘟哒，嘟哒。

"那我要不要给巴里打电话?"露西问道。昨天吃晚饭的时候，她也问过同样的问题。"我想知道发没发生过一些事，他却没有告诉我们。"

"别，宝贝儿。"我母亲说，"应该让爸爸来问。"听得出来，她心里担心露西真的这么问过巴里，巴里会很窝火的。因为，露西能把一场有关汉堡肉饼调味的谈话演变成军事条约的谈判。

"这会儿给纽约打电话时间还太早。"我父亲眼睛盯着报上的体育新闻说道。跟巴里谈话很让他犯愁。白痴，他暗想。我心里很清楚，我父亲并不像他在人前装得那样绅士，可他设法去了解巴里的处境。"可怜的家伙也许完全陶醉在自我之中了，话虽如此，他刚失去了老婆，不得不独自一人把女儿带大。"他对自己家里的两个女人说，尽管我揣测，他这是在说服自己要体面地对待巴里。

迪万家正打算在逾越节这天把安娜贝尔接来。过去三年里，巴里、安娜贝尔和我都是和基蒂一起过感恩节，与我父母一起过逾越节，所以，我父母和露西认为这个假期该属于他们。由于七日丧期已经结束，每晚七点整，他们会给安娜贝尔打电话，但他们之间的谈话就像隔靴搔痒那般不爽。

"安娜贝尔这会儿该起床了，"我母亲提醒道，"她一定是在看卡通片。"

"可是，巴里也许才刚回家睡下，"我父亲表示异议，"今天是星期六，让这家伙休息休息吧。"

"休息休息?"露西嚷道，"那我妹妹怎么办?"

我母亲嘴里嘀咕着："露西，我们可以不必那么情绪化的。"她说着，低下头去看报纸，假装读报。她声音黯哑，透出倦意。"丹，到八点再打吧。"

他满怀爱意地向她行了个礼，深沉有力地回答："是，长官。"

我的家人继续吃早饭，可是过了一会儿，露西把咖啡倒进排水道里。"我要去跑一圈。"她大声宣布，然后飞快地跑到楼上去了。从她的野营物品中，她抽出运动鞋和一些为冬天准备的运动服，那是我本来留在衣柜里的少女时代的衣物。

露西拉了拉卷曲的头发，是那种黑槭糖浆的颜色，扎成一束马尾辫，压在一顶暖和的绒线帽下上下跳动。她辫子上的头绳从耳朵两边垂下来，犹如哈西德教拉比留的那种胡子。随着一道黑紫色的闪光，她连再见都没说一声，就到了屋外。

露西已经完成了几项马拉松项目，这大概是我那同样具有竞争力的丈夫开始训练的原因。巴里并不特别喜欢跑步，可他更不喜欢的是我姐姐超过他，露西却喜欢跑步——无论刮风下雨，无论一天中任何时候，她的步态都耐久而轻盈。从远处望去，光是看那身衣服，一个粗心的观察者不会知道她是男是女，却会赞美她优美的步态。

一旦她停下来不跑，那种氛围马上就消失了，这倒不是因为她走路时坚定有力的步伐，而是因为，露西是我认识的人中唯一一个会在练习中"将热身变成进攻"的人。在赛前练习结束后，大多数人似乎都想打个盹，露西却显出一副准备大战一场的样子。她跑得越多就越不放松。

至少我们可以排除掉自杀，她想。谁都不会认为我妹妹会或者能自杀。随着她达到了最佳竞技状态，她每一个念头都与她的脚步保持一致。她太爱她的安妮贝尔了。她以和我一模一样甜死人的嗓音，重复着我女儿的小名。她有太多的理由要活下去。她开始朝山上跑。巴里却有可能逼她自杀。她又跑得更快了。他都把我气疯了——他会逼得随便哪个女人把自行车骑到河里去的。她转了一个弯儿。要么，逼得她掉下悬崖。她跑到了山顶上。所有的婚姻都一样。她加快了速度。男人……都是白痴。她骂得更凶了。呆子、傻瓜、混蛋。

露西跑完六英里的时候，风从光秃秃的树枝上刮过去，她脑海里盘旋着各种可能性。她倏地穿过那家小餐馆，每次上完主日学校，父母都会在那里请我们吃蓝莓薄饼。两位我们以前的高中同学朝她招手，她们依然保持周末带孩子来乡村饭馆吃饭的习惯。露西对她们视而不见。

"我们都送了一个一百美元的水果篮呢，"其中一位年轻主妇说道，"她起码得停下来打个招呼吧。"

"看不跑死你，穆西，"另一个人轻蔑地小声说道。"要不是她妹妹最近才死，我一定会叫出来的。"她对她朋友说。

露西正在想她自己的事，不可能听见。药片，也许吧。跑最后一英里时，她开始有点气喘吁吁了。要么，死于一氧化碳中毒。在回家的路上，她让呼吸恢复到正常节奏。但不会是这种死法。

露西蹦蹦跳跳地跑回厨房。

"你去哪儿了？"我母亲问。"你出去差不多一个钟头了。"

我姐姐松开鞋带，脱掉衣服，没理她。一层层的衣服都被汗湿了。

"你肯定猜不到刚才是谁来的电话。"我父亲说。

难道是莫莉？露西暗想。

"巴里的妈妈，"我母亲说，"邀请我们大家去纽约过逾越节。"

露西狠狠瞪了母亲一眼。"明摆着，你拒绝了。"

"我谢了她。说我们稍后再答复她。"

"妈妈！"露西厉声说。我姐姐的脸扭曲得像个怪物滴水兽似的，要是她幼儿园里的小朋友看到了，一定会做噩梦。"你怎么这么幼稚？这是想操纵你，难道你看不出来吗？要是安娜贝尔这次不来这里过节，就会形成一个不好的先例……"

"露西，快向你妈妈道歉。"我父亲打断了她，他巴不得可以玩玩牌，要不听黑胶唱片，要不去高尔夫俱乐部做按摩，他诅咒三月份这项服务就取消了。只要不是这里，他随便哪儿都想去，有这么个难伺候的女儿，她生来就这么强势，尽管几乎每次都是出于善意。

"丹，镇定些，"我母亲说道，"露西自有她的道理。可基蒂声称，旅行会让安娜贝尔沮丧。她认为现在就让她旅行还太早，那会打乱她的生活节奏。我想做对我们外孙女最有益的事。"

"这个巴里！"露西颤声叫出我丈夫的名字，仿佛那是一种亵渎。她脱下真丝内衣和压迫她乳头的运动胸罩。我父亲移开了视线。"真是个胆小鬼。还要让他妈妈替他打电话。"

露西不愿把爸妈给惹恼了，她以前见过他们发火。我母亲朝她还在人世的唯一的那个女儿走去，摸了摸她蓬乱的头发。露西抖开她的手。"我给他打电话。"她说。

11

在伦敦，卢克比那种通常意义上的摄影师都更专注。他很乐于听取我的意见，比起玫瑰花和意味深长的凝视，这种求爱更微妙更有效。"你希望这次拍摄怎么开始？""从这儿还是从那儿？""你觉得我们已经拍完了，还是再拍一卷呢？"征求我意见的时候，他会很自然地碰碰我的手臂，肌肤之间那种带电的摩擦，在还没正式开始之前，几乎就已经停止了。对此我从不退缩，他一定也注意到了。

卢克没说假话，他不是个聚会狂人。每天晚上，他早早就告辞休息去了。无论是一个人在自己房里用餐，还是跟好友——或者一位女性——他从来都不会说这句话，只是在昨晚，他加入我们这群人时，他才破了例。"敬莫莉！她令我毫发无损地从这个刑场上走过！"

"敬卢克！"我说，一边端起我的酒杯越过餐桌，一边欣赏他那份独特的魅力，柔和得恰到好处，足以让我相信他这人深沉而感性。"祝他拍出美丽的照片来!"

它们确实很美。到了下个礼拜,我们杂志的编辑查看我们拍的照片时,她的溢美之词就像一缸满是肥皂泡的热水。"真不知道,这位卢克·德莱尼干吗尽把时间浪费在拍时尚照片上?"她感慨地说,"在别人没来抢他之前,先把他签下来吧。"

到了月底,她就跟他签了合同。从那时起,卢克跟我不再是临时搭档,要是不正式开会,几乎每天我们都要交流。经常会有一些令人困惑的细节:南岸还是伯利兹?讲究装饰性的食物风格,还是不断劝人吃自家南瓜饼的懒散风格?织锦缎的双人椅还是意大利躺椅?

这些恰恰都发生在布里放弃给模特儿拍照——也暂时离开我——去哥伦比亚大学学法律的那个时期。那时,我每天和她的通话逐渐缩短,卢克开始取代她,成了我最好的朋友。最起码,我是这么告诉自己的。他发给我极棒的短信,别人会误以为我们是上课说闲话的高三学生呢。

回溯过去,我发觉随着我逐步迈入婚姻,巴里和我逐渐接近一种极乐状态,就像我们曾有的性高潮那样——但愿我承认这一点。他并不崇拜我,可话又说回来,我也不觉得我值得爱慕。他从不听取我的意见,那也让我得到了某种放松,因为在很多话题上,我都没有自信到能吐露自己。他不断指出我从来不认为自己有的缺陷——我的大腿从膝盖到脚踝那段本可以再长些,或者,我回答别人提问时可以再简短些。我往往可以明白他的观点。巴里跟我陷入了一种例行公事中:也许是除狂喜外重放电影般的赞美时刻。周日晚上去基蒂那里吃中国菜,去跟我们一样的夫妇家里吃有四道主菜的大餐。直到现在我才意识到,除了在床上,巴里和我根本没有独处过。

我没觉得自己很不幸。我觉得自己一直在调整,在这一点上,我可以给自己的努力打十分。例如,要是巴里打电话来说临时有事不能回家吃饭,我不会只享用一大碗葡萄干和一大盒餐巾纸的。正相反,我会一边吃一份瘦肉蛋白烧烤、一盘绿叶菜、一份复合碳水化合物,一边读一本精彩的小说。我感到生活平衡和满足。

后来，卢克有了个女友。她不是那种一般的女友。卢克开始跟我的助手特里娜约会，她是出版人最近送我的礼物，不可以退换，因为特里娜是他的继女。

特里娜不但个儿高，人也风骚，笑起来声音非常悦耳，大老远就能听见。她具有那种以美丽来滋养以金钱来浇灌的天生自信。她穿的衣服与她的收入太不相称了。每当她换上一套新衣服，一个礼拜后，别的女助理都会竞相效仿，一般都会造成令人痛心的结果。据说特里娜有位男友，是个对冲基金经理。这就是为什么卢克给我办公室打电话时，我没有注意到是她在电话另一头闲谈痴笑。

有天晚上，巴里跟我在格林威治村与另一对医生夫妇一道用餐。这是六月底的一个星期五，这时节，露天的座位总是最先被坐满，纽约人总是假装他们不是生活在一个臭气熏天的公共蒸汽浴室里。饭后，我们四人溜达到达·席尔瓦诺饭店一带，就撞见了卢克，他跟一条绷带似的缠在特里娜身上。

"莫莉！"特里娜喊道，一边放下她手中那杯普罗塞克，好挥动一条曲线玲珑的胳膊。她手腕上起码吊着二十来只印第安皮手镯，看上去一点也不廉价。"你好，巴里！"她最好还是当一个学雌野鸭叫的猎人吧，而巴里呢，最好当一只脑残的雄野鸭。他径直朝她走去，而我慢吞吞地走在后面。卢克愣住了，也许他只是因为喝得烂醉而麻木了。这些我永远都不会知道了，因为我最先觉得自己活像个傻瓜，就像派对上的每个人，都同意我穿着一件挂价格标牌的衬衣在屋里走来走去。

"来呀，喝一杯！"特里娜颤声说道。卢克一言不发。看得出来，巴里已经准备好接受邀请，尽管很明显，他们坐的两人桌根本容不下我们所有人。我还注意到，卢克和特里娜的膝盖在桌下触碰。幸好我们的客人——那对医生夫妇雇了个时薪比水管工还贵的保姆——他们也无意于把那个晚上拖得太久。在跟他们交流了一下目光后，巴里耸耸肩说："下次吧。"随后，大家互亲脸颊，就跟有谁得了格莱美大奖似的。

道过晚安后，巴里和我朝我们的车走去。"你从没提起过，你的摄影师朋友跟你的助理勾搭上了。"驾车回家的路上，他这么说道。他的声音朝我这边飘过来，与其说是讨好不如说是好奇。

"我也是才知道。"我向他承认。我设法表现得不动声色，压抑着不发火，我渐渐意识到自己在动气了。

"这个呆子真走运啊，"他说，"你觉得她看中他什么了？"

我试图分析巴里的问话中哪部分最得罪人的时候，我嘴上的回答恰好相反。我不用去多想。是特里娜主宰着整个地球。

这天晚上，我从梦中惊醒了。我牙咬得那么厉害，连下巴颏儿都疼了。我伸手去摸巴里，我们极其粗暴和放肆地做爱了。我死盯着他的眼睛，看到的却是卢克那张脸。

"莫莉，还要！"每次交欢后，巴里嘴里都嘟囔着，"来啊，来啊！"

不要！在拱背扭臀时，我心里却暗想。不要！

第二天早晨，巴里把早饭给我端到床上——一杯冰咖啡和一个巧克力羊角面包，用我们婚礼用的瓷器装着。镶有蓝边的瓷器与插着风信子的花瓶简直是绝配。

下周一、周二还有周三，我都没接卢克的电话，没回他的短信，也没在 MSN 上跟他搭讪。但周四，我们开了个会，会上我客气得让人难受。后来，卢克憋不住了。"谈谈好吗？"他问道。

"有什么好说的？你跟我那傻瓜助理一起约会，一起犯傻，却没胆量告诉我。"我乐于承认，下半句话我只是在心里这么想的，没想到却脱口而出。

"事情就那么发生了。"他说。

"在达·席尔瓦诺饭店就计划好了，"我说。"要保守秘密。"

"是她提出来的。"

"你并没有拒绝。"我一针见血地指出。

"我真纳闷我们干吗非要这么谈一次。"

因为我只想把你完全留给我自己，虽然我已经结婚，虽然你跟我不过是朋友。因为，因为，因为……卢克给了我一个畅所欲言的机会，但我并不想往那个方向再跨出一步。唯一能肯定的就是我感到狼狈不堪。

"没什么说得过去的理由，卢克。"我说道，勉强挤出一丝微笑，假装我的幽默感又回来了。"我是个占有欲很强的女人。可我还是希望，你能告诉过我你在跟特里娜约会。那倒不是因为你非得这么做，可她是我该死的助理啊。"

"多谢，莫莉·马克斯，多谢，我要经过你的准许才可以有自己的社交生活。"说这话时，他语气里带着酸溜溜的挖苦。

"卢克，你说够了吧，"我说，"就让我们都承认吧，我只是个被宠坏的孩子，一个以自我为中心的傻瓜。我很抱歉！"

"除非你脑子里还有其他想法，否则不这样才怪呢。"他脸上的表情仿佛在这么说，我打赌你不敢！

"比如？"

"莫莉，你的问题是，你不知道自己想要什么，不知道跟谁一起才能得到它。"他耸了耸肩，然后走开了。两天后，他发来一个相当友好的短信，似乎一切又都恢复常态。当然啦，我知道，情况正相反。

12

"那儿有猛犸象，妈咪。"每当我们经过蹲在中央公园上方露出地面的岩层时，安娜贝尔都会向我指出。然而今天，当她握着德尔菲娜那只有力而纤细的手时，那只统治我女儿想象力的怪兽不再引起她更多的注意。她直往前冲，一语不发，面无表情。

安娜贝尔和德尔菲娜乘上我们犹太教会堂的电梯。那位幼儿园的指导急不可待地朝只有四岁的小不点冲过来。"你们能回来我们真太高兴了，安娜贝尔，"她说，"我们都很想你。"

尽管安娜贝尔以前常用灿烂的笑容来跟这女人打招呼，这次她只是咬着嘴唇，什么也没说。等她和德尔菲娜来到六楼的教室门口，安娜贝尔转身问德尔菲娜："我一定要进去吗？"

"你的朋友们想跟你一起玩，"德尔菲娜说道。"上学是你的工作。大家都有自己的工作。"

安娜贝尔脸上挂着那种干瘪老太婆才会有的担忧。我等着看她流泪。

"你的娃娃？"德尔菲娜问道，"你在想你的娃娃吗？"

安娜贝尔点点头。

德尔菲娜弯下腰来，小声对她说："你可不可以保密？要是你去上学，等我放学来接你，我们可以跟你的朋友埃拉一起吃饭。本来想给你一个惊喜的。"

安娜贝尔抿嘴笑笑，转过头去巡视教室里的人。她接触到她好朋友埃拉的目光，埃拉已经在游戏室里玩开了。看到安娜贝尔，埃拉移动着她那矮胖的腿跑过教室。"安娜贝尔！"她喊道，"我正在做匹萨，过来吧。"埃拉高出我女儿一大截，按解剖学的惯例，也按命定的惯例，她认为自己更年长也更聪明，有责任照看自己的朋友。因为，她朋友的妈妈刚在河边死去，就像看了让人毛骨悚然的《格林童话》里的一个人物。安娜贝尔再也不会让她爸爸给她念这种书了。

"回头见，美洲鳄。"德尔菲娜对安娜贝尔说，一边欠身拥抱了她。

"再会，鳄鱼。"安娜贝尔答道。她的一只紫色连指手套已经丢了，但她把那件带毛毛领的红皮夹克挂在她的小房间里了，那里还摆着一张家庭合影——巴里、我、还没长牙的婴儿安娜贝尔。每个步骤都很简明流畅。但愿巴里还记得我曾想让她去芭蕾学校报名的事，我肯定她可以演《胡桃夹子》里克拉拉那个角色。

"我来扮妈妈，"埃拉说道，"你来扮小姑娘。"她们俩一直玩到老师让所有十八个小朋友围成晨圈做活动为止。安娜贝尔和其他小朋友一起，来到教室中央。

"早上好，同学们。"老师说道。

"早上好，罗斯小姐。"孩子们大声喊道。

"大家来谈谈这个周末都做了些什么，"她说道，"有没有谁碰到过什么有趣的事？"一个小女孩举起了手。"艾米莉？"

"我看了《怪物史莱克》。"

"我也是。"还有几个人嚷道。

"同学们，等叫到了你们再说，记住了吗？"一个小男孩挥着小手，好像他正指挥一个交响乐团似的。他披着散乱的卷发，看上去就像袖珍版的西蒙·拉特尔爵士。罗斯小姐朝他那里一指。

"我的沙鼠死了。"他说。

"上个月我们不得不让我家的狗安乐死，"另一个小男孩插嘴说，"因为他得了癌症。"

我把能量都发散给安娜贝尔，设法减轻她的痛苦。可是安娜贝尔……什么也没做。她朝窗户望去，视线集中在绚烂晨光里飘拂的灰尘上。有几个小朋友朝她那里望去，隔了一会儿，罗斯小姐喊了埃拉的名字。"我的保姆，纳尔西莎，让我直到十一点才睡觉。"她说道。

外面走廊里，出现了一阵骚动。有对母子迟到了。"亲亲，乔丹。"那女人跟她儿子说。他是个瘦小的孩子，长着一双幽怨、凹陷的蓝眼睛，一头剪得很短的红头发，发丝细密。他在她脸上啄了一下。那位母亲是个浅黑肤色、很引人注目的女人，她的显著特征是大牙、长指甲和高跟鞋。"给我来个吻别。"我靠过去听。我熟悉那个瓮声瓮气的声音。

是斯蒂法妮。

我又恋恋不舍地望了安娜贝尔一眼，我渴望留下来看她，又无法抗拒就近监视这个女人的诱惑。她每晚都要口头引诱我丈夫上床。我凑近去看斯蒂法妮是否就是那个在我丧礼上擦睫毛膏的不认识的悼念者，可她看起来似乎只是有点面熟，是我在学校里看到的转悠着等着接孩子的女人之一。她儿子走进教室，她也随即回到电梯里。

楼下，斯蒂法妮遇到另一个女人，这人肯定是看了太多遍希区柯克的《眩晕》。她这位朋友已经把头发拉直了，漂成白金色，盘成一个法国髻。她那身剪裁考究的华达呢灰羊毛裙与短外套令人回想起一九五八年流行的款式。她非常吸引人，有着瓷器般细腻的皮肤和精心描画过的红唇。尽管天气异常寒冷，这两位女士在走下林荫道的时候，把大衣敞开了。她们鞋跟的高度，并不妨碍她们快速来到四个街区之外的一家咖啡店。等她们在窗口的一张台子边坐下。看得出来，她比我估计的要大几岁，约莫四十来岁的样子。也许比斯蒂法妮大十岁。

"男人们难道不是很走运吗？"斯蒂法妮说道，"他们的婚姻也许是世上顶糟糕的，可一旦他们失去了妻子，世界又拜倒在他们脚下了。"

"起码，你拜在他脚下了。"她的女伴说，"怎么回事啊？他是不是真地说过他的婚姻完蛋了？"

斯蒂法妮踌躇片刻，人靠到椅子上，直盯着朋友的眼睛。"不完全是，可要是他对这玩意儿那么感兴趣，他的婚姻又能好到哪里去呢？"她说道，一边笑，一边搅动纸杯里的糖。

这就是外头正在流传的神话吗：莫莉·马克斯的婚姻跟她的人一样死跷跷了？

"其实，这段时间以来，他一直对此很着迷。"斯蒂法妮又加了一句。

我仿佛感到自己变成了露西；我真恨不得一根根拔掉斯蒂法妮的眼睫毛，再挖出她的眼珠子，在她的焦糖冰咖啡里撒尿，像廷克·贝尔那样吃了水晶丸安非他命勃然大怒。有哪桩婚姻像一条完美的床单一样？——从来不曾弄皱或沾上污点，没有秘密或失望。就像一个犯罪辩护律师，我渴望去维护和巴里的关系，尽管它有缺陷，尽管他出于偶然会跟别的女人搞点小出轨。

褐色头发那位放下她的咖啡杯，在杯口留下了一个迈卡牌俄罗斯口红的唇印。"史蒂夫，你不觉得你走得有点太超前了？"她问道，"为什么是这个家伙？他又不是纽约唯一的单身汉，你又不是每晚都待在家里拔眉毛？"

"有些女人问过我为什么，我反问，妈的，为什么不可以这样？"她耸了耸肩，抿了一小口拿铁咖啡。她的牙齿就跟上面的泡沫一样白。

"他约你出去过吗？"

我那谎言探测器啪的一声爆炸了，弄出了那么大的声响，我很惊讶她们竟然没听到。

"他说他想再等上几个礼拜甚至几个月。"斯蒂法妮说，"'人们会怎么想？'你知道我的——'耐心'小姐。"她停了一下，检查她的指甲，又抬起眼。"我给他两周时间。"

"三年来我一直单身，交了个六十二岁的男友，他因为电路城一个女店员甩了我。"金发那位带着明显的柔情这么说，"你都单身一年了，也已经——我不能算得更长了。"这话让我很吃惊。金发女子赢得了美女厨师的比赛，可我始终都是个天真幼稚的人，认为完美肯定跟欲望，换言之也就是跟爱有千丝万缕的联系。"你真该开一门有关如何强占的课。"她望着她的手表，那是一块我一直很垂涎的依宝表，因为尽管它镶着四打钻石，却依然显得很运动。"以后你有什么消息，都要告诉我。"

"健身房见！"在女友拎起手袋往门外走的时候，斯蒂法妮对她说，"亲亲，亲亲。"

斯蒂法妮打开她的《泰晤士报》，浏览了周四的时尚版，随后翻到电影排片表，随后去摸她的手机，快速拨号给巴里的手机。

"我知道你大概在做手术，"她给他留了个信息，"我只想告诉你，我想你。"她压低嗓音。"随时都可以，不管你在哪儿，我都准备好了。"

我记得，母狼，是一种很社会化的动物。

13

"哪种老女人七点半就上床？"卢克站在我的房间门口问道。

"那种精疲力尽的。"那种极欲在人前表现一把的。

"想和我一道走走吗？"他已经换上一双凉鞋、一条亚麻长裤和一件褪色的夏威夷衬衫。我总是对那种热带花朵图案衬衫很着迷。

以上这段对话发生在卢克同特里娜分手后两个月，当时特里娜已经跟她的华尔街天才订了婚。卢克跟我正在出外景，这次在一个暖和、阳光明媚的地方。在飞机上，我俩就像桥上的两个气泡那样起劲地聊，而我像一只兴致勃勃的狒狒。直到落地，情况才发生了变化。我发现八个巨大的行李箱丢失了，那是我一路从纽约带来、用来放借来的小工艺品的。万一需要我从箱子里拿出一两个雪花石膏像来装饰我们要拍的房子，就能派上用场了。这些箱子将在第二天下午的同一趟航班才能运达，香蕉航空向我承诺过。

事情往往会朝最不利的方向发展，我相信那些箱子一定被运到百慕大三角去了。即使能找到它们，我们次日的工作也将延迟。不知怎么搞的，我累得都记不起我的电话号码了，卢克只好帮我填行李索赔表。我谢了他，可在去接下来五天我们要住的那家酒店的路上，我始终闷闷不乐。在前台登记完毕，我立刻逃进了我的房间。我先给家里打了个电话，然后洗了个长长的淋浴，等再露面的时候，我浑身发出一股高雅的香气——管理部门在市场的各个角落都堆满了飘着番木瓜味的产品——虽然这是一个急速发展的州。我正盼着能享受一下客房服务，早早上床，突然听见有人敲墙：笃—笃—笃。

我敲了几记以示回应，不过这一次，回答我的声音转到了门上。从挂着链条的门缝往外望，能看见卢克脸上就像车顶灯那样挂着傻笑。

"很抱歉，莫莉·马克斯今晚不开门。"我说。

"我知道你还小，可你又不是八岁呀，"他说，"来吧。"

"不成，对喝粉色饮料，我自有一条原则。"我说道，一边指着他手里那只喝了一半的酒杯。

"是酒店的招牌饮料，"他说，"比看上去有潜力得多。"

我把卢克丢到一边这种做法是否有点犯贱？我们团队的其他人前天就到了，他们给我们留了一张字条，说到这个岛的另一头吃烤乳猪去了。这个傍晚，卢克和我只好靠自己了，我却使他陷入困境。我光脚站在那儿，要决定该怎么办，这时他替我做了决定。

"我喜欢穿睡衣的女子。"他说着，从头到脚地打量我。

我穿着一身朴素的白色纯棉睡衣，每逢我和露西过生日，我母亲都要送我们一套颜色相配的睡衣。衣服袖口绣着紫色堇型花。我头发湿漉漉的。我笑了笑，脸刷地红了。

"我也喜欢会脸红的女人。"

我暗想，卢克，这种酒你已经喝了好几杯了，不是吗？可是，他显得挺落寞。要么就是我身上的判断系统在那么说。我却脱口而出："十五分钟后在酒吧见。"

我用毛巾擦干头发，花了一分钟草草化了妆，又换上了一条有金属圆圈图案的白色太阳裙。我那纯洁的处女形象依然保存完好。我信步走到酒店的露天酒吧。在卢克身旁，放着一杯饮料，是草坪上火烈鸟的那种颜色，上面插着一把小装饰伞，它被摆成好像一根食指指着我的角度。这不明摆着吗，莫莉。它似乎在说。

"这难道不比宅在屋内好？"我单脚跳着坐上一个大竹凳的时候，卢克说道。

"这取决于这杯酒后面还有没有什么好吃的。"我说。

卢克朝侍者招了下手，后者就把一碗冰冻大虾、一碟气味刺鼻的酱料和一篮松脆的油炸大蕉片端到桌上。我们一边细细品尝食物，一边抿酒，这时太阳也渐渐沉到波平浪静的海平面上了。远处响起钢鼓乐队演奏的背景音乐，它的节奏让我们随着夜色放松下来。很快，我们可以数深蓝夜空中的星星了。在离酒吧不远的餐厅，每一张露天的桌子上都点起了一根矮墩墩的蜡烛。有时我会想，我真该付钱给那本雇我当美编的杂志。今夜是一个天堂里的假日。

餐厅领班把我们领到一张离沙滩很近的餐桌那儿。我开始啜饮香槟，这是酒店赠送的，因为我们在旅游淡季一下订了六个房间。我意识到，几周以来，我从没像现在这么放松过。不，时间还要长，还要长。

卢克和我商量了一些细节，又定下更多的拍摄计划，其实我们不可能在一天内都一一落实。"这完全超出了手袋展示会的要求。"我说。

"你何必这么担忧？"他问我。为了不让我误解他，他以最地道的西印度群岛口音，唱起那首《别担心，高兴起来》。

"我的工作就是担心。"我说。

"干得挺好的，"他说，"你的工作，不单单是第一流的焦虑。"

"你也是。"我们碰了一下水晶酒杯。

圈里的人都同意，卢克和我，已经迅速变成一对令人敬畏的搭档。如果我是香草冰淇淋，他就是上头那层奶油，我俩凑在一起，比单打独斗强多了。到年底，就有另一家杂志社愿意把我们的合约买过去。

自从我们合作以来，我就对自己的工作更有激情了。那些还没尝试过迸发自己创造力的人，也许无法理解充分发挥自己的想象力会令你多么兴奋，可这一切对我来说，都是至关重要的。几个月以前，我一般只是敷衍了事，如今，我会半夜醒来，把自己的创意用草图画下来。这些创意多半都不赖。在一次骑车漫游后，当我的思绪必然地漫游时，我通常会拿起电话，告诉卢克下份工作我们确切地需要什么，从精致上等的镀金餐巾环、鹦鹉郁金香的颜色，到一只碗里应该放多少枚肚子里塞满杏仁的橄榄。

我们都要了鲳鲹，又分吃了一份装在结霜浅绿碟里的椰果冰糕。

在我们享用晚餐的时候，背景音乐被一位歌手的独唱代替了，他唱的正是我父母在汽车里时常播的那首歌。这位歌手用热情来弥补才气。"下面一首是为情人们唱的。"他说道，金牙一闪一闪的。卢克和我已经喝光了香槟，脸上挂着那种迟钝的微笑，就跟那些没通过呼气测醉检验的人一模一样。

"你想不想在月光下和我跳支舞？"那位歌手低吟浅唱着。他翻唱的风格介于沙滩男孩与约翰·列农之间，而那种慢悠悠的卡里普索式节拍完全是他自己的风格。"整夜拥吻，噢，宝贝儿，你想不想跳支舞？"他一边重复着"想不想……想不想……"的伴唱，一边摇摆着来到我们面前，示意我们走下那个狭小、空荡荡的舞池。卢克起身而立。

我犹豫了。我无法相信自己能在卢克的搂抱下安然无恙。可他的眼神很诱人。我起身握住他的手，穿着我那双跟最高的凉鞋磕磕绊绊地跳起来。他抓住我，抱紧我。我能听见他怦怦的心跳，有那么一会儿，我意识到我俩的心正一起跳动。他给我的感觉很温暖，散发着须后水好闻的柑橘味，甜甜的汗味还有番木瓜磨砂膏的味道。他托着我起舞摇摆的时候，我真是飘飘欲仙啊！我把头依偎在他脖子上，试图说出另一阵香味的名字。它的底香究竟是什么呢？我知道那是一种极致的香味。歌曲唱完的时候，我终于弄清了，那是欲望的气味。

"你想不想啊？"他喃喃地说。

我确实想。

"我知道我想。"他又接着说。那个三重奏的乐队又开始奏起一首节奏更快的曲子，而我们依然在慢悠悠地摇摆着。我，作为其中一个，丝毫不想让这个夜晚快点过。

他的手指紧扣住我的手指，并轻轻地抚摸它们。这个动作既温柔又充满情欲。"我在等着一个回答。"他小声说。

"我太累了。"

这是我第二次撒谎。

"那就来我的房间睡觉吧。"

"睡觉？"

"我很想知道那会是什么感觉。"我无法肯定卢克是否当真说了这些话，还是我自己想出来的，要么就是他读懂了我的心思，要么就是我读懂了他。

常言道，私通是对丈夫或妻子的惩罚。从这晚开始，对这个观点我要提出异议，以后也将如此。现在再跟我的婚姻顾问斯塔福德博士探讨这个问题，太晚了。可惜啊，因为上个月，保险公司才对巴里与我往后十年的健康保险进行过验证。我们已经花了几个月的时间进行婚姻咨询。在进行治疗的时候，我常常宣称，我绝不会为报复他跟别的男人发生关系。噢，尽管我人已经死了，但那是我亲身的经历，我依然要捍卫它。卢克从来没有、以后也不会是巴里的反面。他始终是卢克，有他自己的磁场。卢克·德莱尼为什么会吸引我，这一点我无法解释。

那些渴望陷入爱河的人，幻想或假装自己处于自我的孤岛，困在浪漫的雪国里，安全地脱离现实世界。实际上，卢克和我也确实是待在玛格丽塔岛上。我们确实是在一个岛上，离自己的家五百英里远，以一般人的良好常识判断，那个夜晚，我们正处于神志清醒的状态。

巴里是否有个与莫莉截然不同的女人呢？据我猜测，在我们订婚和结婚期间，他始终认为，绝对有必要与不是我的半打女人勾搭一下。我从未想过去法庭证实这一点——只有一次，我仔细检查过收据——然而在某种程度上，我始终清楚他是个背叛者，只是我装作看不见罢了。但那天晚上，我心里并没有琢磨这些。卢克拉住我的手回他房间的那一刻，我心里想的人只有卢克。噢，是保险套和卢克。我可不是那种不负责任的人啊。

到了房间门口，他摸索着钥匙。女仆已经铺好了被褥，把藤制吊扇调到一个慢吞吞的转速，又把两块巧克力搁在枕头上。他撕开一块巧克力放到我嘴里。我也同样为他这么做了。天这会儿凉了下来，已经过了午夜了，他点上了一支蜡烛。烛火在房间里闪烁，犹如一部浪漫的法国电影预告片。

我踢掉凉鞋，他脱掉衬衣和长裤。他身材颀长，尽管瘦削，腰间很少的脂肪令他看上去更真实，也更迷人。我闭上眼，他那一簇胸毛让我再次想起了百慕大三角。我这是迷失了自己？抑或找到了自己？

14

"莫莉，我仔细考虑过了。"巴里说。我们已经决定了，先在四季酒店喝鸡尾酒，然后去道餐厅吃饭。"不过……"他冲侍者打了个手势。"请先来两杯马蒂尼，"他说，"灰雁牌的。"

对一个提起喝酒就会想到葡萄酒窖（里面大都是贴着十五美元以下标签的灰比诺）的女人来说，我松了口气，勇气就装在一只高脚杯里。巴里是不是挑了这个晚上来宣布他认为我俩没戏了？毕竟，这是我们的第一个婚姻纪念日。

如果用一到十来评分，我给我们的婚姻生活打五分。不太保守，也不太冒险，马马虎虎，平平淡淡。最近，我在一个算塔罗牌的网站看到，只有百分之八的已婚夫妇认为另一半是自己的心灵伴侣。但考虑到今天的离婚率，这就意味着，新娘很少与本能地将手伸给她的新郎喜结连理，他是她最喜欢的 X 级幻想电影里的男主角。

巴里跟我似乎与我们认识的任何一对夫妻没什么两样。在我们必须经历的婚前心理咨询的三个阶段中，犹太拉比认为性和金钱是吞噬我们婚姻关系的沼泽地。到目前为止，我认为我俩之间并没有根本上的冲突。实际上，我们俩都不喜欢在公共场合秀甜蜜，但我认为，比起我们认识的那些每次邀我吃饭后都要在餐桌上作秀的夫妇来，我俩的婚姻绝对保质期更长。在他们那铺着光可鉴人竹地板的一尘不染的公寓里，我总要怀疑，他们把我们招来，不光是为了向我们显摆，从他们家三十三楼的落地窗望出去能看见城市全景，更是为了给他们的力比多作证。

在我忙着把自己的婚姻归于平凡的时候，有人会纳闷，早在六星期之前，我是否就早已预见到后来我跟卢克会发生点儿什么。不完全是这样。出差后，我把与卢克共游的那段经历，保存在我大脑的图书馆中当代女性虚构小说那一栏里。我告诉自己，我俩的一时纵情是毫无意义的，已经过去了。我谁也没告诉，连布里也没说。

也许，我有着超越年龄的智慧，懂得每种结合就像一只寄人篱下的混血种小狗：你只有等到它长大才知道它会成什么样。那晚，在旅馆大堂里，巴里看上去就像养着好多条喂得膘肥体壮的拉布拉多猎犬的狗主人，他可能还养着藏獒和德国大髯狗。他穿一身黑衣，剪裁考究的夹克，细纯棉衬衫，蜥蜴皮皮带，牛仔裤。幸运的是，他给人的印象与其说像约翰尼·卡什，不如说像欧洲那些附庸风雅的假内行。他那鼻子，令他与漂亮小伙的那股帅劲无缘；但他那头黑卷发，那双长着长睫毛的深褐色眼睛，这些应该属于我。巴里·马克斯整体上还蛮引人注目的。他那种逞强好胜的派头更是最后一道包装。

"敬我们。"他说着，举起他的酒杯。

"敬我们。"碰杯时，我也附和道，"你和我。"

"首先，我要给你这个。"说着，他递给我一只波道夫手袋，那种包往往价值不菲，特别是小的。我小心地打开盒子，看见一个小天鹅绒袋，将它拉开，里面是一只纯银手镯，镶有一粒粒闪闪发亮的水晶，足有开心果那么大。我是不是在试演歹徒情妇那种角色，这只手镯应该是个不错的道具。可是，我首先想到的竟是：基蒂选中了它。

"天啊，"我只能说这么多了，"真不敢相信。"我当然希望他会送礼物，一度竭力暗示他送我一件镶着螺钿的双足方尖碑饰物，在格林威治村一家积满灰尘的古董店内，我一眼就把它相中了。不过，在我的心目中能为我家的茶几增光添彩之物，在巴里看来，也许就等同于生殖崇拜。我欣赏着这款手镯，很想用赞美来为它增色，并谴责自己一点不知感恩图报。有可能巴里不会喜欢我给他买的那副蓝釉袖扣。如今回想起来，连他是否会喜欢装有法国袖口的衬衫，我都无法肯定了。

"这是你应得的，宝贝儿。"他说着，把这件礼物套在我手腕上。他是不是想从它的光泽上照出自己的影子呢。"说起小孩，"他又加了一句，"莫莉，我们也该要了。"

在电影脚本里，巴里的眼神不妨读作"意味深长的凝视"。对我而言，那就如同"芒刺在背"了。

一些夫妇没订婚前就没完没了地讨论养育问题。那种人准是连自己的鞋都要放进透明盒子里，他们会抢在一月三十一日前，就把附有注解的所得税准备单交到会计师手里，并开始考虑预订结婚照。也有一些夫妻非常清楚何时养育下一代，尽管只是跟他们的神经科大夫随便聊聊。还有一些夫妇还没想好要不要孩子，但聊起这个话题来兴致勃勃。巴里和我不属于以上任何类型。

"我觉得自己还没有成熟到能当妈呢。"我承认。

"噢，别这么说，"他说，"你会是一个好妈妈的。"他的语气很诙谐。

在我们家里，露西的专业就是管孩子，是这一带的孩子王，每年都要当夏令营辅导员，并在幼儿园里上课。她喜欢每一个孩子，他们也喜欢她。

"每当有人让我临时看小孩，我都会说自己还要写学期论文，"我说，"我可不是那种很有母性的人。"

巴里不相信地嚷了一声"哈"，邻座的人纷纷掉过头来看是否有人需要急救，"听我说，莫莉。多数父母都只喜欢自己的骨血，认为人家的小孩都是拖着鼻涕的小鬼，这是个公开的秘密。"

"你真是目光如炬啊，巴里。"我说，他肯定有道理。可是，要是我连自己的孩子都不喜欢呢？要是我的孩子不喜欢我呢？

一年前，我曾自愿去辅导阅读。我的一年级主管坚持要教那首《怕人的毛蜘蛛》。我依然清晰地记得，他那令人毛骨悚然、口型与原声大碟同步的假声朗诵："我的网捕到一只小虫。我一下就把它咬死了。我用钢牙把虫子的身体咬断捻碎，把它榨成汁。晚饭做好了。"一只天真的小虫落到了狼蜘蛛的网里。那一刻，我的感受同那只小虫一样。

"可我不知道怎样当妈。"要是我听不懂宝宝刺耳的哭声或者没被他的哭声唤醒，那怎么办？呕吐反胃怎么办？我尤其不愿去想肚子上增重四十五磅会是什么样儿，即便是现在，我的小肚子也不算瘦。我更不愿去想一个九磅重的婴儿怎样从我阴道里钻出来。"再给我来一杯马蒂尼，好吗？"我示意那名侍者。

"莫莉，你真是莫名其妙……你觉得我妈想过怎么当妈吗？"我的回应并没有引起巴里的反驳。他很巧妙地调整了战略。"你会和你妈一样的。"他说。

"我永远也成不了我妈那样的好母亲，"我反驳说。谁又当得了呢？克莱尔·迪万和蔼和亲，很有耐性。我这人就是没耐性的代表，尽管我可以在聚会上装出一副好脾气。巴里喜欢说，大家老是觉得我很冷漠。当我指出，这些高度敏感的词不能来形容一个成年女子的害羞表现，巴里总会表现得很怀疑。

等我干了第二杯酒，一种从未有过的不安全感笼罩了我，我开始觉得自己得了幽闭恐惧症，尽管酒吧天花板的距离很高。我很高兴巴里这时招呼侍者结账，我们起身离开了那里。我们走进道餐厅，一座六英尺高的菩萨俯视着我们。我请示他我该怎么做，然而，所有的菩萨似乎都在说，两个人就点北京烤鸭。我们点了烤鸭，一边享用一道叫禅的高热量冻奶糊，一边谈起了我们用餐时的老话题，巴里讲起了手术室趣闻。我把那个大幸运饼递给他。我很想知道，什么样的运气在等待着我。

"来杯接吻猫如何？"巴里望着菜单上餐后酒那栏问道。

"回我们在简大街的家如何？"我反问。在出租汽车上，我闭上眼睛，依靠在巴里肌肉发达的身体上。在床上经过一番前戏后，也许我可以说服丈夫把要孩子的计划推迟几年——或者是十年——在那段时间里，我会成熟起来，弄清自己到底想要什么。

回到我们的公寓，由于喝得太多，我依然有点头晕。我换上一套蓝色绸缎连衫裤，巴里把我紧紧拉到他怀里。他正处于一种铁了心的陶醉状态："宝贝儿，结婚纪念日快乐！"他凑到我耳边热切地喃喃自语，"莫莉·迪万·马克斯，你将成为一个了不起的母亲。"

我昏昏欲睡、满腹狐疑地望着他。

"我所知不多，"他说道，"但那一点我很清楚。"

他说这些话的样子异常亲切，让人信赖。我很想去相信他，很想不辜负他这些话，很想说服自己对大多数女性来说这种事甚至都算不了一个选择。"当真？"我问道，与其说是提问，不如说是恳求。在那一刻，我觉得嫁给巴里·马克斯是我做过的最英明的决定。

他吹灭了我放在床边的蜡烛，我们的小房间里弥漫着幽谷百合的清香。他说："宝贝儿，我们来要个孩子吧。"

几个月后，我们有了孩子。

15

希克警探伸直长腿并环视整个房间。他坐在一把埃姆斯黑皮椅上，在布里和伊莎多拉那间仓库改造的房子里，他也许是又一个被别人认为是圆滑保守派的人。"劳森小姐，你在马克斯太太葬礼上朗诵的那首诗是伊丽莎白·巴瑞特·勃朗宁写的吗？"他问道，似乎他确实喜欢维多利亚时期的诗歌。

"是艾米莉·狄金森写的。"布里说。她正穿了一套性感尤物杰西卡兔上庭时穿的衣服，杰西卡兔买这身衣服是为了吓退那些白痴抗辩者。她外面罩着紧身短上衣，特意没系纽扣露出一线乳沟来。那条铅笔裙紧裹她的臀部，裙长刚及膝盖。她的头发在脑后挽了一个端庄的发髻。伊莎多拉坐在她身边的美人榻上，她那双长睫毛遮盖的淡褐色眼睛上爬着一条细细的皱纹，我以前从没注意到。

"我知道她也是个心情沮丧的女子。"那位警探说道，从伊莎多拉摆在茶几上的骨瓷方盘里取了一块意大利巧克力脆饼。"呃，我从马克斯太太的葬礼上获悉你们俩走得很近，"他说，"你能否向我透露一下……你俩的关系？"这个问题是直接抛给布里的，可他在掉下一粒饼干屑时，眼睛扫了一下伊莎多拉，饼干屑随即消失在厚厚的深黑色地毯上。见此，伊莎多拉额上的皱纹加深了，而布里却直视希克。

"大一时，莫莉和我是随意指定的室友，"她说，"这种安排对我们来说实在是一种幸运。我们很合得来，变得形影不离。第二年，我们就一起租了公寓，直到毕业才分开。"

"能否说详细一些？"希克眼里显出很好玩的表情，布里觉得他这是在讥讽她，有一种虚伪的暗示。他其实是刻意为之，就是为了激怒她。别上他的当。我发出这个信号，徒然地希望布里能听见。

"我们和学院里的朋友一样，"她说，"学习，逛街，聚会……"

现在回想起来，次序正好相反。

"还有别的吗？"他又问。

"当然有。"布里说，"吃匹萨，胖了十磅，节食，跟男生约会，支持主队，穿省布的比基尼度假，尽量不去想长大后干什么。还要往下说吗？"她列出这一长串活动时，语速加快，音调也随之提高。我很吃惊布里竟让自己表现出挫败感，在法学院难道他们不教学生保持冷静吗？

"维加小姐，你是否介意我跟劳森小姐单独待会儿？"希克请求。伊莎多拉站起身来，抚平她那条无袖连衫黑裙上根本不存在的褶痕。她本想看上去像州长那般尊贵，却忽略了一个事实，这件衣服紧裹她的细腰和丰臀。伊莎多拉身上有一种美，这种美你一般需要给她保障。

71

我们俩一般高，她看上去却比我以前认为的要高一个头。她右手的中指上，戴着一枚硕大的柠檬黄石戒，反射着午后的光线。我不知道那是一枚稀有钻石还是一块玻璃。

"如你所愿。"她说着，走进卧室关上门。希克和我都知道，即使隔着墙，伊莎多拉还是能听到大多数谈话。

"这么说来，劳森小姐，现如今那个词人们怎么说来着？有利益关系的朋友？这用来形容你和马克斯太太是否合适？"我开始觉得，他想尽办法冒犯人来了。

布里皱了一下眉。"不，莫莉是我永远的朋友，"她说，"没有'有利益关系'。"她用手指划了个双引号，她的指甲被涂成了完美无瑕的灰色。

希克缄默不语。

"那时，我有一些男朋友。"她又说，尽管他没有问。

"感谢你所做的解释，劳森小姐。"他说，"呃，我们来瞧瞧。你觉得马克斯太太的婚姻是否幸福呢？"

布里从左面移到右面，然后又坐回去。"别人的关系你永远都无法了解。"

对我来说，这听上去很合理，希克却说："劳森小姐，回答问题，好吗？"

"他们不太像那种抽屉里塞着一份共同使命说明书的夫妻，可是，巴里和莫莉以自己的方式，对对方忠诚，也十分般配。他很专注于事业，有个很难缠的母亲，会跟人调情，但我总觉得莫莉完全应付得了。他是个慈祥、宠爱女儿的父亲，对莫莉来说，这很重要。莫莉和安娜贝尔是他的避风港，是他的心之所系。莫莉很清楚。"

告诉我一些我不知道的事，希克心想，巴里是否杀了他妻子？她有没有骗他？他有没有骗她并希望她出局呢？是不是这位女律师干的，或者可能是隔壁那位嫉妒的未婚女子干的？

"巴里经常批评莫莉，可我总把那当作一种充满爱意的揶揄。而且，我认为莫莉也是这么想的。"布里补充道，"他绝不会伤害莫莉的，如果你想知道这些的话。"

"因为他爱她吗？"希克问道。

"噢，那个嘛，"布里说，"是的，那是当然的——那是一种特定的……"布里踌躇了。

"说下去。"希克说道。

"因为我想，任何形式的野蛮行为实际上都会破坏他的事业。"她发出一种很奇怪的声音。那是一种很神经质的咯咯笑，干涩而低沉。

"那怎么会？"

"警探，女性对拿刀杀人怕得要死——你能否想象利用一个美容科大夫下手，并放出谣言说他是杀人犯那种情形呢？"布里心里想的正是：一个该死的杀人犯。

"有意思。"希克说。他从埃姆斯椅子里立起身，走到房间那头的一张暗橘红色沙发上坐下，那张沙发跟布里现在坐的是一对。从那个地方看，她大腿的线条甚至更美了。"那么，马克斯太太……是否也爱她的丈夫呢？"他问，一边随手拿起一本书，那是马克斯威尔·帕金斯的传记，在等布里回答的当儿，他心不在焉地翻了一下书并把它放下。"那个小伙子工作时是否常戴一顶帽子？也许我该说说这个了。"

"毫无疑问，是的。"布里回答。我吃不准她这是指他确实戴帽子呢，还是在回答希克的问题。"巴里可能对她有影响力，但他也是她的救命稻草。"该死，我怎么跟"救命稻草"这个词扯上关系了呢？布里扪心自问。我纳闷，她为什么对此那么肯定？

"她的什么？"警探问。这下他来了兴趣。

"我常常认为，莫莉假装她的婚姻比实际上槽糕。某种程度上，那是一种自我贬损的噱头。"

布里这回说错了。我觉得她希望我的婚姻比我口头叙述的要好。布里是那种对自己很有把握的朋友，她不需要我的幸福相形之下显得逊色，以此来突出自己更幸福。

"你能描述一下吗？"希克问道。

但愿我能，布里心想，但愿我有证据。"这只是我的一种感觉。"

布里是否觉得我是一个空虚的爱倒苦水之人？

"请告诉我你最后一次见到马克斯太太时的情况。"希克说道。

"是在我们一道骑车登山的时候。你记不记得，二月份有段时间气温达到了华氏六十度？"

全球变暖。我吃不准，是否还要待在附近看结果到底怎样。

希克从夹克口袋里拿出一个黑皮笔记本，在里头很潦草地写了几笔。"你提到她丈夫的家庭是……你原话怎么说来着，'很难缠'？"

"莫莉跟她们关系很融洽，"她说道，尽管她清楚基蒂只是在容忍我，有时很客气。"她父母跟姐姐也一样。"

"那位当姐姐的，"希克说，"她又怎么了？"

"原谅我，请重复一遍？"布里问道。

"在葬礼上……你不认为她态度有点激烈吗？"

"那毕竟是她双胞胎妹妹的葬礼啊，"布里冷冷地说，"她应该表现得怎样才合适？"

"那好吧，"他说，"很抱歉我说得有点过头了。可是，这对姐妹关系如何？她俩很亲密吗？"

"警探，你难道就没有兄弟姐妹吗？"布里反问，"你知道那是怎么回事。有时候，你爱他们；而有时，你恨不得你妈妈在生他们时就把他们淹死。"话刚出口，布里就后悔了。"拿莫莉跟露西来说吧，她们知道如何在紧要关头保持沉默，不过，她们的关系很近。"她们彼此相爱，布里心想。露西崇拜莫莉。莫莉对露西有点敬畏。

"你跟露西的关系也很近吗？"他问道。

布里踌躇了。她始终觉得露西自以为是、有点土，这大概是因为，她知道露西觉得她也自以为是，自我感觉良好。"相互尊重。"她说。

希克吃吃地笑了两声。

伊莎多拉挎了一个大手袋从卧室里出来。我目不转睛地盯着它。她朝布里走去，搂住布里的肩，给了布里一个唇吻。

希克似乎享受这种表演，他咧嘴笑了。"噢，劳森小姐，这里的调查很快就结束，"他说，"没几个问题了。你朋友死的那天晚上你在哪儿？"

布里紧闭眼睛，设法忍住汹涌的泪水。"我在工作，"她说，"在巴西。"

当时我在布朗克斯打保龄球，希克心想。"你还有什么话想告诉我吗？"

布里脸色苍白，充满倦意。一缕黑发从她发髻里掉出来，她把它撩到耳后。"这会儿还想不出来。"

"好吧，就这样了。"希克说道，"还有一个问题。你是否认识一个叫卢克的人？"他又把那个笔记本掏出来。"卢克·德莱尼。"

她说道，"是啊，我认识。我们几年前认识的，当时我是模特儿。"

模特儿，希克心想，并不觉得吃惊。"那么，德莱尼先生跟莫莉太太是什么关系？"他问道。

"同事。他是一个摄影师。"

"你想告诉我的只有这么多吗？"他问道。

布里又换上了她在法庭上的那副表情。"我就知道这么多。"

希克站起身来，握了握布里的手。我相当肯定，他抓住她手掌的时间比实际需要的长一些。可对这种观察，我无法给出恰当的解释，因为他提起了我一直拒绝去想的卢克，这令我极度亢奋。

"要是你又记起了其他的什么，这是我的名片。"那位警探说道。他的语气从保持中立变成了热忱殷勤。他把名片塞到布里手里，随即走出了房门。他的背影可能是看他的最佳角度。

他离开后，布里走到一张书桌前，把名片放到右侧一个空的小抽屉里。上面写着：海华沙·希克。她大声念出名字："海—华—沙？"顶层仓库改装的公寓里洋溢着一阵笑声，那笑声我还记忆犹新。我现在站的位置，就是当初我俩一起笑的地方。

16

"巴里？"露西说，"但愿我没把你吵醒。"实际上，露西真恨不得自己可以像个挥舞着长柄镰刀的吸血鬼那样，在他梦里盘旋。何况，今天是礼拜天早晨，如果他九点前还没起床，我姐姐准会把这条记录在巴里·马克斯医生十恶不赦的罪行簿里。

"请问你是哪位？"巴里问道。他似乎在喘气，这一点也不让我吃惊，尽管外头雨下得很大，他刚跑完步回来。他头戴棒球帽、披着雨衣站在那里，把水滴到我家厨房的地板上。巴里知道来电话的是露西：声音是我和露西身上唯一相像的东西。据我猜想，他认为我从坟墓里给他打电话，是为了告诉他别忘了买对牛奶。其实，他已经买好了。

"是你最喜欢的小姨子。"露西报出身份。

巴里沉吟片刻，贱货。"早上好，露西。"他说道，"哪阵风把你给吹来了？"他语气平静，心情愉快，正如一位收入不菲的外科大夫表现得那样。婚后不久，为了软化他纽约人的元音，他给一位演讲顾问工作过几个月。这是我的主意。

你不喜欢我，我也不喜欢你——大家都别装了，露西心想。"我想安排一下这个逾越节怎么过，"她直截了当地说，"我会坐飞机到纽约，来接安娜贝尔，把她带到芝加哥度假。我已经放假了，一个人来去自由，整个礼拜我都可以跟她在一起。"

"接着说。"

"我父母会坐飞机送她回来，"得到了鼓励，露西又说，"我们有好多计划呢——去参观菲尔德博物馆，美国姑娘商店，当然，还有两天的逾越节家宴。还有，逾越节第一天早餐吃薄饼，那是迪万家的传统了。"

"噢，噢。"

"我可否理解为你答应了?"她竭力想让对话轻松些,但又焦虑地在一本便笺簿上画着重重的黑圆圈。

"露西,我不打算让她去。"巴里说,"你父亲也向我提过,不过,安娜贝尔的心理治疗师认为这么快就让她旅行,她会受不了的。"

露西说:"安娜贝尔的心理治疗师?"同时我也这么想。她是有一个儿科医生和一个牙医,从何时起,她又有了一个心理治疗师呢?

"我向一位在业界很有名的同行咨询过好几次了,他专治儿童心理创伤。"巴里说。

"噢,真的吗?"露西说,"那他是谁啊?"

"约瑟夫。"巴里说。

"哪个约瑟夫?"露西马上问。此刻,她正站在我父母摆在厨房台面上的电脑前,正准备用谷歌搜索一下。

"约瑟夫是姓。"

"那他的名字呢?"露西马上追问。

"这个为什么重要呢?"

"我不过问了你一个很普通的问题。"

"那好吧,"他说,"斯蒂法妮。"

真可惜,露西听不到我的冷笑。

"得了,迪万家也咨询过一位心理治疗师。"露西撒谎道,"我们这位毕业于芝加哥大学的著名专家专攻幼儿心理创伤,他说如果剥夺了安娜贝尔与外婆家的联系,将会……"露西稍想了一会儿,"会令她产生长期逆反的负面结果。"

"噢,逆反的?"巴里说,"那么,露丝,我们要不要安排这两位心理治疗师在中央公园里一决高下?那里有充足的空间让他们对决。"

安娜贝尔穿着睡袍来到厨房。她的脚趾甲闪闪发亮,这是德尔菲娜的杰作。今天早上,巴里跑完步刚进家门,她就去教堂做礼拜了。他多付了她一笔钱,让她每晚睡在我们公寓里。

我女儿把她吃了半碗的奇乐麦圈放到水槽里，漫步到她父亲跟前。"爸爸？"她说，"爸爸？"她着急地说，"我找不到《无畏多拉》的影碟了。《爱冒险的多拉》那集。我想看。在哪儿呢？"

巴里终于有了一个可以开溜的机会。"露西，"他说，"安娜贝尔在这儿，我得挂了。"

"是穆西姨妈打来的吗？"安娜贝尔问。她笑了，露出两个酒窝。"我能跟她讲话吗？"

"巴里，把安娜贝尔抱起来听。"露西说。她那种轻松的语调消失了，忍住了很有可能爆发的破口大骂；她信手涂鸦浓得像蛇似的圈圈已经满了一页。

"现在可不行，"巴里说，"安娜贝尔和我五分钟后出门。"他的目光落到墙壁上一本画有母狮子和小狮子的日历上。"我们要去动物园。"

"我不知道我们要去动物园啊。"安娜贝尔望着敲打在窗子上的雨水，它几乎是平行地打过来。即使是三岁小孩也面露怀疑。"我想跟穆西姨妈讲话。"

"就让她讲一分钟。"露西说。谷歌已经勉强搜到几个斯蒂法妮——两名律师，一个写"比你嬉皮"博客的少年，还有亚特兰大的一个脚病医生。

"别挂，"他告诉她，"有电话进来。"巴里把露西的来电调到待机状态。"你的耳朵疼吗？"他问。

"我耳朵不疼。"斯蒂法妮说。在一个乱糟糟的礼拜天早晨，她的声音比我性欲最强的礼拜六晚上都来得更淫荡。

"你是个心理治疗师，对吗？"他问。

"是的，"她说，"我上一个工作就是这个，在一家养老院当义工。装假牙，责任心——可不归我管。"她哈哈大笑。"我可不可以问干吗要说这个？"

"没什么。"他说，"你要说什么？"

"我望了一眼外头的暴风雨，就对下午做什么有了想法，"她说，"乔丹和安娜贝尔可以一起看动画片，而我们呢，可以……随便干什么都行。"

"随便干什么，啊?"他静静地说，"我在大学里的什么事你怎么都知道?"

安娜贝尔使劲拽住他的手。"动物园，爸爸?"她问道，"我们几时去啊?"

"宝贝儿，你没看见外面在下雨吗?"他说，"而且，我还在通电话呢。"

"我要跟穆西姨妈说话! 我要找到《爱冒险的多拉》!"她的脸涨红了。

我的视线在芝加哥和纽约之间迅速移动。露西还没挂断电话，她嘬起了下唇，怒目而视。

等她啪地挂断电话，我父亲走进了厨房。"放松点，伙计，"他说，"你怎么啦?"

露西疾步跑到楼上，在我俩以前合住的那间卧室外的走廊里，她嚷道："妈的，那贱人觉得他想怎么样就怎么样吗? 好吧，他最好三思一下。"我父亲目不转睛地盯着已成年的女儿，那眼神仿佛是服了过量的雌激素，喉咙给卡住了。

"宝贝，又跟男友吵架了?"他回喊道。

我姐姐砰地关上卧室门。

在我纽约公寓的厨房里，巴里正在品味斯蒂法妮奉献的那顿午餐的每个细节。"考虑一下，马克斯医生。"她说道，心里惦记着巴里那同样吸引人的阴茎和大屁股。"雨点打在窗玻璃上，听爵士乐或歌剧——你来选——在去卧室的路上顺道玩玩，多久都行。我还要往下说吗?"

"哎呀，宝贝——说吧。"巴里一边说，一边心不在焉地玩弄安娜贝尔额头上的发卷儿。她拽了拽他的衣袖，他弯腰亲了她一下。

"爸爸，"她大声说，"动物园! 我们什么时候去? 你还得找到我那多拉的碟片呢，没忘吧？"

"你不会真想去动物园吧？"斯蒂法妮问。

"我最喜欢《爱冒险的多拉》，"安娜贝尔正勾住了巴里的大腿，"我想在我们出发之前看一遍。"

"不，现在不行。"巴里说。

"你是在跟我讲话吗，大熊？"斯蒂法妮问道。基蒂管巴里叫大熊。所以，我从不这么喊他。

"爸爸！我想看坏巫婆施魔法催眠布茨的那部分。"

"大熊，你还在那儿吗？"

安娜贝尔开始跺脚。"斯蒂法妮，说真的，也许这会儿说话不方便，"巴里说，"待会儿再打给你？"

"当然。你保证？"她呵呵笑了。

"我保证。"他边说边挂了电话。精心设计的诱惑被恼怒所取代。

"多拉必须变成一个真正的公主才能唤醒布茨。"安娜贝尔说着，哭成了泪人儿。"他一定要醒。他是多拉最好的朋友。他一定要醒。"

"宝贝，她朋友怎么啦？"他把女儿拉到大腿上。

"爸爸，你知道的！"她抽泣着说，"他吃了一根坏香蕉。很坏很坏的。"安娜贝尔再次嚎啕大哭，鼻涕都滴到了睡袍上，一条满是鼻涕的缎带黏在了小兔阿尔弗雷德的耳朵上。"我们不去动物园了，是吗？"

"不去了，小猫咪。我觉得这不是个好主意。"巴里说，想用自己的尼龙雨衣来为她擦鼻子，却白费力气。"今天不去。"

"你骗人！"安娜贝尔喊道，"你老是骗人！"她冲到厨房外面，在身后狠狠摔上了门。我仿佛看见了四岁左右的露西：我姐姐就是一个精力充沛的人，除非在我旁边的时候，才像曲奇饼那么驯服。我无助地望着，对安娜贝尔的意志力感到敬畏。巴里怎么一个人把她带大啊？

"真该死，莫莉——妈的，这会儿我该怎么办？"巴里说着，攥紧了拳头。他把头埋到餐桌上，轻轻撞了几下。我看到了泪水，是因为悲伤还是因为挫折而流，这我说不上来。"莫莉，你真不该去死啊。"

我忘了有的人会一边哭一边喊。

我为我的安妮贝尔感到难过，她失去了她的妈妈。我为我姐姐露西感到难过，这对她来说有多痛苦啊！我为我的父母感到难过，他们不得不担惊受怕。我为他们所有的人还有我自己感到难过，因为我想念每一个正遭受折磨、我珍爱以及我留在世上的人，他们的心碎了，正流着血呢。我好难过，因为我是多么怀念自己的生活。我宁可冒雨去动物园，去粪堆也行；我宁可站在粪便里，睡在湿草上，闻着恶臭，只要让我再活一天。

然而，最让我惊奇的是，我感到一种新东西。激情是一种异国香料，我甚至都不知道它的名字，我也无法断定我是否喜欢。从巴里身上，我感觉到一种什么东西。

我那么专心致志，根本没注意到鲍勃就站在我身边。"有时候，"他说，"最好别去看，也别去听。"可我挥挥手，示意他离开。不看，不听，哪种我都做不到。

17

"甜菜？"巴里问，"还没吃够啊？"

怀孕期间，我迷上了吃甜菜。那之前，我一般买罐装的并且只在打折时买。巴里开始管我叫甜菜女王，我把这当成一种赞美，那倒并非因为我有本最钟爱的小说就叫这名字，而是因为，我突然产生了一个念头，觉得新鲜甜菜是最根本的根茎类蔬菜，那肯定是我中欧的曾祖母种植并烹调的食物。我仿佛觉得，吃到肚子里的所有甜菜，都令我与我的祖先们联系在一起。这点，我想，正是怀孕对某些妇女的影响。

"我找到一种烧甜菜的新办法。"我相当自信地告诉巴里，一边把一条浆得笔挺的厨师用的白围裙系到我那已怀有八个半月身孕的大肚子上。"从奈杰拉那里学来的。"假使我真地迷恋过女性，那一定会是奈杰拉·劳森那种类型的。尽管她的父姓是布里，这名字让我想起了露西，但我姐姐说一口粗鲁的芝加哥英语，而非纯正优雅的 BBC 英语。要是弗洛伊德听到我这么说，他会偷笑的，所以别去管我说的迷女孩之类的事。不过，我已经尝试过做奈杰拉的那种有甜菜、莳萝、芥菜籽的色拉，起码八次了。

巴里一把抓住三个红彤彤的大洋葱，以一种他顶拿手的、带有表演性质的外科手术手法和一种手工式的前戏方法，开始摆弄起它们。两分钟的例行公事后，他把洋葱摆到砧板上，来到我身后，给了我一个长长的拥抱，把温暖的手掌搁在我肚子上，这会儿，他不再转动手腕。紧紧抵住我的背，他那玩意儿一下子勃起了。

"你心情不错啊。"我说，这段日子这种好心情倒也不少见。我们俩相处得特别融洽。在我的整个孕期，巴里的情绪难得低落，一般都是非常好，随着妊娠期的推进，他的性欲似乎也增强了。

"我很享受现在这个顾家的你，"他说着，一边审视打开的菜谱，开始把新鲜薄荷叶剁碎。我深吸一口野餐特有的香气，忽然很渴望喝一杯盛在高脚杯里的柠檬水。要不是这会儿已经过了周六晚上八点，我很可能会恳求巴里跑到外头，买来足够多的柠檬装在一个泡柠檬的大罐里，可我饿了。桌上摆满了乡村风格的陶罐，矮胖的琥珀色高脚杯，大小刚好，还有用蜂蜡制作的蜡烛，等着我们点燃。我还得把我们的面条做好，那是一道很简单的菜式，主料是佩科里诺的罗马诺奶酪。

等顶峰体验过去后，有些妇女会觉得高估了怀孕。看看你的大屁股，一度又硬又高，肿得就跟一只你知道最终会瘪掉并沉到水里的沙滩球似的；你还会发觉鼻子变得又扁又大；下肢静脉曲张，浮现蚯蚓般的脚筋或细丝状血管——我决定不去留意自身发生的这些变化。光是留意那些美好的事物，已经让我疲于奔命了，比如，我那道上天赐予的崭新乳沟，我终日穿着 V 领的紧身衣，向人显摆它。实际上，我是将好品位走向极端，真该被贴上"放荡妈咪"的标签。

整个冬季，我的骨盆逐渐长宽，令我更有安逸舒适之感，觉得那真是一台有效的婴儿制造机器。得知我体内的细胞犹如受过训练的海军般繁殖，我感到惊愕。我随心所欲地喝着一杯又一杯热腾腾的可可茶，不去理会孕妇严禁摄入咖啡因，却安慰自己需要钙。每个周末，我会用软绵绵的羊绒披巾把自己裹住，窝在沙发里，享用烤奶酪三明治，把整个下午都花在看特纳公司的经典电影，要么就复习一些世界名著。

巴里想要男孩。他很肯定这是个男孩。基蒂分析了我的体形，肚子前方相对来说有点窄，便宣布巴里说的没错，这准是一个又能继承马克斯家香火之人，因为我现在的样子很像她怀巴里那会儿。我把这理解为，我是那种孕期仍保持魅力的罕见女性，因为基蒂好心好意地把你①的长相同她自己比，那实在是一种最高级的赞美。

巴里执意要起一个魁梧的名字，一个富有男子气概的名字，一个类似大马力钻孔机那样的名字。他轻而易举地否决了我的提议：迪伦、德温、杰西、塞巴斯蒂安、尼古拉斯、埃莉娅、拉斐尔、奥利佛、格雷厄姆、基兰——就像小巧考究的装饰桌巾偏爱绣上汉克、杰克、卡尔、库尔特、马克斯、纳特、巴特、汤姆、阿贝和扎克，只要不叫索尔就行。我告诉他，我觉得他挑的名字是那种爱接受智力挑战的养宠物的人，赐给他的吉娃娃狗的名字。我们终于达成一致，给孩子起名"亚历山大·威廉"，可是，当我提议马克斯少爷的简称可以叫萨沙时，巴里单方面决定：如果是男孩，就叫亚历山大·威廉。考虑到生女儿的几率微乎其微，按马克斯一贯的大男子主义脾气，他很有风度地说，万一我们的后代是位女性，随便我给她起什么名都行。

威廉·亚历山大——这是一个可靠、重任在身的名字。它拼起来像

---

① 指怀着的孩子。

养蜂大王、酒吧伙计、法学博士以及最高法院治安法官的名字。威廉·A.马克斯医学博士，是医治艾滋病或癌症的权威，也许两者都是。威廉·亚历山大·马克斯总统，入主白宫的第一位犹太人。

有时我会任思绪飞扬到威廉·亚历山大·马克斯未来的胞弟：德尼尔·詹姆斯。

他们可以成为马克斯兄弟，虽然邪恶，却很了不起。可是，与在舞厅唱歌的六重唱小组住在一起，那会是什么情形？在你给小男孩换尿布时，如何避免他的尿喷到你的眼睛里？一个小男子汉跟我有东西可聊吗？如果他是一个永久性的多动症患者，在吃固体食物之前就开始吃利他林，那又如何是好？有好几个礼拜，我觉得自己尤其不胜任当这样一个儿子的母亲。话虽如此，当我考虑到这孩子可能对我很上心很殷勤，就像巴里对他母亲基蒂一样，起码每天给她打一通电话，于是，我开始喜欢生男孩这个想法。

我从没认真想过，我体内正在孕育一个真正的人，并学会去想象将来某个时刻的喷射性呕吐。人们希望听取我关于某个我从没考虑过的问题的意见，这让我大为惊讶，比如，我会不会让宝宝去看"摇摆乐队"的节目，那是一个四重奏乐团，它受欢迎的程度堪比"甲壳虫"，尽管——或者也许正是因为——这样一个事实：他们是穿着巴伐利亚民间服装来唱《让我们欢庆吧》那首歌。

我并不希望妊娠尽快结束。这是一段我以前从没想过或经历过的幸福状态。今晚，我一边唱《我是个女人》，一边做好了晚饭。我把面条倒进一个大白碗里，并在上面撒更多的奶酪。我可以想象，钙元素径直进入小宝宝那纤小精致的骨骼，令它们变得像钻石那么坚硬。

当然啦，也曾有过晨吐反应，当时，我从出租车里冲出来，把早饭吐到路边的水沟里，同时还要忍受纽约人具有杀伤力的白眼。夜晚，我经常由于脚抽筋而惊醒，我的尖叫令巴里吓破了胆，尽管，作为一名医生，他可以为我按摩减轻脚部痉挛，对此我非常感激。打嗝、背疼、渴望吃捣碎的、淋着焦糖味粘糊糊东西（肯德基所谓的肉汁）的土豆泥。有两次我梦见我的小宝宝是撒旦之子，有半透明的皮肤，亮晶晶的冷酷眼睛。我对香气也极为敏感。巴里的口腔卫生简直能得国际奖，可他在睡着时呼出的气还是令我作呕。不过，这些都是庞大的怀孕历程中的一部分，而且我还要学会，逢到陌生人拍着我的肚子问我是否知道婴儿性别时，我还得学会善意地微笑。

我没有。怀孕的神秘度超出了怀孕的影响。

那个礼拜六，巴里和我拖拖拉拉地做午饭。甜菜色拉味道浓烈；全麦长棍面包，又粗又硬；意大利面，给人以满足感；还有烛火，闪烁明灭。

"想吃甜点吗？"我问巴里，"我买了你喜欢的柠檬塔。"

"只要一薄片，"他说，"你以后自然会减三十磅，瞧啊，可我长上去的肉会一直留在那儿。"我每重十磅，他才重一磅，可听他说的话，你会觉得现在他归到病态肥胖的那一类人里了。

我把碟子端到厨房去，在切柠檬塔前，先把洗碗盘装好。我已经把柠檬塔放到了我最喜欢的甜点架上，那是绿松石的玻璃质地，玻璃里带有精子状的漩涡。假如除夕夜是一只盘子，那它就应该是这样的。我在擦那只色拉大木碗的时候，突然巴里接了电话。

随时都会有人给他打电话，这本来没什么好奇怪的，尤其在星期六，因为医院经常在星期五安排做美容手术。每个病人都觉得自己会是那个幸运儿，不会像被打败的拳击手那样浑身是伤。这样一个女病人，痴迷于想象自己抓住了周五的空挡，她可以在下周一回去上班，她的同事仍对她动过美容手术懵懂无知，尽管她已经装了沉甸甸的填充料，尽管巴里已经把她鼻子的里里外外都重新组装了一遍。

"现在不行。"他对来电者说。

我丈夫没有以一贯那种安慰人的、老练的、医学博士式的风度举止说话。假如他没有显得心烦意乱，我甚至不会注意到他的谈话。"明天我会给你打电话的，"他一字一顿地说，"我保证。"

正是那句轻声的"我保证"把他给出卖了。

我手中的蛋糕刀停在盘子上方，而我心里却像倒翻了五味瓶。我一直在说服自己，巴里已经成了那种老派忠实的人。就在前一天，布里跟我在给新生儿购买全套用品时，我曾对她说："我觉得我那头豹子已改变了他的本性。我简直都想去提醒他了：你结婚的对象是我，永远搞不清某事的莫莉。"

"你是在暗示，这种变化也包括他对你的忠诚？"布里边问边放下一套可爱的绿色连衫衣，因为她看到上面有块巨大的价格标签，用料比一块擦碗布略少。布里，就像她经常做的那样，逼着我去逛灯光璀璨的德尼尔大都会区的一条黑暗街道。但我脑海里仍反复想着这个问题。

"我想是的。"我那么说，说了两次。第二次是大声说的。

"时机刚刚好。"她说着，使劲捏了一下我的手。

每当疑心巴里与人调情，我总要设法让布里知道。我的长处在于直觉，但缺乏力证，但每隔六个多月，我的直觉都会暗示并汇报巴里与人私通过。布里就会断言，我的疑心只不过证实我是偏执狂，而且我将陷入缺乏安全感的可悲境地，注定会亲手毁了自己的婚姻。一旦由她判断，我就能轻松下来，把注意力集中到我惬意且易处理的生活上。

我正经历一个周期，每三到六个月，我就会陷入沉思、抱怨，然后一劳永逸地摆脱我的焦虑。我没有跟巴里对峙过。但那晚"我保证"的余音，依然在厨房的墙壁周围回荡，每当巴里进屋，拿着黑比诺葡萄酒的空瓶，我脸上准会显出痛苦的表情。

"莫莉，你怎么了？"他问道，"感觉到什么了？"他语气中的关切丝毫不亚于三分钟前。

"噢，是的，我感觉到了。"我说道。愤怒，怨恨，真想开一枪。

"告诉我，怎么了？"他说。

"怎么了？"我重复道，"医生，你干嘛不告诉我呢？"

"你说什么？"他脸一沉，愤怒与怀疑溢于言表。

"她是谁？"我厉声问，"或者我应该说，这回又是谁？"

"你真会把事情往肮脏里想，难道不是吗？我真不明白你在说什么，只是有一点很清楚，你毁了一个非常愉快的傍晚。"

"我毁了？"我冷笑道。每当我任性、暴躁、伤心或焦虑时，巴里总有办法对付。可一旦我表现出勇气，他就束手无策了。那一刻正是如此。所以我再接再厉。我正感到一阵巨大的能量爆发，你都会觉得我刚打过静脉注射。"你的私通纪录有四年之久，"我说着，提高了嗓门。"你一共搞过几个女人，巴里？"我念出他的名字，仿佛那是可以由果蝇携带的致命病毒。"你们这些当医生的，都还以为自己是上帝呢！"

"接着说，莫莉，抨击整个行业吧。"他带着同样的轻蔑说，"整个孕期，我一直忍受你的喜怒无常、你的焦虑、你那该死的甜菜瘾。每次医生的预约我都去了……"

"这段日子是不是很难熬？不让你接近你那些'特殊朋友'吗？"尽管手里持刀，我还是做了那个愚笨的表示引号的动作，而他呢，则奉行进攻就是最好的防御的策略。最起码，他一直处于攻势。

"你以为自己很好相处吗？"他问，"或者，你看起来很可爱吗？你怎么完全对性失去兴趣了呢？"他声音越来越大，脸越来越近。问到第三个问题时，他的唾沫喷到了我脸上。

此时，我放下蛋糕刀，后退一步，扔了盘子。我喜欢那只盘子，那是维基姨妈送给我的结婚礼物。

"妈的，你真有杀伤力！"他说着蹲下身体，"抓抓牢吧。"

"我不想抓牢，你这个白痴！"我说，"我只想要一个正常的婚姻。我想得到尊重，我想……"

"要是你一直表现得这样，我想活该不会有人尊重你。"

"这么说我现在活该喽？"我说着，把手搁在我隆起的大肚子上。我一下明白了那些进化论生物学家没搞明白的道理：当一只公螳螂试图从背后靠近一只母螳螂，扑扇着他的一对翅膀，大大咧咧地妄想进行后入位式性交时，她为什么会撕碎他的头。事情明摆着，她刚听见螳螂先生在给他的女朋友打电话。"巴里，上次我发现你有外遇，那时候我刚怀上孩子。换作以前，假如你对我不忠——我相当肯定你曾经对我不忠——我会一笑了之，仅仅把这当作你不成熟的表现。但是，游戏规则已经变了。如果你现在对我不忠，我向上帝发誓，哪天早晨你醒来的时候，"我瞟了一眼蛋糕刀，"你的鸡巴就会不见了。"汗水从我脸上滴下来。"别——"我气喘吁吁地叫道，"别小看我。"

"我靠！"他也嚷嚷着说，"是你让我对你不忠的。你有好几个朋友都巴不得跟我好呢。"

巴里转过身去，这样还好些。此时此刻，一看见他那扭曲、紫胀的脸，也许在心平气和时还有几分英俊，这会儿却令我生厌。"在我做出一些令我追悔莫及的事之前，我还是离开这里为好。"

"你难道还不对你已经做下的事后悔吗？"他离开时我吼道。可他没有回答。随即，仿佛一个惊叹号，我家的前门嘭地关上了。

我站在厨房里，被满地碎玻璃包围着，一件合适的婚姻礼物！我颤巍巍地走到壁橱那儿找来一把扫帚和畚箕，在橱柜玻璃上，我看见自己的影子：我愣了一会儿，才认出这是我本人。我踩到一团淡黄色的软糊，那本来是个柠檬塔。我小心地清扫大块的碎玻璃，把它们倒进垃圾堆，在一只桶里装满肥皂水，清除每个表面上的柠檬污渍，包括我脸上的。可惜了这些甘甜味美的柠檬塔！多浪费啊，完了。

整整隔了十分钟，我才号啕大哭。一旦哭出声来，泪水就像手榴弹似地源源不断。我泣不成声，不再打扫厨房，踉跄地走进卧室，重重地倒在床上，并把鸭绒被一直拉到头颈处。我抓过一只枕头在上面抽泣，后来我无助、痛苦、精疲力尽地滑入一个无梦的睡眠中。

凌晨三点钟，我醒了，头隐隐作疼。黑暗中，我本能地伸手去摸巴里，可他那边是空的。等我明白过来，刚才那场唇枪舌战又开始发挥它的全部威力，就像一部《噢，该死》电影里写得很糟糕的不成调的配乐。我走进浴室，竭力回忆产科医生说过哪种镇痛药孕妇可以服用。不是阿司匹林，她提醒过我。只有泰诺。我的脸肿得厉害，我的头发像燃烧的野草。我在浴缸里灌满热水，又把找到的第一瓶沐浴露倒进去，真倒霉，这种泡澡剂闻上去像强力消毒剂。

我一直泡着，直到每个肥皂泡都破了，水也凉了，我浑身直打哆嗦。我打开淋浴，迅速洗了洗头发，用一块不太干净的浴巾把自己裹住，接着，拿出吹风机。我的胳膊都累得抬不起来了，于是放弃了吹头发的打算，走回卧室去找一条保守形内裤，还有我那件褪色的、带小花枝图案的法兰绒睡袍。

我轻手轻脚走过房间，水滴也跟着我一路，我却不以为然。可是，等我弯腰打开抽屉时，一股顽固的细流滴到了灰褐色的地毯上。我笨手笨脚地设法阻止这股粉红色的细流继续蔓延，跌跌撞撞地朝床走去，把浴巾铺在鸭绒被上，又爬到浴巾上躺下，希望那一小股水流会停止。

我闭上眼打起了瞌睡。等我醒过来，床头柜上的钟指在四点四十八分，浴巾湿透了。我一直保持着迟钝状态。到了五点十分，我感到大腿中间隐隐悸动了一下，就像大姨妈来时的那种感觉。并没发生戏剧性的事情。可半个小时后，那种疼痛又回来了，力度是刚才的两倍。

要是我躺着不动，那种疼痛和压力是否会停止呢？这是谁出的馊主意？不是现在，我心想，妈的，不是现在。

一个更理智的我大笑起来，仿佛听到妈妈的声音：控制住你自己的情绪，莫莉，找到巴里，开始计算宫缩次数。是，宫缩就是这样的，傻瓜。她们怎么教的难道你都忘了？

我拨了巴里的手机，他没接。我就发了条短信："给我打电话。"为了不让他把这句话误解成我道歉的开场白，我又重复了一遍我的要求。"马上打电话给我，你这个白痴。"

我想到了我本该整理的那只手提箱。具有讽刺意义的是，我还没抽出时间来理一个箱子。带着惊人的平静，我把几件家常穿的衣服扔进一个大手提包里。

我一直在看时钟。每一分钟都滴答得很慢。也许，并没有发生什么了不起的事。我太夸张了，就像巴里常责备我的那样。此刻，我很后悔自己给他打了电话。

但是，又一阵疼到来了，就跟火把在烧我似的。二十分钟过去了。我找到了基姆医生的电话号码，就给她的代接电话服务留了个口信。五分钟后，我的医生回了电话。

"我想我大概是羊水破了。"我说。

"我跟你在医院碰头吧，莫莉。"她兴致勃勃地回答。

我希望自己能强壮起来。又一次，我拨了巴里的手机，他的手机依旧关着。"我要去医院了。"我说道，尽量试着不显得过于情绪化。"要是你能陪我就好了。"我又说，这句话不可能说得不带讽刺。

我心想，要是露西也怀上一个孩子她又会怎么做？她会不会蹲在地板上，要是有人提议药物治疗，她会不会踩扁他的头？她会不会产下一个十磅重的婴儿，然后再跑上半程马拉松？我忽然有了一种冲动，想跟我那泰坦巨人似的姐姐谈一谈。电话铃响第四声时，她接了。"莫莉，你知道现在是什么时候？"她哑着喉咙说。在芝加哥，这会儿是清晨五点三十五分，她可不是那种喜欢被别人催着起床的人。

"对不起，"我说，"可我觉得我马上要生了。"

"这不是完全预料不到的啊，"她停顿了很久，"还有呢？"

"还有，我是一个人。"我一边用袖口擦眼泪，一边冷笑道，"别问了。我现在该怎么办？"

"嘿，昨晚我感觉到什么了？告诉我这是在做梦。"

"不瞒你说吧，露西，我在宫缩。医生让我去医院。"我开始抽泣，"巴里不知去向。我可不希望这样。"

"听我说，别犯傻。"她说，貌似这会儿她已经恢复了自制力。"叫一部出租车，去西奈山医学院。除非你希望你的看门人帮你接生。"

"好吧，"我说，"你是对的。"我的姐姐，那个称职的老师，已经发过话了。"好吧。"

"该死！但愿我能在你身边，"她吼道，"你那个卑鄙的老公人在哪儿？不，别回答我。我不想知道。给布里打电话吧。让她来见你。"

"给布里打电话。"我机械地重复着。

"让她打电话给我！"我挂断电话之前，露西冲着话筒喊道。

我深吸了一口气。"早上好。"我对布里说。听上去我差不多是正常的，直到一阵宫缩犹如钢鼓乐队的演奏那样令我的胃部疼得一紧。"你能去医院见我吗？"我喃喃地说。

"怎么了？"她回答。她非常清醒，不用说，她已经浏览过《华尔街日报》。在去上六点钟的训练课之前，她已经吃掉了每天要吃的橙子。

"很可能没事。"我说，希望真没事。然而，"没事"有规律地让我作痛，往深里戳我，似乎有人想找到我身上的每一个器官，并用一把花园锄将它们一一铲碎。"巴里此刻有急事，"我撒谎道，"我只想让你来握着我的手，行吗？我想这可能是一场虚惊。"

"我知道了，"布里说，"西奈山医学院见。"

我凑齐一些备用金，一瘸一拐走出门，招手喊来一部出租车。车也不难叫。看到一个身材臃肿的妇女，清晨站在街角上使劲挥手，很容易引起司机的警觉。而且明摆着，医院里的医护人员见过许多惊慌失措、怀着孕、独自一人蹒跚来院的病人，我绝不是头一个。不到几分钟，他们就证实我买过医疗保险，并让我穿上一身宽松衣裳，宣布我的子宫颈口已经开了六指宽。等到布里赶来，我已经被白衣天使围住了，被绑在许多台哔哔叫、《星球大战》里的机器上。我在心里把产房重新装修了一下：用天蓝色漆刷墙，摆上兰花。我不让自己想巴里。

我认为让布里留在身边会让我更舒服些，不过，每次我感觉到宫缩，她都会咬紧牙关，似乎她没上麻药就在拔智齿。她一直唉声叹气地喊着："哦，你疼吗？疼得厉害吗？天啊，真是个大家伙。哎哟，总算完了。我们可以松口气了。"那就意味着她可以松口气了。可是她没有。自我产下婴儿后，我就明白：她需要参观一下疗养院。

一个小时过去了，又一个小时过去了，再后来我就忘记计数了。始终有阵痛，仿佛天气预报频道重播飓风的连续镜头。我没去想巴里。其实，他又能做什么呢？他会让我觉得孩子早生三周是我的错，完全打乱了他的外科手术时间表。

我很想为自己自豪。莫莉·马克斯，一个连捕鼠器都不敢去放的女人，竟然在生孩子。我的灵魂似乎盘旋在天花板上，观察着我自个儿哼哼，显得既丑陋又强大。我简直就是一包随时要爆炸的炸药。

当宫缩缩至五分钟一次，我把头转向布里说道："你不必留在这里的。"

"我不会离开你的。"她边说边用一块冰冷潮湿的毛巾擦我的额头。

接下来要进行的一道程序是硬膜外麻醉。"会流一点血。"

"我能挺过去。"

"巴里有消息吗？"

"我不想再给他打电话。"她说，实际情况我永远都不会知道了。"你们俩到底是怎么了？"

我不再去想他。"无关紧要。"我说。我没说谎，因为我忽然感到我的子宫马上就要飞到地上了，后面还跟着一头大象幼仔，神游到我乳房前吃奶。

"好啦，开始吧。"护士欣喜若狂地说。我真想揽她。很快，基姆医生向我表示祝贺，她从重重迷雾里露出头，脸上笑嘻嘻的，柔软的黑发上罩着一块破布。我认识的人里鲜有人穿着蓝绿色松紧裤和卡洛奇凉鞋。还会显得好看，她就是很难得的一个。

"你准备好生小孩了吗，莫莉姑娘？"她问我。

"该死，还没有。"我叫道。

"我可不这样想。"她说，"做—好—准—备—吧—你！当我告诉你使劲的时候，你就使劲。"

她这是什么意思？使劲？一大堆药生效了，之后即使一幢公寓楼砸到头上我也不可能有感觉了。

"好啦，现在，使劲。"她说。

"我们一定要使劲。"布里说，也许我没听见。现在她站起来，她的体操服外罩了件长袍。透过她口罩的缝隙，我瞥见她的脸惨白。我只能听见一群女人在喊着"使劲"、"好姑娘"、"哇噢"、"太棒了"，最后是："来了，它来了，它来了……"难道大家集体获得了性高潮？

我感到有个东西扭动着想要挣出我的身体，接着，响起一阵欢呼，仿佛巨人队打败爱国者队赢得了美国橄榄球超级杯赛冠军。我感到欢欣鼓舞。要是我的两只脚不是被固定在脚箍上，我可能要跳吉特巴舞了。

我孕育并生下了一个孩子。我，我，我。我可以劈开一个原子，跟一头熊一起装在一只盒子里，用狗爬式游到夏威夷去。

我闭上眼睛，向上帝倾诉。让这个孩子健健康康。让他该有的器官一样都不少。让他聪敏、强壮、善良。让他不要长一个巴里那样的鼻子。接下来的几分钟，我相信，我一直屏息静气，悬着一颗心。

等我睁眼，我的小男孩已经干干净净地躺在我胸口上。威廉·亚历山大在尖叫。他有最精致的皱巴巴的脸，个头比一个柚子大，几绺稀疏的头发平梳过头顶。"小家伙，我们现在成一家了。"我对着他那精巧的耳朵轻声说，"我是你妈妈，我爱你。我会永远、永远、永远爱你，并保护你。"

我仔细审查我那孩子的身体。他有着起皱的粉红皮肤，十个手指，十个脚趾。然而，他并没有小鸡鸡。我的第一个念头是宝宝会不会畸形啊。随后，我意识到，我，莫莉·迪万·马克斯，生了一个女宝宝。一个很小的我。

"她简直棒极了，莫莉。"布里望着我叫道，"她是我们中的一员。你们俩我都爱。"

我成了一个女儿的母亲。一个女孩！但愿她爱我能有我爱我妈妈的一半就好了。我第二个念头是巴里会失望的。我第三个念头是：他怎么想无足轻重。

宝宝很快给抱走了。布里回家去换衣服，我被人用手推车推到一间病房里，我的同屋是一个吵吵嚷嚷的大块头，她正被她那吵吵嚷嚷、人口众多的一家人包围着，他们把空调温度开得很低，让我觉得自己就像待在一个冷柜里似的。在我再三提出请求之后，一个护士终于带着一条薄如床单的特大棉毛毯露面了。等巴里抱着一大瓶粉红芍药花和一只巨大的白色泰迪熊走进病房的时候，我尽量控制住打颤的牙齿。

我察言观色，想从他脸上看到悔意。可是，尽管他错过了五磅半重女儿的出生，并发觉妻子正孤立无援地待在产科病房里，巴里依然表现得很正常。他竭力，至少想用一句赞美就把我争取过去。

"我看过她了，"他说，"她是婴儿室里最漂亮的小宝宝。"

我并没做过边比较边购买的事情，但是却说："你肯定是对的。"

"我为你感到骄傲。"

我瞪着他。他也盯着我。我又使劲瞪着他。

"我很抱歉，非常抱歉。"

他并没解释到底为什么道歉。巴里生性傲慢，就是道歉也不会说很多，而我累得没力气再追问了。无论逆境还是顺境，不管我们以后将会走向何方，这会儿我们已是一对父母了。在孩子诞生的祝福下，我们偃旗息鼓了，感谢上帝孩子很健康。小人儿戴着粉色帽子、裹着粉色袍子给送了出来，我默默地把她放到摇篮里，巴里试探性地站在狭窄的床边上。

"你不想抱抱她吗？"一阵短暂的沉默后，我问。

他似乎很害怕。

"试试看。"我说，似乎在哄他尝燕麦粥。他把他的女儿托在胳膊上，开始唱《生在美国》。

"小心点，"我说着闭上了眼睛，"你的眼泪都掉到她睡衣上了。"

我本来不想睡觉的。等我醒来，已是晚上，我同屋的亲戚有十一个人之多，他们在病房里走来走去，嘴里发出欢天喜地的刺耳噪音。屋里却看不见巴里。

"对不起，我儿媳需要休息。"我听见基蒂在说，"我想医院规定每次来探访的人不能超过两个。"她正以她那能冻伤人的、简直能令美国微软公司都运转起来的语调说道，这声音让多数大块头的嬉戏者都四散开来。我婆婆穿着一件合身的灰外套，显得无可挑剔，里面是黑色高翻领毛衣，下面穿着一条很整洁的裤子，她环顾四周的样子，非常像我在MTV音乐视频大奖赛上看到的一位祖母级人物。她一边用手拂走另一位病人的那只侵入到马克斯家领地内的荧光橘红气球，一边做了个鬼脸。"恭喜你，亲爱的，"她说，"你觉得怎么样？"

"就像我穿了一双小了三号的高跟鞋跑完一场马拉松一样。"

"她长得跟巴里小时候一模一样。"基蒂说。我把这话当成她在夸她很可爱。我应该谢谢她夸了我的孩子吗？我做母亲也才做了几小时，已经感到很糊涂了，所以什么也没有说。

基蒂凝视着自己的戒指。最近染成蜜棕色的头发框住了她那张果断的脸。"我想请你帮我一个小忙。"她深吸了一口气，抬起头望着我，咧起嘴挤出一个微笑，"我想请你以我的母亲命名。"

我点点头。"我明白了，"我说，"你是想让我叫小宝宝格特鲁德？"

"没人与我母亲同名，这令我非常痛苦。"惟恐我听不懂，基蒂抽出一条印有组合字母的手帕，轻轻擦眼睛。我仔细观察，没有眼泪。

"格蒂·马克斯。"基蒂满怀希望地说，"那些老派的名字如今又开始时兴了。"

苏菲、萨蒂、爱玛，或者伊莎贝拉，当然啦。维奥莱特、海伦、黑兹尔，要么丽丽，当然啦。弗里奇，也许吧。可不能叫格特鲁德。要是我没有这么说出口就好了，可我还是说了。

基蒂打量了一下我。"那么把格特鲁德当作中间那个名字呢？要么就用'格'开头的名字？格蕾丝？格里尔？"

我踌躇片刻。不，起这些名字更糟，就像飞来一只蝴蝶，我脑子里忽然钻进了一个截然不同的名字。

我按铃叫护士。"请你把我女儿抱来，行吗？"我问。

十分钟后，小宝宝在我臂弯里香甜地打着盹。巴里回来了，手里捧着火鸡三明治、巧克力纸杯蛋糕、香槟酒和塑料杯。我在我那臃肿、受尽折磨的身体许可的范围内尽量坐直了。

"我要向大家正式介绍一下，"我带着一丝无所顾忌的骄傲对丈夫和基蒂说道，"来见见安娜贝尔，安娜贝尔·迪万·马克斯。"

18

"林登美国新泽西州东北部一城市，是与伊丽莎白毗邻的一个工业中心。"希克警探告诉出租车司机，"高地公园。"

希克正驱车穿过芝加哥北郊，那是一条富饶的城市绿化带，随着里程增多，变得越来越令人难忘。他把头伸出车窗，去看平坦、苍茫、壮观的密歇根湖。波光粼粼的大海之水……湖水在他面前平展地延伸……

在我父母住的地方，许多住宅都是由年轻夫妇买下的，他们将其推倒重建成斜的房屋，配有可容纳三辆汽车的车库，面积为五千平方英尺，有塔楼和山墙，内设中央空调和健身房，附设迪斯科舞厅的娱乐中心，还有造成儿童多动症的游戏室。然而，谢·迪万在一九二八年或多或少看上去有点像电脑软件的新版本。当时，只有一个车位的车库并不是一个与生活质量相妥协的问题。我祖父母在二十年代出生，要是在延续期内我碰到他们，我打算向他们打听一两件事。菲利斯奶奶为身上的脂肪团烦恼过吗？路易爷爷考虑过如何在生活和工作之间获得平衡吗？

我童年时的家，既不是可爱的白雪公主类型，也不是富有男性气概的俱乐部类型。我家很舒适，铺着灰色鹅卵石的小道，装着有光泽的黑百叶窗——每逢夏季，蓝色的铁线莲爬至饰有金银丝细工的格子架上。一块石板铺就的道路一直通到门口，现在差点被一株需要好好修剪的常青植物遮蔽了。我父母并没有在圣诞节装饰这棵高耸的冷杉树，这让邻居斯温森太太恨得咬牙切齿。

慢慢来就好，跨出出租车时，希克喃喃自语，并请司机三个钟头后来接他。我这宗案子是他头一次单独处理。在挖我老底的过程中，他紧张不安，反复提醒自己只要装作是个传记作者就行。很少有人知道，希克警探是纽约州立大学北部分校里一名英国文学专业的本科生。

我之所以羡慕希克警探，不光是因为他那种很职业化的追求生活之乐的样子，也因为他是个身材瘦削却能把衣服穿得很好看的男人。他宽阔的肩膀上，帅气地披着一件褐色哈里斯粗花呢外套，没系纽扣，脖子上围着一条红棕色开司米围巾。他蹑手蹑脚地踩在气味难闻、拒绝在阴郁的三月融化的冰块上，然后，在我双亲的房门上自信地敲了两下。

曼哈顿第二十区的希克警探晚到了二十分钟，刚刚他已经到了这里，我母亲比他还没来的时候更紧张了。她咧着的嘴上挂着一个僵硬的微笑，就跟中风病人似的，她得急切认同一头英国小猎犬。

在一个平常的礼拜天下午，我本来指望看到我母亲穿一件利维斯的老式圆领毛衣、脚跋一双天鹅绒拖鞋在厨房里做汤；指望看到她那头已有几缕银丝的金发盘成一个髻，用发夹别住。不过今天，她的头发刚洗过吹干了，穿一条搭到脚面的黑色羊毛裙，脚下一双擦得跟军靴那么亮的平底靴。她没戴平常那对从艺术品展销会上买来的耳坠，却戴着一副珍珠耳环。她那身天竺葵一般鲜红的毛衣也太正确了，我猜想她是四天前约好在今天碰头后，就从 Lands' End 公司火速邮购了这件衣服。我真希望她能把价格标签塞到衣服里，明天就把它退回去。

"希克警探，"她说道，"欢迎你来芝加哥。"

"谢谢你。"他一边回答，一边在门垫上仔细地擦着鞋。"很抱歉……我的司机无法在一个空停车场里找到出路。"他的声音听上去很刺耳，他不是故意的。"不过，最起码我看到的东西超出了我的想象。你们住的城市很漂亮。"

是否这么一来就让人更不舒服了？他们心里都这样想。我父亲似乎稍放松了一些。"把外套给我吧。"同希克握过手——两只冷静有力的手紧紧握在一起——以后，他这么建议并反复对自己说：镇静，镇静。

"很高兴你抢在暴风雪来我们这儿之前到达了。"他大声说。那些嗅觉灵敏之人预言黄昏前会下雪，因为空气略有些潮湿。

我父亲六十大寿的时候，露西、巴里和我给他买了一台超大电视机——是巴里的主意——在他的小书斋里占了整一面墙，我父亲通常会坐在那里。他是芝加哥后裔，沉浸在团队精神中：公牛队、熊队，当然还有童子军；去年才放弃玩十六英寸的垒球，那可是他年轻时的一项本土运动。然而，这个下午，他那间灯光幽暗的庇护所的法式门关上了。我的父母引着希克来到那间受忽视的客厅，壁炉里已燃起了火，灯也发出了柔和的光。

"露西来过电话了，"我父亲汇报说，"公路都已经结冰了，她要晚点到。她说不要等她吃饭。"

鲟鱼从它的胸膛里跳出来……

为了招待客人，我母亲已经到老味道百吉饼房买来大量食品，不光有鲟鱼，还有白鲑鱼、盐渍鲱鱼、希望之星①和刺绣品。七日服丧期已经完全结束了，他们拒绝再吃甜点，抽掉了一些临时给亲朋好友轮流坐的纸板箱，惟恐那些不安全的座位会倒下来。由于手头缺少一本小册子，来指导一位母亲如何招待前来调查自己女儿神秘死因的法

---

① 挂在圣诞树顶上的那颗星。

律官员，克莱尔·迪万只好边做边学。她认为待客之道是一门艺术。一位纽约侦探前来拜访——是周日，而不是周六，而她和我父亲正在为死去的孩子进行为期一年的悼念，周六是他们的安息日，这天他们要去犹太教会堂。按照犹太教传统，我母亲亲手做了周日那顿早午餐。

"你们女儿莫莉……你们有什么理由觉得她不快乐吗？"希克表示了哀悼，大家都落座后，他轻声问。

我的双亲互相对视决定谁来作答。"我们可以告诉你，她一直乐呵呵的。"我母亲说，"孩子、婚姻、可爱的家，甚至兼职工作，她什么都不缺。"她简直声嘶力竭了，"哪里来的魔鬼想剥夺她这一切呢？"

"你们是否知道有谁故意要伤害莫莉吗？"希克问道。

"你指什么？不计后果的伤害？"我的父亲，插进来说。他最喜欢的作家是埃尔莫尔·伦纳德。"当然没有，人人都喜欢我女儿。"

"那你们认为，假使她是被人害死的，罪犯会是一个陌生人咯？"

"首先，这当然是起命案。"我父亲说，尽量不去说"他妈的"，"至于说是谁干的，有那么多该死的疯子在那一带流窜，我无从找到线索。"

"那么你认为凶手并不认识莫莉？"

"我不能乱下断言，"我父亲说，"因为你知道，呃，每个人都有自己的小秘密。"

我母亲瞟了他一眼，似乎在说，那这个人又会是谁呢？

"你是否能想到具体哪个人呢？"希克问。警探跟我都在等他把这个话题延续下去，可我父亲只是摇了摇头。所以，希克只好接着问："请描述一下，你女儿是个什么样的人？"

此刻，假使小房间里突然响起一首由我双亲的委托人写好的弦乐四重奏《安魂曲》，我也不会感到惊奇的。"她受人敬爱，有很多很多朋友，是个好妻子，还是个好母亲。"我父亲说。

我们来封她当圣徒吧，希克心想，她有没有女人常犯的过失呢？这话我该怎么说出口呢？"你能告诉我一些细节来使她的形象更丰满吗?"

我父亲茫然地盯着窗外草地边缘上覆盖的积雪。"莫莉很容易感情用事,有点儿心不在焉,缺乏自信,尤其是在她夫家面前。"他回答得就像在进行一场求职面试,好像你问他自己有什么缺点,好像你想从他的缺点里寻找有价值的东西似的。

"你觉得你的女婿是个什么样的人?"

作为莫莉的丈夫,他本该更值得尊敬,我母亲心想。我父亲脑海里则盘旋着"被宠坏的自大狂"这个字眼。他太依赖他那个傲慢自大的母亲了。不过,他们俩异口同声说出的却是:"我们都爱他。"他们立刻从希克的脸上看出他才不买账呢。

"好吧,小伙子也许有点性急鲁莽——作为一个丈夫,他跟我女儿不太般配——可他不是凶手吧,"我父亲说,"那太荒谬了。"

"没人说是他干的。"

"噢,警探,如果你觉得纳闷,我并没这么想。"我父亲说,"上一次我在书里看到,为人自私并不触犯法律。"他声音提高了。"不会让你变成反社会的人,"我父亲说漏嘴的时间只有五分钟,"所以,看在老天的分上,我们不要把话说得那么委婉,以致浪费了上帝宝贵的时间。你觉得是谁干的呢?"

"迪万先生,迪万太太,"希克先是瞟了我父亲一眼,接着瞟向我母亲,随后不动声色地说,"每个地方……每件事,我们都不会放过的。"他觉得自己腋下出了很多汗,庆幸自己穿了件运动衫。"关于这一点,莫莉的心理健康……状况如何?"

我无法想象我父母会去考虑,除了我身体之外的其他健康。我装过牙齿矫正器,每次适当的预防接种针我都会去打,吃掉过好多瓶维他命,上大学之前拿到过一张有关如何避孕以及衣原体疾病跟沙眼衣原体微生物是怎么回事的情况说明书。我父母都是中西部人,他们制胜的关键就是谨慎和乐观,是那种每一步都走得很扎实的人。真的有什么状况，他们也往往认为做傻事出洋相的肯定是露西，不是我。

"非常好，"我父亲认为，"莫莉的'心理健康'……"他费力地说出这个词，"是值得效仿的典范。"

"莫莉从不会伤害自己，"我母亲补充道，仔细挑选着最不尖锐的委婉说法，"如果那是你想了解的。从不。显然，某个人对我女儿不怀好意，不过如果你觉得是她自己造成的，这也太过分了——难道你想责备牺牲者吗？"她紧张的时候，我发现她嘴唇附近仔细上过粉底的皮肤上出现了细小的法令纹。我真希望可以伸手把它们抚平。"或许我们女儿只是在一个错误的时间出现在一个错误的地点，想来就是这样。我常常告诫她不要单独骑自行车……"

她确实说过。可我从没把她的话听进去，就像她当初劝我主修教育学、留在芝加哥、参加哈达萨、化淡妆、别急着嫁给巴里一样，我都没听。

我母亲目不转睛地盯着半空中发呆。看得出来，她这是在想象十二岁时的我——骨瘦如柴，长手长脚——她真想伸手去搂住那个孩子，嗅着她刚洗的头发和肌肤。

"克莱尔，亲爱的，你怎么啦？"我父亲对她说，一边把自己巨大的手掌盖到她手上。她只是摇摇头，抹掉一滴泪，深吸一口气。

"警探，这会儿我说不下去了。"她说，"我们吃午饭如何？"我宁可他们谈论的那个死者是我，她暗想。为什么死的就不能是我呢？

他们三人开始很斯文地吃百吉饼和四道各种鱼做的菜，谈话渐渐停下来。随着午餐的推进，他们也加快了速度。他们正准备吃我母亲烤的苹果派，以此来结束无节制的种族隔离——露西砰地推开前门冲进屋里。她把那件宽大的、有白狐皮领的派克风雪大衣挂在前厅的衣橱里，踢掉脚上那双澳洲雪地靴，光穿着绿色长袜走过来在餐桌旁坐下。她嚷了一句："嗨，大家好，我来了。"她在双亲脸上都吻了一下。"我是露西。"她说着，一边看着希克，一边把手伸给他。她那双手是我父亲的迷你版，宽阔又灵巧。

"我是海华沙·希克。"

他一定是在开玩笑，露西心想。她心里在纳闷他是否有个叫米内哈的姐姐，脸上几乎不露声色。哈哈哈。"很抱歉，一路堵车……"在我双亲有一刹那面露尴尬之色前，她简直无法控制自己的情绪。"我错过了什么？"在希克还没来得及回答之前，她就吃掉了一个夹了一片很结实的百慕大洋葱的百吉饼。在这场艰难的谈话中间，其他三人都礼貌地拒绝了洋葱。

那位警探年纪很轻，相貌堂堂，露西注意到，他没穿胶底鞋，他穿一双很体面、一尘不染的牛津皮鞋。她注意到他的皮肤是一种很润泽的巧克力色，头发很短，刚理过。她无法断定他是波多黎各人还是非裔美国人。他犹如一种异国情调浓重的鸡尾酒，她这么判定。

"那么，你的名字……你家里有人很喜爱十九世纪的美国诗歌吗？"露西大口咬着百吉饼的时候，撞见了我母亲的眼色。她瞪了妈妈一眼，仿佛在说：食物怎么弄成这样？这小伙子大概想吃香肠和鸡蛋。

"幸好朗费罗已经死了，不会向你要特许费了。"希克回答。没有人笑，他又继续那个让人既震惊又怜悯的话题。"事实上，我从来都没机会问这个姓的渊源。我八岁时，母亲出车祸死了。我是外婆带大的。"

我父母还有露西正处于一种情绪十分低落的状态，都没心思去打听他父亲。谁也没有被希克那个通常可能很让人伤心的故事所吸引，因为，有个更重大更严酷的东西已经悄悄潜入了这个房间：死亡。希克的声明已经撩起了那层黑面纱，我母亲飞快地呼吸着，简直就像在喘了。这会儿，他们可以开始了。"我们要不要到壁炉前去喝杯咖啡？"她提议。

"好极了。"我父亲大声说，虽说她问的是希克。他们撤到了客厅里，那里摆满了家庭成员的照片：梳着辫子的、短发的、头发又长了点的双胞胎姐妹；毕业照；牙齿矫正前后的照片；度夏令营时的快照；

行受诫礼时的肖像照；我父母的度假照；我母亲的右胳膊总是很巧妙地放在我父亲的腰侧，来挡住他的小肚子。至少有十张安娜贝尔的照片，有一张是最近拍的，装在一个银相框里。我女儿穿着我那件旧的弗洛伦斯·艾斯曼牌孕妇连衣裙。那条裙子是蓝色的，那是莫莉的颜色；露西总是穿红色。

我父母手牵手，搂在一起。面对他们俩，希克和露西摆出拳击手那样相互防卫的动作。

这个房间贴着樱桃图案的墙纸，色调柔和，令希克羡慕不已。"迪万先生，"他说道，"请告诉我听到那个噩耗的时候，你人在哪里？"

"我已经开始工作了，"他说，"我很早到那里。克莱尔——我是说我妻子——早上她刚从巴里那里听到了那个坏消息，马上给我打来电话。"他捏了一下我母亲的手。

"我简直听不出他在说什么。"我母亲补充道。经历了十年婚姻后，他们已经成了香料瓶了，里面不再只有油和醋，甚至都没有意识到自己在补充对方的话。

"克莱尔从巴里的语气里听出来那是个坏消息。"他说。

"安娜贝尔，我还以为——是我们的宝贝外孙女出了什么事呢。"我母亲眼里蓄满了泪水，我父亲把她拉到他宽阔的胸膛里。连我都希望，能从他那微微出汗的怀抱里感到那种熟悉的安慰。

"所以我就回了家，来陪克莱尔。"他说道，那声音开始还很洪亮，渐渐变小了。"到了八点钟，我们就坐飞机去了纽约。"

"到那时，我们才获悉了那个噩耗。"我母亲说，"有好几个钟头，巴里还让我们抱着希望，等我们上了飞机，他就给我们打电话说了实情。"她回忆那次飞行她是怎么度过的，茫然地望着没有怜悯心的苍穹，迅速由白天变成黑夜。我是不是像一个断了线的游魂？对大家来说，那时这真是一个可怕的噩梦，如今这个梦变得更可怕了。

希克耐心地倾听我父母饱含痛苦的叙述，他们生命中最无法想象的一天的细枝末节，这一天与任何自然法则相违背，他们的女儿死了，很可能是死于某人之手。他们无法想象有可能是她自己的手。莫非有个陌生人把一时犯傻的我引诱到了河边的一个隐蔽角落？莫非我在跟一个我认识并相信的人碰面？要么只是我无法控制自己的自行车？要么就是我一时精神错乱，故意骑向有水的地方，可能想去淹死自己？（最后一个理由还是露西提出的。）他们一直谈啊谈的，直到精疲力尽，可是突然，我父亲的声音暗哑了，天要打雷了。

"警探，我想知道的就是，"父亲说道，脸很怕人地变红了，"你会不会去逮住那个干了这一切的狗娘养的家伙？"

露西哆嗦了一下，可他接着说下去。

"有个杀人犯正逍遥法外，"父亲嚷道，"我女儿却死了。我们的外孙女失去了她母亲。我们的生活一下子陷入了地狱。这个家庭的一切都变了样。有个该死的魔鬼正待在某个地方，而你，我的朋友，一定要找到他。我有没有说明白？你能否向我保证，我女儿的死，不会又是一起毫无价值、无法解决的小案子，只是让人在一周之内暂时注意一下，等到另一起更大更夺人眼球的案件发生后，就悬而未决了？"

希克听着。他没有回答。这家伙还没有开始干呢，希克心想。

"你会不会使尽浑身解数来找到这个犯下罪行的该死的坏蛋？"带着一阵阵短促的呼吸声，我父亲的嗓门越来越大，似乎某个人用遥控器加大了音量。说出了自己的观点以后，也没让他感觉好过一些。

"我听见你说的话了，迪万先生。"希克说，这位父亲的痛苦使他感到敬畏。我想找到那个杀手，他心里暗说，如果真有的话。"先生，我向你保证。"然后他转向露西。

她看上去和莫莉的照片一点都不像。更大更高更强硬。她嘴巴很宽，嘴唇肉感而丰满，涂过口红，像是刚吮吸过硬糖。她可能喜欢无色唇膏胜于口红。她爱咬指甲，开始长鱼尾纹，也并非没有吸引力。头发凌乱，乱得可以把梳子弄折。头发有两种颜色，比苹果汁更浓郁更黯淡。她是一位年龄越大越好看的女性，他预言，只要地心引力善待那些胸脯的话。她太有母性了，不合他的口味。

"露西，那天你在哪里？"他问。

我姐姐觉得他说话时带着威胁的口气，可她尽量不想让自己的敌意与他正面冲撞。"我在城外。"她回答。声音不温不火，不露声色。希克示意她接着说，露西就又说了："那个周末正好是总统日。我想去滑雪，其他老师都去威斯康星了。我就出发了，但我接到了妈妈的电话，所以我掉转方向，回家了。第二天我飞到纽约——是第一趟班机。"

一个不在现场的证据，希克心想。

我忽然有种冲动，想逃离这间变得过热的房间，想凭着我死后的那台探测器迅速看到安娜贝尔。今天清晨我去看她时，她在抽鼻子。巴里教过她擦鼻涕吗？鼓励她喝蜂蜜茶？以前我总能哄安娜贝尔吞下几口茶，尤其当我拿出一只祖母给我的花卉图案的茶杯，并在那张小桌子上摆设一套威基伍德娃娃杯碟的蓝色仿品的时候。但是不，我觉得我必须待在这里，像常青哨兵那样伫立在观众中。

"希克先生，"露西带着一种很自然的权威语气说，仿佛对方只有四岁，"说真的，莫莉的案子你进行到何种地步了？你有嫌疑对象吗？"

露西是那种想干就不会放弃的人，希克心想，是一个可以把缺点转化成力量、又可以把力量转化成缺点的女人。"目前怀疑时机尚未成熟，"他说，"那也就是为什么我很想听一听你关于那一点的想法。"

"显然，"她说，"那位丈夫，是第一个要怀疑的……"

"露西！"我母亲吼道，仿佛她女儿正宣布他们的客人在放屁一样。"你在说我们的女婿。"

"诃万太太，"希克平静地说，"露西是对的。"他那对棕色眼珠牢牢地盯着我姐姐。"你都知道些什么？"

我听见她喘了口气，希克便觉得她什么也不知道，但就是无法停止去恨那个可怜的傻子巴里。任何跟她妹妹结婚的男人她大概都会恨的。

"警探，这件事让我的父母很烦恼，"她终于开口说，"不过，那是一段……问题婚姻。"我父亲望着窗外。糖状的雪片一直下个不停。

"问题有那么多，都到了如此糟糕的地步了吗？"希克说道。糟糕？还是换个更谨慎的说法吧。"如此激烈？"

"也许吧，"露西说，"我妹妹一直在忍受许多——"她看了看我父母，改变了她本想说的"粗话"。我父母仍然盯着她，"可这话不该由我来说。"她说着，人陷进沙发的一角，索性闭口不谈了。他们又陷入沉默，气氛变得很阴郁。

"我想告诉你们大家的是，"希克说，"在这种情况下，别再指望翻旧账。"他说话的时候，眼睛瞟到一张迪万家三代人的合影上，这是在纪念我外公外婆结婚五十周年的宴会上拍的。露西和我只有十四岁。人人都冲着照相机微笑，除了我姐姐，她正责难地看着我。我以前从没有注意过这点——我总是只关注自己，那条从少女部买来的波点裙让我感到害怕，而露西不得不穿着一条成人妇女尺寸的黑色紧身裙。此刻，我心里纳闷，我可能说了或做了什么把她激怒了。

"希克警探，"他缓过一口气来时，露西说话了，"要不要坐车兜一圈？看看周边的风景？"

她这么故作幽默，吓了我父母一大跳。

"不会给你添麻烦吧？"他回答，不认为她的观点纯属神经过敏，很高兴可以跟她一起消磨时间。

"来啊，我们走吧。"她说着，一边摇晃着车钥匙，一边显出一个她专门留给修车师傅和好学生的微笑。

希克通知出租车司机过一个半钟头再来接他。露西便开始了莫莉·迪万的悼念之旅，首先摇摆着经过拉维尼亚，接着是我三位前男友的家，最后一站是高地公园高中。她的画外音表明我是一个优等生，曾经负责班级舞会的装饰工作，并执意要用一种不合时宜的"蓝色礁湖"主题。我这样替自己辩护：我希望捕捉到巴哈马海的那种碧蓝色，这种颜色又是处于绿松石眼影那种光的照耀下，每个人看上去都像肺结核晚期的病人。希克和我开始担心露西这次驾车兜风的目的，是想表明我就是那种有金子般心地之人的时候，她以一种新手辩护律师排练上法庭的语气说道："我一直在纳闷，巴里是否有一个女朋友，她……"

"她什么啊？"他问。

"我有种直觉，有人故意想加害莫莉。"她说，"也许这人就是巴里，要么就是巴里认识的人。"她减缓车速，在一条小巷里停下来。整个小镇几乎笼罩上一层黑色的夜幕，雪花不停地飘过光秃秃的树木。"要是我父母听了这些，他们会疯掉的——甚至在她去世以前，他们都认为莫莉就是天使。我这不是断言，可我妹妹生命中还有另一个男人。"除了那个蠢货丈夫之外，她心想。"也许你可以找到他。"

暮色中，她的表情显得很强硬。"那家伙，你见过他吗？"

"从没见过，"她说，"我只是听说以前有过这么一个人，那甚至是在安娜贝尔出生前。也许只是小事一桩，都过去好多年了。要么就是她编造的，好让我感觉不太像失败者，就好像你姐姐做化疗时你也剃头一样。"露西神经质地、自顾自地笑了起来，"一提起这个，我就觉得自己很不忠诚，就像我在玷污我那死去妹妹的名声似的。"

希克竖起耳朵听着。

"她跟我都不是那种把每种感觉都写成小诗的人，你知道。就像我必须告诉你我们是——曾经是——截然不同的。"

"说下去。"

"我的意思是说，如果她想胡搞，我也没必要责备她。"

"哇噢。"希克怂恿道——对我来说，那也太明显了。好像露西还需要鼓励似的。

"她这人太轻信了。都有点过头了，要是你问我的话。"换了我，谁也别想责备我，露西心想。"莫莉是个大城市的姑娘，可有时会惊人的愚蠢。"

107

嘿，回想一下吧。往往是我不得不照顾你。难道你忘了吗？

"好吧，我这是胡扯。"她承认，"大概浪费了你的时间。"露西转动了一下车钥匙点火，"要是你现在还没有想通的话，告诉你吧，我不是迪万家族的掌上明珠。"她说。"莫莉是我母亲的翻版，而我父亲极度崇拜我母亲。不过，真该死！我确实爱我妹妹。我爱她。"我等着露西哭出来。

就这样一连开了几个街区，谁也没有说话。等他们开到我家，希克说："那天你想跟你朋友一起去滑雪，我也许需要知道他们的名字。"

露西脸上的肌肉轻微地一抽搐。"当然啦。"她说。十分钟以后，跟大家一一道过晚安后，她就上路了。

希克可没她那么幸运。他的司机，又一次迷了路。等那位司机来到的时候，大风吹得雪花直打转，他的返程航班给取消了，而其他航班都太太平平地起航了。

"我没听说哪儿有旅馆。"我母亲说道。

那么一来，海华沙·希克警探只好在一对双胞胎姐妹中的一个，也就是我的床上睡觉了，盖着我那褪色的薰衣草图案的羽绒被，头枕在我的羽绒枕头上。渐入梦乡的过程中，他最后想到的是露西。他梦到了他的一年级老师，她把他安排在慢班里，并断言他也许永远都学不会阅读。

19

安娜贝尔出生七个月后，我只比怀孕前重了四磅，那不过是比我终生的目标重了五磅。十五年前，我参加过一次露营活动，当时每晚的主菜是松鼠，当我称体重时，瞥到过那个标准体重的数字。当我照镜子的时候，我并不介意自己看到了什么。我的臀部只宽了一丁点儿，我的肚子甚至没以前平，而我的胸部并没有因为哺乳而显得难看——我很高兴，我花了两百美元买那种可能由国家航天局设计的胸罩。

"猜猜看，谁会来看我？"有天早上，布里在去参加审判的路上打电话给我时，我问她。

我真是恨死她了，她第一时间内就回答："卢克，"然后呵呵大笑。"干嘛来？"

"因为他是一位老朋友了。"我一边说，一边拍着敷在脸上的面膜。面膜发出杏子跟香草的气味，并允诺说每个毛孔都会隐而不现。

"那好。"她说，那口气仿佛在说"我相信才怪呢"。

"卢克很可爱。他给安娜贝尔送来了最精美的老式摇椅。"它有两英尺高，是甜奶油最初的那种浅黄色。它犹如一个宝座，等着我女儿坐上去。我能想象得出来，她长大以后，一边轻轻摇晃一边看书的情景，对灰姑娘表示认同，渴望穿上水晶鞋，并开始筹划她的婚礼。

"我猜你写好一封可爱的感谢信了。"布里说。她晓得如果我在收到礼物的一周内不写上一封诚挚、新颖的感谢信，我就会迷信邮差幽灵艾米莉会踩我的头。

"当然。"

"你已经承担了你的社会义务，干嘛还让他过来？"

"他是想来看宝宝，不是我。"我都不相信自己的话。

"你知道我的感觉。让他靠近你是错的。"

"你这可不是表扬我。"我装出很生气的样子说。

"叫我现实主义者好了，"布里轻松地说，"卢克一向对你很痴迷，而你显得有点孤独，不被理解。"她嘴巴里哼哼着什么，听上去像在唱挽歌。

"嘿，这里一切都好。"我抗议道，除了巴里工作的时间格外长，她知道我觉得我们俩是又　次回到了大陆上，并没有需要登陆的导弹。没有"许诺"会从墙上弹回来。

"我会闭嘴的——你是个成年人了。"为了让我放心，她这么说，"请代我好好地给他一个热吻。"

再过十分钟卢克就要来了。我洗了脸，脸上的毛孔却依旧瞪着我，依旧是很大的像素。我轻轻在脸上敷了点粉底。安娜贝尔，俨然一团十六磅重的粉嘟嘟的肉团，正躺在阴凉、昏暗的房间里睡觉呢。我比平时早了一个钟头把她放到楼下去睡觉，要是我了解我女儿的话，就在我跟卢克吃完午饭后，她准会开开心心地醒过来。厨房台面上，饭菜正等着我们——有丰富的金色咖喱鸡色拉、有机番茄以及一层层布法罗莫扎雷拉干酪和罗勒叶拼盘、几只很小的发酵面包卷，还有一块很丰厚的软糖果仁巧克力蛋糕，这些菜都是我灵机一动叫的外卖，都摆在我不是最最好也是第二好的餐盘里。白葡萄酒正和一个盛有冰绿茶、点缀着黄瓜片的茶罐一起冰镇。我想让卢克知道我已经努力了，但也不是太努力。

没有理由显得神经质，不管你以前对卢克有什么感觉，那都是一次精神失常的行为，必须埋藏在生活的层面下。良好、坚固、幸福的生活。我想起我父亲的信条：错可以犯，可是该死的，别犯同样的错。没理由说这种哲理不适用于现在，只是脑子里有条更玩世不恭的虫子在扭动身体，想引起别人注意：假如你必须过自己的生活，那就犯同样的错吧，只是要快点。

我把起居室里的靠垫拍拍松，重新整理了一下玫瑰花。在门房打电话通知我德莱尼先生已到之前，还剩下几分钟心不在焉地浏览一下《泰晤士报》里的艺术栏目。在去门口的路上，我照了照镜子。我看见的那个女人一副疲惫相，但愿只有我自己注意到这一点。

"送你的，"卢克一边说，一边递给我很大一束深紫色银莲花，他笑逐颜开，并在我的腮帮上亲了一下。我很高兴他没用古龙香水。他根本就不需要。"这是给另一位女士的……"从一个大购物袋里，他掏出一个用浅粉色包装纸裹着、用一条橘红色缎带松松系着的包裹。

我把这件礼物放在咖啡桌上。"另一位女士得睡完午觉才出来，否则她会给你留下一个很糟的印象。"我一边说，一边把卢克的巴宝莉四十四号长风衣挂到巴里的四十号常规款风衣旁。

卢克的头发比我记忆中的凌乱，我忽然有了一种冲动，想把遮住他眼睛的头发给撩上去。也许他人瘦了，颧骨像圆括号似的，从脸上突出来。他身穿一件 V 领的紫藤色毛衣，对大多数男人来说，那会是一种很成问题的颜色。但对卢克而言，那种颜色衬得他眼睛更蓝了。

"我很高兴地看到，你家还没有变成一个玩具陈列室。"他以一种调皮熟络的口吻说，"我哥嫂显然持有费雪玩具公司的大部分股权。"

因为我把安娜贝尔的其他玩具都塞进了橱柜，只摆了她最拿得出手的小玩意儿。"再过一年回来吧，那时你就可以评论我了。"我说。安娜贝尔已经得到了数目令人可憎的的塑料玩具，除了不会打嗝，这些花哨的玩意儿可以做任何事，她抽屉里塞满了衣服，大半都是长大些后才能穿的。马克斯一家就单独撑起了国民生产总值，这令我很不安，却不能说"够了，别送了"，尤其是对基蒂、我父母、露西或者布里。

"她长得真像你。"卢克说着，拿起一张巴里与我穿着周末休闲服的照片。照片上，我们俩正抱着刚洗过澡、两个月大的安娜贝尔。

"如果你能看到我的裸体照，那就更像了。"这话刚一出口，就百分之二百显得太亲密了。

卢克跟我进了厨房，我顺手把鲜花插进瓶子里。几分钟后，我们坐下来吃午饭。他向我报告了他最近几次拍摄的情况——地点在圣达菲、布拉格、悉尼——还有，他跟人合资在 Dumbo 买下一间工作室，他的合伙人好像叫西蒙。我洋洋自得地夸耀安娜贝尔是个多么会睡觉的孩子；我怎样发现了至少十个有线电视的新频道；在经过多次讨论后，为什么我决定不再做我的婴儿有机食物。

"这种全职妈咪的生活你喜欢吗？"吃午饭时，有关这个问题，他向我打听了二十分钟。我马上很谦卑地回答了他。你永远无法预言，关于母亲是否就该属于家庭这个问题，跟你同龄的男人会站在哪个立场上。就连那些热情洋溢、自命清高、主张反战、减少碳足迹的环保人士，有时也会让你傻了眼，他们爱跟人争辩为什么母亲要为孩子做每一个奶油花生酱三明治，直到他们当上博士后才罢休，尤其是被谈到的这位母亲是他妻子。你必然会发现，他们的母亲无论怎样做都是错误的，而这些家伙里有许多人都是七十年代那些狂热的女权分子的儿子。

尽管如此，我却没有对此做出冷嘲热讽的反应。

"你是头一个敢问我这个问题的人。"我闪烁其辞地回答。事实上，我原本打算回去工作，可就在我生下安娜贝尔后一个月，一个新总编接替了我原来老板的位置，她人还没有来，名声却如同凶猛异常、席卷一切的海啸，先期传到了我耳边。我产假要结束时，她简短地跟我碰了面。她脸上的表情既吃惊又厌烦，一言不发地把我的一份档案翻了一遍，里面主要是我这三年的装饰设计案例。两天后，人事部主管给我打来电话，说我的老板"想朝另一个方向发展"，而我却不在她的计划里。

从二十二岁开始，我一直有工作。与世隔绝的状态让我感到害怕。尽管我这样已经过了好几个月，我还是无法想象整天待在家里的生活。我使尽浑身解数去找工作，几乎到了疯狂的地步。可我听到的跟装饰设计有关的工作都是那么无关紧要，大半时间不是订购气泡胶包装，就是包装或拆卸冰箱那么大的盒子。我理想的工作最好不是全职的，可每当我提出这一点，所有的面试者都会高喊"下一个"，我猜想面试我的每个编辑都会在心里犯嘀咕，作为一个新妈妈，每隔一天，我会因为这个或那个与宝宝有关的急事而请假。

"我喜欢跟安娜贝尔在一起。"终于，我这么说，但愿会具有说服力，因为这是发自内心的大实话。

"我仿佛觉得其中还另有隐情，"卢克开始喝第二杯葡萄酒时这么说。"我嫂子告诉过我，她简直想象不出来，一个那么小的身体竟能制造出那么多粪便。"

"我最受不了比来比去。"我犹豫不决地说。不仅仅是那千变万化的排名榜单——哪位妈妈已经比她怀孕前还要瘦，或者哪家小孩爬得更快、更远、更早——人们始终在为一些我从来都想象不到的东西打分。"我觉得在这座城市里，当母亲的规则是用密码写成的，没人给我解密手册。"

见卢克脸上显出了同情，我接着说。"除了我，其他妈妈显然每天五点就起床，站在暴风雪中排队，为了给宝宝在当地犹太社区中心的早教游泳课占位。我想下礼拜给安娜贝尔登记，可下周的课已经订满了。当我向前台表示惊讶时，她望着我，似乎我在墨西哥边境上溜达呢。"

"呜，真讨厌。"他说道，吃吃地笑了。"你在电子邮件里可没说过这个。再多讲讲吧。"

我接受了他的挑战。"好吧，再说下幼儿园。那些相当警觉的圣人妈咪，已经在讨论申请上哪家幼儿园，而那些宝宝还不会坐呢。"卢克也许会觉得，我这是为了追求喜剧效果而夸大其辞。但我不是。"当宝宝还在擦口水的阶段，他们的妈妈却在分析每家幼儿园的差别，就好像它们是哈佛或者耶鲁大学。"——我的声音听上去好像我吸入了氦气——"也许就是这样，因为有人向我保证，如果安娜贝尔没有去一所'正确的'学校，她以后就要和上常春藤联校的梦说再见了。"每逢我窥视她的婴儿床，都会看见她闭着眼皮打颤，仿佛是众人在查尔斯街上排队的景象把她搞成这样的。"我自己没有牵强附会，并非如此。"我承认。再过几个月，我女儿跟我就可以去上"魔幻大师"的课程了，那些课会由精力充沛的音乐家来教你。

"那你还是回去上班吧。"我叽里呱啦地说了十分钟后，卢克说。"难道马克斯先生不同意你去上班？"他的语气有点含沙射影。

"不管我做什么，巴里都不会反对的，"我告诉卢克，觉得自己听上去有点自我防卫的意思。"可是，说真格的，我能去哪儿工作呢？"

他懒散地在葡萄酒杯的杯口上敲打着手指。"你觉得跟我干怎么样？"

我想象着那些手指放在我腿上，放在我身体的其他部位，然后晃了晃脑袋，想把这种幻想抹去。

"咳，我话还没讲完，你怎么就说不了呢？"我可以相当肯定地说，我察觉到他很失望。

"我没说不，我什么都没说，因为，你到底在提议什么？"

"不是那种全职的工作。不过，这些工作马上就要来了。"他说着，敲了两次木头桌，"我还可以给你许多常规的式样，差劲的自由职业者我已经用了一个又一个，不管小伙子还是姑娘，这些人连屁股都懒得动一动，也不具有一丁点儿想象力。假如有好的，也已经被我的对手预订了，要么就把费用提高到我负担不起的程度。"

这会儿轮到我时不时地"嗯"一声了。

"福利啥的我给不了你，也无法保证这种安排会永远持续——工作来了又去了，这你是知道的，"他接着说，"编辑们也会烦我并不再跟我续约。莫莉，我只能说，我们俩一道工作有多好，这你是知道的——你是我大脑的另一半。"

我无法反对。我认为卢克有惊人的才能。我近期的档案里有三分之二的漂亮页面，都来自我跟卢克合作拍摄的照片。

"你这么做是帮了我一个忙，并不是欠下我什么人情。"他直盯着我的眼睛，那种眼神既亲密又吓人。

这是不是在引诱我？别太得意了，莫莉。我决定了。这只是工作罢了，没别的。这不光是最近别人提供给我的一份最好的工作，也是唯一一份工作，它最吸引人的地方，就是办公室靠近冰雪皇后冰激淋店，不过需要换车去郊区。

"那会很好玩的。"他又说。

"好玩？"这么想倒怪有趣的。

我正想细细琢磨卢克的提议，突然听见安娜贝尔弄出了动静。我一般不会一下子冲过去把她从婴儿床里抱出来——我宁可偷听，试图领会她的呀呀学语——不过，这会儿已经快两点了。我急切地想显摆一下她。"听到她的声音了吗？"我说。"你得原谅我失陪几分钟。"

我抱着我那粉嘟嘟、发出甜蜜香气的女儿过来。才七个月大，安娜贝尔已经长出了金发，她的皮肤摸上去像矮牵牛花那样柔软光滑。我给她穿了一条淡紫色条纹裙，来配卢克毛衣的颜色。当我把我的宝贝捧上去的时候，我心中充满了自豪。

卢克用他那双摄影师的眼睛望着她。我非常了解他，知道那是一种欣赏的眼光。"很荣幸见到你，安娜贝尔小姐。"他摇晃着她那胖乎乎的手指说道。她笑了，露出三颗新长出来的牙齿，像一个婴儿忍者那样狂蹬她的腿。

"我去拿她的学饮杯，你来陪她会儿好吗？"我一边说，一边把安娜贝尔安放在她的高脚椅上。让她学会用杯子喝水是她最近的一项进步，就算她掌握了意大利语的动词，我也不可能感到更骄傲了。等我回到餐厅，卢克正像个行家一样，跟安娜贝尔玩躲猫猫，安娜贝尔高兴得吱吱乱叫。女人往往都会被他逗成那样。

"别忘了给她的礼物。"他说道，一边把那只盒子递给我。我缓缓地、有条不紊地打开它，这习惯总会令露西——一个天生有撕裂癖的人——发疯。"来瞧瞧这个是不是布拉德·皮特的仿真玩具吧。"

盒子里是一只长着一对耷拉耳朵的、软乎乎的大白兔毛绒玩具。安娜贝尔伸手去够他，迅速吮吸了一下他水果糖大小的鼻子。"谢谢。"我笑着说，一边凑过去亲吻他的脸颊。"我很高兴滑稽的小兔赢了。你觉得我们应该怎么称呼他？"

"很抱歉，不过他已经有名字了。他叫阿尔弗雷德，跟我爸一个名字——长腿，大耳朵，爱吃胡萝卜。"

"这是兔子阿尔弗雷德，安娜贝尔。"我说道，一边用光滑的长毛绒摩擦她的手臂。"这是卢克叔叔送你的。"

卢克扮了一个鬼脸。

"纠正一下。这是德莱尼先生送给你的。"

"阿尔弗雷德是卢克给你的，安娜贝尔，"他说着，看了看手表。"是卢克，这会儿他可得走了。很抱歉，在城里有个约会。"

我朝衣橱走去，取出他的大衣，在他颧骨上心无杂念地迅速亲了一下。

"你会考虑我的提议吗?"他问道。

"我会的。"

"当真?"

"我保证。"

"你保证，好吧。"他说道，电梯这时候来了。"我会一直提醒你这一点的。"

我回去察看安娜贝尔，她蜷缩着身体，紧紧搂着阿尔弗雷德。那晚，她是跟他一起睡的，以后每个夜晚也是如此，后来由于她的不断爱抚，阿尔弗雷德身上的毛都掉光了。尽管如此，缺少毛毛丝毫没有令他的外表逊色。兔子阿尔弗雷德成为动物玩具里的国王。他很了解安娜贝尔，这是泰迪熊与骡子都做不到的，每当我望着他们两个，安娜贝尔与阿尔弗雷德，我的思绪会情不自禁地转向卢克。

至于我，到下周一我就开始面试保姆。两周以后，德尔菲娜·亚当斯进入了我们的生活。再过一周，我订制了名片。再过一周，我飞到了索诺马。那时，卢克跟我第一次拍摄的时间表定好了。

20

为什么今晚不同于其他夜晚呢? 因为它是逾越节，而今天早晨，基蒂像她每年都做的那样，为一顿逾越节的美味家宴做最后的准备。我真不走运，当我还活着的时候，我没像今天这样尾随她。因为这会儿，我终于向她学会怎么做轻如羽毛的逾越节汤团了。她一直严守汤团秘方，仿佛那是去极乐世界的秘方——狂妄啊! ——秘方是一张四方形的纸，就藏在曼尼舌维兹牌逾越节食材盒的后面，尽管她用矿泉水代替了清水。我不可以对那娘儿们拳打脚踢，这简直把我逼疯了。整个哀悼期间我可以向谁倾诉？谁会在乎呢？鲍勃吗？我可不这么认为。

"品姬，你能接一下电话吗？"基蒂冲她的女佣喊道。她所说的品姬，就是品姬·梅·斯普林格，她已经为基蒂工作了三十八个年头。

"是马克斯医生。"品姬大声回应她。从巴里开始尿床那么大，她就认识他了，可是，自打他从医科大学毕业，基蒂就执意要品姬用他的头衔来称呼他。

"马上就来。"基蒂一边说，一边把一条绸缎大餐巾穿过一个纯银餐巾环。每条餐巾都张开成宽度一样的扇形。基蒂的完美主义真令我羡慕。就连她的大脑中，我怀疑，也存在像医院那么干净的角落。她走到厨房的电话那里，脚上那双高跟拖鞋就像军鼓一样，橐橐地从砖地上走过。"宝贝儿，"她以一种只用在巴里一个人身上的声音说道，我相信她自以为这种声音迷人又悦耳。"他们到了吗？"

"他们"指的是我的父母，本该在十一点钟就到的。露西坚决抵制出席逾越节的家宴，明天会离家去圣巴茨跟一个新男友会面。

"你们已经来了吗？"她说道，心里巴不得我父母会在最后一分钟取消赴宴。"那么，我只好来合计一下，让他们坐在哪个位子上好。"

基蒂在布置餐桌时往往煞费苦心，就好像她要给沙特阿拉伯王储准备国宴一样。她耳朵还贴在话筒上，就用手打开碗柜上的一个抽屉，抽出两张厚厚的、印着娟秀字体的羊皮纸座位卡。基蒂把我父亲的卡片摆在她自己座位旁边的位置上，同时苦苦思索该让我母亲坐在哪里。

"姑娘们正在打赌克莱尔会穿什么衣服来。"她告诉巴里。琳达、叙泽特、基蒂和南希数十年来形成了牢不可破的友谊，她们的脚踝上都戴着一样的脚链。她们不单单是那种"坏女孩"，还颇有心计。无论你要的是一支热门股票，一盆热腾腾的玉米粉蒸肉，还是一次令人亢奋的约会，她们总是很清楚。假如她们这些爱玩乐的人随便哪个决定去工作，我毫不怀疑她们会把玻璃天花板震到火星上去。她们对我母亲抱有强烈的兴趣，竟然对她的穿着品头论足，觉得她的牌子太不合她们的品味，这一点我直到今天才明白。

"'什么'？别这么称呼你老妈呀，宝贝儿。"基蒂说道，语气非常调皮，似乎巴里给她的是最甜蜜最由衷的称谓。"这么叫不合适。"她在闲聊的时候，一边把高耸的蜡烛架里高高的象牙蜡烛芯拉拉，一边察看一下那个原先属于巴里父亲的祭祀茶杯。那都是一些纯银质地的茶杯，上面有浮雕的葡萄藤和葡萄图案，只有一小处缺陷，有一毫米的地方失去了光泽。"品姬，"她叫道，"你能到这儿来一下吗？"

品姬穿着一身整洁的灰制服，走到跟前，拿掉那只让人看不顺眼的杯子，擦了一会儿。

你只消朝这间餐厅瞥上一眼，就能看出我婆婆是个很把自己当回事的人，你最好也把她当回事儿。昨天，她把餐桌都布置好了，而且我得赞同这女人，正像她自己可能会说的那样，是很有本事的。我非常喜欢她的瓷器，在她与第二任丈夫塞摩尔·凯茨成婚的时候，她就很有挑选并接受瓷器的眼光。塞摩尔·凯茨是三年前去世的，最起码，她这种眼力保存了有二十四年了。杯碟碗盏都是一种老式迈森图案，上面画着一条面目狰狞的龙，她把那种颜色叫做紫晶色，在我看来也就是那种普普通通的鲜粉红，差不多近似去年很让安娜贝尔倒胃口的那种颜色。她头一次注意到它们的时候，就问奶奶为什么要用"怪物盘子"。

然而，我喜欢用这些碗碟去衬托春天的鲜花。为了今天的晚餐，基蒂把集市上的山茱萸、小苍兰、鸢尾花都买回家来，她把它们布置成一大束的样子，完全有资格放在大都市博物馆的门口。她的台布是沉甸甸的法国亚麻布。我能想象得出，当初纳粹进攻法国，这条台布被压在古董衣箱的底层，跟着一个贵族家庭逃出巴黎时的情景。尽管我相信，其实是她母亲传给她的，那是她在利多湾赌牌时赢来的。

我喜欢逾越节。我想念逾越节，那是我最钟爱的节日，尽管也并非一直如此。起初圣诞节始终显得很不寻常，后来露西对我说："莫莉，难道你看不穿所有这些骗局吗？"我们十一岁的时候，她就学会了"骗局"这个词。

大多数犹太人都跟我一样，只是从达勒姆那里才知道普林节的，都认为逾越节主要跟唱歌有关。逾越节显然跟逾越节无酵饼没什么关系，那是我们的祖先在埃及那片土地上食用的痛苦的食粮，他们的子孙清楚吃那个会直接引起便秘。

在基蒂家，总是由巴里来朗诵四个问题——尽管他并不是餐桌上年纪最小的人，按习俗年纪最小的人才有这种资格。客人们把《将会有足够的》、《伟大的先知以利亚》、《马槽歌》、《愿上帝赐给世人喜乐》和《欢乐颂》这些歌唱得五音不全，可他们还是会唱。

今晚，我打算演一下马克斯一家自己的绝妙好戏，替代先知以利亚，据说他会顺便走访一下全世界过逾越节的人家。我巴望着能在哀悼延续期碰到先知以利亚，也许我们两个人可以聊天，灵魂对灵魂，听他分析巴勒斯坦的形势。可这会儿，我还有足够的逾越节功课要做。基蒂开始做鱼肉糜的菜，那东西我从来就不爱吃。

整个早上我一直在观察安娜贝尔，但不久以后，为了庆祝过节，老师们会让孩子们早点下课。我会拖着我那精灵一般的身体去中央公园西面，当然，已经没时间了。我在大厅看到的第一个人不是安娜贝尔，学校还没放学呢，也不是等着接她的女佣德尔菲娜，而是斯蒂法妮。她穿着一条低腰牛仔裤和一件扎眼的古铜色皮夹克。她像是在自言自语，其实她正对着耳机说话呢。通过音量大小可以判断，她正忙着跟一位旅行中介进行激烈的对话，正在就去巴塞罗那的头等舱机票讨价还价呢。我很肯定她的邻座会是哪一位。

我那么目不转睛地盯着斯蒂法妮，几乎没有注意到这个场景里有什么不对劲。倒不是因为那个不认真地窥视人们包包的保安，你别指望他发现一套印有花押字的攻击性武器；也不是那些待在角落里说东家闲话的保姆，她们与那些来接孩子的妈妈们判若有别，就像巫师与爱抽大麻烟的人判若有别一样；也不是那三个相貌帅气的同性恋父亲，他们正站在同道者的那一边，要获得社会的承认，他们就必须付出这样的代价：他们必须借别人的子宫生育。不对劲的是她。

她一动不动地站在十二个同龄妇女中间，假装在看《人物》杂志。我以眼角的余光瞄着她，她就像地铁里的耗子，在它沿着轨道四处乱蹿之前，你就感觉到了。她消失在人群中，成为无数穿黑大衣、黑靴子、挎黑手袋的女人中的一员，正等着电梯开门，从里面出来一群咯咯乱笑的三四岁小孩。

斯蒂法妮的儿子夹在头一批来到大厅里的学生中，她那满头鬈发的儿子奔到她面前，拉了拉她的夹克，喊了声"妈妈"。她把中指按在嘴唇上，不做声地说出："乔丹，嘘。"我身上有一部分真想给我姐姐打出一束泰瑟枪，对她说："她！就是巴里去见的那个女人！"可是那一部分的我，将只是一度存活过的单个脑细胞，它们不会奇怪露西·迪万到底来这里做什么，她随意装出一副经过允许来接安娜贝尔的样子。

另有两帮学生从电梯里奔出来。我指望电梯门开的时候会看到德尔菲娜，她一向都冲在最前面。接着，我才记起巴里已经给她放了假，因为今晚她要去帮品姬准备逾越节晚宴。安娜贝尔本来要跟她的小伙伴埃拉与纳尔西莎一起回家，埃拉的保姆是德尔菲娜顶要好的朋友。

电梯的门最后又开了一次，这两个小姑娘都冲了出来，一边招手跟她们的老师再见。她们每个人都背着一个上面有蜡笔画的逾越节无酵饼袋子。安娜贝尔的袋子上点缀着兔子和复活节彩蛋的图案。我的女儿，真棒。

"安妮—贝尔，"露西喊道，"快过来，你没想到吧！"

当她的老师正跟一位母亲聊天时，安娜贝尔像个电话机拨号盘那么旋转起来，最后指着露西。"穆西阿姨！"她尖叫了一声。"爸爸说你不会来纽约了！"她投入姨妈张开的怀抱，紧紧地给了一个长时间的拥抱。

"你做的这个漂亮玩意是什么啊?"露西问,赞赏地看着安娜贝尔做的手工。"你知道吗?你可以过会儿再告诉我。干吗不让我为你拉上夹克的拉锁呢?"露西飞快地说道,一边松开安娜贝尔,轻拍了一下她的背。

唉呀,天啊!难道露西连最后的理智都丧失了吗?我姐姐要把我女儿带到哪儿去?就算她动机很单纯,都没有什么关系——我真希望她没有不良的企图。我必须,我只能,这么想。

安娜贝尔望着站在大堂对面的小伙伴,转身对露西说:"可是,我本来应该跟埃拉一起回家的。"

听见有人叫自己,一直站在校门口等纳尔西莎来接的埃拉,疾步朝安娜贝尔和露西走来。照我看,埃拉长大肯定要当高等法院的法官或是监狱的女看守。她对露西满腹狐疑。等孩子二十岁时,她脸上会有一条很深的皱纹,需要全美最高级的粉底才能填平。"请问你是哪一位?"埃拉问道,那种不依不饶的口气,换了我也不可能说得更像样了。

"我是安娜贝尔的姨妈。"露西回答。她四下瞧了瞧,想弄明白埃拉的母亲或保姆有没有在场。见她是孤身一人,就松了口气。"我们该走了,还是祝你节日愉快吧,再见!"

"可是,你的黄纸条在哪里?安娜贝尔跟你一起走必须得到许可。黄纸条呢?"当露西亮出黄色危险警报的时候,我真希望埃拉能扣留她一会儿。"这是规定,你破坏了规定。"她又大声说,引得还留在大堂里的几位妈妈纷纷伸长脖子朝露西望。斯蒂法妮也在其中,她在用手机通话。

你个四脚小鬼,我听见露西心里这么说。我希望你长大以后脸上长粉刺、溃疡,再长一个连巴里也整不好的鼻子。她攥住安娜贝尔的手用力拉她,安娜贝尔却不肯让步。

"埃拉做得对,穆西阿姨,"我女儿一本正经地说道,"这是规定。"

"安妮贝拉,"我姐姐蹲下来凑到她耳边说,"我要告诉你一个秘密。有样东西学校没教你们,有些规定生来就要被人破坏的。明白了吗?走吧,相信我。我不单是你姨妈,我还是一名幼儿教师,我可是个懂行的人。"

121

这一次露西再拖她的时候，安娜贝尔盯着她看了一会儿，稍微犹豫了一下，就朝埃拉挥手告别，然后跟着姨妈离开了。纳尔西莎捧着糕饼店的盒子不慌不忙慢吞吞地进校门的时候，她们俩已经来到了街上。她弯腰亲吻埃拉，大声说："小心肝儿，准备好了吗？抱歉我来晚了。你的小伙伴在哪里？"

　　埃拉把她的保姆拉回校门口，朝前方街区一指。"她跟她走了，"她叫道，"那个女人。她说她是安娜贝尔的姨妈。"露西和安娜贝尔仍然站在大街上，露西正想叫一部出租车，此刻满载乘客的出租车一辆接一辆从她身边开过。等纳尔西莎明白了她的意思，她的眉头皱了起来，我终于明白了埃拉皱眉头的神情是跟谁学来的。

　　"快拦住那个女人！"纳尔西莎大声疾呼。艾瑞莎·弗兰克林也没她劲头那么足。"快抓绑匪啊！快抓变态啊！"埃拉一字不漏地把她的呼救又说了一遍，而纳尔西莎还不肯罢休，又喊了一回，她俩开始朝前面的街区冲过去，就像一头母猪带着小猪。恰巧这时候，斯蒂法妮和乔丹也从大楼里走了出来。

　　"这怎么回事啊？"斯蒂法妮喊道。

　　"那个女人，"纳尔西莎掉过头来叫道，"她要绑架安娜贝尔·马克斯。"

　　"安娜贝尔·马克斯？不！"斯蒂法妮说道。她心想，真他妈的不可思议。"我去通知保安。看好我儿子。"她转身跑回大楼里，留下乔丹一个人稀里糊涂地站在那里，他不知道该跟谁走才好，跟纳尔西莎、埃拉还是跟他母亲。纳尔西莎，体重二百一十磅，腿脚并不利索，可在出租车门砰地一声关上的时候，她跟埃拉已经追上了露西与安娜贝尔。纳尔西莎用那个巨大的塑料糕饼盒嘭嘭地敲着出租车的一侧。出租车司机迅速踩下刹车，弄得他的包头巾都歪到了一边。

　　"你们俩马上从车里出来！"纳尔西莎一边猛敲车门，一边狂喊，"司机，她要绑架那个小女孩。快阻止她！抓绑匪呀！不许逃！"

　　露西把车窗摇到刚够她喊的高度："你个泼妇，管好你自己的事吧。我是这孩子最亲近的姨妈。司机，开车吧。"然而，司机把车停下了，人朝座位上一靠，她们的话他都听进去了。他取出手机。

"你！把手机放下！"露西命令。我知道什么才是对这个小孩最好的，我听见她心里在想，莫莉会希望由我来照看我们的亲骨肉的。巴里，对一个丈夫来说，这个借口也说不过去了，他配不上有这么漂亮的女儿，也配不上我那痛苦极了的漂亮妹妹，他让她生不如死，还要……

"你正在绑架那孩子！"纳尔西莎说道，一边挥动胳膊咚咚咚地敲窗户。她那个糕饼盒掉到了地上，黑白两色的曲奇饼干纷纷撒落到排水沟里。埃拉抽嗒起来，她最喜欢吃那些饼干了。她转身指向大街，斯蒂法妮领着保安正朝她这边来。她捅了捅纳尔西莎，后者领会了她的意思。"警察往这边来了，"纳尔西莎冲露西吼道，"安娜贝尔，现在你别担心了。"

"这位女士，"出租车司机对露西喊道，"你把那孩子还回去吧。"

"你竟敢这样跟我说话。"

安娜贝尔那张瓜子脸在露西、纳尔西莎、埃拉以及出租车司机之间转来转去，司机的包头巾已经掉下去了。她哭了起来，一开始声音还很轻，后来小声呜咽变成了嚎啕大哭。"让我出去，露西姨妈，"她叫道，"我很害怕。我要德尔菲娜。"

"别哭了！"露西喝道。她声音那么响，弄得安娜贝尔哭得更狠了。"一切都很好。你是跟我，跟穆西姨妈在一块儿啊。司机，快开车！"

那男人不肯让步。

"你哪儿都别想去。"已经赶到汽车旁边的保安，一边敲窗一边喊道："嘿，那个女的，把门打开。"

"不然会怎样？"我姐姐叫道，"你会去叫一个真的警察来？"

斯蒂法妮就在他身后。"我这会儿就给马克斯医生打电话，"她说着从右口袋里掏出她的手机，用左手扣着窗玻璃。"不管里头坐着的是谁，她都精神有问题。放安娜贝尔·马克斯走吧！"

"妈的！"露西骂了一句。我给逮到了，她心想，倒霉透顶了。"真该死。"

她开了车门。安娜贝尔扑到纳尔西莎那软得跟面团似的张开的怀抱里。保卫猛击车门的时候，露西砰的甩上了车门。"司机，开车。"她说道。这次他猛地一加速，车胎嗖地擦过路面开走了，就像在给装甲车队带路一样。

"安娜贝尔，可怜的孩子，我在这儿，我在这儿，"纳尔西莎边说边摇着我女儿小鸟般的身体，"纳尔西莎和埃拉在这里，一切都正常。"

可是，一切都不正常了。我那孩子浑身直打哆嗦。我那位疯狂的姐姐本来应该知道不该跟一个不好对付的牙买加保姆争强斗胜的。她本该知道的，完毕。

当露西坐着出租车飞速驶离的时候，我钻入她的大脑。试图去理解，她为何表现得跟个狂人一样——如果允许我使用这个术语的话。不过，露西的脑海深处正掀起波澜。她正扪心自问，为什么她总是做出错误的选择。至少在现在这个时候，我对家族的衷心意识已被连根拔起，仿佛被一只大乌鸦叼走了一样。我听见的只有我女儿的抽泣声。我从没感到像现在这么无用，这么灰心，或者说这么死气沉沉。

21

"这个你喜不喜欢？"卢克几乎像拖着一条尾巴在跑，伸开双臂，从屋子的一个角落跑到另一个角落，然后又跳上一只打开的金属箱子。

"如果你总是渴望住进一个巨大的沙丁鱼罐头里，那很好。"我回答。

阳光房坐落在索诺马县，是由一位一流建筑师为硅谷某个天才少年设计的，他及时付清了账款。房子层高三英尺，令人惊叹，我站在天花板底下，兜了整整一圈来欣赏那带着人工裂缝的斑驳的灰色水泥地板、青铜色墙壁、暴露在外的循环系统的管道。屋子正面的窗户是由六英尺见方的玻璃做的方格窗，是为一位汽车特许经销商特制的。我迎着太阳眯缝起眼睛，看到了绵延几英里的葡萄园，加利福尼亚北部的山丘上，呈现出一片层层叠叠的翠绿与金黄。

"你有什么观感？"卢克问道，"简直让我眼花缭乱。"

是啊，的确很耀眼。我从书里读到，每到夜晚，从几英里之外的地方，你可以看到这地方像飞碟那样闪闪发光。这座宅邸刚一建成，分区法规就表决通过了一项规定：禁止搭好的脚手架把这片乡间的地面弄得坑坑洼洼。

"快瞧，"他说，"这种光线——太漂亮了。这样一个空间会让我佩服得五体投地。"

"德莱尼先生，你还没有酷到要住这样一个空间的程度吧。"我对他嚷道。可我知道，卢克和我不用花费多少力气，就能在这里拍出夺人眼球的照片。我也开始感到兴奋了。

"你很走运，我没往你头上扔一个水球。"他说着，从他随身携带的笔记本里撕下一页纸，折了个纸飞机，顺着阳台上的气流飞了出去。

几个小时以前，卢克跟我在奥克兰机场碰了头。之前他在大苏尔有个拍摄工作，他驾车沿着太平洋沿岸的高速公路从洛杉矶过来。在途中，他那描述景致的画外音透着孩子般的喜悦。"海豹在水里嬉戏！""《莫比·迪克》里的海浪！"我们还没到旅馆登记入住，因为卢克太想看看接下来几天我们要开始拍摄的房子。我们先去了那里，慢慢开车上了一个陡坡。那里的空气清新而干燥。我预期三天美好的时光。

如果说我对我的第一份工作已经做了超过一年的过度准备，这也不过分。过去的三周时间里，我日日夜夜都在酝酿一些细节，我花了那么多时间，简直可以大致抵掉我将收到的费用，要是我靠在大街上收旧瓶子过活，可能赚更多呢。不过，我不想令卢克·德莱尼，我那很有眼光的新老板失望。我无事瞎忙活，小题大做，从那幢房子根本不是我喜欢的类型这一事实里得到安慰。

"对艺术品你是怎么看的?"等我们把箱子都搬进屋里,钻进那辆租来的敞篷汽车,打开汽车的天窗,驾车朝山下开去后,卢克问。如果开车的是巴里,我就会抱怨,我的头发怎么被吹成玛吉·辛普森的高髻了。可这会儿,我却兴奋无比,就好像灼热的红尘钻进我头皮里的那种感觉。我还意识到这样一个事实,我闻上去也许不那么干净。此刻气温是华氏九十四度,你一走到车外就会感到,仿佛有一条纳瓦霍人的盖毯从一头骡子身上掉下来,盖到了你头上。

我唯一有所了解的当代艺术品都挂在博物馆墙上,而上次惠特尼双年展的多数作品都让我产生了一个想法,艺术家不过是把他的恐惧都画在一块画布上。"那张蓝色的大幅作品看上去就像保罗·班扬的牛。"

"你是说朱利安·施纳贝尔那张?"卢克问。

该换个话题了。我从我的草编包里掏出一叠餐馆指南。"你肚子饿吗?我一直在读这个。"

"有人出钱的时候,我总会感到很饥饿,"他说,"因此我两周前就为我们俩订好了座位。"他提到有两瓶葡萄酒、肥美的鹅肝和罗勒冰淇淋。

"太棒了——我都快饿死了。纽约现在已经过了晚饭时间。"七点三十六分,说得准确点,我急着回我房间给家里打电话问问安娜贝尔的情况。我知道要是我当着卢克的面和她讲话,我的呢喃细语会矫揉造作得令他无法忍受。"埃里克和贾斯帕能及时来这儿见我们吗?"我问他。他们俩是他雇来拍照的助手。

卢克看了一下手表。"他们这会儿该到了。"我松了一口气。年轻的伙伴们,即使他们只有二十三岁,也会增添一种同志般的节日气氛。

我们驶入一个村庄,它建在一块林木茂盛的广场上。希尔兹堡是少数几个配开酒店、昂贵的精品店、饭店和旅馆的街区,而我们要去的这家旅馆是其中最具嬉皮士风格的。卢克离开一会儿去询问他的每件摄影器材是不是都已经到了,我在前台办理了入住手续。等我一到自己的房间，马上给家里打了电话。

"德尔菲娜，还是我，"这是我今天第七次往家里打电话，"安娜贝尔好吗？"

"她很好，夫人。"她说，"她晚饭吃的是豆腐。"我的宝贝是一条小青龙。"她很欢喜洗澡。现在已经睡熟了。"

噢，我真想让德尔菲娜把话筒凑到小宝宝耳边，这么一来，就能进行一次我们俩亲密无间的交流了，最起码我可以听到她的咿呀学语。"嗯，那很好，德尔菲娜，"我叹气道，"别忘了，以后请叫我莫莉。"

"莫莉，我会的。那么，晚安，马克斯太太，明天再跟你通话。"

我的房间住一晚要好几百美元——这家旅馆因其品格高尚的设计而受推崇，那就意味着，我连一个可以放行李的抽屉或大型衣橱都不会有，只有一个窄小的壁橱，上面半掩着一条薄薄的帘子。我把成堆的衣服安置在每一个时髦、崭新、整洁的表面，直到这地方看上去好像我正在结束一家小型精品成衣店一天的营业。我走进宽大的淋浴房，墙面是用芥末和青豆的黄绿色相间的小马赛克镶嵌成的。当热水冲到我头上的时候，含着沙粒的细流流进了下水道里。我在头发上抹了柚子和芦荟味的洗发水，涂了椴花香的护发素，昏昏欲睡地站了几分钟。然后，湿淋淋、冷得直打哆嗦的我，赤脚冲过石地板，从浴室里那个位置很奇怪的唯一一个钩子上取回我那件白圈圈毛的浴袍。

我瞥了一眼落地镜里的自己，惊呆了。那个梨形身材的小巧女人是谁啊？我在三千英里之外，在三个时区之外，在一段原来属于我的老掉牙的调情之外，她来这里干什么？我忽然意识到，所有芳香的护肤乳液和世间极品的鱼子酱，都无法让我停止想家。我想我孩子，奇怪的是，我也想我丈夫。我一定是精神错乱了，才有了这趟旅行。

我应该待在纽约，用数码相机给安娜贝尔拍照，然后群发给亲戚朋友，我肯定，他们中有人甚至不看就把电子邮件删除。我应该去买一批新的儿童书，寻找能发掘安娜贝尔潜力的幼教课程，享受当妈妈每一个千载难逢的时刻，就像烤法国土司和熬制枫糖浆这类事。

对那个以前的我显得非常奇怪的，就是回到那个巴里、安娜贝尔和我已经建立了舒适家庭生活的城市去。巴里已经变成一个富有理智的顺从的好丈夫，逢到晴朗的好天气，每个周末我们都会在操场上待上好几个钟头，手里端着热气腾腾的咖啡，急切地想跟其他刚走上那条陌生的险途——即为人父母——上的人认识一下。晨跑以后，巴里常常就是那个给安娜贝尔换潮乎乎的隔夜尿布并喂她吃早饭的人。有时候，当我看到他搂着安娜贝尔绕着房间跳舞，我的心就会簌簌发抖。

每晚，在我哄小宝宝入睡后，我会亲手准备我自己搭配的低脂晚餐。吃饭的时候，巴里和我会喋喋不休地说安娜贝尔，显然，她是这世上最聪明最可爱的小宝宝。每个星期六，我们都会付给德尔菲娜一笔数目惊人的钱，让她留下来过夜，然后我们大手大脚地去外头花钱，尽管我们做的只不过是到当地的一家餐馆吃泰国菜。

这不是一种令人向往的曼哈顿生活。这甚至也不是一种令人向往的苏瀑布城生活。然而，它很惬意，惬意这个词最适合描述你坐在一个空调开得过高或过低、经过超标准设计的旅馆房间的感觉，因为旅途疲惫，想到之后的四个小时，我将被困在一个四星级荷叶边餐厅里，试图跟卢克和刚从卫斯理和耶鲁大学毕业的两位大学生口头争斗。

我拿起话筒："喂，卢克，"我竭力模仿其中一个大学生的口气，"请别觉得我是个不懂感恩的坏蛋，可是这会儿客房服务似乎更诱人。"

"我完全可以理解，"他很迅速地做出了回应，"显然你已经精疲力尽了。"

我看上去有那么糟吗？

"好好休息吧，"他说，"我明天再见你，七点半行吗？"

我谢了他，然后挂了电话，并希望这下可以如释重负，可是我的虚荣心开始作祟了。也许，我不想跟卢克吃饭的真正原因是担心他勾引我，而我不知道该怎么应对。既然这一切都不会再发生了，我发觉自己就像一头关在狗栏里没人要的猎犬。我绕着房间走了两遍，把电视机开了再关上，打电话和巴里讨论我们是不是应该安一个垃圾碾碎器，狼吞虎咽用七口就吃光了我自己做的蔬菜沙拉，在看付费频道播放的电影时睡着了。我待在北美的葡萄酒之都，却连一杯酒都没有叫。

在以后的三天里，我就像一个移民工那样拼命干活。六点起床，十三个小时后才歇工。开箱，装箱，推开软垫搁脚凳，再把它移回去。为想象中的客人安排一个茶盘，挑选一个完全不同的茶盘再做一遍。一次是有西印度嫩黄瓜的，一次没有。铺上有手工植绒的羊毛地毯，感觉这条地毯更适合放在一家英国公寓里。再把羊毛毯卷好，跑到楼上去，跑了四十七次。铺床，扫地，清除大理石台面上的污渍。抵制住要把这座阁楼式城堡转变为巴黎式公寓的那种冲动，塞满了从跳蚤市场淘来的便宜货。

"美极了，美极了！"每次重新布置后，好脾气的埃里克都会这么说。他工作得跟我一样卖力，也不反对把一个组合沙发推到房子的各个角落里，直到我认定它应该放在哪儿。

"做你的，姑娘。"耶鲁人贾斯帕一次又一次地这么跟我说。真该禁止他这么说，尤其是当他用那种带纳什维尔口音的英语一再重复的时候。我真恨不得朝他喉咙里塞一个亚麻枕头。

不过，最好的赞扬来自卢克。"我觉得这次效果会很棒。"他在拍摄前就这么说。每一次拍完，他会转身对我说："告诉你吧，莫莉。好极了，简直好极了。"

贾斯帕用宝利莱把每次的布景用快照拍下来，并把它们夹在一本书里，到了第三天凌晨两点，我们都看见我们的努力产生了卓越的成效。不需要再做什么了。如果派我们来完成这项任务的编辑稍微有点头脑，在他看见卢克拍的胶片的那一瞬间，他就会把他永远地签下来。

"我们怎么来庆祝呢？"等我们将一切器材都打完包，钻进埃里克跟贾斯帕的SUV越野车，开回希尔兹堡。这个问题是向所有人提出的，可是他望着的却是坐在后座他身边的我。卢克正穿着一件黑 T 恤衫和一条工装卡其短裤，他的双腿伸展着，晒成褐色，显得挺结实。

"我建议把车就开到前面的那个葡萄园，去喝点索诺马精选，直到我们喝得上头了。"埃里克说，"看见标志了吗？"

"你来选吧，姑娘。"贾斯帕对埃里克说。我们大家都晓得埃里克是同性恋，可是我就是讨厌贾斯帕揪住这一点不放。

"由司机来决定吧。"卢克在贾斯帕脑后转了一下眼珠下令道。由于开车的是埃里克，他选择从那条干溪路拐弯开进费拉里·卡拉诺葡萄园。

有些我们经过的葡萄酒酿造厂，只是摇摇欲坠的棚屋，不过大家都明白，我们是觅到了富矿。在车道尽头，有幢粉红拉毛外墙的巨宅矗立在我们面前，住宅表面装有镶着铅条的拱形窗，宅子前面是围绕着一座喷泉的古典式花坛。起伏的草坪，郁郁葱葱，还有修剪过的女贞树。如今回想起来，这地方令我想起在延续期待过的那个地方，每当空气中回荡着普契尼贾科莫·普契尼的音乐，就更像了。

"天啊，"埃里克领我们走进主厅的品酒室时这么说。那里几乎没有其他顾客，只有上千个葡萄酒瓶在闪闪发光，等着人前去购买。

有个身穿白围裙的男人，从亮闪闪的木质吧台后向我们打招呼。我不知道他是否了解巴罗洛其实是一种基安蒂红酒，可是我很喜欢他那长至肩部的灰白头发，在脑后扎成一束马尾。

"你们要尝一杯我们的设拉子红酒吗？"他想知道。

我们要尝的。还要尝一下津芬德尔。葡萄酒、宝藏葡萄酒、黄金国葡萄酒——黑的还有金的——苏维农白葡萄酒，以及什么解百纳苏维农葡萄酒。我们四个人小口抿酒，以一种既流畅又做作的语言对它们品头论足。我们先是用了"醇厚"和"泥土气息"这些词，然后恬不知耻地发展到说"带一丝洋茴香、浆果和烟草的草本味"。

大约三小时以后，埃里克和贾斯帕决定开车回城；他们要去旧金山。而我，一个成熟的母亲，竟然允许这两个人钻进一部如今让我感到很丢脸的车离开，不过那说明我已经喝得醉醺醺了。"别担心，"卢克对他们说，"我们能找到回去的路。"酒庄老板高兴极了，却连一张出租汽车公司的卡片也不肯给我们：我们待得越久，他生意就做得越大。

最终，卢克和我几乎尝遍了葡萄园里的每一种葡萄酒。我打算订一箱津芬德尔船运回去。卢克选了设拉子。我头脑昏沉、醉醺醺地信步闲逛，因为过去一周的繁忙工作，也因为那一天上等的佳酿。最棒的公司也损害不了我们。为了达到卢克期望，我产生的种种恐惧都被酒冲淡了，我们俩哈哈大笑，互相炫耀着。

"做你的，姑娘。"卢克学着查尔斯王子的语气说道。那一刻，我觉得他滑稽极了。

我步履蹒跚，正要给我们俩叫一辆出租车，这时卢克示意我去外面那个铺着大块白色瓷砖的中厅去。他还指了指台阶。"我们去探探险。"他说，眼神和语气里流露出淘气。

"你肯定往下走没问题？"

"门没锁。我去解手时偷看过一眼的。"此刻我很尴尬地说，这是他的又一句令我觉得简直可以放声大笑的话。

我们踮起脚，走下一段很短的吱嘎作响的木楼梯，来到一个天花板很低、无窗、篮球场大小的房间。四壁望去，尽是沉甸甸的老橡木桶如修士般矗立着，每只桶里大概都装着葡萄酒。地下室的空气让人感觉清新凉爽。犹如掉入地洞的爱丽丝，我朝一个方向走，卢克朝另一个方向走，在狭长的走道里穿进穿出。

"莫莉，到这儿来。"卢克在酒窖的另一头像在舞台上演戏一样轻声地说。

"干什么？"我问道。也许他已经找到一个带活动龙头的酒桶，我们可以最后一次背着大家畅饮一番，为这个下午画上完美的句号。

"过来一下，"他说，"这个你会喜欢的。"

我就去了。

他抓住我的双手，把我推到那个很高的木头酒桶一侧。然后，他狠狠地吻了我。他嘴唇的味道比随便哪种费拉里－卡拉诺酒厂的精选酒都更美味，虽说我可以发誓我察觉到一滴津芬德尔酒的味道，还带有一丝博伊增莓和甘草糖的味道。他把冰冷的舌头使劲伸进我嘴里，双手捧住我的脸，一边轻柔又很享受地探索着。"这些日子以来，我一直渴望这么做。"他轻声说。

我什么也没说，只是把我的手滑到他的后背上，而我的嘴依然紧贴他的。当他拉开我牛仔裤上的拉链，把手指塞进我身体里，我感到左右为难。我没有阻止他，以我的欲望回应他，每个甜美的动作都激起极大的满足感，既是他的，也是我的，就像我自己的手也触摸到他的肌肤一样，那么有力，那么诱人。

在我们听到脚步声时，我们俩都躺在地板上，在极乐中我感觉地板就像装了席梦思床垫那么舒服。"我觉得我不想在这里过夜。"我说道。

他拉住我的手，我们爬上楼梯，来到户外，走进薄暮里。酒厂已经关门，我们是最后离开的访客。我把出租车公司的名片交给卢克，他一边给公司打电话，一边胳膊还勾着我的脖子。他重重地、惬意地倚靠在我身上。

我们在路上走着，融为一体，朝大门口走去，在一座高耸的青铜雕像跟前停下来接吻。那座雕像据说是一头在索诺马山谷里闲荡的野猪，他在那里偷葡萄。一块饰板上称他为波尔多：据说那些在摸他的大鼻子时许愿的人，会看到他们的美梦成真。

我抬头仰视。那个大男孩的鼻子给人摩擦得发出一种紫铜色光芒，我把手伸过去摸。让我爱上那个合适的男人，我对自己说。让我不要毁了我的生活。让我想出怎样才能使自己幸福。

我知道我许了三个愿，而不是一个，并希望波尔多不要因为一个词的使用不当而指责我。

22

"巴里!"斯蒂法妮喊道。

最好是要紧事,巴里心想。他已经比原计划迟了,因为今天的外科手术进行了很长时间,他以前向我解释过每当病人体型非常肥胖,就会发生这种情况。

斯蒂法妮正要讲话,他的护士闯进了他的办公室。"很抱歉打断了你,不过德尔菲娜在二号线,"她告诉他,"她说有急事。"

"请稍等,斯蒂法妮。"巴里挂断电话。他希望德尔菲娜打电话来,不是要突然回家去照顾一个有病的亲戚,也不是提出要加薪,更不是要辞职,每天他都在担心这个。在他的生活里,德尔菲娜的作用有如瑞士军刀,几乎要解决每一个具体问题。

"是马克斯医生吗?"德尔菲娜对巴里说,"马克斯太太的姐姐……"

"露西?"这次又怎么啦?

"马克斯太太的姐姐,她抢走了安娜贝尔。"德尔菲娜脱口而出,她平时那种参禅似的淡定一下子土崩瓦解了。纳尔西莎,一位玛丽·希金斯·克拉克式的宗教信徒,怎样在一分钟之前接手这件事,露西已经准备好迅速把安娜贝尔带走,纳尔西莎还揣测,在某个秘密的地点有个鸡笼底下藏着一个防空洞。

"噢,天啊,"巴里说着,倒抽了一口凉气,"那个泼妇,安娜贝尔在哪儿?她好吗?"

"安娜贝尔还好——她跟纳尔西莎和埃拉在一起。我正要到她们那里去。马克斯太太的姐姐——走掉了。"德尔菲娜不再觉得称她露西是基督徒的做法。等巴里打通了给安娜贝尔的电话——"喂,爸爸,穆西姨妈到我学校来了!是的,那真带劲。不,她没有说为什么。爸爸爸爸，纳尔西莎这会儿正要给我们做奶昔，再会！"——他取消了四个会诊：一位十六岁可爱少女的下巴整容术；一位基蒂的同代人，鼻子不幸给整得像被卷笔刀削过那么尖，现在得重做；一个分离的后鼻颌骨的结合术；一个在五十岁生日时做拉皮手术的妇女，她厌恶自己脖子上每年逐渐堆积、令她看上去像一棵红杉树的皱纹。他从办公室奔出去，跳上一辆出租车——我知道巴里在打车方面比谁运气都好——飞也似地开回家，没去接斯蒂法妮不断打来的电话。

每当巴里感到紧张不安，他就加快步伐。这会儿已经晚了二十分钟了，就像一头待在不规范的动物园里的美洲豹，他穿过长廊、客厅、饭厅、厨房，再往后走，一遍又一遍来回走。有两次他想给他母亲和希克警探打电话——按顺序——然后，又想了想。最后，他打了一个电话。"斯蒂法妮，你不会相信的。"

"天啊，你终于来电话了！我四下里都打了电话想找到你。"该死，她心想，你干吗不接我电话？"你在哪儿？"

"在家里。"

"那我现在过来了，"她说道，抓住这个不期而遇的机会，"二十分钟内我会赶到的。"

巴里仍然在兜圈子，接着，突然走进我们的卧室，打开一本上面压过花的皮本子。那不是给我装黑莓手机的。记录已经成为我每年都要举行的一个仪式：在一月初的某个星期日，把那天最好的一部分时光用来记录我最亲近的人，把他们都写在一本雅致的地址簿里，我也会斟酌一下应该把谁去掉。大学里的三位校友和两名以前的同事，当其中四个人出现在我的葬礼上时，我感到万分惭愧。

巴里找到正在工作的布里。"露西钻牛角尖了，"他说道，我很欣赏他的自制力，"她去绑架安娜贝尔了。"

"别那么说，那是不可能的，"布里说道，"露西·迪万可能会很不对劲，可她还没到进精神病院那份儿上。"

"我向你保证，她很不对劲，是可以进精神病院了。"

布里迟疑了足足七秒钟，她可能觉得巴里是希望由她来采取行动。以哪种方式，她倒不清楚，不过却意识到要花时间才管用。"要我过来吗？"

"感激不尽。"

巴里不是不喜欢布里。他欣赏她的头脑和魄力，认为她性感极了。他相信她目前选择的伴侣是临时性的，她设法向世人显示她有多么前卫。不过他们俩之间这种融洽的关系被巴里的直觉强行压制了，他准确地意识到，这些年来他每一次笨拙的举动和挑逗都被布里和我瓦解了。

多亏街上有辆出租车在等候，布里花了整整十分钟才到麦迪逊大桥并穿过公园。在我住的那幢公寓里，每一层楼只有两扇公寓大门敞开着。布里和斯蒂法妮同时进了大楼，一言不发地分享着一部电梯。当她们在同一层出电梯走到马克斯的住所时，彼此都吃了一惊。布里转过身来对着斯蒂法妮。她首先想到伸出手去握一下对方的手，可她阻止了自己。这个陌生人穿着紧身牛仔裤，脚上是装着大钉子的靴子，擦着我妈妈的朋友才擦的那种最时髦的香水，布里这样判断。那女人可能会把这样一个握手当作同性恋的举动吧。

布里害怕自己被定型并表现出矫枉过正的倾向。今天，她穿着一件紧身白色套装，脚蹬一双牛津女运动低跟皮鞋，鞋头像钳子嘴一样尖。那两个金色的金属鞋跟可以做成两把碎冰锥，她的一条胳膊上还缠着一只闪烁着幽幽光芒的蛇形手镯。如果你猜测她目前的职业是某个摇滚歌星的公关人员，而不是一家公司的诉讼员，她会感到很满足。

布里热情地笑了笑，斯蒂法妮没有做出反应。"我是布里·劳森，莫莉的朋友。"她还是这么说了。

"斯蒂法妮·约瑟夫，"斯蒂法妮冷冰冰地回答。"安娜贝尔的心理治疗师。"

谎话谎话，裤衩烧光！

巴里打开房门。他一直在揪头发，把稀疏的头发弄得乱成一团。

135

他还一直光着脚走来走去，尽管身上还穿着皱巴巴的男礼服衬衫和套装长裤。"斯蒂法妮，来见见布里。布里，这是斯蒂法妮。"他把两位女士带进客厅，自己颓然地在一个小山羊皮无靠背长软椅的边缘坐下了。"我尝试跟那个女疯子打电话，可她关机了。"

"我也打过，"布里说道，"我们得跟克莱尔和丹联系一下。"

克莱尔和丹，他们会是谁啊？斯蒂法妮心里纳闷。她希望自己显得重要和必不可少，可怎么才能做到呢？"打电话给警局怎么样？"她以粗哑并带着鼻音的声音说。

"警局？"布里一边说，一边望着这位身穿业余俱乐部服装的心理治疗师。那么，安娜贝尔是几时开始见心理治疗师的呢？巴里从没提起过她。"拜托，我们还是别这么做——最起码现在不要。"

"我正在考虑限制令，"斯蒂法妮说，"我们这会儿讲的是绑架，一点不假。"不过巴里跟布里都显得不太礼貌，没理她。"听我说，我们大家可以先喝点东西。马克斯医生，那天晚上你用来招待客人的那瓶新西兰苏维农白葡萄酒，还在冷藏酒柜里吗？"

巴里转向斯蒂法妮。"这主意好，"他说："我已经喝光了，不过可以再开一瓶。"

斯蒂法妮朝厨房走去。这位心理治疗师不光了解巴里的冷藏酒柜里有些什么，而且，她的身材还相当不错，布里心想。当我打量她那美腿和又高又圆的臀部时，我也不得不承认这一点。

"你觉得应该怎样处理这件事？"布里问道。

"嘿，律师，"他说，"我原来希望你来告诉我怎么办呢。"

"马克斯医生？"斯蒂法妮在厨房那头喊道，"你能来这里帮个手吗？"

"失陪一下，"巴里说着就离开了。一分钟以后，布里看了看手表。在他们回来之前又过去了两分钟。斯蒂法妮嘴上擦的勃艮第口红的色泽黯淡了一些，尽管她巧妙地在嘴唇周围又补过了。

"我不喝，谢谢。"当斯蒂法妮端给布里一杯葡萄酒的时候，布里这么回答。"在给你的岳父母打电话之前，我们不该再浪费时间了。"她对巴里说。"这个电话得由你来打。"

"这会儿我在拨呢，"他说着，跟我父亲联系上了，他刚在位于东六十号大街上的一家小旅馆里打开他的行李。我母亲则步行到布卢明代尔百货商店为女主人基蒂挑礼物去了。

"巴里，"电话铃才响了一下，就听见我父亲由衷地说，"逾越节快乐！"

"你也是，丹，可我担心今年的逾越节不会那么美好了。"

丹想以一个很糟的笑话来活跃气氛：一名天主教神父，一名新教牧师，一名哈西德教派的拉比走进一个酒馆。"难道你母亲准备用寿司取代鱼丸来招待我们？你可别对我这么讲噢。"他谈笑风生地说道。

"你坐下了吗？"巴里说，想应付好这件事。像大多数世人一样，巴里真心喜欢我父亲。

我父亲还没坐稳呢。他在床上摊手摊脚地展开他那副大块头，眼睛盯着天花板，电话听筒就贴在他耳朵上。"坐下"从来就不是个好的开场白，后面肯定不是你想听的话。

"是露西，"巴里说。我看见我父亲松了口气。

"噢，是呀。我很遗憾她不能跟我们一块来过逾越节，巴里。你母亲真是好客，能邀请我们一家三口都来，我希望她不会因为露西的缺席而觉得不快。不过你们应该可以理解的，露西还没有准备好……"

"今天下午她曾想绑架安娜贝尔来着，丹。她确实动手了。她去学校露了面，险些成功。差点把安娜贝尔给吓死。"他又说，我疑心那是真的，尽管我还没宽恕我姐姐的一时精神错乱。

这些纽约人，这帮喜欢小题大做的人，我父亲心想。"什么？一定是发生误会了。"天花板上有一摊和我脑袋一样大的褐色水渍，他心想，可是，这么一个不通风的破地方，他们竟然还要开出五百美元一晚的价格。我父亲事实上讨厌纽约所有的一切——特浓咖啡，速度奇怪的节奏，赛场上的噪音，尤其讨厌偷窃。"巴里，那个年纪的小孩会胡编乱造的。莫莉以前有一个假想中的朋友，叫泼果的。"他意识到自己这是在信口开河，说得太多，也太快了。

"有证人的，"巴里说，"我不知道你女儿在想些什么。"他说道，语气仍旧很温和，在他竭力控制自己的时候，我对丈夫的自制力由衷的敬佩。"露西的脑子，"因为他曾有两个女儿，"我一直搞不懂，你呢？"

他曾经懂过吗？我父亲对他的两个女儿简直太宠爱了，起码对我是这样。我从来不希望你会理解我。

我父亲这会儿已经坐端正了，他的脸已经红得跟发烧似的。"不，巴里，我不知道我女儿脑子里究竟会想什么。不过，该死，你得让她过关。不要曲解我的意思——要是她做了这件……事，那确实很卑劣，天啊，该死的乱成一团糟了，我们会弄清真相的。"我怎么告诉克莱尔呢？她会瘫倒在地板上的。"很显然，露西需要人帮她。"我们得注意她是否会迅速去看心理医生，以至于把她自己的脑子都搞坏了，他心想。"我们会打电话到圣巴慈去联系她，问问看……"

"哇，圣巴慈？"

"那就是她要去的地方。"

"难道她还想把安娜贝尔带到圣巴慈去？"露西比他想的还要疯狂。

也许圣巴慈只是一个幌子，我父亲意识到。嘿！他就不觉得很荒唐吗？"巴里，从昨天起，我甚至都没跟我女儿说过话呢，"——我唯一还活在人世的女儿——"我最好现在跟她联系一下。拜托了，姑爷。"他怕自己会哭出来。"原谅我失陪一下。"他没说再见就挂了电话。

巴里举起两条胳膊，很夸张地耸了耸肩，随后望着那两个面对着他的女人。

"丹跟克莱尔压根就不知道这事，我没说错吧？"布里问，把她胳膊肘上的那个蛇形手镯捋上去再拉下来。她跟我都注意到斯蒂法妮正盯着她看。确切地说：盯着它。

巴里点点头。他感到现在自己有把握把迪万一家有阴谋这种可能性排除在外。

"我仍然觉得我们应该报警。"斯蒂法妮不无几分道理地说,"也许她还会这么干。露西可能——在随便什么地方。"

然而,露西哪儿都没去。她的飞机正要在奥哈拉着陆,她的内心正在激烈地斗争,是否要打一个二十四小时的精神病热线电话。她又气又恼,痛悔不已,比任何时候都感到孤独。这一次我已经真的这么干了,露西通情达理地想。妈的,太冲动了,没把计划考虑周全。简直瞎眼了。这下我可是一败涂地了。

当布里朝钢琴那儿走去时,巴里正在权衡斯蒂法妮的建议。在我丈夫的要求下,我的许多单人照已经收起来了——"我不能盯着这些照片看"——但是有几张幸福的全家福依然留在那里。布里的眼睛盯住照片上我的脸。我感觉到她想我、挂念我、爱我,想做一些对我有利的事。她是我有生以来真正信赖的朋友,布里心想。莫莉就活在我心里,这是我欠她的。露西真是疯了,精力无处发泄,竟然把注意力从寻找杀死莫莉的凶手上转开了。是的,凶手。一定有一个凶手。

我现在待的这个房间里是不是有个凶手?这个念头在布里的脑海里盘旋。她转向巴里,把话说得很慢很轻,那是她一种精明狡诈的法庭技巧。"巴里,让我们为莫莉考虑一下吧。你知道她绝不会希望你急着去给她姐姐难堪,尽管这次绑架事件是多么不可饶恕。她会希望你跟露西好好聊一聊——彻底地——然后,再私底下想出解决的办法。"

露西应该得到她应得的惩罚,而莫莉是一个无用之人,巴里心想。我常常疑心他会这么想,可是亲耳听到了还是觉得很伤心。斯蒂法妮把我贬低为一个傻瓜,还要给我戴上一顶"被宠坏的母狗"的帽子。"得啦。"她说道。葡萄酒给她壮了胆,还给她增添了一层还算吸引人的光彩。"你们俩,这都是废话。正确的做法是给警察局打电话。原谅我这么说,可我们不该让多愁善感阻碍了良好的判断。"

布里、巴里和我，都读到了那句黑体字的潜台词：莫莉对此事会怎么想，还有什么关系啊？她已经死了。

"斯蒂法妮，"布里说，她的声音简直像冰柱子一样冷，"你反应过度了，此刻，作为一名正在发言的律师，我不会急于下判断。严格说来，这其实是一个家庭内部问题。"

你这个女人，又不是这个家庭的一员。斯蒂法妮那两只精心描画过的眼睛，刚才还眯成一条缝儿呢，这会儿用力一眨。你也不是呀，她的脸遭到了火力反攻。"作为这个家庭的朋友……和心理治疗师，打电话给警局似乎是最可靠、最公正、最聪明的反应。"她慢吞吞、一字一顿地吐出这几个形容词。这可不是一个能被你低估的女人。

要是在其他场合，巴里心想，他可以站到一边并欣赏——甚至鼓励——一场老派的妇女之间的相互恶骂。不过，不是在今天。他知道他应该打电话给谁，两个钟头之前他就应该给她打了。"失陪一下。"他说道，随后消失在卧室里。

"基蒂，你不会相信这个的。"在接下来的几分钟里，他对由一个精英女子组成的安全部队提供了这一周的世界新闻。等他讲完并卓有成效地增长了十年的智慧后，他深吸了一口气道："那么，你怎么说来着？让警察来插手这件事？"

我注意到他直接、迟钝、本能地听她说话的时候，脸都发白了。他挂断电话，回到客厅里。

"那怎么办呢？"斯蒂法妮问道。

"女士们，基蒂·凯兹发话了，像往常一样，她总是对的。"他宣布，"引来警察等于引来公众的注意，公众的过分注意会把我的事情搞砸。还是不报警了。"他笑了，却没觉得有什么好笑。"我会跟迪万家的人商量出对策来的。最起码现在得这样。"

"你就准备袖手旁观了？"斯蒂法妮结结巴巴地说，唾沫星子溅到了布里身上，布里把它给抹掉了。斯蒂法妮丝毫不觉得窘，她把两条胳膊抱到胸前，我肯定她经常练习这个动作，是为了让她的胸脯显得丰满高耸，布里和我都在猜测，那一定是得益于隆胸手术，也许，动这个手术的那双坚定的手正是医学博士巴里·马克斯的。

"这会儿，是这样，"他说着，看了看他的手表，"请原谅我失陪一下，我要去接我女儿了。"

斯蒂法妮逼视着巴里，似乎在等他邀请她陪着一起去接安娜贝尔。说不定，他会请她陪他们父女一起去参加他母亲的逾越节家宴呢，这一点他似乎已经忘了。他哪个都没有请。"那么，好，再会吧！"她说道。

布里拥抱了巴里，还捏了捏他的手。"稍后再谈。"她说道，转身离开。

一分钟以后，布里和斯蒂法妮一语不发、肩并肩地站着等电梯。等她们进去、电梯门关上后，她们依然都是孤零零的。布里面对着斯蒂法妮，问出这半个钟头以来一直萦绕在她心头的那个问题："告诉我，你们俩是在以前就勾搭上了呢，还是准备在以后勾搭一下呢？"

继续，布里，继续！死去的人心里也想知道！

"我与马克斯博士的关系完全是工作关系。"斯蒂法妮的声音有如一阵乐音般地弹了回来。"尽管我上次看到他的时候，他还是单身。这会儿，该轮到我了。"她冲布里微笑，却只是动了一下嘴巴。"你的女友莫莉抢在你前面把巴里弄到手，这是否伤害了你啊？"

"如果我是你的话，就不会那么迷恋马克斯医生，"布里说，"他的注意力广度跟运动员一样长。"

"他好像已经很感兴趣了。"

"你永远也过不了他势利的母亲这一关。"

"你大错特错了，"斯蒂法妮说着笑了，"就是基蒂介绍我们认识的。"她回想起有一天上完瑜伽课，巴里大摇大摆地走过来接基蒂去吃照例的那顿午餐。"那位如雷贯耳的儿子。"当时斯蒂法妮正站在人行道上跟她的新搭档说话，见了巴里就这么说。基蒂经常说到他，也从来没有低估他的吸引力。

"你要想占住巴里这块领土，干吗不往他身上撒泡尿呢？"布里问。

"请再说一遍？我听不见你在十字架前说些什么？"

那些声音越来越响亮，越来越高亢，越来越尖锐。当布里从中央公园西街出去的时候，蹿进一辆等在那里的市内公共汽车。我想让她高兴起来，尽管我常常嘲笑她那种很特别的颐指气使、趾高气扬的动作。

斯蒂法妮拐了一个弯。我祈祷她会踩在狗屎上。

我鄙视那个女人，布里和斯蒂法妮都这么想。这都是些什么人呢。

23

"明天我都计划好了。"布里说着，动作娴熟地挥了几下发刷，另一只手拿着一只吹风机吹头发。她的两条胳膊纤细修长，轮廓优美，宛若一个十四岁少年的胳膊。我总是挺羡慕的。"我希望这次你能陪我们一起去。"

布里袒露着胸脯，她是我认识的唯一一个能穿巴西式短裤的女人，这种短裤高高地卡在胯上，露出一截屁股来。

"对我说个大概吧。"伊莎多拉说着，慢悠悠地沉到一个很深的立式浴缸的一池泡沫里。她难得这么心急，每天清晨照例都要泡个澡，不会少于十五分钟。

布里利用网络地图系统设计了周六的节目。"我们先在中央公园南街的萨拉贝斯饭店吃早午餐，因为我知道安娜贝尔会喜欢南瓜华夫饼，然后看骑术比赛，在麦迪逊大街遛个弯儿，那里我看到过一条最漂亮的裙子——一件淡蓝色方格条纹的围裙——然后在'缘分天注定'吃冰冻热巧克力。噢，再去一家书店——她已经准备好看《玛德琳》了。"她说，"在下午晚些时候，看场电影，吃个匹萨。"她转一下镜子，想看看脑后的头发是什么样子，头发就像画出来的那么光滑。"我希望我可以再带她去剧院，可我也不想错过买东西。"

"这一套对一个五岁小孩来说也太吃力了，"伊莎多拉说着从肥皂泡泡里抬起她的左腿，弓起她的脚背，轻轻地用浮石去掉并不存在的老茧。她的五号体形是她值得骄傲的地方。她涂眼影从来不匆匆忙忙的，每周修一次脚，总是穿香奈儿·万普。伊莎多拉不接受替代品。

"实际上，安娜贝尔差不多有四岁了。"布里说道。

"更糟的是，你疯了吗？"

"谁封你当太后的？"布里低声问，"安娜贝尔会喜欢的。"她打算这样。

"但所有这一切只是为了一个尼娜？我们手里会有一个爱发牢骚的小公主了。"伊莎多拉边笑边想，就像她母亲。在过去三个月里，我得知在伊莎多拉心中，我这人是不值得你去为她担心的——我是自取其辱。她并没有看不起我，可一旦她的思绪落到我头上，马上就会有一种屈尊俯就的态度。"你，我的宝贝儿布里，你错了。"她心平气和地说。这些疯狂的阿姨。

"那么，你就别跟我们一起去了。"布里说着，耸了耸肩。然后她又刷了两层黑色睫毛膏，挺起肩膀，走出了房间。克莱奥帕特拉指挥着她的战舰。

当布里和伊莎多拉相互恼火的时候，不会在房里走两圈就完事的。她俩是两只走台的优等狗——一条是爱尔兰猎狼狗，一条是标准的鬈毛狗。事到如今差不多快有一年了，就算咬人也不会出血的：它们都是以仪表、态度以及不时先发制人的吠叫来表示敌意的。

自从我去世以后，这将是布里和安娜贝尔第三次外出。很可能我女儿已经在我最亲爱的朋友身上唤起了一种潜在的母性本能，而她到现在为止还没有生育过。不过，也许时间也一起流逝了，对她们俩来说都很美好的主要是布里跟紧我的那种方式。或者，她能一眼把我看穿，因为她是我碰到的一个出于本能而最具竞争力的女性，我这么说是带着深刻的敬意——她胜露西和现在的斯蒂法妮一筹。她倒不像斯蒂法妮对安娜贝尔那么感兴趣。

我会阅读布里的思想，只要她自己清楚这一点。可是，我已经知道除了本质的反面证据，她的头脑里比任何人想象的都阴郁。布里是个脑筋稍微有点糊涂的宝贝儿，这一点让我更爱她了。

有位司机正在楼下等着接她去办公室。等布里上了车，她插上电脑，拉出一个新文档来。安娜贝尔。她滚动一宗又一宗利欲熏心的纠纷，有许多穿着有星形图案橙色监狱连衫裤的父亲，被剥夺了对他们女儿的监护权，数目惊人。有些父亲连年拖欠孩子的抚养费。另一些父亲正处在所谓的变性阶段。很高兴认识你，杜安。我们在迪克西碰头吧。

布里咬了咬嘴唇。她没有找到以前的一桩法律判例，那是关于一个鳏夫把孩子的抚养权输给了亡妻的朋友，而不是亡妻的娘家。她甚至没找到近似的，由于没有时间继续搜索，她就转而去收电子邮件。一连串的信息出现了，大多数都是含义晦涩的法律术语。她浏览过收件箱后，读的第一封邮件来自 hihicks@gmail.com。你那边有什么新进展吗？今天，是那位婆婆。

我希望我能向你提供线索，希克警探。布里心想。我希望我能靠自己想出对策来，可是我目前没有任何进展。我要指望你了。这件案子为什么至今还没有解决？妈的，竟然拖了那么长的时间？难道你忘了一位女性死了，一位年轻美貌的女性？我最好的朋友。可我还是要让你打起精神玩这场游戏。保持冷静。

你好，基蒂——要当心啊——她发出嘘声。布里回了信，等着希克的回答，然而没有反应。这没有让她不高兴。这令她想到他正在努力工作。没有废话。很好。

布里又回了几封邮件，然后被她助手发来的消息打断了。她的第一位证人正在等她。

我留下布里去为所有人的自由和公平斗争，转回到基蒂住的大楼。

希克也来了。

"警探，"她说，"你终于来了。"基蒂把希克引进客厅。

我看见过分装修的一套曼哈顿公寓房，里面的每样东西都缺乏活力，不过如此。可是，希克以他在军队八年里练就的机警眼神扫视房间的时候，看到了其他东西——钱。他买了分套出售的新公寓，比起他母亲住的那个曼哈顿不太高雅的非闹市区，已经前进了一大步，正好可以做门厅和客厅。他从来不知道米色可以有那么多差异。这个房间倒一点也不平淡，这要多亏各种质地、颜色柔和的挂毯：马海毛的、丝绸的、花呢的和天鹅绒的，尤其是天鹅绒的，有一个靠垫的表面如锦缎般柔滑，当基蒂转过身时，他抗拒不了去摸一下的诱惑。下午的阳光从几块精心挑选的、古代穆拉诺蜜饯色的彩色玻璃上反射回来。在另一种生活里，这个严厉、着装端庄的女人，显然就是威尼斯环礁湖的一位伯爵夫人。

希克不由地注意到，在安娜贝尔和巴里在不同年龄拍的许多照片中，只有一张是巴里、安娜贝尔与我的合影，摆在一张边桌上，在高大的桃色玫瑰和天堂鸟促狭的衬托下，显得黯然失色。

"要咖啡吗？还是喝茶？"基蒂问道。品姬一直在待命，她站在看不见的地方，待在厨房里。

"不，谢谢你。"他说道。"我清楚你时间很紧，所以如果你同意，凯兹太太，我们开始吧。"他拿出那本小黑皮本，已经不像我第一次看到时那么新了。他笑了笑，说："好吧，让我们从头开始。你儿子跟儿媳过得幸福吗？"

他的牙齿有没有矫正过？基蒂脑子里首先闪过这个念头。然后她考虑这个问题的正确答案可能是什么。"幸福极了①！"她哈哈大笑。"我并没有故意说双关语。"尽管事实如此。"莫莉爱我儿子，全心全

---

① 原文是"divinely happy"，其中 divine 正是莫莉的父姓。

意。"谁会不爱呢，她脸上仿佛在说。

"表面上没有裂痕吗，凯兹太太？紧张呢？焦虑呢？"

"自然了，哪对年轻夫妻没有这些呢？"

"回答我，凯兹太太，回答我。您自己与已故的儿媳莫莉处得怎么样？"

基蒂欠身向前，伸出她的两只手——老年斑已经用光子嫩肤术去掉了。她手上惹人注目地戴着一枚戒指，硕大的独粒方钻，镶在铂金底座上。"你知道，警探，"她说道，"我自己的婆婆——也就是巴里父亲的母亲，愿她安息——一直没完没了地干扰我的生活。"她不得不阻止自己在想到那个长着不寻常的毛茸茸下巴的丑老太婆时，骨碌碌转动自己的眼珠。"我下定决心绝对不步她的后尘。"她在说"绝对"时加重了语气。"我允许我儿子和莫莉有他们自己的空间。"

事实是：基蒂确实留给我很大的余地，可是简直没有哪一天她跟巴里不通电话的。如果把这个告诉希克，他会明白的。因为在他自己家里，干扰就等于爱。干扰越多，爱得越多——三分之二的三角关系是由食物来完成的。

"凯兹家的女人对莫莉来说没有用。"希克在笔记本里草草记下这一条，用只有他自己理解的警察密码。"莫莉是不是你想象中的儿媳呢？"他问道。

噢，答案呢？求求你！基蒂也许会喜欢慈善委员会的一名成员，哎呀，一个差点成为个位数的选手？形势太险恶了，也许。一个年轻版的基蒂？是的，如果那姑娘崇拜她的程度，也像她们俩都崇拜巴里一样，并对促进他的事业有所帮助，一位在巴里的神坛前埋葬了自己个性的姑娘。

"我从不为我儿子设想他妻子该是什么样。"她说，也许这是她今天的第一句实话。一点不假，我的谎言探测器没有发出警报。

希克咧嘴笑。"那你真有远见啊，跟我妈妈完全不一样。从我二十三岁起，她就要给我挑女孩。"埃维安，她的发型跟他妈妈的一样，把头发分绺编成成排的辫子，贴在头皮上。可爱的小孩，埃维安。一个身材匀称的姑娘，心肠好，就像我妈妈，每两个月她至少请埃维安来家里吃一次周日的午餐。终归有那么一天，妈妈将会理解，他其实跟埃维安不合适，他是一个疲于奔命、自身难保的侦探。可是在那些星期日的下午，他跟艾维焦急地等待着，调情取乐。每逢圣诞节，他都要送给她从戈黛瓦商店买来最大盒的巧克力。她会送给他畅销榜单上最厚的一本历史书。有一年夏天，他们去看了场篮球赛，接着在喝了啤酒和吃了热狗后，感叹在美国谈恋爱的不幸状况，尤其是他们自己在这一方面所缺乏的。

"跟我讲讲莫莉，讲一些你所知道的事。"

"噢。"她说道，一边喜滋滋地琢磨着这个有趣的问题。"我觉得她非常不自信……"

这也许是对的，但我已经努力了，她却没帮过我，真该死。

"也没有多少朋友。"

胡说八道！无耻的谎言！只不过是因为我的许多朋友基蒂都不认识——十来个同事：现在和以前的；五六个妈妈的朋友；我参加读书俱乐部时认识的朋友；骑脚踏车的朋友；大学同学；甚至还有几个大夫的妻子；露西，也算我的朋友。还有布里！

"让我修正一下。"她说，仿佛她听见了我的心里话似的。"她有一个当律师的朋友，原先是她的大学同学，她在葬礼上发了言。还有，当然啦，还有男性的朋友。"

"那么，也许你知道他们叫什么名字吧？"

"很遗憾，我不知道，不过我肯定，靠你们警方的力量……"她目不转睛地盯着希克，一边把烟灰弹到那个巴卡拉的水晶碟子里。"还有一点，我必须要告诉你，她对我儿子得到任何关注都会嫉妒。马克斯医生的业务很不错。"

嫉妒巴里？一派胡言。我被激怒了，不过后来我得承认基蒂博士可能有几分道理。也许我嫉妒巴里总是能在生活中玩三周跳，对他而言，自我怀疑犹如驾驶一架直升飞机那么陌生，这不代表说如果有机会，他不会去试一下。

"那么她的双胞胎姐姐呢？"他接下去问。狂人，基蒂边想边把香烟捻灭。"可我猜你了解露西的情况。我透露的不具有启发意义。"

"她是一个复杂的人。"他说。希克知道这个女人希望能加速调查进程。我们是不是准备要把她关进监牢？

"复杂？"基蒂发出她那特有的咯咯笑，一半暴躁，一半像乌鸦似的呱呱叫。

"而且有趣，"他说，"不用担心，我们正在监视她。今天我希望能跟你多聊会儿，多谢。"他再一次望着他的笔记本，在沉思默想的时候，他欣赏着带着一条猎狐的黑发少年的肖像画。巴里，小王子。"凯兹太太，您儿媳去世那天，你在哪里？"

"嗯，到底来了一个容易回答的问题。"基蒂欢快地说，一边点燃第二支香烟。或许那是她的第三支。"那天下午我在麦迪逊大道购物，后来我去搓麻将了，我经常在冬天的周五，跟我最老的几个朋友叙泽特、琳达和南西一起打牌。"碰！吃！和！仿佛来自麻将搭子的证词和购物发票就能证明她的清白似的。

"那么，仔细听好我下面的问题，"希克身子凑到前面，用最低声下气、最知心、最具阴谋家特色的语调问，"莫莉·马克斯是某个偶然碰到的疯子的牺牲品呢，还是死于蓄意谋杀呢？"他慢慢抽出一张拍于凶案现场的彩照。

当看到我的脸像《理发师陶德》里的小肉片那样，她微微喘了口气。"可能是后者。"她说道，就像在吮吸糖果一样，在嘴巴里转动着这些话。"是的，我觉得完全有可能是某人故意夺走了她的生命。"

"为什么这么说，凯兹太太？"他的声音比先前更刺耳。

"这我倒说不清楚。"

"凯兹太太，您大胆地猜测一下吧。"这几乎是一个命令。

"某个有理由会恨莫莉的人。是谁，这我不能说。"因为她无法想象我会在另一个人身上激起那么强烈的反应。

"这个人会不会是您儿子？"

"不！"说这话的时候，凯兹的脑子在飞速地旋转。这有可能吗？莫莉会不会做了什么很可恶的事，令那可怜的孩子一下子绷断了弹簧绳？

"会是另一个女人吗？"希克暗示。他将我那张令人毛骨悚然的照片正面朝上摆在桌上。

"我儿子是个忠实的丈夫。"我那谎言胡话探测器重新发出刺耳的哔哔声。就算他不是，她心想，那又怎样呢？巴里的爸爸也一个德行，尽管他学会了用钻石来治愈猜忌，我们俩都得继续过日子啊。"如果他不是凶手，"基蒂补充道，"我又怎么能知道呢？不过，我可以十拿九稳地说，随便哪个——任何其他的——与我儿子扯得上关系的女人，绝不会卑劣到去谋杀的地步。不瞒你说吧，警探，你竟然提出这一点，让我感到很受冒犯。"

妈的，这可是我的工作，希克心里这么想，脸上却挤出一个富于深切同情的微笑。

"这也就是为什么我会觉得是她……"基蒂踌躇片刻，深吸了一口烟，她真恨不得把烟喷到希克英俊的脸上去。"很有可能她是自杀的。"

"当真？是自杀？"那是一个玩笑，希克心想。动机是什么？据她的内科医生和妇科医生所说，莫莉年初见过这两名医生，他们说莫莉是个好姑娘，她健康阳光——没有不可告人的秘密，没有可怕的疾病，没有跟不相宜的男人生孩子。那位丈夫，唔，或许是一名运动员和一个蠢人，可是据说他花很多时间待在家里，就那一点来说，那个家也很不寻常。"您儿媳一路骑着自行车，说不定径直朝哈得逊河里骑呢？

她是否故意想淹死，却没能骑到足够远的地方？这一点我还没有搞清楚。可是，我们姑且不谈她是怎么做的，告诉我她为什么这样。"

"她是那种不快活、情绪不稳定的人，外表看上去挺正常，不过其实却是那种别人很难让她高兴的人。"基蒂心想，自杀，能让这位爱用骗人手法到处东嗅西探的侦探远离巴里和我。

这就是为什么鲍勃提醒过我别去跟踪希克查案：跟踪希克会让我自己也想杀人。我会想去砸碎基蒂最值钱的穆拉诺彩色灯具，把碎瓷片拌到她的茶杯里，逼她一口口喝掉，令毒性和痛苦发挥到最大程度——尽管希克对她兜售的那套话并不买账。

"没人能让她高兴，就连您儿子也不行吗？"

基蒂垂下脑袋，希克就没法看到她了。她似乎很紧张，显得极度不安。"有些女人就是很难得到满足——不幸的源泉就是那么深啊。"

"其他人也暗示过这一点。"希克编造了这句谎话想要揭穿基蒂，这时却觉得自己肚子上像是挨了致命的一击。

"当真吗？"基蒂问道。她很愿意相信这是实情，却嗅出这是圈套，尽管这是她头一次被一位警官盘问。

"是的，一点不假，我想知道，在何种情况下，莫莉会勃然大怒，会感到大失所望，竟要通过自杀来抛弃自己的丈夫和女儿？"

就像她可能会找到其中的答案似的，基蒂捧起那个品姬用来放烟头的绿漆盒。"这我也很想知道啊，希克警探。"

希克一直在采取拖延战术，这会儿他觉得他今天在这里的工作随着基蒂的最后一支烟结束了。"噢，要是你又想起什么来的话……"他起身，伸直双腿，正式地握了握基蒂的手。她往后退了一步，几乎像是吓了一跳。我是不是太过份了？她心里纳闷。

等品姬突然出现并把雨衣递给他时，希克留下了他的名片。他说了几句含糊其词的客套话。真他妈的。这个女人难道也住在这位妈妈的房子里？不，她就像隔壁那个爱管闲事的女人。

也许莫莉是自杀的，他站在那间挂满了壁毯的大厅里，心里这么想，一边按了一下电梯按钮。那是心胸狭窄、张牙舞爪的基蒂进行的正当防卫。

希克对肉汁、饼干和家有一种渴望。"妈妈。"在他朝七十六号大街去的路上，他冲着自己的手机说道。很高兴铃才响了一下，他母亲就接了电话。"你愿意在星期日做顿饭呢？"他摇了摇头。"好的，妈妈。你请伊芙也来吧。"

24

"你真棒啊！"看到在索诺马拍的照片，卢克说道，"拿出你手机上的日历来，莫莉·马克斯，由于你出色的工作，我们又在布里奇汉普顿纽约一海滨地区。得到了一份工作，接着楠塔基特美国马萨诸塞州南部的一个岛屿，有个活儿，然后城里还有一个。"

"是由于我们俩的出色工作。"我说。我谢了他，放下手机，匆匆记下日期。我的手在颤抖。

经历了五个无尽的白天和四个不眠之夜后，我已经从加利福尼亚回来了。卢克占据了我脑海里的全部空间。我把我俩在葡萄园里的谈情说爱重温了很多遍，甚至都能为最具鉴赏力的导演出演男女主角了。这是我们在离开索诺马后的第一次谈话。事情是否还有进展，我不知道，至少我还能保持完完全全的清醒，我真想始终保持这种状态。

卢克放慢了车速，喃喃地说："你是不是觉得后悔了？"

他后悔吗？因为这样的话，我无法想象自己宁可待在拍摄现场，站在他身边，而不去参加周末在猫头鹰餐厅举行的安娜贝尔的第一个生日聚会。假使卢克觉得后悔了，我会索性取消我记在日历里的那些工作。不再回顾。

"莫莉，你听我说话了吗？"

"后悔？"我说。妈的，这到底是怎么啦？假使我说出心里话，那我就是在扮演一名十八世纪的交际花了。"一点也不。"类似像"心肝儿"这种话，我可说不出口啊。"你呢？"

我丝毫没有犹豫，尽管我想卢克正盼着我能详细描述。"我有生以来从未这么无悔过，"他说："这是我十年来最美好的一天。"

我什么也没说。

"那么，请你吃午饭怎么样？"

"好啊，"我回答，竭力装出一副我所面对的危险也并不比吃一盘科布色拉更大的样子。"谢谢。"

"去我家吃饭的话，"他又说，"哪一天你方便？"

我不想做决定。我希望卢克能看出我的心思并理解我。其实我想听到的是，明天一起吃午饭如何？要是这样，我就以要陪安娜贝尔看电影为由而拒绝。又多了一天时间去等待遥远的未来。解除我所能感到的内疚、渴望情欲的巨大冲击力以及迅速产生的激动，还有老式的好奇心，这样事情就简单得多了。然而很可惜，卢克的提议太具有灵活性。这使我觉得问题里有一个"我们"，这就要求我留下来看一下这富有吸引力的一对会发生什么事。我不能大叫一声说，哎呀，我非常抱歉，可我不由自主地想到，我曾当着几百人的面、当着一位代表了数千年犹太教和具有主权的伊利诺斯州拉比的面，宣誓过要对丈夫忠诚，虽说这位丈夫也许本人就是一个背叛誓言的人，可终究还是我丈夫。不，先生，我不能去吃午餐。我甚至连一杯百事可乐都不该喝。

于是，我们约好在接下来的一周内共进午餐。

在去卢克公寓的路上，我的胃痉挛了，倒不是这个凹洞出了问题。出租车司机把车停在他给的地址处，那是一幢位于一条沙砾石街道上的四层石灰岩建筑物。人行道上胡乱地扔了一些垃圾，大楼也没有门卫。一个女人从前门走出来，我就轻盈地走了进去。大厅是一色带斑点的水磨石子地和黑色的大理石墙壁。我可以看到整个环境是那种"消逝的光荣"的氛围。我跨进电梯，电梯升得很慢，有一个很长的黄铜箭头指向电梯经过的每一层楼。我觉得那个箭头也许会从墙上跳下来，落在我心中。

几个月以前，卢克从西村搬到东村。来到遥远的外围——这是一个我觉得很生疏的人口统计学术语，无论此刻还是永远都是——十多年来，这里都不是一个先锋的区。租房式的占领者都已经离去了。我听说精巧的女装精品店被夹在锁匠店和污秽的小酒店中间，还知道这个区挤满了一些融合各国菜系的小饭店，莫非已经远远超过了法式越南菜、日式危地马拉菜以及以色利式巴勒斯坦菜的范畴？由于这种创造性的烹调，那些位于空气很差的市中心或上城区的四星级饭店一天到晚都空着，尤其在周末。然而，除了这一切，在我曼哈顿的精神地图上，东村不妨可以说是巴尔干半岛。

我站在4B房间的外面。我该掉头离开吗？我都到这个地步了。我敲了敲门。

"我没听到你蚊子叫似的声音。"半分钟后，卢克一边透过窥视孔朝外看，一边这么说。"你是不是等很久了？"

是的，我暗想，我都等了三十五年了才敢如此行事。我原以为在巴黎、伦敦，甚至就在曼哈顿这里，妇女们一直都这么干。而我却是那种女性，决定是否要再和一个不是我丈夫的男人同床，比决定三文鱼是要野生的还是人工养殖的来得更自在。我希望我能从一部四十年代的电影里走出来，电影里杨柳细腰的荡妇穿着有垫肩的绸缎连衣裙，外头披一件带腰带的长款收腰风衣。最起码，这样我就能说几句很精彩的对话，而不是"不，没等多久。"

"进来。"他说，把我的大衣挂在门厅一个橡木嵌板的挂钩上，门厅通向一个很大的四方形房间。擦亮的护墙板一直伸到头顶上方，上面的墙壁漆成墨蓝色。这个房间有一个十二英尺高的天花板，悬挂着四盏灯光幽暗的古董黄铜枝形吊灯，在这个阴暗的日子里，投下一道金光闪闪的光芒。房间里摆着两组棕色的软沙发，还有一张暗红色的贵族式卧榻，旁边是一张堆着很多书的桌子。我闻到空气中有一丝香气。绿茶？新鲜梨子？我的鼻子在一小堆散发着香味的黑色岩石上游移，旁边是一张全家福合影，一定是卢克他家的。在房间的稍远处，有一张两人座的圆桌，铺着粗糙的米色亚麻餐具垫，摆着光可鉴人的白碟子。

他确实是想请我吃午餐。

"你有没有注意到外面的门上说，纽约有免费流动图书馆？"卢克急切地问。啊，他也很紧张呢。

"我很怀念那个，"我说道，"我们要再来一次吗？"

"要吗？"他这么问，并伸出胳膊搂住我的肩膀，融化在我的怀里。我闭上眼睛，寻找他的嘴唇。我又一次漫无目的地漂流了，被一条令现实陷入绝境的壕沟包围着。好吧，我在随波逐流了。我仿佛感到自己的血液急速地流过血管，一根根毛发直竖起来。

他拉着我的手。"我带你四处瞧瞧。"他搂住我的腰，把我带到另一个厅里，他在那里挂了几十张自拍的黑白照片，不光是工作照，还有桥的照片，许许多多的桥。在走廊的一边，落地双扇玻璃门通向一间书房，里面摆满书架，墙上贴满了壁纸，上面都是高视阔步的孔雀图案。"这些鸟是属于先前那个房东的，"他说，"我本想把它们撕下来，可后来我又想把它们当成宠物了。"

"假使你把它们撕下来，我会杀了你的。"我边说边指着墙纸，"这儿的这个大家伙刚才冲我眨了一下眼。"

走廊的另一边是厨房。在一个珐琅质的台盆上——光洁的纯白色——一个鹿头标本竖在那里观望，它那一对优雅的鹿角是房间里唯一的曲线。两间浴室的墙壁都装着护墙板，在那间大浴室里，一个爪型支座的浴缸对着一扇俯瞰着一个屋顶花园的窗户，那儿摆着铁艺家具，还有一株光秃秃的树，栽在一个很大的赤陶花盆里。我们的参观进行的很慢，卢克却是个急切的向导。"我能把它从原始样本中抢救出来"或者"看上去很逼真，对吗？高仿的"或者"你一定要瞧瞧这个"。

走廊尽头还有最后一扇门。卢克把手放到铜把手上时，我深吸了一口气。进去可能是我一生中最后悔莫及的举动。

"我不知道拿这个房间怎么办。"他边说边跨进门槛里。"有什么主意吗？"

我也走进去。墙壁没有粉刷过。我背靠着黑铁床，床上铺着普通的白亚麻床单。我注意到有巴洛克式雕花图案的壁炉，也是白色的，炉边镶着白桦圆木。壁炉上方是一张缠在床单里的一对裸体男女的放大照。我认出这张照片是卢克文件夹里的一张，并想起关于照片中那对模特的宣传报道，他们忙着边吸可卡因边做爱，遭到了警方逮捕。在天花板中央，悬挂着一组三个灯盏的古董航海灯，犹如上等香槟酒的酒瓶那样闪耀着宁静的光辉。

"除了角落里的曲棍球棒外，我会说别的东西一律不用改。"

"很抱歉，曲棍球棒留下了——却漏了一样东西。"他说着，从阴影里钻了出来。

我正穿着一件V领开司米羊绒衫，一条铅笔裙，紧身裤袜，高筒靴，尽管如此，还是觉得很冷。"我觉得我不能那么做，卢克。"我说。我的声音像是耳语。

"我需要你，"他哑着喉咙说，"除非是我疯了，否则你一定跟我有同感。"

"那是无关紧要的。"很痛苦，却无关紧要。"很抱歉。"我不清楚为什么我觉得有必要道歉。

"莫莉，我永远都不会对你施压的。"他说道，紧紧抱着我，起码有一分钟。我既想让他抱下去，又想快点挣脱。卢克的手放在我的后腰上，领着我走回门厅。我们走进厨房，默默无语地相互注视着。本来播放的音乐——戴安娜·克劳尔唱的？——已经停了，要不就是我扑通扑通的心跳把歌声给掩盖了。他伸手去拿搁在一个敞口架上的两只碗，从一个很高的黑色汤锅里舀出热气腾腾的胡萝卜汤，散发出浓烈的生姜味。表皮硬而脆的面包和橄榄油已经摆在桌上了，还有一盘荞麦面色拉，里面加了芒果，还加了辣椒和薄荷，就藏在一个正面是玻璃的冰箱里。我们的午饭准备得很仔细、很节制。我们吃着，喝着，饭后喝浓咖啡，在这个过程中我们只谈工作。

我告诉自己，我做了一个很正确的决定，要保持耐心、保持警惕。我体会到去教堂做礼拜的妇女那种不苟言笑，至贞至善。

很快就到三点钟了，最后一盘菜也吃完了，我们俩亲吻道别，吻得很亲切，很纯洁。我的信息素很守规矩，走出他家房门时，我答应会给他发电子邮件，告诉他对下一份工作的想法。

出租车还没有开过两个街区，我就知道自己后悔了。我从包里拿出手机："卢克，"我说，"我忘了一样东西。"

"真的吗？"他说。

"是的，"我回答，"忘了吃甜点了。"

我需要感受到他粗糙的面颊紧贴着我的脸，我需要用我的嘴唇吻遍他的全身，直至找到一个更甜蜜的去处。我想用指尖触摸他的侧面轮廓，让指尖朝下移动。我想要并需要更多我在加勒比岛屿上感受过的东西，是压在加利福尼亚夏多奈凉葡萄酒缸下的地板上时感受到的。"需要"和"想要"交织在一起，我难以分辨，甚至也不想去分辨我内心深处的密码。

我吩咐出租车司机开回他刚才载我上车的那个地点。等我们到了那里，司机问我是否想让他等我。"不用，"我说，"我可能要待会儿。"我朝司机手里塞了一张二十美元的钞票，把订婚戒指上面的那粒宝石转了一个面儿，好让它不再谴责地瞪着我。司机似乎很开心，我也是。

这一次，当我走进卢克的公寓，我直接朝卧室走去，在那里一直待到接近傍晚，伴随我一起留在那里的，还有我剩余的天真无邪。在它原来的位置上，我找到了其他的一些东西。

25

"我知道这么做很草率，"露西强调了无数次，"可是我没有恶意。"

"露西，"妈妈疲倦地说，"草率无法成为你的理由。"

"好吧，卤莽、草率、性急。"

"请问，你能解释一下自己的行为吗？"

我觉得我母亲很可能会用"小姑娘"这个词来结束这个句子。

"我仍然不清楚我当时脑子里怎么想的，"露西说，"可是，我不是故意要伤害安娜贝尔，不是故意要让你和爸爸难过，可不可以请你相信我？"在跟双亲谈判一事上，露西从来不如我那么善于辞令；她做不到讨人喜欢，从来做不到。每次她试图去描述她去抢夺安娜贝尔那一天的情形，她都是自投罗网。

克莱尔·迪万只能相信，露西有办法证明自己。究竟因为什么，她倒不是最清楚。她们刚离开所罗门大夫的办公室，正在回家的路上。所罗门大夫的诊所是个庇护所，如今露西每星期会抽出四天，下午五点时匆匆赶往那里。我姐姐拒绝了牛津推荐的前四位临床医生。她怕如果不开始接受治疗，自己就会被遣送到问题病人中心，被迫接受研究小组对"傻瓜才会自我毁灭"的讨论，不然她就不会接受这位所罗门医生。在露西和我母亲把车开进车道的时候，她心想，最起码，达夫妮·所罗门医学博士，从来没有使用过"不正常"这个词，最起码没有大声说过。

露西很鄙视自己最近的生活，尽管她开始意识到，如今也不会比以后差到哪里去。她不得不与我父母达成了协议，他们已经跟巴里协调过了，这才得到了允许，可以继续让露西当老师。假如让我丈夫来决定，她会被直接送到黑兹尔登，成为地牢里的囚徒。要治疗什么呢？她问。因为她太爱安娜贝尔了？因为她很想跟已故妹妹的孩子一起待一段时间？因为她为一个孩子的身体健康担心吗？这些，当然啦，就是她向我父母解释"这一事件怎么会发生"的一套说词。

巴里已经同意让露西待在迪万家里接受软禁。露西是中上阶层人家的父母最可怕的噩梦：一个单身、从未结过婚、无子女的成年女儿又回到了娘家，又回到我们以前的旧卧室，仿佛她因为抽大麻给关了禁闭。如果塔吉特百货商店也卖装有全球定位系统的脚链，我父母会买上一个，装在合适的位置上。实际上，他们亲自开车送露西去赴约，去这个城里她上班的地方，仿佛她只有十四岁。

与那些最惨不忍睹的电视真人秀相比，他们的生活显得还要尴尬、憋闷和难受。当他们一起坐下来吃饭或看DVD时，我父母跟我姐姐之间就像隔了一道防火墙，连最单调的聊家常都省掉了。露西都不能直视父母的眼睛。今天她帮忙把在日落市场买的七袋食品杂物拖回家，把每样东西放好，然后借口说要到楼上读书就离开了。露西站在浴室镜子跟前，看到自己长了几根白发的时候，觉得自己是世上最大的输家。上个月她拔掉了她第一根白发，昨天又拔了两根。等到这个噩梦过去的时候，露西肯定，她要么鬓如霜，要么就成了秃头。

"妈的，"她大声说着，来到以前跟双胞胎妹妹合睡的那张床，重重捶打着一个枕头。"妈的，妈的，妈的。"

"你在上头没事吧？"妈妈喊道。

"刚刚搞定。"她大声回应。

如果露西以前没有呱呱乱叫过——她确信自己没有叫过，只是特别"焦虑"——住在郊区这个有盖子的培养皿里，就会把她弄成这副样子。我没有让自己产生过同情，尽管我试着在公路上穿梭。我宁可假装去相信，露西只不过是误会了。她不是脑筋有问题，她深深地爱我，她的用心是纯洁的。我不会让自己相信我姐姐怀有恶意。我不会。

我也知道，假如露西意识到我正在考虑以上的全部事实，她就会说，莫莉，你真是个该死的傻瓜。这就会把我逼到诚实的底线上：整件事把我给激怒了。这是一个非常时期，很消耗人的精力，对于我父母和安娜贝尔来说，一点都不公平。这只会加深迪万与马克斯家族之间的矛盾，导致我父母与他们唯一的外孙女连最简单的交流都不能有，更别提去恢复他们本该用于社交如今却用来修复矛盾的时间了。更主要的是，这件事成了一个插曲，让我开始担心希克会突然改变主意，不再去寻找我为何被杀的答案。尽管据我观察可以知道，他正在研究标记为 24/7 的卷宗，或多或少，还是莫莉的案子。

可是，像这样文火慢煮——何时才能查清楚？在延续期里，我们把那些这么做的人叫黄蜂。他们到处嗡嗡乱飞，充满义愤，甚至其他黄蜂也会避开他们，似乎他们长着臭脚丫似的。我一直跟鲍勃，我的所罗门医学博士，讨论露西的事。

"专注于美好的记忆吧。"昨天他这么说，就像他经常说的那样，当我们照例开每晚的碰头会时，他就是这样说的。这是他用来镇定头脑、平复心绪的万用智慧灵丹，是一种他给宇宙的下犬式忠告。

我觉得那是一堆无足轻重的废话。"当你怒火中烧的时候，怎么能找到美好的回忆呢？"

"你对许多事都感到愤怒，"他说："你以后会有足够的时间来解决这些的。请梳理出对你姐姐的美好回忆，并一直沉浸其中吧。"

"谢谢你，死亡天使。"我说道。他讨厌我这么称呼他。

"莫莉，"他说，"试试着。深度挖掘。找到一个莫莉的快活思维。"

一连好几天，就像在寻找我的脉搏那样，然后我才回想起来。那是在两年以前，在我们俩三十三岁生日的时候，我的父母出手非常阔绰，放任我们去一家时髦的墨西哥健身中心过一个星期。他们觉得这次冒险可以帮我们修复关系。

连续六天，我们住在一所灰泥庄园的同一间房里，那里貌似是从一个小型高尔夫球场借来的。我们黎明时分起床，空气清新凉爽，远足到开满野花的山上，露西疾步跑在前头带路，我自然跟在后面。在吃了一顿够两个码头工人吃的早饭后，我们体验了每种课程。露西最喜欢派拉特课，爱死一个模仿中世纪拉肢刑架的巨大装饰品。到了下午，我们打网球。她赢了一局又一局，可我不在乎，我对网球通一通一通撞击着红土球场的声音那么着迷，它犹如温暖天气里演奏的经典打击乐。

每天日暮降临的时候，我们都会去做热石身体按摩，要不就让身体健壮的墨西哥小妇人用海藻裹住我们精疲力竭的肌肉。毒素排掉了，我们在吊床上打个盹儿，把整个傍晚都消磨在兴致勃勃地串项链上，虽然明知我们永远也不会戴，在听"女性真正需要的是什么？是镁元素！"那类课时打瞌睡。到了九点半，我们埋头就睡，连花了老大力气带到飞机上、适合在海边看的书都懒得翻。

在上有氧健美操课的间隙，在饱餐一顿和沉思冥想的间隙，我们成了亲密知己。"我又给人甩了，"最后那个晚上，露西开口说道。我们已经熄了灯，素馨和忍冬的芬芳从开着的百叶窗外飘进来。

"那人是谁？"我问道。我意识到她正在跟某人约会，可她没提那人的名字，我知道如果我跟她玩"跟媒体会面"的话，我会给砍头的。

"你可以管他叫混蛋。"

"怎么啦？"

"有老婆了。"

"我一直以为你很机灵，不会犯这种错。"这句议论之后，有好一会儿，她一声也不吭，我想她可能睡着了，后来她以一种我不熟悉的语调轻声说话了。

"一开始是狂热的、肆无忌惮的做爱，我成了一项隐秘任务的一部分——等终于见到对方，我们会剥掉对方的衣服。我们会在我那里碰头。每隔几个月，我们就去外地度周末。还记得我曾去南部海滩旅行吗？"

我记得：德拉诺酒店，石蟹，莫吉托鸡尾酒，水下音乐，泳池边的小屋……露西描述得那么生动，我仿佛身临其境。"那都是三年前的事了。"

　　她叹了口气。"我也会去见其他男人，可我渐渐完全迷上了这个婊子养的男人，等在电话旁，对我的朋友们撒谎，如果他在最后一分钟取消约会——他常常这么干——我会表现得心烦意乱。"她从床上坐起来，两条胳膊抱住她那粗壮的、晒黑的大腿。"天啊，告诉你这一切真丢人。"

　　"现在不要停啊。"

　　"他一直在说他要离开他妻子，搬来跟我住。你能相信我，露西·迪万，竟然会信这些屁话吗？"

　　我正屏息静气地听着。"后来怎么了？"

　　"后来，两星期以后，另一位教师杰西卡正待在医院里，看望她刚生了小孩的表妹。你猜，隔着玻璃望着育儿室的那人是谁？"

　　"不会吧！"

　　"她认出他的脸了，她以前在我办公桌上见过他的照片。"

　　我听见露西在抽噎。光线太暗，看不清她有没有流泪。

　　第二天，露西把我拉到一边，说她昨晚一直睡不着，她在做思想斗争要不要告诉我。"我直接开车去医院。"她停住了。"戴维跟他妻子已经有了一个儿子。长得跟他一模一样。"

　　我感到有点反胃了。"噢，我为你难过，真遗憾，露丝。"我说，"真是个混蛋……"

　　"莫莉，别说了，"她打断我，又变成原来的露西。"我不希望你怜悯我。懂吗？"

　　黑暗中，我盯着露西，我意识到我简直不了解她，可能永远都不了解。"去你的，穆西，我才不住口呢。"我说道，把一个枕头朝她头上扔过去。"你让自己牵挂某个人，那又有什么不对呢？要是你再来做一遍，你是否真的认为自己会做得有所不同呢？心灵需要它想要的东西。"

　　"你是谁啊？伍迪·艾伦吗？"

"我爱你，没别的。"我说道。我从没想过我会告诉她这一点。

露西一言不发。随后，我听到了她的声音，轻柔而模糊，越来越听不清。"我总是觉得被你，这个过着完美生活的马克斯太太审判着。"

"完美的生活？"我声音焦躁、难以置信地尖声问道。我决定不要对"审判"做出反应，因为她说得对——我都审判了她三十多年了。

"你有可爱的宝宝，事业成功的丈夫，很棒的兼职，一套很大的公寓，金发，还有六号臀围。"

她自然会那样看我。"我答应把安娜贝尔给你，可巴里……"

"天堂里的烦恼？"她问道。太快了。

我走进了露西的陷阱。我不想欺骗巴里，可姐妹之间可以分享许多东西。"巴里是个了不起的父亲，不过有时他几乎没有注意到我就在附近，就算注意得到，他也只会批判。那就是在他没有单方面裁决而我必须做出决定的时候。"

"你还指望什么？新郎们在婚礼上发表的所有那些醉醺醺的演说，说他们多么疯狂地坠入爱河，说他们妻子是多么理想的女性，简直是人间天使，难道这些话你都信吗？"我相信伴随着她这个问题的是一声冷笑。

"我觉得他在跟别的女人约会。"我说道。

她礼貌地等了一会儿才说，"我们都那么觉得。"

妈妈跟爸爸也这么想？"不过，露西，还不止如此，"我迟疑片刻，"实际上，还有另一个男人。"我连一个细节都没透露，当然也没提卢克的名字。"我从未想到它会发生。"就连我自己都意识到，我正在说一种每个背叛者都会说的母语，陈词滥调。"不过，如今有好长一段时间，我一直去他的公寓见他。"我没提楠塔基特、阿姆斯特丹、圣塔菲、黄石，还有美国的大商场。

"你有个情人？"

"我想你可以这么说他。"

她笑了。"对中西部人来说，我们可真是一对混蛋姐妹。"

我觉得这是一个结束这场谈话的合适时机。我不想告诉露西更多情况；具体的细节犹如一滴溅出的油，将会污染我的现实生活。不过，就在我忍不住要睡着的时候，她又说话了。"莫莉，我觉得你应该跟另一个男人断了。心灵需要它想要的东西，不过，你会受伤的。"她已经去掉了平时那种油腔滑调，摇身变成一位深思熟虑的智者。"像我一样。"她坐在她那一边床上，拍了拍我的肩膀。"我这么说，是因为我爱你。"我们两个人哭了起来——吵吵嚷嚷，忍气吞声地呜咽着——我们俩连一个钟头的好觉都没睡成。我们睡到很晚才起床，不单错过了早晨的远足，还错过了去圣地亚哥机场的行李车。而这个，我告诉鲍勃，就是我对我姐姐所能拥有的最美好的回忆。

26

"你和那些女士们动身要去那个有许多名画的地方吗？"卢克问道。

今天，我本来打算和布里以及伊莎多拉一同去参观画廊，她们正要找一些巨大壮观的画，挂在她们光秃秃的客厅墙壁上，布里想听听我的意见。不过，她今天清晨打来电话，说她得去工作。我无法想象跟伊莎多拉度过一个下午会是什么样，这女人就像一场交通堵车那么懒散，所以，星期六就像一页白纸那样渐渐迫近。

巴里出发去旧金山了，去参加一个整形外科手术的术前会议。他已经花了好几周的时间逛古驰精品店，想买一套即使在他的办公地点公园大道都显得超级时髦的衣服。他就在十天前剪了头发，这样就不会像是刚修过的。巴里想捯饬出属于黄金时期的那种完美，准备阐述他那大受追捧的周末提臀术。（"一个连一丝皱纹也没有的厚颜无耻的家伙！"《时尚》杂志赞道。）在接受演讲邀请前他犹豫过，掂量荣誉与现实孰轻孰重。难道他真的想与其他同行分享秘诀？我相信，帮他下决心的是一位提出帮他排练的病人，已经排过无数次了，而且奇妙的是，总在晚上。我同时还相信，她是一位智力比富有挑逗性的身体器官更受低估的女演员，她身上的很多部件都经过马克斯医生的整形。

"布里取消了约会，"我告诉卢克，"为了某个和解会议。你觉得开车去新汉普郡怎么样？"这个周末他要去看他弟弟。我看了下手表，十一点。"这会儿你本该在马萨诸塞的。"

"这次旅行取消了，"他说，"我侄子的四岁生日要在链球菌感染中度过了。"

听到这个消息，喜悦传遍我的全身，我说："可怜的孩子。"希望这么一说能传达出对他恰当的关心。没准卢克和我能见上一面。都过去了二十二天了，我一直过着清净日子。我们也见过几次——开会时、喝咖啡时，曾在每日好面包一起吃过午饭。可在我变得越来越讨人喜欢时——这些年来我从没有这样过——我们却一直没有在一起。在过去的三周里，卢克一直在招待他爱尔兰的表亲，他们太喜欢曼哈顿了，好像准备一直睡在他的沙发上，直到他们的绿卡到手。在第二周播放《丹尼和谢默斯》电视剧时，卢克大肆挥霍地订下圣瑞吉士酒店的房间，那是曼哈顿特有的一处便利设施。最近我才知道可以租一下午，这跟地毯清洁服务并无不同。不过，我们也不会那么快再到那里去。不光是因为定房间花的钱简直可以买下一副小型油画，也因为在出来时，我看到基蒂的一位女友，她可能出于跟我同样的使命。除非我是在一头大灰熊附近，我发誓再也不去了。我怕得躲到一棵树后，躲到室内或室外去。旅馆都关了门。

几个钟头之前，安娜贝尔让基蒂给抢走了，一直到晚上睡觉时间她才会回来。她们从没有一起待上过一整天，就像我的第一次约会一样，当要去的饭店报上名后，她们彼此都感到很尴尬：安娜贝尔本指望去唐恩都乐甜品店，而不是巴尼斯高级百货商店里的福瑞德餐馆。不过，当我女儿得知她奶奶还要带她去看中央公园里《爱丽丝漫游仙境》的雕像，就又恢复了镇静。至于其他活动安排，基蒂说得很粗略，就算她想要挤进三岁小孩的礼仪培训班，我也不会感到奇怪的。

我已经完成了那一天的第一宗要务，找到一大堆巴里信用卡的收据和手机话费账单，留待以后仔细检查，作为他们调情的证据。之后我歇了口气，爬回床上，翻阅一本 W 杂志，读完了一篇情绪激昂的讽刺文章《小腿肚胖了：当你的腿无法伸进这一季的靴子》，我正心怀感激我自己没有这种烦恼的时候，卢克打来了电话。

"你这会儿在干什么？"

"我正躺着呢。"我尽量说得娇声媚气。

"当真？你身上穿着什么？"

我望着我那特大号的 T 恤，那是有次参加抗乳腺癌竞走比赛时赢的，挂在一副松松垮垮的棉质平脚短裤上。"什么也没穿。你在做什么？"

"在干周末那些无聊的事。我在小意大利喝了咖啡，正前往唐人街。"

"你说点心吃什么好呢？"我说，感到情欲汹涌而来。"一个钟头后在金桥碰头好吗？"

"我想说我宁肯吃你的小圆面包，不吃他们家的。"

"别告诉我说，那对爱拍马屁的兄弟终于走了。"这无所谓，无论如何我都花不到一个钟头赶到市中心去。"纽约的啤酒卖断货了？"

"没那么走运，他们还在睡最后一晚，"卢克说道，"我正在想去中央公园西面的某一个高尚住宅区。"

哦，真的吗？我已经习惯了卢克的住处。实际上，我已经对卢克的住处非常习惯了，在我熟悉那里他的檀香肥皂的森林气息，特别是他怎样叠挂他厚厚的灰浴巾，知道他的药茶放在哪儿，我会用高高的马克瓷杯泡好两杯茶，端到床上去，茶水的热气使我的头发卷起来，暖了我的双手。每次我从工作日中抽出一小时去看他，我都要装出演戏的样子，R 级版本。这一切太容易在卢克家做了，那里没有一个丈夫和孩子的迹象，再说，也没有另一个女人的迹象。我们只是做爱、大笑，做爱、谈话，做爱，拍快照，拍好后我会抓过他的数码相机，删除那些裸照。等茶凉掉以后——茶凉对我是一个隐秘的心理信号——我会收拾好自己的东西，跟他吻别，在我意乱情迷的头脑里关上这间色情公寓的大门，回到我先前所谓的正常生活里。

然而，我跟我家人一起分享的这个家，层层设防，严禁入内。我从来没有邀请卢克到这儿来，以后也不打算这样。我环顾四周，巴里需要干洗的衣物挂在卧室的门背后，已经分好类了。那一堆我收集的发票、话费账单之类能证明他们私通的潜在证据都摞起来，等待检查。在我的梳妆台上，有张我俩的结婚照镶在一个简单的银质相框内，巴里正从那里窥视着我。他那双深棕色的眼睛直勾勾地盯着我。

"莫莉，你在那儿吗？"卢克问，"我不愿认为是我打扰了你。"

"我刚才陷入了沉思。"我轻快地说道。

"女人沉思时我就要担心了。你在想我想的事吗？"

"你在想什么？"我总是很喜欢听他复述每天发生了哪些特别的事。

"想我们啊。你睡的那张床肯定空虚极了。正如我回想起来的，那位好医生去了加利福尼亚，而安娜贝尔也要外出一天。"

他语气里挑逗的成分，犹如一剂能使人良心麻痹的麻醉药。我感到我的决心彻底崩溃了，一种无法名状的情绪油然而生。是激动？是幸福？还是某种能将你带入危险的罪恶的吸引力？我也迅速考虑了一下我公寓的情况，需要花二十分钟时间把它好好收拾一下。然后，我注意到一件事，我可以洗个淋浴，用洗发水洗下头，我还隐约意识到，我还需要一个精神科大夫。不过，我还是开口说："四十五分钟后你过来吧。"

"午饭我来请。"他说道，简直就像个体贴入微的丈夫了。

我正把杏黄玫瑰的茎剪断，这是我刚冲到街角熟食店买的，这时门房来了电话。"阿尔弗雷德·施蒂格利茨要来见你。"他这么说。

"请让他上来吧。"

卢克出现在我家门口。他面带笑意，羞怯中带一丝粗犷，用一个证明我俩亲密关系的、带咖啡味的清凉之吻消除了我的焦虑，是那种让人透不过气来的吻。他刚要把他的夹克衫和围巾都扔到门口，我就把他带到餐厅的角落里，将他推到一把宽大的椅子里坐下，避开那张我平时搂住安娜贝尔念书给她听时坐的椅子。

一般情况下，我总是乐于记住卢克给我的每一个爱抚，在我骑自行车、散步或淋浴的时候反复回想，感觉反而更好。我的规矩是，只有当我独自一人时才去幻想他，可是那一天，我已经坏了一条规矩，正要去破坏第二条戒律——早就忘了上帝十条戒律里的第七条——当我们转移到地毯上面，开始做最基本的那一套。

然而今天，我没法让自己有快意。我一直在偷看祖父传给我的那个钟，有点希望巴里的脸从那里回视我。刚巧过了十七分钟，我望着卢克，松了口气。这会儿，我们穿上了衣服。

"浴室就在走廊的尽头，"我轻声说，一边指着安娜贝尔那纯洁无瑕、阳光充沛的儿童房，那里有一列橡皮鸭舰队和用来安抚过度疲劳、坏脾气小孩的泡泡浴。等他消失不见了，我跑进自己的浴室，把头发塞到一顶浴帽下，并把淋浴的水尽量调到最热。

我一直欢快地用浴球擦身，直至皮肤在急匆匆的水流下变成粉红色，我听到了一阵喧闹。在我身后本来仔细关好的那扇浴室门，突然打开了。我大声尖叫，吓得那位闯入者也大叫了一声。淋浴房四周的玻璃都蒙上了一层水蒸汽——我看不见进来的是谁。我再次上演了《精神病患者》里尖叫的那一幕，声音达到了震耳欲聋的分贝。

"安静，"卢克边说边悄悄溜到我身边。"天啊，莫莉，一切都好，没事的。"他把我搂进怀里，一边把水娴熟地调到适宜的温度下。"你想让自己三度烧伤吗？"

是有点儿，我心想。

"你头上是什么东西啊？"卢克扯掉那个紫色塑料浴帽，轻轻把我推到花洒下面，开始用洗发水按摩我的头皮。他把那双沾满泡沫的手轻轻移到我的胸脯上，绕着每个乳头转圈，随后继续向下移。我闭上眼，努力陶醉在令人晕眩的快感中，可我所能感到的只有我碰撞世界的当啷当啷声。电话铃响了，隐隐地，来自卧室，真是谢天谢地。

"我最好去接一下。"我说道，扭动了一下身体，洗发水刺痛了我的眼睛。

"你就不能让答录机自动接吗？"他边说边把我抱紧了。

"也许是关于安娜贝尔的。"要么是关于巴里的。

"噢，"他说着松开了我，"当然啦，你去吧。"

我在身后留下一串带满肥皂沫的脚印，溜进了卧室，轻轻关上门，当铃响到第五声时拿起了话筒。

"好啊，你终于来了。"布里说，"今天我很抱歉，现在我可以在两点钟赶到你那里，我们还是可以碰个头，起码可以一起去看场电影。我觉得自己就像个爽约的坏朋友。"

"啊！"我说，"我已经打算过会儿去见安娜贝尔和基蒂了。"

"啊？"布里问道，"你要跟基蒂一起过你宝贵的私人时间？今天一整天安娜贝尔不是要跟基蒂单独一起参加新兵训练营吗？噢，请原谅我，可我都糊涂了。"

"哦，当你取消了……"

"没关系。我就留在这里吧。"布里保持着她一贯的好脾气，说道。"请允许我说一句，你很奇怪。"

等我回到浴室里，卢克已经擦干了身体。那种兴致勃勃的引诱情绪已经消失了，就是我用胳膊搂住他的腰也无济于事。

"听我说，宝贝儿，你希望我走吗？"他一边问一边推开我的手，朝客厅走去。"要说实话。"

这也许是那天最好的一个主意。不过，当我跟在卢克身后，看见他腰间围了条浴巾，他那倒三角的体形显得整洁而强壮，我同时还在考虑，在纽约时我是多么渴望能一连几个钟头而不仅仅是分分秒秒与他在一起啊。也许那天是个严重的错误，不过我可不准备这就跟卢克吻别。

"不瞒你说吧，我这会儿最想做的是吃午饭。"我说道，使劲挤出一个最迷人的微笑。"一起吃，在这里吃。"必须在这里吃，因为谁晓得基蒂这会儿可能躲在哪儿，后面还拖着安娜贝尔？"可我先得把头上的洗发水洗干净，再换上衣服。你干吗不浏览一下纳特弗里克斯，看看你想看什么？它们就在客厅的电视旁。"

他满腹狐疑地瞟了我一眼。"你确定吗？"

"请留下来，"我恳求道，"求求你了。"他还来不及回答之前，我就离开了客厅。

等衣服一件件穿上以后，我的一丝担忧也消失了。等我从卧室里走出来，我不能肯定卢克会不会还在那里，可他还在，光着脚，穿着一条牛仔裤和一件毛线衣。

"《诺丁山》、《真爱至上》、《麻雀变凤凰》，一九五四年和一九九五年的版本——我看到这里有个菜单。"他说道，一边研究着电影。

"你想看《警察与卡车强盗》和《炮弹飞车》？也许，你会喜欢一个烹饪节目？要是我们运气好，一个迷人的宝贝会穿着睡袍炖小牛肘。"

他抖了一下。"还是把午饭端出来吧，女士。"

听到他的笑声，我松了口气，把他带来的三明治端过来，我们享受着八美元一瓶、由销售商乔供应的普通墨尔洛红酒，挤在一条我母亲编织的破旧的阿富汗绒线毯底下。当电影放到我经常哭的那个地方，我又哭了起来。对我来说到处都充满了爱，我跟着演员的口形说道，我有种鬼鬼祟祟的感觉，确实到处都有爱。对我来说，这一分钟尤其如此。

这部电影放完后，我们接着看《麻雀变凤凰》，我把头靠在卢克肩膀上。九十分钟后，我睁开了眼，我的头还枕在他大腿上。

"你打呼了。"他说道。很显然，我还淌了口水，可他很有风度，没去揭我的短。

"现在几点了？"

"现在我得走了，"卢克说，"我记得你说过安娜贝尔傍晚会回家。"

"至少她还要过一个钟头才回来。"基蒂说过是七点钟，不过为了安全起见，我希望卢克在五点四十五分离开我家。我们还有二十五分钟，我开始亲吻他。

一会儿工夫，我们俩的化学激素又急速分泌——我们正在拍摄照片，享受对方丝绸般光滑的皮肤，就在这时，我听见钥匙开锁的声音。我连忙坐得笔直，整理了一下头发，这时头发已经吹干了，呈现出卷发的光晕来。我迅速走向门厅，而卢克敏捷地逃向我的卧室，基蒂拿着一把钥匙闪进屋里，这把钥匙显然是巴里给她的。

"妈咪!"安娜贝尔说着，朝我怀里扑来。"瞧，我修过指甲了。"她张开五个指头给我看，每一个都像蓝绿色水钻那样闪耀。

"你简直是个公主。"我说道。

"我也是啊。"基蒂说着，摆出一个奇怪的少女姿势，来展示她那修长的、涂过指甲油的法式美甲。

"妈咪，妈咪。"安娜贝尔拽了一下我的衣袖，"瞧瞧基蒂给我买什么了!"她扔了一个包在地板上，扯出一条红羽毛围巾，把围巾在脖子上绕了好几圈。围巾一直拖到地板上。她看上去酷似一个袖珍的拉斯维加斯歌舞女郎。

"一位女士需要饰物，"基蒂说，"希望她跟我回去吃晚饭，当我提到吃羊排的时候，她断然拒绝。你和德尔菲娜平时都喂这孩子什么?"

我注意到她漏了巴里。

一位知礼仪的儿媳会接过她婆婆的外套，执意请她坐下喝杯咖啡或红酒。基蒂这种情况下，应该请她抽支烟再走，尽管我讨厌她在我的公寓里抽烟。可我的第一反应就是，祈祷基蒂会认为那件很显眼地扔在椅子上的破棕色皮夹克是巴里的，我注意到她眼珠儿一转。不可能了。她不但可以张口就背诵出巴里有些什么行头，因为其中有一半是她给买的，还有一次一件衣服稍微有点破了，她知道巴里会像她一样，立刻就会把它扔了。按照马克斯的标准，这件夹克衫只适合送到旧货店里。

"莫莉，你有客人吗？"她是一条嗅觉灵敏的猎犬。

"噢，"我说，"我是有。我一位同事在这儿。可她这会儿正待在浴室里，她觉得不舒服，否则我就会引见给你了。布里和伊莎多拉取消了原先的约会，所以我临时约了她见面。"

当我滔滔不绝地讲话的时候，基蒂目不转睛地盯着我，仿佛我就是一个拙劣的骗子，其实就是这样。经过起码一分钟的解释后，不合逻辑的说辞出现了。

"我不想打扰你们——你去陪你'同事'吧。"她说着，风风火火地跟安娜贝尔吻别。她连用嘴唇匆匆擦过我的脸颊都懒得做，就转身走到门外。"很抱歉打扰了。"她只说了这么一句。

等我把女儿搂到怀里，能闻到她头发里有基蒂的烟味儿。"安妮贝尔，先洗个澡，接着我们一起吃饭，好不好？但是首先，你把眼睛闭紧了。紧紧的。"

"给我一个惊喜吗？"她尖叫道。

你千万别骗人，似乎像一句很拙劣的措辞。"你千万要把眼闭紧。"我边说边把安娜贝尔带到她的卧室，顺便瞟了卢克一眼，他刚从那间主卧里出来，穿着袜子轻轻地走着。他耸了耸肩，一边穿鞋一边朝我飞吻，随后抓起他的夹克，踮着脚走到门外，令门微微敞开着，不让安娜贝尔听见关门声。"眼睛要闭上噢，安娜贝尔。"我提醒了两次。

床上已经有一件礼物在等她了，是好几个钟头前放在那儿的。在安娜贝尔撕开外包装的时候，我疯了似的收拾着客厅。这时，我发现卢克匆忙之中忘了他的数码相机。我奔入卧室，把相机塞到我放内衣裤的抽屉里。那天直到很晚的时候，在安娜贝尔洗过澡、吃过鸡块、读过三遍她那本崭新的《漂亮的南希》，又跟巴里聊了五分钟后，我才重新拿起那部相机，在像平时一样删除照片之前，浏览了一下拍好的照片。那就是我们，今天一张接一张的照片，一张比下一张更妥协。

内疚，愈加内疚，内疚万分。

27

有时候，你需要一名目击证人，以证实你自以为看到并感觉到的
东西，是你确实看到并感觉到的东西。这就是我恳求鲍勃跟我一起去
的原因。我们跟着希克来到他住的公寓附近，一家夫妻合开的咖啡店。
他吃了煎荷包蛋、全麦烤面包片，喝了三杯咖啡，与此同时，他在研
究他那个逐渐增厚的文件夹，检查成叠的话费账单和信用卡发票——
包括我的，也有巴里、露西、卢克、斯蒂法妮、布里、伊莎多拉的单
据，甚至我父母的都有。他没给这个文件贴上"嫌犯"的标签，可我
猜想这些人都是嫌犯。时不时地，他在一个日期或一个电话号码上画
个圆圈，或者仔细地打上一个问号。

"谢谢你，路易丝。"希克说着，留下一张五美元的小费。

"警探，快破了那个案子吧，"女侍者说，"抓住那些坏家伙。"

"我一定尽力办。"这也许是头一宗由我负责来破的大案啊，我可不
想把它搞砸了，像那起克里斯蒂娜·里维拉的案子一样。这不单与赢得
纽约市警察局的尊敬有关，而且还关乎我的前途，他暗想。我开始喜欢
这个莫莉了。她令我想起弗兰妮，大学里的那位白人女孩，我不敢约她
出去，如今我意识到她故意用言辞犀利的争论来挑逗我，可我太专注于
一下子得胜而没有注意到。弗兰妮在开着她那辆破甲壳虫汽车的时候，
被一辆卡车撞死了。弗兰妮，莫莉，都很可爱，都很孤独……

我冲鲍勃粲然一笑。

此刻，希克正朝他的汽车走去，那是一辆本田车，打磨得那么光
亮，都可以挂一块侦探虚荣心的标牌了。他开车来到市中心的六十号
大街，诅咒着这样一个事实：特朗普先生和他的亲友，把所有那些摩

天大楼造得简直让观光客都不能在附近停车了。终于，希克在西区大街找到了一个停车点。他开始朝千篇一律的高楼走去，这些楼群遮蔽着哈得逊河。

"你的这位希克，"鲍勃说："他周围有很好的光环。"

"你可以看到光环吗？"我心里纳闷，光环看上去会什么样。难道是一个抵挡令你早衰的紫外线云盖吗？莫非是一种经典的蓝色臭氧烟雾？也许鲍勃正隐晦地使用这个术语，而一道光环是一道克尔凯郭尔式的脑筋急转弯，比如，"人生应该在回溯中得到理解，在瞻望中得以过活。"

"光环就在他四周，"鲍勃说道，"总有那么一天，你自己也许会看到光环。这是某些人能学到的本领。"

"我这种能力能否持续呢？"没有什么是持久的，每次当我们见面时，鲍勃都会找一个方法这么说或暗示一下，似乎每个处于延续期的人，都需要有人去提醒他这一点。虽说我挺喜欢鲍勃，这家伙还是会很讽刺地补充一句。

从我第一次看到希克那天起，他的自信心最起码增加了两三分。他大步流星地穿过斯蒂法妮家的大堂，仿佛他正穿着一件根据他的身材量身定做的真正的无尾夜礼服。他那副肩膀真叫气派！今天，希克打扮得仿佛要去出席奥斯卡颁奖典礼。门房也就像对待嘉宾那样接待他，直接把他送上三十一楼，斯蒂法妮·约瑟夫正站在她家门口。斯蒂法妮的上颚犬牙还是像我记得的那么尖利，尽管我如今知道，跟她那些兽类姐妹母狼并不一样的是，每年她的交配期要比她们多一次。斯蒂法妮的穿着介于会计师和妓女之间，达到了完美的平衡。为营造一种 V 领的效果，她那件舒适的开襟羊毛衫没系纽扣，是羞涩新娘的那种桃红色。一件长及膝盖的粗花呢羊毛裙用来显示她那狭窄的臀部，一双露趾细高跟皮鞋上露出涂过指甲油的脚趾，使人联想到"吸血鬼"。一个银质水晶挂坠在她的乳房之间摇摆。

电视剧《法律与秩序》的试播是在昨天，我听见希克一边跟她握手一边这么想。

"警探。"斯蒂法妮边说边抬起下巴，示意他进门。午后的阳光透过落地长窗漫入公寓，你眯起眼睛从这扇窗户可以看到新泽西的全景。

我试着去找到那个"避风港"，我在地球上最终的安息地，可是鲍勃捅了我一下。"你是一位装潢专家啊，莫莉。"他说着扫了一眼整个房间。"这个地方你会把它布置成什么样呢？"

我的眼睛迅速地把整个房间扫了一圈。"做成早期的那种样板房，"我很快镇定了下来，"犹如玻璃球那么完美。"

每一样家具都是那种即插即用型的，显得很干净，也许是从一本在两地都要交税的临时家庭设计家具目录里选出来的。里面有坚实的皮质长沙发，那种当你穿过一家精品酒店的大厅，在去雪茄吧的路上看到的那种沙发。我看到各种玻璃，直角的、黑色的、白色的、暗灰色的，一个插满花束的高花瓶，另一个花瓶单单插了一支马蹄莲，不过必须注意不能摆杂志或成堆的信件，也不能摆私人照片，只能摆一系列带编号的各种物品的照片。我不能私闯斯蒂法妮的卧室，也许我会在那里发现巴里上一次通奸时留下的物证，所以，我反而让希克留下，而自己去检查乔丹的房间。那里有大量干净整洁的玩具、绒毛动物玩具、积木和童书，我往往会首先被这些书所吸引。许多书似乎都被仔细地读过了。假如她有使用睫毛膏棒的育儿技巧，我会很容易发现的。

"要喝什么，警探？"斯蒂法妮问道。"斐济水？意式特浓咖啡？还是更带劲的饮料？"

莫非她以为这是一次约会吗？"我都可以。"他回答。

斯蒂法妮指了指煤气取暖器前的麂皮沙发，随后她打开了取暖器。扑的一下子，火苗马上蹿了起来。希克在沙发上坐下，她面对着他，盘起两条完美的腿来。"我要问你几个问题，有关你跟马克斯医生的关系，"他说，"你会怎样描述你们俩的关系？"

"我现在是他的支持团队。"她回答，很高兴昨天在安排这次见面

174

时就想好了这个答案。"他需要一个朋友。"她带着很老练的笑回答了这个问题，程度从浅笑发展到大笑，我想美人鱼引诱水手去死时，就是这么笑的。我又多了一条憎恨这个女人的理由。我转身去看鲍勃，却看见他正朝礁石走去。

"红尘中像斯蒂法妮这一类人会引起我很大的好奇心。"他说道。

"你也对她感兴趣？"我叹了口气。我原先把鲍勃看作更爱追求女兽医或牙科女保健师的那种小伙子，比如，他留在世间的未婚妻就这样。

"快别这么说，"他说，"她可不是我喜欢的类型。可是，坚韧不拔、有勇气的人一向令我着迷。斯蒂法妮努力想成为斯蒂法妮。"他皱起眉来。"不过她在希克面前演戏，完全是浪费时间。"

斯蒂法妮脸上正带着一种与她很不相称的高傲。"我恨她。"我说。

"你应该恨。"他说，眉头皱得更厉害了。

我从没听他说过一句咒人的话。"鲍勃！"我欣喜地说。

他耸了耸肩。"我想骂人时自然会骂的。"

"你和马克斯医生从什么时候起发生关系的？"希克问道，他难以察觉地微微一笑，下唇嘴角处朝上一弯。这我已经知道了，他暗想，可是听你告诉我会更有趣。

"你指的是我们的工作关系？"这女人可真是密不透风啊。希克显然已经让我给迷住了，她断定。

"约瑟夫太太，我们别再浪费时间了。"

"是约瑟夫女士，"她以一种训练有素的风骚腔调说："约瑟夫先生是我前夫。"

"约瑟夫女士，我们俩都很忙。让我们继续说下去。"昨天早晨，希克跟巴里也碰过一次头，上个礼拜在芝加哥大概见过两次，还有上上个月，他一个接一个访问了大约二十来位同事——有我的，有巴里的，还有露西的。他不想一下子收紧链条。他想找到这个案子的突破口，他的本能告诉他，斯蒂法妮身上有他可以利用的东西。是什么东西，他不太清楚。每天早上，他的第一个念头是，直觉，打电话回家。

"你跟巴里几时开始私通的？"希克掏出了他的黑笔记本和钢笔。

到底什么时候？"是在马克斯医生的妻子去世以后。"

我的谎言探测器活跃起来——嘀—嘀—嘀！——可是我不想错过希克的反应。妈的这娘们笑得也太多了，他心想。"从去年秋天起，你跟马克斯先生开始经常通电话。"他说。有自动收报机的纸条为证。为什么一个这么机灵的女人竟会认为我不了解他们的事？他纳闷。

"他是我的医生。"斯蒂法妮说着，用一个很熟练的动作一撩她那头有光泽、玳瑁色挑染的褐发。"那些电话都跟工作有关。"

"那为什么电话一般都是在晚上或者周末打的呢？"

"警探，我不知道你的医生是怎么样的，可是，我的医生随便什么时候只要他喜欢给我打电话，我都会感到很高兴。"

"究竟出于什么原因每周需要七到八通电话呢？"希克说道，有意让自己流露出不耐烦。"并没有记录说他正在为你治疗。"

"治疗她？"我对鲍勃说。

"嘘，别说话，"鲍勃说，"听下去。"

"好吧，我们是从去年开始见面的。"斯蒂法妮承认道。

我的心陡地一沉。

"很偶然的，"她补充道，一边很挑衅地瞄了希克一眼，"是在他母亲介绍我们认识以后，我跟巴里在一家饭店里碰了头，接着自然有了更深入的交往。他过了好几个月才承认他结过婚。"比有的人要快，我听见她心里这么想。

"他有没有请求你跟他结婚？"

"真荒唐。"她呵呵笑，尽管我听见她心里在暗暗祈祷，但愿有一天他会。

"因此，在目前这个阶段，你基本上可以管你们这种叫做肉体关系？"希克打算换上一副不那么好好先生的嘴脸。

176

"他单身，我也单身。在纽约要遇到一个稍微像点样的对象这有多难啊，你有什么好主意吗？"

告诉我怎么办，希克心想。我都有两年多没跟人正式建立关系了。

"看到有个机会，我就抓住它了，"斯蒂法妮说，"我也没感到特别自豪，可我也不觉得自己有罪。巴里和我相互吸引。我不是第一个跟已婚男人发生关系的女人，我也不会是最后一个。我上一次查过，这依然是合法的。那是在马克斯太太去世前开始的，不过……"她真后悔自己戒了烟，因为一支香烟可以增添某种伏特加外加鱼子酱的戏剧气氛，"那又怎么样？"

"那么，这又有什么困难呢？"希克问道。

责备她的应该是我。随便哪位疑心自己丈夫出轨的妻子，总希望丈夫真的做了七次长船礁商务旅行。他喝酒时遇到的那个女高中生就像个土耳其炉那么胖。《通奸者入门》那本书是属于他搭档的。随后，证据犹如鸽粪一样扑地一下掉在她头上。"我听不下去了。"我告诉鲍勃。

"振作起来。"他轻声说。自我怜悯是最丑陋不堪的，他时常这样说，本该如此——自我怜悯对谁又有好处呢？在延续期，你可以学到的一点就是"后悔得要死也无济于事"。有鉴于巴里不忠的事实就隐藏在众目睽睽之下，假使我生前对他做出了反应，那我就有另一个故事要讲了。我可以把这种逻辑一直持续下去，可这时希克问了一个引起我注意的问题。"告诉我，你跟马克斯太太第一次见面是在什么时候？"

"我不能——我们从没见过面。"

屁话！

"得了吧，你们俩的孩子在同一所学校。"

"学校那地方可大了，"她回答，"一般是保姆去学校接安娜贝尔，她跟我的乔丹不在一个班，我又不是陪读妈妈那种人。不，我们从没见过。"莫莉跟我从没有被正式介绍过——我没撒谎啊，斯蒂法妮心想，此时，回忆在她脑海里闪烁，不到一眨眼工夫，她就迅速踩灭了火苗。那是个寒冷的下午，天色淤泥般漆黑。这是本该忘却的一天。

"关于他妻子，马克斯医生是怎么说的？"希克问道。

"没怎么说。"她回答。

"噢，得了吧，约瑟夫女士。难道他否认自己已婚了吗？"

"有段时间，他让我以为他还单身，而当我正面问他这个问题时，他简直是在吹嘘自己的婚姻有多么成功。"我把这当成一项挑战，她暗忖。

"他们是否相互了解？她是否不了解他？"可怜、难以理解的傻瓜，希克心想。

"的确如此，"她说，"马克斯医生说他对我非常非常着迷。"

"哈！"希克说得很淡定，"这会儿你恢复了记忆，我心想，莫莉·马克斯被杀那会儿你在哪儿？"善意的取笑一下子僵冷了，好似公路上被车撞死的动物尸体，而我觉得，他平静的声音显示了一种敬意。斯蒂法妮欲言又止。希克发现情况不妙，也明白她不会再多说了。反正今天不会。从她眼部细微的痉挛，从她转动那枚代替婚戒的银戒指的动作，他就能看出个所以然来。

"谁说她是自杀的？"斯蒂法妮问。

"约瑟夫女士，"希克说道，"请你回答我这个问题。"

"我一定是在城里，"她说，"因为我记得，我是在那个周末的电视新闻里听到死讯的。"

"马克斯医生说他那晚见过你。"

我们俩都吃准了谁也没看见我们，而且他是用现金付饭钱，斯蒂法妮心里纳闷，巴里干吗要承认呢？"那天晚上，我跟他或许见过面。"她说。

"或许？那天晚上，你在置地跟巴里·马克斯一起吃过饭，那时，他妻子正倒在路边，因失血过多而死，这你都不记得了？"

我无法再听下去了。可是，鲍勃冲我看了一眼，似乎在说，要是你留下来，说不定能知道点什么呢。

就因为我衣衫不整把我关起来？再把钥匙给扔掉？斯蒂法妮心想。

"好吧，那天傍晚，我是跟马克斯医生一起吃了点东西。假如我们打算藏藏掖掖，我们怎么会去那么一个公众场所呢？"拜托噢，在地下室里还有一顿该死的全食①宴呢。

"就像我刚才说的，由我来提问。在那段时间马克斯医生认为他妻子在哪儿呢？"

"我没问过。"我才不管呢，斯蒂法妮心想。

我注意到，那架谎话探测器已经停止了嘟嘟叫。

"我看今天就到此为止吧。"鲍勃好心好意地说。

"我得留下来。"我的声音简直都听不见。

"夫人，你肯定你没见过马克斯太太吗？"

"正如我所说的，警探，没有。"斯蒂法妮似乎有点倦了，脾气暴躁，不那么确定了。

"马克斯太太骑自行车长途旅行去世的那天，你在哪儿？"他问道。

"跟我儿子在一起，"斯蒂法妮回答，"在家。"

希克让自己身上的那个"坏警察"去苦思冥想：斯蒂法妮可能说的是实话。即使她撒谎，他也无法证实。

"莫莉，我们可以走了吗？"鲍勃问道。

"莫莉·马克斯已经离开了这幢楼。"我的思绪又回到二月份，试图把碎片拼接起来。

28

"巴里和他妈妈这周可能在贝格多夫吃过午饭吗？"巴里从旧金山回来几天后，布里打电话来问。

---

① 未经加工或只粗加工的食品，也可译为天然食物。此处可能暗指发生性关系。

"他没说过，"我说，"不过应该会，很有可能。"每隔一两个星期，巴里和基蒂就会在一家小餐馆碰头，餐馆就像礼服口袋里的装饰手帕一样，巧妙地藏在绅士馆的三楼。实际上，那天他开车回家时，脖子上系着一条小红方格图案的公爵缎领带，另外一天又系着一条深紫和银色条纹相间的领带。两条领带都是基蒂的重新选择。"你干吗这么问？"

"你认识我们的业务经理吗？她找巴里去做咨询。"

"就是那个由于巴里建议她不仅要做一下鼻子，还要做一下拉皮手术却被烧伤的人？"

"就是那人——根据医疗记录，巴里做得对。"

"那又怎样？"

"巴里似乎没有认出她。"

"有很多女人进出那间办公室。反正，他会等着病人先打招呼。因为要保护隐私以及诸如此类的原因，你想说什么？"

"我偷听到这女人把巴里跟基蒂的谈话，大概是在贝格多夫吃饭时说的，一五一十学给她的一个秘书听。"

我突然感到胃里一阵恶心。

"你不想听听？"布里问。她的声音压低了。

不！"当然，放马过来吧。"

"你不会杀了我这个传话人吧？"

"说呀。"

我能听见布里深深吸了一口气。"基蒂告诉巴里说，她觉得你在对他不忠，说了一些'有个男人的夹克衫蹲在你家门厅里，就跟一条脏狗似的'之类的话。"

"接着说。"我边说边犯恶心。我担心自己快要吐了。

"巴里这么说的：'报告你一些最新消息，六小时以前，我们刚刚狂野地、就跟野兽似地做过爱，那间公寓里一切都好。'然后这女人起劲地哈哈大笑，我简直都听不明白她在说什么了，不过我觉得，她是

180

说基蒂是这么回答的，'得，如今家庭影集里又有一张快照了，'还有'巴里·乔舒亚，宝贝儿，我怕你没有抓住要领'。"

"当真吗？"我希望那是真的。

"不，她连连责备他，好像他还是个小男孩。这就是那位偷听者觉得最有趣的地方。她说'巴里该长大了，该成为他婚姻的一部分了'——他有妻儿，如果他不留心，他会失去她们俩的。"

"还有吗？"我问道。

"她只是说'别做傻瓜'，要么诸如此类的话。"

布里在等我做出反应。我却没有搭腔，她又说："莫莉，这个女的可能认错人了，要么就是听错了。她就是那个头一个传我在跟高级合伙人约会的傻瓜。"

布里是跟高级合伙人约会过。"你说得对。这有可能是另一个也叫巴里·乔舒亚的人，他妈妈在数落另一个巴里·乔舒亚。"

"这一切有什么意思吗？"

"我没这么说。"这就等于说，犯罪属实。

"好吧。"布里慢吞吞地说出这个词，似乎她刚深吸了一口粗粗的大麻烟。"要是你以后想找人聊聊，你知道我在这儿。不过，巴里·乔舒亚的妈妈有一点说得对。别做傻瓜。"

那晚《每日秀》一结束，我就拿起《纽约》杂志。有两天时间，我一直试着看完一个叫"我注意到你家保姆有不雅行为了"的网站上，一些匿名妈妈揭露其他人家保姆的博客文章。我曾访问过该网站。上一次，有篇文章是讲一位护理者拿其他食品代替有机饼干来喂养孩子，还有一篇文章是关于一位保姆就跟一个十二岁男孩那样，在饭店里打嗝，还向其他用餐者说出带侮辱性的言语。可偶尔也有一些描述保姆行为的文章，令我看了真想马上奔到安娜贝尔的房间，把她抱起来，向她保证这些糟糕的事永远都不会发生在她身上。绝对不会有烦人、卑鄙、唠叨、痴迷于用手机聊天的保姆来打我的小姑娘。

"我每天都提醒自己，我们能找到德尔菲娜真是幸运。"我转身对巴里说，可他的目光紧盯在《电子报》上。"她简直令人惊讶，你不这么认为吗？"

巴里没理我。到了午夜，他都没有嘟哝一声"晚安"，就熄灭了床头灯。我翻到杂志上的文化一栏。在我把同一篇评论看了三次以后，我也关了床头灯，在刚烫过的白床单底下伸展，用我那双冰凉的脚擦了擦巴里的脚。他跟僵尸似地一动不动。我凑近他，用胳膊搂住他的肩膀。"做个美梦。"我喃喃地说，却觉得他避开了我。

那天早晨，婚姻生活似乎极其美满，至少表面上是这样，我们正处在关系难得会经历质变的阶段。在周日晚些时候，巴里从旧金山回到家里，带回一大堆礼物：一辆金色电车和一只很可爱的手镯给安娜贝尔，一个阿尔卡特拉兹的马克杯送给德尔菲娜，还有一个送给我的碧玉盒。那天深夜，我们吃掉了一个匹萨，喝干了一瓶基安蒂红酒，他承认一直对他的演讲感到紧张。我感到这很惹人喜爱；当我丈夫放下武装时，我特别喜欢他，尤其当他充满柔情的时候。那晚，我们温柔地做爱；今天早晨，又充满激情地做了一次。不过，不管我和他之间曾是多么友善，显然都消逝了，就像在沙子上签名那样。

"你有什么事想要告诉我吗？"我委婉地问，眼睛向黑暗中凝视着。

"或者，你想告诉我点什么？"过了一会儿，巴里在床的西侧回答我，声音很轻，很克制。

我想说，我长期处于一种对你气不打一处来的疯狂状态，并对你感到失望，可是，由于我自己已经成了个丢脸的女人，我已经丧失了抱怨的权力，由于这个原因，我为自己惊人地缺乏判断力而感到悔恨，不，简直是懊悔万分。

"你也许想知道，我完全清楚你在旧金山的时候不是一个人。"我仅仅说了这些话。我厌恶自己如此盛气凌人地责备巴里，尤其是我对此不是百分之百有把握。

"别胡扯啦！如果你指的是帮我排练的那个病人，她只是我的一个朋友。"他说，似乎他本来就想受到攻击。"她正巧去西海岸拜访她哥哥。我认为我得向她表示一下感谢，就请她吃了一顿饭。"这有什么了不起的，听他的口气仿佛在这样说。

我决定扔出我那颗炸弹。"我明白了，根据去年美国证券交易所的记录，这是好多顿饭里的一顿吧。我尤其好奇，你告诉我你在教堂庇护所里监护病人的那段时间，怎么会有酒吧的账单。难道你带了一个无家可归的人去了丽嘉酒店了？"

"我看出来了，你想把这场谈话从你自己身上引开，"他冷冷地说道，"我已经知道这周末这里发生了什么事。"

"我没听清楚，你再说一遍。"

"你知道我在说什么。"

他是否在工资应付单上查到了门卫阿方索的名字？不管他多么敬畏他母亲，根据布里那二度传播的谣言来看，我无法相信他对我没有怀疑。

"你说过你想谈谈，"我说，"那就谈谈好了。那就是说，除非你想把话题转移到你的手机话费账单上。"

我听见外边狗在汪汪叫。我们的卧室里却一片寂静，不要把我脑海里沸腾的愤怒和内疚考虑在内。巴里，卢克。卢克，巴里。脑袋里原本互不相干的两个区轰然倒塌。过了两到十分钟，我也说不清，巴里扭亮了床头灯，朝壁橱走去，从一件背对我们挂着的运动衣里掏出一包香烟。然后，他又回到床上，点上一支烟，吸了一口，在昏暗的灯光下，喷出一口淡蓝色的烟雾。

"你几时又开始抽烟了？"

"有许多你不知道的事情。"他笑着说，"比如，一直有女人对我投怀送抱。病人，陌生人，你的朋友们。"

"你这个可怜的、毫无抵抗力的家伙。"

"我得承认，有时我有反应。不过，关键是——这不算什么。不值一提。不足挂齿。"

"难道你想告诉我，跟别的女人在一起是无法控制的，就像肌肉抽搐，或者就像打了一个响指吗？"我让愤怒充斥了整个房间，同时，不去理睬盘旋于头顶之上的另一个我，她正朝着那位从床上坐起、睡袍从一侧肩膀上滑下去、怒火中烧、自以为是的妻子呼喊着"伪君子"。卢克确实对我意义重大，而且，我认为我爱他，这些是否就能让我好过一些？这些是否就能令这件事有所不同？也许，令它更神圣一些呢？我瑟瑟发抖，泪水落在毯子上。

巴里在床头柜上的一只银碟里捻灭了香烟。他起身站起来，走到我这边，把我拉到他怀里，清了清喉咙。"你只需要知道一件事，你是我的一切。"他说道，"纠正一下，你和安娜贝尔是我的一切。"他用手摸我的头发。"也许，我没有成为我应该成为的那种丈夫。不，让我再换一种讲法。我没有成为我应该成为的那种丈夫。我是个笨蛋。我需要知道的是，你会原谅我吗？"

我准备好了听他坦白，就像我准备好在干洗机里来个全身搜索。他的这番话是虚伪还是诚恳呢？是真还是假？是缓兵之计呢，还是奇迹般的突破？

"说真的，我不清楚到底应该原谅你什么。"我说道，直打嗝。

"别叫我再复述一遍，"他说道，"告诉我你需要我做什么，我会设法为你办到。"

我觉得我也许从巴里脸上看到了真正的痛苦。"我需要你为我做的就是跟我讲话，"我恳求，"让我分享一些真实的你。"——不管他是什么样的人。这一点，为什么所有男人都没有意识到呢？对每一个我认识的女人来说，被人倾听，并揭露出一两件真实的秘密，是否永远是一种最有用的催情药呢？卢克深得此道。我丈夫为什么就不行呢？还是他只跟其他女人一起分享他的梦想、希望、恐惧以及荒诞？

"我们一向有谈话啊。"他说道。

"可我们并没有，"我疲倦地回答，"每次我们进行真正的谈话，不是说跟你的工作有关的事情，就是说安娜贝尔，要不就是说牛排应该三分熟，还是七分熟。"

"噢，算了吧。这会儿，你越来越不可理喻了。在我这里亲一下。"

"这可能要花点时间。"我说道。这显然不是痛苦，我断定，至少巴里的脸上，不再有痛苦了。他会不会害怕我要揭露他的真面目？

我忽然感到很疲惫，我无法再多说或多听一个字了。相邻的几个街区外，教堂的钟声又响了一次。我站起来，抓起我的枕头。"我要到另一个房间去睡。"我宣布。巴里没有阻止我。

我在一阵新鲜的榛仁咖啡香中醒来。巴里端着两个热气腾腾的马克杯，站在长沙发旁边。"早上好。"他说道，轻轻吻了一下我的脸颊。他刚洗过淋浴，头发还湿漉漉的，从他脸上，我又看到当初那个大学两年级学生的神情，那几乎是十七年前的事了。

"我们需要去看心理医生。"这些话突如其来地从我嘴里脱口而出，"我听说有个人挺不错的。"都一年多了，我一直在钱包里揣着费利西娅•斯塔福德的姓名和电话号码。

"如果你想，我就去。"巴里说道，"现在，快把你迷人的身体挪到厨房里去，否则，你就吃不到我做的薄煎饼了。"

29

"我已经下了决心，"布里说道，"我一定要有个小孩。"

伊莎多拉的脸，倒映在橱柜玻璃门上，依旧保持镇定。她伸手去取盘子的时候，一直背对着布里。"你怎么那么肯定你就能当个好妈妈？"

"压根儿没有。"布里承认。

我但愿布里能知道，就像我知道的，她将成为最最好的母亲。在我去世之前，巴里跟我就争论过挑选谁来当安娜贝尔的法定监护人，而布里是我的首选。假如我的决定没有冒犯我父母和露西，我就会为了她的利益更努力地游说。我无法想出比我父母更合适的监护人，不过，他们住得太远了。那露西呢？尽管她具有"儿童早教开发"的高等学历文凭，但在与我姐姐待过一年后，安娜贝尔也许需要课后心理治疗，而不是芭蕾舞课。

巴里想让基蒂来当安娜贝尔的监护人。"因为，安娜贝尔依旧可以维持原先那种生活。"这话不假，除了有一点不好：在安娜贝尔消化她的第一块奥利奥巧克力饼干之前，基蒂就会把她送去减肥夏令营，而且，基蒂很有可能会毁掉一切证据，不让安娜贝尔知道我曾是她的母亲。因此，选监护人这件事像许多事情一样，一直悬而未决。

"你觉得你会成为什么样的母亲？"布里问道。

伊莎多拉从搁架上取下两个黑方碟，把它们摆在布里正坐着的那个哑光石台面上。她从一个金属篮里挑了一个很大的柑橘，开始用一把很锋利的珍珠母手柄刀来剥橘子。橘子皮散发出一股沁人心脾的香味，她以一种艺术的精度把橘子皮削得像条蛇形缎带。"真可怕，"她说，"我对别人很苛求，关注于自我，而且没有耐性。你不正是因为这些才爱上我的吗？"

"正经一点，伊莎多拉。你没在听我说话。我想要一个孩子。"

伊莎多拉优雅地剖开那个赤裸的果子，开始把它切片，大小刚好让人一口吃掉。她被逗乐了，那张驻颜有术、五官端正的脸上浮起一丝笑意。"你是不是打算坐飞机去非洲马拉维，从某个穷女人的子宫里捞一个孩子出来？"

"我想怀孕。那就是说，除非你愿意生下我俩的孩子。"

"你是不是完全疯了？"我真喜欢伊莎多拉的牙齿，又小又齐，白得像瓷器。她笑了很久，我把它们好好欣赏了一番。

"你年纪还不算大，才三十九岁。"

"年龄倒无所谓。我宁可不打麻药就做臀部吸脂塑形手术。不用我来出力，人类也会繁衍下去。"

"那么，就由我来怀孕好了，用你的受精卵，如果你想的话，把卵子植入到我的子宫里。大家一直在这么做。"布里从来都不吝惜花时间去做研究工作。

"Mi amada"①，伊莎多拉说道，凑过去用手罩住她那结实、突起的下巴颏儿，这种形状正是所谓的"固执型"。"我喜欢我们的生活，睡得很晚，离开家去巴黎、巴塞罗纳和布宜诺斯艾利斯度假，我宠着你，你宠着我。何苦为了一个孩子就放弃这一切？要是那颗小卵子和精子结合长成一条小阴茎那可怎么好？你会真的把我当作某个矮个子运动员的母亲吗？回床上去睡一觉，醒过来就理智了。"

布里起身去洗她的盘子和咖啡杯。就算我没有施法，我也很清楚布里已经意识到，这会儿这个话题得暂时告一段落。"也许我不过是得了经前综合症，"她轻巧地说。"你说得对，我准是头脑发热了，竟提出要在我们生活中加入一个肮脏的第三者。"最不同寻常的是，当布里脑海里闪过"贪图享受"和"好逸恶劳"这两个词时，嘴巴上却可以不带一丝讥讽的语气。她知道怎样等待时机，这是我永远都学不会的。

所以才过了两晚，当她再提出这个话题时，我非常惊讶。当时，她们俩在 Koi 用餐，那家饭店的天花板简直和饭菜的价格一样高得离谱。她们坐在小包间里，绷紧的大腿互相触碰着，不去理会别人。我发现要做到这一点很难，明摆着，这里的每个人在检查他们的衣服前，都必须经过严格的修饰和吸引力测试。在她们的筵席上，伊莎多拉选了一个小寿司，上面盖着一片非常辛辣非常新鲜的金枪鱼，去他的含汞标准吧。她伸出手去，把那个橘红色的美味佳肴往布里嘴里送。

布里推开她的手。"稍等一下。"

---

① 西班牙文，意为我的爱。

"你不饿？"

"我们得把上次的谈话继续下去。"

"非要不可吗？"

"好吧，我想——关于孩子的事。"

"什么孩子？"

"你不想要的那个。"

"那孩子啊。"

"我们可以领养，但我宁可自己怀一个，"布里说道，"我起码要试试做母亲是怎么回事。"莫莉希望我能有个孩子，我听见她心里这么说。我们在延续期偷听到别人的想法，都要归因于我们，这是个很疯狂的念头，可我还是觉得很得意，很好奇。

伊莎多拉又去拿茄子，茄子那光滑的紫黑色表皮，与她深不可测的眼睛颜色很般配。茄子吃完后，她又懒洋洋地在外面裹着芝麻的龙虾仁、嫩煎芦笋、什塔克菇之间选菜，她每样都尝了些，一边舔着她那丰满的嘴唇。

"你不准备跟我谈了吗？"布里问道。她显然不准备。伊莎多拉是女版巴里。

"有什么好谈的？"伊莎多拉终于开口说，一副不服气的样子。"你清楚我的立场。我不想跟自己争论，也不想替自己辩护。我从来没有骗过你。这就是我。要我还是要那个子虚乌有的孩子，你选择，亲爱的。"

"你甚至都不想考虑一下？"布里问道，她的声音丝般光滑。

伊莎多拉放下筷子，凝视布里的眼睛。"我曾经有过一个孩子，"她说，"那是在我跟佩德罗结婚以后。假如那孩子还活着，这会儿该有二十岁了。这孩子把我的一切都给打乱了。我体验过这段残酷的经历，如今我有权去做一个享乐主义者。我希望我能过一种很颓废的生活，每天醒来时我可以这么想：什么能让我快活？什么能让莎布丽娜快活？我宁可跟你过这种生活，亲爱的。可是如果不是这样的，那就算了。"

伊莎多拉干脆利落地说出这些话，犹如在修剪蔷薇一样。

　　除了嫉妒之外，我对伊莎多拉一向无动于衷，不过，就在我想对她施加一些同情心的时候，我的谎言探测器嘟嘟地响了。胡扯！不是因为佩德罗和伊莎多拉曾经结婚这件事，他们的婚姻维持了十四个月。而是因为他们从来没有怀上过孩子，伊莎多拉和佩德罗都是连想都没想要孩子，他们一心想着可卡因。我真恨不能拍拍布里的肩膀。我真想发一个刺目的"醒醒吧，宝贝儿，来闻闻臭大粪"的心理变化记录图给她，标题是《一份发自天国的电子邮件》。

　　"亲爱的，"布里充满同情地说，"为什么从没听你提起过这些呢？"

　　伊莎多拉垂下眼帘，似乎正以极大的克制力来维持自己的尊严。

　　"这些你为什么要对我保密呢？"布里又问，握住了伊莎多拉的手。

　　伊莎多拉抽回她的手。

　　她们俩一言不发地吃完饭，连一滴镇定心神的热清酒都没有喝。布里付了一笔非常昂贵的餐费。我跟着她们俩回到家。伊莎多拉直接上床睡觉了，而布里直到三点还没阖眼，她心绪翻腾。为什么我不能成为一缕跳动的月光向她指出真相呢？最起码，我希望能托梦给布里，可是，鲍勃不止一次地提醒过我，这种行为违反了延续期的戒律，虽说这些戒律是不成文的，可人们都深信不疑，这会令我的能力消失。至于布里和伊莎多拉在下一个礼拜的谈话，我也无法从中受益。

　　"我已经下定决心了。"在连续下了几天几夜雨后的第四天午夜，布里这样说。"我至少得跟人保持一种关系，这才能让'有一个孩子'成为一种可能。"许多个不眠之夜以后，她无限深情地说出这些话。

　　听到这个消息，伊莎多拉显得很平静。但这一次，我对这个经过一番讨价还价却依然一败涂地的女人生出了一丝怜悯。我侦察过她的内心，相信她是真心爱着布里的。现如今，伊莎多拉将不得不再找一个能配得上她享乐主义的人。

　　第二天，布里下班回家的时候，伊莎多拉已经离开了，随身带走了数量可观的书籍，二十世纪艺术的书、早期爵士乐的书、当代建筑的书……还拿走了她那些精致的包包、手工皮鞋、芬迪的毛皮大衣、四克拉的钻石饰钉、她那把雅致的水果刀和黑骨瓷器皿。布里储藏室的空间一下子大了两倍，而她的内心也愈加空虚，可是，她不愿意回头。"莫莉，"她这会儿大声说了出来，因为此刻没有人在听她说话，并告诉她在什么地方，"我能感觉到你在指引我。"

她错了。这个决定完全是她自己做出的。

几个礼拜以后，布里救下一条一岁大的巧克力色拉布拉多犬琼斯，她的公寓里顿时充斥着吱吱作响的玩具、有机狗粮以及多愁善感的亲吻。

30

"让我们再重复一遍这个问题，"希克说，"你和莫莉·马克斯是什么关系？"

"工作上的关系。"

"还有呢？"

"好吧，还有私人之间的关系——暂时的，断断续续的——不过，任何……"——卢克想找一个合适的词——"我们俩之间的亲密关系，在她去世前就已经结束了。"

威吓，内讧，不适，暴乱，亲密关系。卢克能否用一些更冷酷、更丑陋的词来描述我们之间发生的事吗？

"德莱尼先生，马克斯太太最后接的那个电话是你打的，正如我提醒大家的那样，大部分真话其实都是弥天大谎。"这家伙什么也没告诉我，我听见希克心想，那位丈夫呢，他是又一个自以为是上帝的医生。而德莱尼净讲些毫无意义的话。"那一天，你们俩都谈了什么？"

"这我想不起来了。"

这个回答倒并不是由律师调教出来的。确实是实话。就像我也不能告诉你，在我去世的那天，我往咖啡里倒了百分之一还是百分之二的牛奶一样，卢克对那天几点几分都发生了些什么，丝毫都不记得了。"想来我们是在讨论工作。"

直到今天，我都无法鼓起勇气亲耳去听希克和卢克之间的谈话。我太缺乏经验，太心烦意乱，太谨小慎微了。他们俩面对面的时候，希克比卢克高出好多，我本来总以为他们一样高，可是，卢克此刻看上去更矮，也更老。我母亲可以给他上一堂体态训练课：挺胸，抬头，宝贝儿。他眼睛底下的青灰色阴影，跟刺青似的，他容颜憔悴，比平时更需要理一下发。他的公寓很乱。浴巾散发出臭味，挂得歪歪斜斜的；他的曲棍球装备上盖了厚厚一层灰，我能不费力地在上面涂写我的名字——假如延续期允许做这种蠢事的话。除了一些格雷少校牌的芒果酸辣酱，冰箱里空空如也。然而，他的冷藏箱里却备有充足的伏特加，还有没开封的冰淇淋和牛奶糖蜜。

由于我的肉身已经在波浪状的光芒中离开了这个尘世，卢克接受了每一项能接到的工作，甚至在希博伊根的那个也接手了。任何逃亡地都比纽约好。这只能部分解释他家为什么那么乱。他不单退回到家庭生活中去，还陷入无尽的忧伤和愧疚中。

希克一个比较奏效的手段就是什么也不说，并希望无论他盘问的是谁，都能以一种令人震惊的披露来消除他的不适。运用这种策略，成功率能达到百分之六十二，但是今天却不行。"曾有段时间，我深爱着莫莉，而她也爱我，"卢克说，"那一点我是不会否认的。我珍视这段记忆。"倒不是卢克令自己删除那些画面，他只是把它们小心地深藏在他头脑的硬盘里。"不过，在这之前和之后，而且就在那中间，我们还是同事。她去世的时候，我们也处于这种状态。"

是那种想进一步发展的同事，希克心想。他注意到卢克听上去是那么可怜，不过我注意的却是卢克脑子里使用的现在时。莫莉和我深

191

深地相爱着。正如我九年级英文老师所说的，语法自有它的威力。

"我一度那么想过，最起码有几个星期，我们应该也可以永远在一起。"两个老人都肯定是对方拿走了自己的立普妥和厄贝沙坦，爱对方脸上的皱纹，并找出遗失的老花镜。"我恨死了因为某种宇宙混乱的原因，我们没有在她结婚之前相遇。"却嫁给了那个傻瓜。

"要是我和她能早点认识那该有多好啊，一切都会不同了……"这句话是每一个感情骗子自我宣传的广告语，希克心想。不过，一个丈夫怎么混账，我才不会在乎呢——只有懦弱、爱哭哭啼啼的王八蛋才会去追求另一个男人的老婆。这个我很清楚，因为我也曾是那么软弱。

希克最后那句自言自语令我很感兴趣，就跟卢克此刻心里想的同样让我感兴趣：莫莉嫁给了一个并不欣赏她的男人，嫁给了一个从未真正得到过她的男人。

"你们两个人有没有打算过今后在一起呢？"希克问道。

"从来没有。"卢克强调说。他这个反应也太快了，不合我的口味。"有关这一点你和我已经讨论过多次了。我纯粹是消遣一下。莫莉绝对不会离开她的丈夫。"至少不会为我。"我有时会幻想一下，终究有那么一天，我们俩会终成眷属，要是我不承认这一点，那我就是在撒谎。"我们会搬到一幢褐石公寓去住，地点也许是在布鲁克林，我能看见我们俩在那里制作妙不可言的匹萨，我陪着安娜贝尔步行去街那头的公立学校上课，当我们去探访我在汉普郡的父母时，我会教她拍照片，教她唱圣诞颂歌。每到周末，安娜贝尔去看巴里，莫莉和我就能一整天待在一起了，几乎不离开床半步。

希克的思绪也正在游离，他思考的对象是一个名叫罗拉的可爱的女人。啊呀，我是否跟她完全是两种人呢，他回想道。他把这个女人想象得更有教养、受过更多教育，很大程度上比他更投入。在他放弃了对弗兰妮的幻想以后，罗拉和他成了一对，有四年时间，一直断断续续地保持着秘密情侣的关系。不过，希克从没感到自己曾奉献给这位令人敬慕的女性他认为她应当得到的东西，从来没有请求罗拉离开她那个傻瓜丈夫。然后，倏地一下，一切都结束了——对罗拉而言，而不是对他。

罗拉在该死的卢克·德莱尼身上留下了深深的烙印。这一点希克很清楚。

希克可以在他记忆的小道上徜徉，而我却不想跟他一起漫步。我正在掂量那个被他肯定下来的事实，那就是卢克依然爱着我。相信这一点，对我的自尊心是一种极大的震撼，可我认定这也是一段修正过的历史。卢克和我没有制定过宏大的计划，这很大程度上是因为我的关系，因为，我喜欢我们俩的关系带上一层梦幻般的光泽，不是那种清晨五点钟刮过到傍晚五点钟又长出来的短须式的关系。他从没恳求我彻底改变我的生活。卢克在跟我调情，并不想朝另一个方向发展。这就是我的故事，而我还对它依依不舍，至少当我想到这一切时是这样。要是我没从卢克手里接过那杯致命的粉红火烈鸟鸡尾酒，要是我们从没有翩翩起舞，要是我们只是待在布法罗，而不是那个因公可以报销的小岛上，我今天可能还活着。

"你们两个人当中是谁决定要分手的？"

卢克清了清喉咙，那声音介于叹息和呻吟之间。"我们之间的关系是顺其自然而发展的。我们都对撒谎和失望、挫折和遁词、高度戏剧化感到厌烦了。我们就往前走了。"

只不过你并没有这样，希克断定。莫莉·马克斯尤如一个爬在你木头心上的白蚁那么痛苦。"那么之后呢？"

"警探，每分每秒我都试图从悔恨中逃走。电话铃每响一次，我都希望那是莫莉·马克斯又突然对我们拍的一张照片有了新的灵感。我设法哄骗自己去这么想，她只是暂时离开了我的生活。"

那么做能行得通吗？希克暗想。他人靠到皮沙发上，打量整个房间，这个房间一旦收拾干净会很舒适。他能想象我在这儿的情景，从餐具橱上的一个托盘里拿出一个无柄葡萄酒杯，打开一瓶酒，和卢克一起饮一杯上等的设拉子红酒，女人们会觉得卢克是那种细腻敏感的男人。他此刻也是一个很难对付的人，如果认定他是一流情人也是不公平的。那么他是凶手吗？有可能。他每个该死的回答都模棱两可，难以捉摸，而且也没有说得过去的不在现场的证据。芝宝打火机。

尽管如此，希克也没有打算来个正面进攻。在对待卢克的时候，希克就成了好好先生。也许那是一件水到渠成的事情。

"我不相信她已经走了，"卢克继续说，"有时候，我从床上爬起来，来到公园坐在那里，我敢发誓她还在那儿。"

我是在那儿。好几次。我看到他在看，在等，把自己浪费在像过期地铁票一样无益的情绪中。

"我觉得我会看到她在散步，或骑自行车，这简直是荒唐透顶，简直一团糟。"

话说到这里，希克判定卢克也许说的是肺腑之言，因为当初那位神圣的罗拉犹如回声般猝然离去的时候，他也是这种感觉。有一天，希克意识到罗拉不再是他每天清晨醒来时想到的第一个人，也不再是每晚入睡前想到的最后一个人。他又能去听马文·盖伊唱的歌了，而且，开始有另一个女人让他觉得怪不错的。不过，这种影响永远无法消除。他只是在此刻、今年，才稍许有所恢复。

接着，希克终于缓过神来。"马克斯医生什么时候发现你们俩的事了？"

"巴里·马克斯？他没有发现。"妈的，难道他已经盯上我们了？卢克的肚子感到一阵不适，这几个星期以来，他一直没有再往肚子里灌他那些上等或不那么上等的伏特加，也没有把酒掺到冰淇淋里。

"你觉得这是事实？"希克问道。

"不。"卢克承认。这位探员在逗我呢，或许也不是。巴里是否有可能已经发现我们了，他暗想。那又怎么样？

"那么，她是怎么死的，德莱尼？"希克的脸凑得那么近，我都担心卢克会掉过头去。他却没有。

"我日日夜夜绞尽脑汁都在想这个问题呢，警探。"

"她是否因为对你内疚万分就自杀了？"

卢克心里纳闷，这位警探是不是在嘲讽我？"你刚才说的每句话我都很怀疑——首先，就是她自杀这一点。"卢克带着尊严说出了这个观点，我很高兴他终于找到了一些尊严。

"这么说来，是一次事故喽？"

卢克不慌不忙。"也不一定。"

"那你就说说吧，"希克简直要发出嘘声了。"是谋杀？说出来呀。"

卢克无法说什么。"那是我的幻觉，这个幻觉一直纠缠着我。"

"巴里·马克斯也在这个幻觉里吗？"希克取出他的黑笔记本和黑钢笔。我讨厌去想这位警探在调查我案子的时候，就坐在我一生中巨大激情的对面，只是把对卢克的怀疑和批评潦草地记录下来。我那么想念卢克，几乎完全能感觉到自己真的会哭出泪来。

"噢，是啊，"卢克说道，"他是在那里面。"

31

"真希望我认识她，"布里喃喃说道，与这家用石榴石装饰墙的画廊里的其他人一样，她充满了敬畏之心。

布里和我正待在大都会博物馆里，此刻，正朝着获得策展人大奖的作品走去。她就挂在那里，那幅《X夫人》。

"你猜猜看她在想什么？"布里问道。

"我的胸脯长得比你们好？"那个女人珍珠般的肌肤映照在一件黑长袍上，这在随便哪个世纪的随便哪场走秀上都会令人反感。夫人脸上挂着一个茫然的微笑，她的头侧向一边，不让当时的爱慕者看到整张脸。我很少见过如此傲慢无礼的姿势。在她的时代，人们会认为这女人真是个尤物。要是换到如今，她无需坐在约翰·辛格·萨金特爵士身边，她应该去巴里那里整整那只鼻子。

"我需要做的就是，请她来辅导我做女人的艺术。"布里说道。

"似乎你需要帮助的样子。"我说。

"我有没有提醒过你，我生命中的最后一个男人与其说是卡尔·荣格一类的，不如说是诺尔曼·贝茨型的？"

布里最近的那个追求者，千真万确，已经赋予了精神分析学家这个职业一种新的内涵。我曾听说别让那些精神错乱的医生去谴责那些令美国医疗保险费用上涨的胖子。

"反正，我已经遇到一个新对象了。"我们朝下一幅画走去时，布里这样说。

"说来听听，"我答道，一边将大部分注意力集中在一幅情绪压抑的画上，上面有四个穿着考究的美国姑娘。我对这幅画太了解了，我在上艺术史课与巴里邂逅的时候见过这画的。

"他是个女人，"布里说道，"一个非常漂亮的女人。"她撩起脸上的头发，想摆出一副满不在乎的样子。看得出来，她根本做不到。

"你说什么？"我问道，一边转身离开那幅肖像画。"你几时开始改口味了？过去十六年里，你身边没有男人的状况不会超过六个月，难道不是吗？我时常认为你应该采用一张一弛的策略。"

"我说呀，早该试试另一个性别了。"

我在一张长凳上坐下。"她是谁？"一位风险资本家？一位英国女贵族？一位卡通公主？更重要的是，我是否会喜欢她？当你是一个足够幸运的成年人，一想到要跟另一个女人一起分享她的友谊，那种很不舒服的感觉就像在通奸。

"她是我的建筑设计师，"她说道，"伊莎多拉·维加。"一个个音节从布里舌头上滚下来，似乎她正在品尝一种浓郁味美的调味酱。"黑头发，几乎是紫色的大眼睛，经验更丰富的头脑，我的拉丁人。"

"是佩德罗·阿尔莫多瓦会让她在一部电影里当主角的那一型人？"

"是一个委拉斯凯兹式的维纳斯吗？"

她表示默许，我们两个人不再看肖像画，开始找起博物馆里的一个咖啡馆来，甚至都没有停下脚步，在小型招贴画、雨伞和过于可爱的葡萄酒瓶塞中间匆匆浏览一下。我们摇摇摆摆地从这幢大楼里一间间熟悉的分馆里进进出出，仿佛被一条拴着皮带的小狗牵引着。"我请客。"等我们来到一家俯瞰中央公园的小咖啡馆后，我这么说。在黄昏的光线下，我看到草坪上的叶子比树上多。我掏出钱包，挥手示意她别跟我抢。我付了两杯葡萄酒的钱，然后，跟随布里来到靠窗的一张台子，心里暗忖，为什么她总是可以比我，甚至我认识的随便哪个女人都超前一步呢？

"为了……随便什么干杯。"祝酒的时候，我这样说。

"为了快乐的惊喜干杯。"布里说道。在接下来的十多分钟里，她又提供了一些很刺激的迷上女孩的细节。去内衣商店购买同样型号的胸罩，一语双关，意思是对意大利皮鞋的品味相同。

我边听边做思想斗争，要不要把我自己的炸弹也丢下来。这是个充满震惊的下午，布里最不合适来判断我是否可以和一个不是我丈夫的男人约会。直到杯子里的酒差不多喝完了，我终于开口说："既然我们谈到了人与人之间的关系，有件事我需要听听你的忠告。"

"巴里如今又做什么了？"因为兴奋，也因为品质还马马虎虎过得去的夏多奈葡萄酒，布里脸都泛红了。

"不关巴里的事。"

"啊？那么，是关于露西吗？"因为自己没有姐姐，布里通常会站在这样的立场上：露西是有罪的，除非有确凿证据证明她无罪。

"也不是露西。"我以阴谋家那种低沉的声音说道。

"我放弃了调查巴里，不过根据那些记录，我怀疑有些事是不正当的。"

"这怎么说？"最近几个月来，我感到自己都能得最佳女演员奖了，因为我令人信服地扮演了一位心满意足的妻了和母亲的角色。

"你忘了我的生日。"

"不是！"我说。但第二天就是感恩节，而布里是出生于十一月十七日。好几个月以前，我就为她买了一个挂在一根银链子上的古董放大镜。我记得放大镜一直裹得严严实实地保存着，我打算在一张空白生日卡上写一句适合三十五岁生日的引言一并送给布里："生活其实很简单，不过我们执意要把它搞得复杂。"

"我要跟伊莎多拉一起庆祝。"布里说，依然带着戏谑的口吻。"一杯接一杯喝鸡尾酒，就能一劳永逸地解决你的问题，所以，要是你不喜欢这样，只能怪你自己了。"

在我夸张地为忽视了她生日的失礼道歉后，布里却把话题转到对她们这对初吻轻佻的描述上，还有伊莎多拉怎么去她那里过夜。后来如何。如今，她已经搬到她的住所。

"我讲得够多了——还是回到你身上吧。"

我开始后悔我敞开了谈论卢克的大门。照我看，布里过分沉湎于最近的风流韵事，除了她自己，无暇顾及旁人。我不仅怀疑她现在的判断力，而且，在她无比精彩的感情生活上罩上一层阴云似乎也是不公平的。况且，仅仅靠我自己来继续维持我俩的关系，可以让我相信卢克和我是活在另一个世界中，在这里看东西的角度不那么坦诚，处于相互恭维的无休止的轮回状态中。这是一个我会喜欢待的地方。

"莫莉，怎么了？"她又问了一遍。

"噢，没什么。"

布里往后仰了一下她滚圆的头，笑了。"我们已经确定不会没事。"

"算了吧。"

"莫莉？"

"那好吧，我在和另一个男人约会。"我脱口而出，直勾勾地望着户外一株叶子几乎掉光的树。我可以发誓这会儿讲话的是另外一个女人。"真是造化弄人啊。"我觉得自己就像傻瓜一样。

布里轻轻吹了一声口哨。"几时发生的？"

"就在不久前。"

"我懂了。你是不准备告诉我详情了。不过，公平点吧——告诉我。"

我深深吸了一口气，飞快地吐出一串话。"这件事发生的时候，他令我觉得我是世上最值得爱慕的女人。当我们在一起时，我觉得自己美丽，绝顶聪明，仿佛在我自己的电影里演主角。"

"他长得如何？"

"像个爱尔兰诗人。"布里理解地点点头，"他消除了我所有的焦虑，我所有的沮丧。"

"其他女人会花钱买这种人。"

"我有没有提过性？"

"还是不说吧，有些事我的朋友还是有所保留为妙。"布里又插嘴说，也不是不近人情的。"他是我认识的某个人吗？"

"不是，"我撒了个谎，"别问我细节了，求你了。也别笑——这事也不像你想的那么好玩。"

"你为什么现在才把这些残羹剩饭端上来？"

布里没像我本来指望并希望的那样，严肃对待我的坦白。我不想承认，那种想把卢克供认出来的冲动，一定直接来自一些误入歧途的欲望，想显摆一下我身上也有不顾一切的另一面：愿意为爱做任何事。

"你还没有决定离开巴里吗？"布里问。言下之意是我希望。

"根本不想，"我说，"我从没想象过这个男人……"那种想称卢克为我情人的想法似乎超出了自负的范畴，似乎我正在出演的是一部意大利电影。"会让我陷进去，超出了我对他关心的范畴，我确实陷进去

199

了。"陷得很深，这是布里无法理解的。"他不光是一个男性玩具。"

下午的太阳已经西下，从玻璃窗上的倒影里，我能看见自己非常紧张，簌簌发抖。

"千万别告诉我这家伙就是基蒂听说的那个人。"布里说着，吓得一哆嗦。"千万。"

我瞪着布里。"你是不是觉得我完全输掉了？"此刻我真希望这场谈话可以尽早收场，虽说是我自己起的头。大声谈论我和卢克之间有过什么，贬低了我跟他之间的感情。

似乎有好几分钟，布里没有开口。"你并没问我是怎么想的，可据我猜测，你为什么把这事抛出来，所以我不会光挑好听的说。"她终于说："我相信你很在乎……他……我也知道，家里的情形完全无法达到你追求完美的那个目标。不过，听我说，一次风流韵事永远无法解决这个问题。因为我当过无数次第三者，所以我才这么说。"

我把手伸进衣服口袋，然后，用纸巾擦拭我的眼睛。

"结束吧……你已经享受过了。"布里语气很温和，却难以驳回。"要是你做出其他选择，你不久就会懊悔的。"

我本来指望布里给我一个温暖友好的反应，甚至也许是眨眼表示祝贺，而不是这个。我似乎觉得她在做二加二并坚持答案是五。难道她就不能理解，如果此刻就让卢克离开我的生活，就等于从五彩斑斓里一下子落到一个黑白世界中？

"出来吧。"布里说着，抓住了我的手。

我满腹狐疑地眨着眼睛，只能朝窗外望。

"你已经很努力了。"她说道。

我不明白她是什么意思。在我的生命里，没有什么能比想到再也不能和卢克在一起，让我更难受的了。

"我们不选择我们爱上的那个人，"布里继续说，"假如另一个男人就是你想和他在一起的人，我真为你感到害怕。接着干下去，为了和他在一起，明天就毁了你的生活吧。我会在那里等你的。但是，如果你不打算那么做，就让他完全占据了你的头脑，你的婚姻状况也不会好到哪儿去。"

难怪布里能当一名律师，她太有逻辑了。

谈话结束了。我们两人开始在画廊的迷宫里穿行，沿着壮观的台阶走向衣帽间。通常，我们总要站在一个插满价值两千美元时令鲜花的十英尺宽的大瓮前面，礼节性地停下来喘口气，可今天还是免了吧。

我跟布里吻别，叫了一辆出租车，梦游似的喂安娜贝尔吃晚饭、给她洗澡、给她讲睡前的故事。当巴里对着 YouTube 上的视频短片吼叫的时候，我为第二天观看游行布置早午餐的桌子，把枝条和橡实堆在餐桌中央的凹陷处，摆放的标准低于平时。我对提供的早午餐服务表示致谢，并说服自己摆脱卢克。他那晚要回家，在上一封电子邮件里，我们已经约好周一见。我只要让这件事起动就行了。

可我需要构筑防御工事，并且暗自懊悔（这也不是头一回了），我不是一个酒鬼、一个药丸迷或一个新世纪厚颜无耻的信仰体系的追随者。等我听到巴里开始冲淋浴，我打算听另一个人的意见，就拿起电话。

"你终于闲下来了吗？"我问道。

"你当真要向一个当老师的人提那个问题吗？火鸡正在我梦里咯咯叫呢。你想知道它们在说些什么吗？"

"省省吧……我只有两分钟，我需要你立等可取的忠告。"我听见浴室里哗啦哗啦的水声，还有巴里劲头十足地喊着"一个辛苦的夜晚"。不过，我仍在轻声絮语："还记得我跟你讲过的另一个男人的事吗？"

"就是我说过你不该再去见的那个人吗？"

"我没去见。"我告诉露西我越来越懊悔了——我无法再这么做了。

"你是在请求露西让她的精神病学诊室继续开业吗？"我姐姐这么说，"我感到很荣幸。"

巴里走进卧室，瘦削的身体上裹着一条浴巾。"你在跟谁通话？"

他动了动嘴巴不出声地问道。

"露西。"

"你好，穆西。"他大声嚷道，一边戴上一副干净的拳击手套，走到卧室外头去了。

"你知不知道我有多讨厌你丈夫？"露西说道。

"我们没多少时间了。你会怎么做？快说。"

"我会取消的，"她说，"这不值得。至少，我会这么做。"

感恩节那天下午，伊莎多拉是两点钟离开的，招待过四十二个客人以后，布里终于帮我收拾完毕，其中有一半还不到五岁，他们站在我的窗台上，心想可以跟史奴比面对面。当他们看到怪物大小的气球，只有三个孩子完全倒了下来。幸而，今年安娜贝尔还不是他们之一。

"我希望你不要因为那天我说了实话而恨我，"布里说道，"我是不是个泼妇啊？"

"你是个诚实、感性的泼妇。"我检查了一下厨房，把最后那个巨大的垃圾袋扎起来，把那只有火鸡装饰图案的陶瓷大浅盘在最高的架子上摆好，转身去拥抱布里。"我只是讨厌你可能是对的。"

32

在过去那一周里，布里有四次想拨打那个号码。今天，在她又一次放弃她的目标前，她让电话铃响了两次。她刚一搁下听筒，就响起了颤悠悠的铃声。

"你有什么想法？"她拿起听筒时听见希克这么问。

"我还以为你跟你的女友要么想请我吃饭，"要不就三人一组，"要么就是你有事要向我坦白。"

"你说的第一条，我那伙伴两星期前就搬走了，"布里这么说，此刻，琼斯正站在她面前，等待她再次发狂似的扔下它最喜欢的狗骨头玩具。布里从房间另一头扔下那个滑溜溜的热狗。

希克对刚才那个稍纵即逝的三人组幻想感到一阵内疚。"听到这个消息，我感到很遗憾。"他说道，换上一副彬彬有礼的样子。

"我不觉得遗憾。"布里说。她的碗橱和壁橱里空出了好多地方，不过她的心很快就平复了。"至于第二条……"她望着强行被伊莎多拉撤走后又重新放回书架上的我们的合影。当时我们才二十一岁，容貌比我们自以为的要漂亮些，我和她在一条 bateau-mouche① 里用香槟酒对着碰杯。华丽的发型，华丽的梦想。"你这话也不无几分道理呀，我正盼着我们可以见个面。请稍等，我去把黑莓手机拿来看一下日程安排。"

"哇，难道你是想把我夹在一场诉讼和一次剪指甲之间吗？姑娘，我手头也有案子要办。为啥现在不行呢？"

布里没想过此刻去见他。此刻，她告诉自己，已经有约了。布里相信自己已经跟伊莎多拉断了，我也能担保她决心不再去想她。她令自己尽可能处于忙碌状态，来加强这个决心。此刻，布里本打算带小狗琼斯出门散步，况且，她还没洗头呢。她在健身馆里跟她约好的教练一起锻炼了九十分钟，随后，她又拜访了三位专业杂货商，这才刚回到家呢。做小龙虾盖浇饭的一切原料都在厨房的台面上等着她呢，因为这会儿，学习烹调也在她的日程上。同时，她要给母亲打电话，还要阅读上个月的《经济学家》。

"我在等你的答复，劳森小姐。"希克说道。

琼斯回来了，希望她再丢一次狗骨头玩具。为了确保她收到这个信息，他汪汪直叫，大声而且不停地叫。

"在帮人带狗吗？"

———————————————

① 法文，意为客轮。

"不是，"布里说，"琼斯完全属于我。他是我的新恋人，他正拼命想消耗掉一些能量。"

"我这里也一样，"希克回答，"我来见你。"

如果希克那么急着想见我，准是莫莉的案子让他找不到方向了，我听见布里这么想。她简直可怜起这家伙来了。随即，她的目光落在我俩的照片上。她的思绪转到我身上，一想到要跟希克见面，她就悲喜交加。"你可以一点钟到联合广场吗？"她说。

希克笑了；也许，他还能歇上一会儿。他看见我这桩案子的碎片在半空中盘旋，飞碟撞到他头上了。由于疏忽职守，他愈来愈觉得我的死亡只是一次随机性的意外，是触了霉头，或者是一个长期潜逃在外的狂人把我逼到了大路外。他排除了自杀，他觉得我不具备自杀的技巧，也不具备足够的忍耐力来实施自杀。

上星期八九点钟的时候，当希克关掉他那间简朴的办公室的灯，他一边切鱼饵自娱，一边思忖要勇往直前，在不久的将来，他会被美国联邦调查局的人选上，去办其他案子。我听见他在跟我道歉："对不起，莫莉，直到今天还没有突破。"

随后，整个夜晚，我一直在他的睡梦里，恳求他解决我是怎么被卷进谋杀案里的。去吧。希克，我恳求他。求你了！我就指望着你这辆"海华沙特快"了。我一直在祈祷。必须有个人对我为何、又是如何落到目前在延续期瞎混的局面作出解释。我只能寄希望于你，也许唯有你才能感觉到我的愤怒，愤怒伴随着内疚、痛苦和渴望，搅得我心神不宁。

整个夜里，希克醒过来好几次，不是去阅读一本他新近从图书馆借来的书——这本书是科马克·麦卡锡科写的——就是直勾勾地望着天花板，要么凝望窗外，朝他朋友马尔科开的卖乐透彩的杂货店望去。次日，希克刮胡子的时候，他瞟了一眼镜子，发觉自己的样子很可怕。然后，他通常会跟我说："莫莉·马克斯，告诉我发生了什么事，姑娘。一定会有个答案的。"他会停下脚步，在马尔科那里买他的报纸，当他试图把注意力集中在《邮报》和《每日新闻报》上的时候，脑子里仍想着同一个问题。等他走进办公室院子的时候，他给自己泡了一壶新鲜咖啡，把他的几份文件反复研究了几遍，让冈萨雷斯探员和附近其他大大小小的能人给他出出主意，然后，打了很多电话，定下很多约会。每隔几天，他会再次沿着河边散步，希望能找到一些蛛丝马迹，可以帮助他找到答案。

我这件案子希克已经查了快五个月了。他需要休息一下。

"说定了，"他告诉布里，"我会在查理商店等你，那个从伦斯勒县来的奶酪商人。"查理是个乡下人，他从他的格鲁耶尔奶酪里知道了他的埃门塔尔奶酪。

"四十五分钟以后见。"布里说道。

星期六，当你在绿色集市里闲逛，你实际上可以闻到为那天晚上准备的美味的食物。我已经忘了我有多喜欢这里了。我骑自行车去绿色集市的那天，马克斯一家总是吃得很好。我会在篮子里装满硬而脆的圆面包；甜美鲜嫩的蔬菜；黄油一般的莴苣，它们的叶子上还沾着肥沃的黑土；西红柿肥美多汁；燕麦提子曲奇饼干有我手掌那么大；还有一大束随便什么鲜花在唱歌：买我吧，宝贝儿，买我吧。

希克早早来到那里，就像我一样。他已经下了班，穿着灯芯绒裤和靴子，看上去甚至比穿着裁剪考究的工作服都更有型，这套装束其实比军队里的人以为的都更昂贵。他朝最大的一个摊位走去，仔细比较了七种马铃薯，最后买了极小的那种，一个个挑出白金色细长的那一种。

"你怎么烧那些的呢?"布里问道，走过去与他并肩而行。虽说她结实有力的手攥紧了琼斯的皮带，小狗突然往上一蹿，在希克深灰色带拉链的毛线衫上留下了一个肮脏的爪印。"噢，真抱歉。"她说道，使劲把琼斯拉开，然后用手掸去他毛线衫上的泥土。

希克似乎……深有感触。我真走运，她喜欢的是女人，他告诉自己，傻子，别把她想成那样。

"这家伙当真需要上一下宠物训练学校的速成课。"

希克哈哈大笑。"大多数男人难道不都该去上上课?"他摸了一下琼斯温暖光滑的脊背。"你喜欢土豆吗,小伙子?"

"他什么都喜欢。他长大后就会变成一只河马。"

我很怀疑,希克想。他坚信,人们选宠物的时候都会选那些和自己像的。这条狗会长得很长,四肢修长,就跟布里·劳森一样,他发觉,这会儿她穿条褪色的李维斯牛仔裤和一件羽绒背心,比起原先那副上城区律师打扮,模样显得亲切随和多了。"走吧,"希克说道,"我需要一些新鲜的调味药草来烤土豆。"

"带我去看,"她说,"我什么也不懂。"

"我可不信,像你这么机灵的人。"

"嗨,这又不是律师资格考试的条件……"

"那么,你有什么情况要告诉我?"他说着,把布里和小狗琼斯引到一个卖迷迭香、小薄荷叶和百里香的小摊上,这些药草娇俏可人,用细绳捆成一束束。他举起一束迷迭香凑近布里的鼻子,她深吸了一口它的泥土香味。

"我无法肯定有什么情况可以告诉你。"她试探性地说,目不转睛地盯着药草。布里难以启口,因为她说服自己,把实情透露给外人,便是玷污了我清白无瑕的名誉和对我宝贵的记忆,更何况,她甚至都无法肯定自己是对的。"不过莫莉,"布里说道,转过头来盯着希克,"有个男朋友。"别人倒也罢了,偏偏是她把这话说得好像我得了淋病。你真丢脸,布里,不过我知道你是因为焦虑才说出这种话的。

这不会是个大突破吧?"他是谁?"他问道。希克已经知晓了所有关于卢克的事,并指望布里会讲讲另一个家伙。

"莫莉绝不会说的,而且我很肯定在她去世之前,她已经跟他断了。最起码,我告诉她要这么做。"好吧,我很自负,她心想,不过莫莉通常会接受我的忠告。"每当我向她问起他,她总给我一副无可奉告的神气。我觉得，那个知情更多的人可能是露西。你有没有问过她？"

"问过了。"希克说道。

"她都知道些什么？"

"不太多。"他说。她能说的连一页纸都填不满。希克在领布里去奶酪店的一路上，他表现得就像布里作为一名律师时表现的那样：很少说话，指望他的当事人自己来填补空白。这一招此刻也很管用。

"我唯一想到的就是，这人或许就是跟她一起工作的卢克·德莱尼，我断定你跟他也聊过了。"布里说道，"有好几次我跟他们在一起。你知道吗，当你跟一对恋人在一起时你会有什么感觉？"

他点了点头。我当然知道。希克想，这会儿我大概就感觉到了。

"好多年前我就认识卢克了，我觉得我已经感觉到了，"布里说道，"可是当我向莫莉求证时，她马上就否认了。"有两次。

"这个情况你为什么不早点说呢？"

"我不能肯定。现在还是不能肯定。要是卢克和莫莉关系密切，我不明白他干吗要否认呢，更何况，他是个很体面的人，我不想给他惹出麻烦。"她刚说完，就意识到这些话听上去很荒唐，似乎她关心卢克胜于关心我，不过，她很清楚要是她改口纠正自己刚才所讲的话，反而会越描越黑。

希克掉过头看了布里整整一分钟，这让她觉得特别不自在。他是不是觉得我这是在撒谎？她心里纳闷。可是，希克此刻想的倒不是这个。等他把注意力转移到桌子后的那个男人身上时，她才松了口气。

"查理，你今天有些什么货？"他问道。希克告诉自己，假如这桩案子侦破不了的话，他就要搬到北方去，买上一群山羊，并学会做奶酪。他已经在亚马逊上订了两本有关这方面的二手书。每隔几个星期，他都会登陆不动产网，幻想自己拥有四十英亩土地、一部锃亮的绿色约翰·迪瑞农机、一部施肥机、一部收割机和一个废料堆。一名纽约警察甚至也会这样梦想。

"尝尝这种瑞克塔奶酪，"小贩说着，递给布里和希克一人一把细巧的木头调羹，里面盛着乳白色的白奶酪。"妙不可言？"

这是我怀念的另一样东西：无比辛辣浓郁的味道。还有，只要是咸咸的、脆脆的、辣辣的随便什么东西。妈的，还有你一般的秽语多动症受害者词汇表里的每一个词。我怀念食物。新鲜的，自家烹调的，花哨的，不花哨的。我尤其怀念意大利式——甚至意式橄榄园——印度式、法式、泰式、越式、秘鲁式的……只要不是淡而无味的中西部式就行。我怀念麦当劳的炸薯条、黑麦熏牛肉三明治、广东点心、杏仁黑巧克力棒、谢来登酒馆的汉堡包、我亲手做的意大利面和肉酱、我母亲做的加了药蜀葵蜜饯的假模假式的感恩节烤甜土豆、用杏桃当馅的普饵节酥饼、蛋黄奶油咸味圣代，还有基蒂做的奶酪蛋糕。我尤其怀念最后一个下午我打算去买的撒了巧克力碎片的海绵蛋糕。生命短暂：先吃甜食应该成为我的宗教。

"查理，我打算带点那个回家。"希克说着，拿出他的钱包。我曾注意过，他其实每晚都要把钱包里的发票取出来，因此细致的皮革没有弯曲或者鼓起来。"还有这两个。"他指着用绿葡萄叶包着的山羊奶酪。他们离开的路上，他把其中一块递给布里。

"警探，这是行贿吗？"她问道，一边把奶酪举得高高的，小狗琼斯好奇地闻着它。

"如果你还知道更多关于你朋友案子的线索，会有更多来自同一产地的东西要送给你呢。"希克说道。

"但愿我能，"布里说，"你一筹莫展。"

自从布里养了琼斯，她就一直对着它说我。"你会喜欢莫莉的，琼斯。她很傻，跟你一样。曾经有一段时间的新年夜我们没有约会，到了十一点半，我们俩穿上盛装去城里的一家旅馆酒吧喝马蒂尼。莫莉唱歌还五音不全，可她总是第一个自愿唱卡拉 OK 的，这样别人就不会觉得自己像个傻瓜了。她唱的是《日与夜》。"

布里一直那样说啊说的，随后我就离开了。我可受不了。

当布里掉过头去查看一排山羊奶酪烤蛋糕，每一条并不比一条大型的热带鱼大。我看见希克以一种赞赏爱慕、万分惊奇的目光注视她。这个女人让我觉得很舒服，我听见他心里想。

他脑海里闪过这个念头的时候，布里恰好也在这么想。这位希克，人很随和。现在我可以使用一点方便的权力吧。

我不知道，他们俩的这种心有灵犀是否跟我的影响力有关。这可能是我希望发生的吗？我要跟鲍勃好好讨论一下这一点，他从没提起过会自发具有媒人的能力。

我变得非常兴奋。

"警探，你对小龙虾盖浇饭怎么看？"

"那是我最喜欢的十种食物之一，"他说，"建议你先把小龙虾用大蒜和辣椒腌一下，就像我奶奶海蒂在新奥尔良时的做法。"

我从没看到过我的朋友布里会反应慢一拍。做吧，布里，做吧，因为，希克是不可能采取主动的。眼下你可别辜负我。也别辜负你自己。

"那我请你吃晚饭吧，也就是说，如果你有空的话。"在她还没想起自己不会烹饪前，她就这么说了。"如果你保证对我的厨艺不抱太大希望的话。"

为什么我就不可以拥抱她呢？我真地想不起来我最好的朋友有过脸红的时候。

"我接受你的邀请。"希克说道。也许我这是让自己休息一下，他心想，随即放弃了这个念头。下不为例，孩子，他告诫自己，下不为例。

"七点行吗？"她对自己大吃一惊，却不后悔，由于她连连获胜，就希望今夜是一个开端，而不是又一次的结束。她接着又说："我还有一个问题。"

他点点头。

"我可不可以称呼你海华沙呢？"

209

希克又一次毫不迟疑。"绝对不行。"他说着，走开了。布里没法看见他脸上的笑意，我倒是看见了。

33

"我们在摩根碰头，你看如何？"

"我们已经三周没见面了，你却想在一家图书馆里碰头？"卢克说。

"我心里想的是图书馆的餐厅。"我说。安排在这个地点见面，至少不会让我想象会出现无法控制的局面。一种高雅得体的氛围笼罩在摩根鞋盒大小、严禁大声的棕色砖块上，而它所属的饭店也处于雷达的监测系统外，我无法想象任何小于八十岁的人会在那里吃午饭。这就很安全地把基蒂以及我或她的每个朋友都排除在外了，除了我的邻居苏菲和阿尔夫，但我碰巧知道他们是住在加拉帕戈斯群岛的那类人。

"嘿，"卢克说道，"我跟你隔壁那家伙同样喜欢莫扎特的手稿，可是，我梦寐以求的人是你。"我正搜索枯肠，想给他一个答复，他却滔滔不绝地说了下去，"你的嘴唇，你压在我皮肤上的皮肤，你那种散发出阳光和幸福的气息……"

"别说了。"我说道。通过没完没了、动机性很强的自我洗脑，在我淋浴的时候，在我睡觉的时候，在每天坐通勤车的路上，我指望，那天以后我要跟卢克作个了断。不过我想要亲自结束这一切，最后再见他一次，像露西那样，下沉到我们关系的那个幽暗湖底去。我告诉自己，不管我们认为我和他之间有过一些什么，那都是理所应当的。"今天我没有太多时间。"

"那么，我们再约个日子吧。"卢克说着，深深吸了一口气，显然对我漠视他诗意的表白感到很困惑。"星期四如何？"

我会为那天的到来排练的，仿佛这是场坏女孩的马拉松。拖延并不是一种选择。我把电话听筒拿得离耳朵很远，直勾勾地看着它，仿佛它会给出一个答案。"莫莉？"我能听见卢克在说，"你在那儿吗？"

要不要再去一下小型公寓？电话那端问。见他。你会有一个记忆图像，让它伴你度过余生。随后，一切都结束了。逃走。一夫一妻制永远第一。

"好吧，"我说，"那我一点钟到你家吧。"

我来到他的住所，卢克已经站在门口，像平时那样微笑，羞涩却带点狡诈。他给了我一个温柔的、紧紧的拥抱，令我难以抗拒，自发做出了反应。我连试都没试一下。我搂住他的肩膀。见你的鬼吧，卢克，我心想。我将会怀念你的一切。你身上每一个颓废的分子。

亲吻的时候，我脑海中一个还起作用的边缘部位发觉，我又在那儿，沿着那颗双黑钻石我又嗖地滑落到同一个地方去了。我的拇指滑至卢克牛仔裤的后面，他那里的温暖皮肤引诱我再往里摸。他没穿内裤。他没有那种自我设防的缺点。他毫不费力地牵着我到了卧室里。

"你是想在上床前还是之后拿到你的礼物？"卢克一边问，一边点上那只点剩的蜡烛，那还是我在初秋时送给他的。蜡烛一路哔哔啵啵地燃烧，在墙壁上投下摇曳的暗影，一丝生姜的幽香罩住了整个房间。

"以后吧，"我说，"以后吧。"

"这是否意味着，你需要我，就像我需要你一样？"他一边问，一边把我的毛衣、然后把我那件镶花边的吊带背心拉到我的头上。

我永远不知道那个问题的答案。不过，我却说："请允许我。"我解开他衬衣纽扣，仿佛他本人就是那件答应要送给我的礼物。我很清楚这一点：那些认为应该一下脱得精光的恋人不解做爱的精髓。我的手指懒洋洋地在卢克赤裸的胸脯上移动，摸索他卷曲的黑色胸毛，然后，我摸到他的皮带，用灵巧的手指一下熟练地解开了皮带，开始脱他的牛仔裤。我把他的裤子褪到了地板上，他也替我做了同样的事。

快停下，莫莉，我告诫自己。还有时间，一切都是徒劳。

我的肉体不去理睬我的大脑。我们接着做下去，我成了一个摄影记者，脱离了自己的肉身，绕着拍摄对象不停地拍摄。这是谁的妻子？——年纪不算大，却肯定到了明事理的年纪——在不是她的床单底下纵情享乐，用她的手反复摩挲一个男人肌肉发达的后背，用她的舌头和嘴唇品尝他那张甜蜜的嘴。这个恰恰知道应该怎样去爱她并这样表现的男人又是谁啊？

"莫莉，你在想什么？"卢克问道，停下来寻找我没有闭上的眼睛。"你在正常的轨道上。"

我用身体上无数个部位充满激情地回应他。很快，那个摄影师离开了这个房间，又剩下我独自一人，怀着一种急迫的心情，把自己奉献给卢克，就像一个要把她的士兵恋人送上战场的女人。我默默记住每一下触摸和每一声叹息，每一个轻微的惊叫，每一个低沉、满足的呻吟。它们将一直伴随我整个一生。

接着，一切都结束了。我们俩并肩躺在一起，一言不发。我闭起眼睛，试着什么都不想……

卢克下床，消失在走廊里。阴凉的空气接触着我的肩膀和后背，那上面沁出汗珠，他的和我的混在一起，卢克与莫莉五号香水，此刻与永恒的芬芳。我真想把羽绒被猛地扯到额头上并藏到被子底下，尽量拖延下一刻的到来，不过，等卢克回来时，我已经坐起来了，半裸着；如果一条黄绿色花边的比基尼内裤能算衣服的话。

"这是最后一瓶设拉子酒了。"他说着，坐在凌乱的被单上，并递给我一杯葡萄酒。"为了我们，"他说道，碰了一下我的酒杯，"我告诉过你我有多么想你。告诉我你是怎么想我的。这一次你要口头来说。"

他是在跟你前戏呢，莫莉姑娘，我告诉自己，说了两次。你可不能放松警惕啊。可是我已经获得了优先权。

"等一下，"卢克说，"你的礼物。"他放下酒杯，走到大衣橱前。我内心的那个安妮·莱博维茨回到了现实中，记录下他后背上的小伤痕，那是他当童子军时从树上跌下来弄伤的，缝了七针。卢克回来的时候，手里捧着一个小盒子。我带着复杂的内疚，好奇地瞟了一眼那个白色的包装盒。

"打开它。"他吩咐道，脸上浮上一丝笑意。

我迅速解开蝴蝶结，偷偷瞟了一眼。在烛光的映照下，是丁香紫的宝石，小而圆，嵌在一个温暖的哑光金座上，吊在精美的金链子上。这副耳坠很配我。我自己也会选这一副。

"配你的蓝眼睛。"他说道，查看我的表情，想看看自己是否做对了。"它们是维多利亚时代的。我是在拍卖行买的。"

卢克，你也让我太为难了，我暗想。"它们真是无可挑剔。"我说道。这倒是真话。"可这也太奢侈了……"

"你配拥有它。"他把我揽住，我们接吻了，为每个耳坠亲一次。我缓缓摘下原来那副端庄的珍珠耳环，换上这件古董珠宝，巴里肯定不会发觉。"谢谢，你真不该这么做。"要是你没买就好了。

"它们是给你的圣诞节礼物，"他说，"不过你是了解我的，无法克制自己的冲动。"

我们俩都一个德性，我心想。我真地了解你吗？我甚至都不了解我自己。别做胆小鬼。别再浪费时间了。无论你准备做什么，无论这种会谈会产生何种结果，现在你还都没做呢。开始谈吧。不过，首先，我穿好衣服，花时间仔细洗漱了一下，洗掉沾到其他地方的睫毛油的痕迹，让自己看上去像是打了一场败仗。等我离开浴室的时候，卢克穿上了牛仔裤，还是光着膀子，人已经回到了客厅里。

"放什么好？"他问我，翻动着音乐唱片。"迪扬戈·莱恩哈特？约瑟芬·贝克？"

"你挑吧。"我说。我不知道，有没有哪个西部乡村歌星，写过一首关于一位整容医生的妻子如何跟她迷人的摄影师男友分手的弦乐歌谣。要是没人写过，也应该有个人来写写了。可是，隔了一会儿，响起了埃迪特·皮亚夫演唱的《我那在巴黎的情人》。

卢克在他的长沙发里坐下，示意我坐他旁边。那瓶开了的葡萄酒就放在茶几上我们的酒杯旁边，他又往杯子里斟上酒。"去巴黎会不会很棒呢？"他说，"也许我会计划一次旅行。这有些陈腐过时，可是四月份去的话你看如何？我知道蒙帕尔纳斯附近就有一个地方，比'百叶窗'浪漫两倍，价钱却只有它的一半。"百叶窗是我们在圣塔莫尼卡时住过的一家可爱极了的旅馆。每天清晨，我们早早地起床，在太平洋沿岸长时间地兜风。

"我觉得我们超前了一点。"我边说边拿出了相机。

"噢，天啊，"他说，"它在那儿啊。多谢……我一直在惦记这个傻家伙呢。现在想拍几张吗？"他问道，"把它拿过来，来一个莫莉式的灿烂微笑。太糟糕了，你把衣服全穿上了！"我相信他对我丢了一个眼色。

"卢克，我不想拍照。"

"不在状态吗？"他问道，"你这会儿看上去那么美，我真想立刻回到卧室里去。"

"卢克，我不行。"

他把照相机放在桌上，撩起我前额上的一绺发卷，双手轻轻捧住我的脸。"怎么啦？"他问道。

我闭上眼睛，想止住涌出的泪水。我的努力没有奏效。

"请别告诉我，我们之间出了问题。是不是巴里发现了？"

我很遗憾自己此刻正戴着那副耳坠——我根本就不该打开那只盒子，也不该让自己做了那么多事。我拒绝自己成为只要性高潮却没有大脑的人。我很高兴我已经准备好了一次演讲。

"卢克，"我开始说道，"我不能再这么下去了，这并不是因为巴里知道了我们俩的事，而是因为我觉得他并不知道发生了什么。因为，每一天的每一分钟，我都觉得自己仿佛置身于一出越来越吵的歌剧里。我再也听不见自己的声音了。我没法思考了。这样似乎不太对头。我爱你，可是……"

他把一根手指按在我的嘴唇上。"'我爱你，可是'……"卢克站着，交叉双臂，走到离我几步远的地方。紧张感把他前额的横纹都给熨平了。"可是，你打算要伤我的心吗?"

"可我真地爱你。我不想让你伤心。"

他开始说话了，那架势似乎他在用小刀把每个句子都切成了一段一段。"请原谅，马克斯太太，可就在一刻钟之前，你躺在我身上的时候，不是非常幸福的吗? 你是几时打定主意想起说这些的? 你是不是把过去的几个礼拜都花在计划怎样让事情早点结束上了? 还是你突然产生这个念头的?"

我鄙视自己成了那种没有骨气、表里不一的女人，竟然选择在跟他上床后再开始这场谈话。我痛苦绝望地望着卢克，巴不得能走进浴室，用头使劲去撞瓷砖地板。

"我认为我们俩的感情是建立在爱、善意与尊重的基础上，"他说，"我想我这是在犯傻。"

他看起来很生气，可听上去却很难过，这更不妙。我来这里是为了把过去几周一直在想的事一吐为快，把怀疑的每个部件都收起来，筑起一道把我们两分开的长城，可现在结果却是错的。"我们不是所有的时间都在一起。"我又说，似乎需要指出这一点。"我们从来就没有讨论过这会永远持续下去，而你不会——也不能——跟别人在一起。"

"我也不想'跟别人在一起'，你就不明白吗? 你正在让我觉得自己像个傻瓜，被人利用和欺骗了。"

"我是怎么欺骗你的?"我听见自己提高了嗓门，"我欺骗你的程度，不会超过你欺骗我的程度。"

"瞧瞧，是谁趾高气扬，"卢克平静地说，"医生的妻子。"他瞪着我。"顺便说一下，别跟我说你的婚姻从头至尾就是场闹剧，我才不买你的账呢。你从没想过要离开他，从来没有，至少在我的有生之年。"

我本来指望自己能有打动人心的口才，结果却弄成一出低劣的日间闹剧。可是你跟我甚至从没谈过今后在一起的事，我心想，接着，我咬牙切齿地说："噢，我现在当然不会离开巴里的。"我一把抓起我的手提包，朝前厅走去。我先花了点时间摘下我的耳坠，把它们摆在一张桌子上，随后，抓起我的短外套，砰地一声关上了身后的门，气喘吁吁地从楼梯上冲下去，连电梯都不愿等了。

等我来到二楼楼梯口，卢克边冲我大喊边一次跳下两级楼梯。"莫莉，回来。我不想跟你吵架。你夸大了整件事的严重性。这很傻。"

当我从前门冲出去，卢克的一个邻居正好从一辆出租车里出来，我把这当成一个信号。撞到那个女人时，我咕哝了一声抱歉，倏地钻进车子里。卢克来到人行道时，出租车刚刚开走。从后视镜里，我看见他仍然光着上身，那个身影变得越来越小了。

"去哪儿，女士？"司机问。

问得好，我心想。

34

"那么？"

婚姻顾问是几时正式把我们召去，并认定"那么"是个能逼出深刻反省的词语的？费利西娅·斯塔福德博士希望我说些什么呢？她把我们招来，是为了发掘在一分到十分这个区域里，我们之间的夫妻不和是已经破了纪录？或仅是可怜的平均水平？

我从来没觉得自己这么愤世嫉俗过。我不是作为一个无神论者结婚的，不过，我自己的行为，连同巴里·"闭嘴"医生那七十二张可疑的信用卡账单，令我变成了这样一个人。如果我，莫莉·迪万·马克斯，可以摇身变成一个欺骗者，并相信我丈夫对我不忠这个事实是

216

确凿无疑的——基本上总是这样——那么，别人的妻子难道就不是待在同一条令人讨厌的、正在下沉的救生艇上吗？

振作起来，莫莉，我告诉自己。成熟起来。你能理顺这一切。这不就是我们之所以在一个阴沉的周二下午三点，坐在第五大道这间装修别致的办公室里的原因吗？我在斯塔福德博士对面的一张长沙发上坐下，沙发布设计成猎鹿人夹克的那种橘色。我纳闷，她选择这种布料，是因为它的幸福指数高呢，抑或是为了提醒病人千万别拔出一把猎枪来。我身旁有足够的空间，然而，巴里却挑了我们俩右手一把硬朗的温莎公爵式扶手椅坐下。茶几上有一大盒子面巾纸把我们隔开了。

"那么，希望你可以来帮我们一把。"我说着，适当调整了一下位置，想坐得舒服些。我一直为穿什么而困扰。我所理解的那条迷你短裙吗？那双三英寸高的旧短靴吗？甚至露出一线乳沟吗？贱货，贱货，贱货。牛仔裤，一条纯棉 T 恤，要么休闲工装裤？幼稚。我决定穿一双平跟靴、一件黑开司米的高领毛衣和一条黑色长裙，尽管天知道斯塔福德医学博士能从裙子上那个斜下摆看出什么名堂来。

"那么你呢，马克斯医生？"斯塔福德医生问道。

巴里的语气平静镇定，犹如拍打岸边的波浪。"情况暂时有点不妙。"

或者说向来不对头，我心想。我瞟了一眼医生戴婚戒的手。检查一下。我望着自己的手。对，婚戒还在。就像昨天才结婚一样。

"你为什么认为有点不对头呢？"斯塔福德医生问道。

她不是我原先以为的玛格丽特·撒切尔夫人那种铁娘子类型。我自问，是否受得了有个那么有魅力的精神病医生。这位医生顾长苗条，就像一把面包刀似的，年龄不超过四十五岁，穿着一件凯瑟琳·赫本式清爽的白衬衫，一条浅灰色的长裤裹住她那简直看不到的臀部。

巴里咧开嘴，抛给医生一个专门用来引诱病人的微笑，这又把我的思绪带回到第五大道。这种微笑我最熟悉不过了。它隐含的信息就是，你可以相信我——我一片赤子之心。我是一个很厉害的整形医生，更是一个仁厚之人。我从来不会把事情搞砸——无论是打高尔夫、工作，或随便什么事。

斯塔福德医生，据我看，应该更喜欢他。

"我们没有认真对待我们的婚姻誓言。"巴里以他一心想成为的罗兹奖学金获得者那种郑重其事的口气宣称。

我们的婚姻誓言？我那丈夫是否有可能听见都是个问题，当他正一心一意地想着在我们的婚宴上去邂逅另一个女人？斯塔福德医生什么……也没说，她的沉默是一种留白，令巴里和我迅速进入了状态，滔滔不绝地说出一篇结构严谨的散文来，以此来解释我们的婚姻为什么在达到极乐状态之前就止步不前了。

"莫莉，你想加入进来吗？"她问道。

心理门诊要二百美元一个钟头呢。我想最好还是开口说话吧。"巴里说得对。在处理我们俩关系的时候，我们大概没有带着足够的……"我搜肠刮肚。热情？诚挚？"持重。"持重？那是个什么样的专栏词汇啊？我从不记得说过这个词。

"你是不是想继续跟——我可以叫你巴里吗——保持婚姻关系呢？"斯塔福德医生说着，迅速望了巴里一眼，接着又看了看我。"这是我在第一次门诊时最想先问的一个问题。"

你干吗非要先问我呢？我暗自纳闷，尽管最近，对于同样的问题，我至少每周都要问自己一遍。"是的，我想，那还用说吗？"我说道。

我不想离婚。我这种心血来潮的念头是否来源于退出机制的缺乏吗——不管有没有卢克的存在——要不就是，尽管很矛盾，来源于爱的缺乏？因为对安娜贝尔的爱已经占据了很大的比重吗？后者居多，我不想让我女儿吃苦。那条理由听上去苍白无力，不过，我讨厌去想安娜贝尔也许会陷入痛苦，尤其我正是引起她痛苦的罪魁祸首。还有一部分原因就是——巴里和我一起，也就是她父母一起——确实可以给她提供一个她应有的童年。

"还有呢？"斯塔福德医生问道。

我猜测"还有"其实就是"为什么"。他们都扬起眉毛瞅着我。

"巴里基本上是个好人，"我开始说道，"他很喜欢安娜贝尔，她是我们的女儿，现在三岁半了。他很聪明，很风趣。我们曾经有过一段情。"正像娜娜·菲莉斯会说的那样，他还是一个贡献者，我既理所当然地承认这一点，又觉得指出这一点显得挺粗鲁的。当然啦，还有一点，那就是巴里的长相，这一点我已经不在意了，不过，这也可以给他加好多分。"他能把我逗笑。"有时候是这样的，"噢，这我已经说过了。"

我决定不再补充这一点：我不是个最好的妻子。是我自己把事情搞砸了，无论巴里是否知道这一点。

"莫莉，"她说道，"也可以说你这是在形容一个朋友。"

"实际上，斯塔福德医生。"我说着，目不转睛地盯着绕在她脖子上的那根缎带，这比与她对望要容易多了。"那也正是巴里所缺乏的。我认为他甚至不怎么喜欢我，而且他肯定不了解我，所以啊……"我感到说出这些话，简直是生死攸关的；怎么说才好呢？"我并不真的相信他。我觉得以前或者以后都不能相信他。最基本的一个方面就是，我不觉得受他保护。"我意识到，这与他丰厚的收入无关。"在巴里身边，我并不感到安全，与其他一切相比，这个问题更严重。"

屋子里变得像下了一场大雪后的曼哈顿那么寂静。斯塔福德医生把她的椅子旋转到左边。她是不是觉得很高兴，连十分钟都不到她就听到了恶毒的讽刺？

"巴里？"她问道。大家都在等待的时候，我的目光游移到一幅悬挂在我丈夫头上的抽象油画。那条颜色错综复杂的彩虹可以算是对我失控情绪的注解。

"我明白莫莉为什么会这么想，"他终于说道，"我非常专注于我的工作和我的爱好。"

我尽量不让自己翻白眼露出难以置信的神气。爱好？"我喜欢寻找地处偏僻的小旅社，爱好去探访城里有特色的雪茄吧。而你呢？在我工作的那些夜晚，你却无所事事，在距离我会议地点不远的阳光明媚的白沙海滩上，长时间地散步。"

"那么，巴里，你想跟莫莉维持婚姻关系吗？"斯塔福德医生问道。

巴里身体探身向前。"那还用说吗，"他说道，单单望着她一个人。"我妻子美丽、感性、富有才华，还是个伟大的母亲，可这一切都不如一个简单的事实那么重要，"他凑近了伸手握住我的手，我的手离他足有一英尺远，"我爱她。"他的触摸吓得我一哆嗦。

"而且只爱她一个人吗？"那医生问。

斯塔福德医生比我想象得要机敏多了。

"只爱她一个人。"

我还不了解你吗？我心里纳闷。

"莫莉说她无法相信你。"那医生说。她的语气纯粹是冷静客观的。

"是的，我听见她这么说了。"

"我希望稍后我们再来问她为什么不相信你，不过这会儿，巴里，我想知道，你相信她吗？"

听到这儿，我失声痛哭了，一边抹鼻涕，这难道打断了他们吗？挺住——让我来告诉你为什么不该相信我吧。因为，我也出了轨了！如果给坏妻子打分的话，我是十一分。

"是的，我觉得我可以相信她，"巴里说道，"不过，斯塔福德医生，要是她认为有必要建立其他关系，我可以理解莫莉为什么这么做。"

他仍然只是望着我们那位精神病学家。而我可能正待在斯里兰卡呢。他脸上那种帅哥医生式的咧嘴笑已经换成一副一本正经的表情，就跟参议员候选人在旅馆里向妓女道歉时的那种表情。

"医生，"巴里接着说，十指紧紧相扣，简直就像在祈祷，"我不是一直都保持着忠诚。"

噢，真的吗？

"可是，我以后会改好的，"他说道，明摆着不带一丝羞耻之心，"否则我也不会上这儿来了。"

"巴里，这方面你可得再接再厉啊。也就是说，莫莉，你是否同意他这么做呢？"

我点点头。当然啦。再深入一下。直接进入我的心房。吐出所有的淤血。如果管用的话，去查查你的笔记本。这次婚姻咨询是我的主意，可我开始觉得，从巴里胸腔里出来的一切，就像飞镖那样击中了我。

"我已经在试着改变了，"他说道，"就在昨天，有个很标致的病人邀请我吃午饭，号称要当我的公关人员，可我已经吩咐我的接待员取消她的约会了。"

那人会不会是斯蒂法妮？或者谢里？或者某个叫谢利的？德尔菲娜把巴里的大衣拿去干洗前，从他的衣袋里摸到了她的名片。在名片背面，他潦草地写了一个地址和公寓电话号码：河滨汽车道。这会儿，我真希望我没有吩咐德尔菲娜把证据扔掉。我希望可以相信巴里。

斯塔福德朝我望过来。她刚才对巴里保持微笑，现在上翘的嘴角变成一条水平线。她准是站在他那一边。"要是你丈夫身上有一样东西是你可以改变的，那将会是什么？"她问道。

我希望他别那样盯着我的大腿，似乎他可以用图像处理软件把它们处理成只有百分之七十那么大。不，我可以比那个做得更好。我希望巴里就像喜欢他母亲那样喜欢我，把给她的关注分一半给我。也许斯塔福德博士可以让我选两样东西改变。如果那样的话，我希望他觉得我身上十分之一的气质都是讨人喜欢的，那种改良你每一年的新年计划是不值得提的。不过，她说的是只可以做一个改变。我必须挑一个。

"在吃饭的时候，我希望他问我这一天过得如何，"我开口说道，"并且倾听，仔细倾听我怎么回答。"

"噢，"她说。"巴里，那么你呢？"我觉得斯塔福德的语气似有所指，那不会太难的，是吗？我希望她会把他往那个方向推，她却问道：

"你希望莫莉可以改变什么?"

似乎他正在扣排球一样,巴里马上就反击了。"为了相信我想有一个新的开始,我希望她别对我瞎猜疑。"

"好吧,"斯塔福德医生像一个满意的家长那样说道,"接下去,我们再问些什么好呢?"

以这种收费标准,她何必这么问我们呢?我们三个人一边深呼吸,一边等待着会发生什么。我掉过头去望着窗外,不过窗帘已经放了下来。我觉得自己就像一条虫子走进了一个蟑螂诱捕器。接着,我认定不诚实是我负担不起的一种奢侈。

"医生,"我说,"我们能否倒回去重新来过?因为我没有完全说真话。我大概对婚姻过于天真了,也许完全脱离了实际。"我说道,希望自己可以摆脱道歉的习惯。巴里从来就没摆脱过,基蒂、布里和露西都没有,尤其是露西。"可我觉得刚才我把我的希望值设得有点太低了。"

斯塔福德医生冲我的方向抬了抬下巴颏儿。她脸上连一颗雀斑或一条弯弯曲曲的蓝色静脉都找不到,而且她看上去容光焕发,不像使用过肉毒杆菌素的样子。

"我对我的婚姻有更高的要求,而不仅仅是想让巴里装出一副仔细听我唠叨我每天是怎么过的。我想先说第一点,我们可以数落我的缺点,从今天一直数落到七月四日,可我希望他至少觉得我的有些缺点讨人喜欢。"我吞下一大口唾沫。"我希望巴里心醉神迷地望着我的脸。"就像我爸爸望着我妈妈时那样,甚至在她刚洗过淋浴以后,那一点尤其重要。"我希望他能够感到一生中最幸福的事就是认识了莫莉·迪万,我就像他的每一次呼吸那么重要。"我的话是否听上去就像写在一张祝别人倒霉的卡上?我才不在乎呢。见这个房间里的另外两个人一直目不转睛地盯着我,我就决定接着往下说。

"我需要觉得我丈夫痴迷于我——而我们家也不能允许模棱两可。"干得好,莫莉,我暗想,很喜欢这个词。"而且,"我转向巴里,"如果我得不到这个，也许我们就不该结婚，因为我觉得，我至少和你下一位妻子一样应该得到你的爱，而且，我明摆着低估了自己。"

我觉得自己就像在毕业典礼上发言似的。

"还有其他的吗？"斯塔福德医生问道。

"还有件事。"我说着，一边望着巴里带着一种毫不伪装的好奇在打量我，他通常把这种神情留给别人家晚宴上看到的漂亮女性。"我也同样想真真切切地为我丈夫而痴迷。为你，巴里。"我用眼神触碰他。

既然我最后知道了，斯塔福德医生可能会说什么改变我的想法呢？可她开始讲话了。我看到巴里的嘴在动，接着，医生的嘴动了。他的，她的，他的，她的……动了好一会儿。我的大脑已经关掉了声音。

等到听见我手机振动的时候，他们俩齐刷刷地望着我。我感觉到他们投来的目光，可还是检查了一下来电号码。那是卢克这几天来第四次试图跟我联系。

"你一定要接这个电话吗？"斯塔福德医生问道。

"不用，这只是一个工作电话。抱歉。"万分抱歉。卢克已经发来两条短信，央求我重新考虑上个礼拜和他的谈话，并和他约个日子见面，要么，最起码给他回个电话。我还没有回复他，更别提他描述的在一月末去巴黎旅行的建议了。他等不到四月份了。我们将住在左岸附近一家藏在一幢十七世纪建筑物里的偏僻旅馆里。去寻访博物馆和法兰西电影资料馆。在埃菲尔铁塔阴影里的一家米其林三星级饭店吃烛光晚餐。在早晨、中午和晚上吃涂着巧克力酱的可丽饼，如果我那颗受伤的心渴望的话。

"我会试试看的，"我说，"如果巴里也愿意的话。"我这样认为。

"那么，"斯塔福德医生说，"该停停了。"她先是看了看我，然后看了看巴里。"圣诞节以后，我想再见你们。然后，我们就能挖出一些货真价实的东西来。"

我敢打赌斯塔福德医生没法等到下次约会的那一天，而这对夫妇实际上也确实担忧他们无法做到——由于痛失一个小孩、一个乳房、一份工作或一条狐狸犬而造成值得同情的痛苦。她大概已经把我们的问题归到诸如掉头发和胖得看不出腰身的地下第二层。

我们都扫了一眼我们的日历并挑了每个礼拜的空当。婚姻咨询将一直成为一周两次的礼物，在礼拜二和礼拜四的三点钟。我跟医生握了握手，她的手摸上去既光滑又小巧。

我们走到第五大道，开始向南走去。巴里用胳膊勾住我的腰，揽到他怀里，凑近了我。这是我喜欢的一个动作，就像我喜欢亲吻一样，尽管我想不起来有没有跟我的丈夫提过这一点。我能够感觉到他那结实身体的温度。我们俩都没有说话。

马路对面，管理工程组的工人们正在挂一面蓝旗。我能看到的只有一个手写体的名字，塞尚。我在心里重复这个名字，这个词在我耳中嗡嗡作响，犹如一首好记的法国曲调。这很不合时宜地令我情不自禁地想到有次和卢克手拉手沿着塞纳河散步，在一些旧书摊那里停住了脚步。我尽量想消除这个回忆，把注意力集中在巴里身上，我看见他也朝脚手架望去。

等我们来到七十九号大街，他可以从这里往左拐回到公园大街的办公室去，我们在此停住了。"我有了个主意，"他说道，"你看我们再去度个蜜月如何？我不是老想在四月份去巴黎住在乔治五世饭店吗？明天我就给旅行社打电话。你干吗不跟贝立兹签约呢？"

"我马上就去联系。"我说道。

35

德尔菲娜·亚当斯对待安娜贝尔就像她的亲骨肉一样。她为她梳理鬈发，擦眼泪，喂她吃芦笋，因为芦笋含有维生素和纤维素的双重营养。德尔菲娜会清空垃圾邮件，把餐桌布置成白宫第一夫人的那种水准，而且，从来不让人丁减少的马克斯一家短缺苹果汁、费格·牛顿牌的糕点或者花生酱，可打扫却不是她的强项，我们也不指望她干这个。她是神奇的女佣，一支对地球友好的精灵部队，每周来两次，带着会跳舞的拖把和无致癌污染物质的青柠檬汁。

这幢公寓里的微生物、条痕和污渍都消失了。我倒是还在这里，惊奇地望着德尔菲娜轻手轻脚地擦我的桌子。仿佛她正在给它那把嘎吱作响的两百岁的老骨头做按摩呢，她旋转着一条闲置不用的柔软的亚麻餐巾。我深深地吸入柠檬味，那是一种为家庭妇女完成家务而研发的催情药。十分钟以后，德尔菲娜后退一步，挺直了她那能干的身躯，对自己的劳动成果露出欣赏的笑容。从擦得锃亮的桃花心木里，我看得到她那有着一对高颧骨的圆脸，她的眼睛犹如红糖那么温暖。

德尔菲娜打开橱柜上的双开门。"噢，天啊，"她大声说道，"太太准会把这个搞得一团糟的。"

外头整洁，里边混乱，我来到一个悬挂在一大堆未付账单和许多信封下面的创意书架前。黑色圆珠笔、废弃的口袋日历、一本期满的护照、朋友寄来的圣诞贺卡、跟邮票一起挤在文件夹里卷了边的名片、一把长钢卷尺，还有，更蹊跷的是，一根有许多绒毛的紫色羽毛。

德尔菲娜吹了一声口哨。"好吧，巴里医生说过要清空这张书桌。"她望着床头柜上那只钟。十点一刻了。"不会花太长时间的。"她说道，自己给自己打气。她把一本从图书馆借来的逾期的书摆到一边，开始清理那些显然是垃圾的东西。

我正在回想我那张很长很长的单子，上面列着我长长的任务清单——学跳探戈、烤发酵面包、与"仁爱之家"一起造房子、计划一次去克罗地亚海滨的旅行、参加钢管舞课程——这时候，忽然发现了一只用蜡仔细封过口的淡紫色信封，这位寄信人就跟十九世纪的欧洲贵族似的。德尔菲娜那只精心修剪过指甲的纤手，迅速有效地摸到了信封，把它扔到了那个垃圾堆里，它正面朝上。

致我亲爱的安娜贝尔，那个信封上是我那圆嘟嘟的字体。我这笔字大体以 p 和 b 为基础，一位笔相学家曾给我的自尊心水平打了个极低的分数，不过，我很看重这份文档。每个字母都写得很精准，而且，我还希望这些字能洋溢着我的个性。

德尔菲娜恍然大悟。"天啊，这是什么？"她问道，眉头一皱。她举起那个又厚又方的信封凑到灯光下，好像一只七十五瓦的灯泡就能揭露其中的秘密似的。厚厚的纸张并不能开口讲话。

德尔菲娜一动不动地站着，流下一滴汗水，然后环顾房间，确定只有她一个人。她从口袋里掏出手机并呼叫纳尔西莎。"你方便说话吗？"她低声问。

"当然可以。"纳尔西莎说。德尔菲娜和我都从背景上听到了食物频道的声音，我，作为雷切尔·雷·瑟克斯社区的创办人，不得不被逼着去听一个大嘴巴唠唠叨叨说出十五种食品原料来，以松露慕丝酱作为结尾，那是她饿极了的弟子做三十分钟汉堡包时所需要的材料。我希望每一个相信生活是公平的人，当他们考虑到我正处于延续期，而雷切尔统治了整个世界，都能彻底放弃那种幻想。电视里在说"好吃噢"的时候，纳尔西莎啪地关掉了电视。

"这儿有封信，藏着不让太太您看到。"

"哎呀呀！"德尔菲娜说道，"想象一下吧，在过了那么久以后。"

"我该怎么办才好？"德尔菲娜接着又轻声说。

"把它给寄掉？"

"这是你刚刚交到某人手里的那种信。"

"把它打开吧，大嫂！大声念一下。"

"我不能那么做——那么做是不对的。"德尔菲娜依宗教信仰原则生活。每次她央求我去买对奖券，她都会定期提醒我这一点。有一次，我还抽到在布鲁克林的加勒比饭店免费用餐的奖券。

"这封信是写给谁的？给巴里医生的？一位神秘男友吗？"

是不是大家都认为我有个神秘男友？

"不，是给安娜贝尔的。"

"可是那个小娃娃，她还不认字呢。必须由你来给她念。"埃拉不但会念字母，还会念整本书，纳尔西莎从来不会忘记提上这么一句的。"那么，从技术上说——"

就跟我们这个住宅区里的大多数西印度群岛来的女管家一样，多亏了她的说服力，纳尔西莎得到的收入不但比每个曼哈顿的编辑助理都要高，还比我们最近在纽约酒吧里喝酒时咒骂过的律师要高出百分之二十。不过，德尔菲娜不肯相信。"我觉得不该由我来打开这封信。"她说道。上帝会惩罚我的，我听见她心里在念叨。

"那么，你准备拿这信怎么办？"

德尔菲娜又瞟了一眼桌子上的钟，快十一点了，于是她拿出了第二套方案。"我会让你知道的。"她说着挂断了手机。她把那个信封放到她床头柜上的《圣经》旁边。这会儿既然摩西宝宝安全地待在了香蒲草里，她就转过身去整理桌上的其他杂物了。谁知道她还发现了其他什么东西没有？也许是一张中奖的乐透彩票？每隔几分钟，她都会去翻阅一下《圣经》。

我盯着那个信封，一下子都记起来了。

我很自豪地说，在我的一生中，有几次我对机会有种感觉。这就是一次机会。首先，由于我不想在我的苹果笔记本电脑里写这封信，并只是简单地点击打印，我就去了一家文具店。当女售货员告诉我有种颜色很特别的纸叫做宇宙紫，我马上觉得我命中注定会碰上这种纸，就预订了一白张带着白色漩涡状起首字母的这种纸。我就坐在这张书桌旁，打开一个海军蓝盒子的盖儿，抽出一张纸，慢慢地把我不断反复练习了一个礼拜的这段文字又抄了一遍。我的英语成绩只得了B，可我觉得我证明了自己的观点。

亲爱的安娜贝尔，我开始写道。当你读到这封信的时候，我希望有些事你一定要理解……

德尔菲娜设法把日子过得跟平时一样。她和安娜贝尔先去自然史博物馆看了蝴蝶，然后做了五颜六色的意大利车轮面当晚饭。给安娜贝尔洗澡的时候，她为她念了《玛德琳》，然后给她盖上被子使她入睡。八点一刻，德尔菲娜回到厨房旁边她自己的卧室里，在我和卢克一起工作开始环游世界后，她就搬了进来。我们一道把墙刷成德尔菲娜审慎选择的烟梅色。

"油漆工是不是掉进葡萄果冻里了？"看到这面墙，基蒂就问了这么一句。可是，我倒是一直很欣赏德尔菲娜在选这种漆和其他事上表现出的坚定。当安娜贝尔把头探进这个隐蔽之地，这间屋子里挂着白色细纱窗帘，宛如新娘飘逸的婚纱，她觉得自己走进了一个魔法之地。

几个钟头以后，巴里带着她走进了家门。德尔菲娜依然醒着，在看"一生"台，虽说通常情况下，她这时候应该睡着了。她听见巴里让斯蒂法妮自己挂外套，他却径直朝安娜贝尔的房间走去，他把她的金发撩到一边，在她那圆嘟嘟、润泽的脸蛋上印下一个无声的吻。

"晚安，小天使！"他轻声说。安娜贝尔睁开一只眼睛说，"爸爸，你的胡子好扎人。"随后又转过身去，重新做她的好梦了。

厨房里，斯蒂法妮从冰箱里取出一瓶水来。另一个女人待在我家里非常自在。她知道哪里能找到咖啡豆，哪里能找到我最喜欢的牛奶咖啡碗，还知道哪里能找到我那些顶厚顶新的浴巾，还有那瓶我一直藏着舍不得用的德国世家牌柠檬香体油，因为它三点四液量盎司就值三十美元。我恨不得把那瓶水浇到斯蒂法妮那头在美发沙龙里吹干的蓬松头发上去，让她渴得脱水，令她嘴唇枯焦，连巴里都不肯去亲它们。看看我能不能做到吧。

巴里和斯蒂法妮彼此勾着对方的腰走过来，朝卧室走去。当斯蒂法妮坐在我那边床上，拉开她那双尖头高统靴的拉链时，她看到了那封信。"嗨，大熊，"她冲浴室里的巴里喊道，"这里有封信，是给安娜贝尔的。"

斯蒂法妮拉开我床头柜的抽屉，找到一把钢砂板指甲锉，开始在她的一根长指甲凹凸不平的边缘锉起来。她那个随便的动作，连同巴里对她的答复"在那儿待一会儿别动，宝贝儿"，令我肺都快气炸了。我对他那么称呼她感到鄙夷，就像我厌恶她那么漫不经心地把我乳白色的提花床罩往旁边一拉。我的做法是把床罩仔细叠成三层，随后把它搁在角落的马海毛长凳上。我忽然对这条床罩感到依依不舍，仿佛那是我外祖母的嫁妆，而不是在一个我想不起来的网站促销时随意订购的。

斯蒂法妮点上了一支蜡烛，这时巴里走进了卧室。蜡烛散发出一股麝香味。在离床只有两步远的地方，我丈夫的目光突然落到了那个信封上，他僵住了。"这是哪儿来的?"他略带一点责备的语气，似乎那是斯蒂法妮的恶作剧。他双眉紧蹙，弄得她也眉头一拧。

"怎么啦? 看你那样子，好像它会爆炸似的。"她把那封信递给他。"给你。"

他不想碰它。"这是写给安娜贝尔的。"他说道。

"好吧，"斯蒂法妮说。她慢悠悠地吐出这个词，起身去浴室了。他这是怎么啦? 她纳闷，他怎么一下子对我那么凶? 等斯蒂法妮再出来时，只穿了一条黑色紧身小背心，那封信已经不见了，尽管巴里已经读过了。他倒在枕头上，肌肉发达的大腿伸在身体前面。斯蒂法妮走到他那边，等他挪开。他却一动不动，她就开始给他捏起肩膀来。

"这会儿不要。"他说着，推开了她的手。

"你想睡觉了吗?"真羡慕她那娇滴滴的声音。

"其实，我这会儿很清醒。"他说道，虽说坐在出租车上从剧院回家的路上，他都打起瞌睡来了。"噢，那好，"她说道，"那很好。"期待着他的拥抱。他没有抱她，即使她把舌头伸到他耳朵里去舔，他也无动于衷。"出什么事了?"

要是我碰到同样的情形，我可能会大哭的，不过，一个像斯蒂法妮那样由剃刀刀片和心计造就的女人，她就会感到气愤，这恰恰是我目前感觉到的东西。我的愤怒，是一口深不见底的井，是一种更为巨大、难以名状的情绪的回声。见巴里无法回答自己的问题，斯蒂法妮就迅速穿戴整齐。这家伙此刻情绪恶劣，她心想。或许他只是需要更多时间。我可以等。她暗想。强壮的体魄，医疗服务，还有钱。我可以学得有耐心。我丈夫的情妇离开卧室之前，她轻轻地吻了巴里一下，巴不得她的触摸能变成兔子的脚步，可以一改整个夜晚的发展方向。

　　他把她推开。"很抱歉，"他说道，"这不是因为你的关系。"

　　"需要我留下来吗？"说好呀，她心里这么希望。我就是你的回答。见他注视着前方，斯蒂法妮说："我明天再给你打电话吧。"就像她进来时一样，她信心十足地走出房间。一听见前门关上了，巴里马上吹熄了蜡烛，从床头柜的抽屉里拿出信，把那三页纸重读了一遍。读到第一页末尾的时候，他用床单的边缘轻轻擦拭着眼角，深深吸了一口气，伸手去拿电话。

　　"都几点了？"铃响第四声时，听见基蒂嘴里嘀咕着。

　　"刚过十一点。"

　　我婆婆的安眠药逐渐失去了作用，她开始意识到，是她唯一的儿子给她打电话，她开始恐慌起来了。"出什么事了？安娜贝尔没事吧？"

　　"基蒂，我们都很好。"他说道，尽管他自己也不相信。"不过我找到一封信。是莫莉写的。"

　　"那又怎么样？"基蒂问道。为什么这就能成了叫醒我的理由呢？她心里纳闷。巴里是不是看了一些旧情书就哭鼻子了呢？也许他今天晚上喝得太多了？还是他不能像表面上那么应付自如？看在上帝的份上，他要工作，还要约会，而斯蒂法妮又是那种男人会喜欢的女人。他也该继续生活啊。

　　"怎么样？你想不想听我念念这封信呢？"

"好吧，你念吧。"基蒂态度坚决地说道，就好像她完全可以克服药物对自己的影响。不过，她唯一能听到的是一阵轻微的抽鼻子的声音，听起来巴里像是在哭。她又重复一遍刚才的话，这次带着一种母爱。"念吧，宝贝儿。"

"'给我亲爱的安娜贝尔，'"他模仿我的语气念道，"'当一位母亲永远爱一个孩子，每次她女儿呼吸时，她在跟她一道呼吸，希望她孩子的每一个梦想都成真。我对你的爱永远永远都不会结束。我对你的爱就像旋转木马那样，周而复始地旋转，就像一个拥抱你的呼拉圈。'"

巴里停住了。他紧闭双眼，希望可以止住他的泪水。

"还有更多的话吗？"基蒂哑着喉咙伴着调频到"国庆前夕"的白噪音轻声说道。听见蟋蟀叫就睡着，这对我不起作用，但对她很管用。

"是，还有很多。莫莉甚至还提到了我。"

"那我呢？"基蒂这会儿终于完全清醒了。

"你啊，妈妈，根本没提到。"

"就跟平时一样。"她从来没有爱过我，她心想。"还有谁知道这封信？"

"没有人。"巴里说道，已经认定了斯蒂法妮不算在内。"绝对没有人。"我很高兴斯蒂法妮听不到这些。那么巴里认为是谁找到的信呢？

"明天早晨要做的第一件事就是，你得给那位警探打电话，把这封信给他看。"电线接通以后，基蒂说道。这封信是一张能让马克斯一家重新过上正常生活的门票。再也不会有美甲师，或者那个假装不会讲英语的干洗店的贱人斜着眼睛看我了。我走进俱乐部衣帽间时，再不会突然有人发出"嘘"声了。当然啦，人人都会造谣说莫莉是自杀，也许，我应该带着杰基·肯尼迪那种庄严提醒他们，我的儿媳是有一点——我该怎么说呢？——容易高度紧张。大家会摇摇头，为巴里感到遗憾，并且非常伤心地讨论，如何向苦命的安娜贝尔解释这出悲剧的起因才是最好的方法。对巴里应该怎么说，大家会有很多忠告。

"在我给莫莉的父母打电话之前，我不会去找希克的。"

对，迪万一家，她心想。"宝贝儿，"基蒂说道，"要让他们接受这个事实很不容易。我为你感到遗憾。"我儿子不该经历这一切。不过，我最近的倒霉日子快要到头了。她暗想，这比当初斯坦（他可能是巴里的父亲）还倒霉：他把生意都拿去赌输了，而我哥哥不得不想法把他保释出来。"最起码，我们可以结案了。"

"'结案？'你在说什么呀，妈妈？"尽管很疲倦，巴里还是抬高了声音。"我觉得这封信证明不了什么。这封信可以是莫莉在安娜贝尔出生后的任何时间写的。"

"算了吧，亲爱的，你不想接受提示吗。你是太难过了。这完全可以理解的。"

"自杀？说真的，我很怀疑这一点。"他说道，不过也许他母亲是对的。他需要依赖于这种可能性。他把这个酸奶一样的词——自杀——对自己重复了好几遍。"晚安，基蒂。这封信的事谁也别告诉，你能向我保证吗？"

"难道我会撒谎？"她反问。

难道你没有向我保证过，我一辈子都会生活得很幸福吗？他一边挂断电话，一边回想起这一点。

两分钟以后，巴里就沉入了梦乡，睡得跟平时一样死。他在正常时间苏醒了，连一个关于我们去布拉格度假我在那里迷路的梦都没有做，太阳升起时，他去公园里跑了一圈。每跑一步，他脑子里都在考虑该对我父母说些什么。一想到他想减轻对他们的打击，我心里就感到很温暖。等他回到家里，安娜贝尔正在吃早饭。

"别忘了把那些粘了泥的鞋子留在厅里面，爸爸。"她以小妻子的那种方式说道。

"别忘了给你爸爸一个紧紧的拥抱。"他一边大声回答她，一边把《时代》和《华尔街日报》带进屋里。巴里取消了订阅《邮报》，因为除了德尔菲娜，只有我一个人读这份报纸，德尔菲娜很想念这份报纸。

如果不看看《邮报》第六页，扫一眼我的每日星座运势，我是无法开始新的一天的。他猛一下抱紧安娜贝尔，她在座位里扭动身子亲吻她爸爸的面颊。

"伊克，你闻上去有汗味。"她说道。

"要喝咖啡吗，医生？"德尔菲娜问道。

"早上好，德尔菲娜。"巴里说道。

要是他能站在橱柜旁边，正眼瞧一下德尔菲娜，他就会看到她正咬着嘴唇在转动她的戒指。她没勇气去问那封信的事。

"谢谢你，现在还不要咖啡。"他补充说，把报纸搁在厨房桌子上，穿着长袜轻轻走进卧室。他冲了一个滚烫的热水澡，在拿起电话听筒前，穿上一件衬衫和一条长裤。我很高兴是我父亲接的电话。

"丹。"巴里说道，他那由衷的努力失败了。

我父亲善于察言观色，就像吉普赛人能看手掌纹一样。"你们在纽约一切都好吗？"

"安娜贝尔她很好，"他说道，竭力想要支持这个论点。"她像野草那么疯长，开始认字母了。"

"噢，那很好。"芝加哥这会儿连七点都不到。"你这么早打电话来，有什么事吗？"

巴里在床头柜上有节奏地敲打着他的手指。"丹，我无意中发现了一封信，"他说，"是莫莉写的。"

自从我死后，我父亲又胖了十二磅，主要是胖在脸上。他抚摸着他下颚上崭新的赘肉说："那又怎么样？"

"我想让你听我念念这封信。"他说道。

我是否要一个人来忍受这一切呢？我父亲心想。昨晚我母亲失眠，就看一本悬疑小说，一直从凌晨两点看到四点，这会儿她还在睡觉哩。这个女人其实道德高尚，不过当他叫醒她的时候，她像一只杰克·罗素狗那样咬了他，而且，直到喝了第二口爪哇咖啡，她才清醒。

"丹，你在那里吗?"巴里问道。

"十分钟以后，我再打电话给你，巴里。克莱尔也应该听一听。"

十分钟，十小时，对巴里来说都一样。三十五分钟后，电话铃响了。"亲爱的巴里，"我母亲说，"早上好，给我们念念你找到的那封信吧。"

直到他念到关于她的那个段落时，她才彻底崩溃了。

谁也没有教过你怎样当母亲，安娜贝尔。我很幸运，因为有你外婆克莱尔，她是全世界最好的妈妈，她甚至都没有意识到，每天她都在向我展示如何为人母，因为终有一天我自己也要为人母。她具有特殊的力量。当我还是个小孩的时候，她只要看我一眼，就知道我是否发寒热，是否要吃全麦饼干，或者有没有打过露西。

我父母正肩并肩地坐着，每个人的耳朵上都贴着一个电话听筒，一边紧握对方的手，一边聆听我在信上赞美我父亲那如假包换的美德，接着又转到我所认为的那种生活智慧上去。

1. 别嫁给一个认为你很唠叨的男人。如果一个男人无法做到一天至少让你笑两回，如果一个男人当着你的面放屁也不觉得羞惭，千万别嫁给他。

2. 千万别穿那种高帮鞋，除非将来你的腿能长得比我长很多。

3. 学会烤鸡。

4. 尽管中文以后会更实用，也应该把法语当作你的第二种语言。你以后在巴黎就会像待在自己家里一样，我希望你可以去巴黎短期留学。一旦你真的去了，你一定要预订安吉利娜饭店的热巧克力。

5. 把你的照片印出来，都放到一本照相簿里。写上标签和日期!

6. 别把时间浪费在查看你的收支平衡出入表上。

7. 当你心情恶劣时，假装情绪很好。

8. 永远不要问一个两岁大的孩子他可以回答"不!"的问题。

9. 每年至少交一个新朋友。

234

10. 别根据别人在哪儿上的大学来判断他们。

11. 当你吃不准墙壁刷什么颜色好时，就刷成香草冰淇淋那种颜色。

12. 牢记巨无霸含有二十四克脂肪。

13. 把你的香水保存到冰箱里。

还有诸如此类的……这张单子包含了日常生活的方方面面。

最重要的一点，安妮贝尔：要自强不息。上帝给了每个人一袋特殊的礼物，不过，幸福与否，伤心与否，取决于你有没有把时间浪费在嫉妒啦这类琐事上。千万别这样。当好运气在向你招手时，学会去抓住它，希望好运气能引起你的注意。有时候，宇宙会设法发一个信息给你。不管生活带给你什么，天使宝贝儿，你要尽快振作起来。心情要开朗。自我怜悯是浪费时间，即便没有自我怜悯，生命本来就已经够短促了。别为自己感到难过，别指望一切都会完美无缺。努力找到一种平衡感——等你长大了就会明白那意味着什么——那样，你就能调整好你每天像蚂蚁一样行进的的失望情绪。当没有好事发生的时候，你就站起来，想一想所有的好事都在未来等着你……

不过，莫莉·迪万·马克斯自己却没有未来，我的父母再也受不了了。"住嘴吧，巴里，"我父亲说道，"我们已经听得够多了。"

"实际上，"巴里不耐烦地问道，"这信让我感到很害怕。你们是否认为莫莉……已经知道自己将不久于人世了呢？"

"这就像你心里想到谁，电话铃就响了，"我母亲说，"你坚信这种很有趣的感觉吗？"

"不完全是。我在研究这封信，显然，莫莉在这封信里透露了很多自己的想法，我正琢磨着……一些别的情况。"

萦绕高地公园和曼哈顿上空的静默，犹如裹尸布般笼罩下来。"你当真认为我们女儿可能是自杀吗？"我父亲问，简直给自己的话噎到了。他义愤填膺，就像巴里责备我不该去骚扰小孩那样。我很高兴我父母会站出来捍卫我。此刻他们让我感受到的自豪是以往没有过的。

"那太荒唐了。"我母亲说道，尽量不让自己对着女婿吼，她很清楚女婿此刻正心烦意乱呢。她甚至根本就没想到自杀。"你跟我们的女儿一起生活，她很阳光，有一颗金子般的心。你是不是有话要告诉我们？"

没有。

是不是你让我们的女儿生活得很悲惨？他们俩都这么想，巴里心有灵犀，这一信息仿佛沿着电话线传到他那里。

"你给露西打过电话吗？"我母亲问道。

"也许你们想亲自告诉她？"巴里问道，希望他们会表示异议。

"我们会打电话提醒她的，不过，你才是手里有信的那个人呀，"我父亲指出，"她应该听一听。"

尽管她会嘲笑我的每日箴言。

巴里跟他们道别挂断了电话，把那封信放在运动夹克左边的内袋里。这封信栩栩如生，随着他的心跳想引起他的注意，而我却已经死去了。五分钟以后，他坐进一辆出租车，心里在矛盾先给谁打电话好，是露西呢，还是希克，恰恰这时候，他手机响了。

"我们得先弄明白一件事——我妹妹是绝对不会自杀的。"露西说道，把平时的讲话语气换成准备生吞另一家公司的法人总裁那种低沉冷静的口吻。"我真不明白你怎么会那样想，简直是笨蛋逻辑。她绝不会自杀。简直是一派胡言。"

请让巴里了解这一点，露西，我看着她驾车去上班，一边对着免提电话的麦克风讲话。

"谁说她是自杀的？"巴里问道。

"不管你找到了什么，我都得看看。马上看。"莫莉真是个多愁善感的呆子，露西暗想。这很有可能是一位母亲在孩子诞生时写的一封情深意切的信，准备等将来孩子高中毕业时再拿出来看。她大概是从妇女杂志获得的灵感。

露西差不多说对了。这封信是我在安娜贝尔近三岁时写的，打算在她犹太成年立誓仪式上，或者等她月经初潮时给她，这取决于哪个成人仪式先来临。

"要知道，露西，这封信看上去不像那种可以传真的东西。"她这么做是不是为了证明这封信不是他伪造的？他尽量想改掉挖苦人的语气，不过他知道，他跟她大姨子无论哪一次谈话，挖苦都是一种最佳语调。"不过，先让我念念这一段吧。'我常常盼望有一天你能有个弟弟，可是，我准备和你分享一个秘密：在你出生以前，我恳求上帝赐给我一个小姑娘，如果再求一次上帝，我也会提出同样的要求，因为我有一个姐姐，世界上没有哪件事能比这更美妙了。'"

"巴里！"露西边惊叫边刹车避开一辆迎面而来的汽车。"别念了！我险些出车祸了。那是我父母最求之不得的，两个女儿都死掉。"

"我会把这封信的复印件连夜快递给你和你父母——明天你就收到了。"他说道，近乎于发善心的样子。"我还得通知希克，你同意吗？"他才不管她会怎么想呢，因为他已经打定了主意。

露西喜欢被人征求意见。"你应该这么做。"她说道。泪水滴到她夹克衫的前襟上。她真希望她的眼睛也有挡风玻璃刷。"那么，我想，等信到达以后，我们再聊好吗？"

"我们得聊聊。"巴里说道。他的出租车开过一家卖大朵蓝绣球花的店。每年春季开始卖这种花的时候，我都会在家中摆满它。这是一个信号，他告诉自己。继续吧。去问。他脑海中闪过露西去学校抢安娜贝尔那件事，想起这个，他依然会怒火中烧，尽管我姐姐亲笔写信，向他表示歉意。巴里觉得自己可能丧失了一切理智，他母亲知道了准要让他去看精神病医生。"露西？"他问道，"我想请你帮个忙……"

"她用一句恶毒的俏皮话令自己重新振作。不，我才不会自欺欺人呢，她心想。干吗我得对白瑞有礼貌？这家伙是个害人精。"

"在黄金假期以后，你能来纽约吗？是该有人来管莫莉的案子了。

我受不了自己一个人来处理。"要是请我母亲帮忙，莫莉会不高兴的。"我打算请德尔菲娜，或者布里，或者……"可是，既然你好几个月来一直软禁在家里，你有的是时间，所以我可以请你帮忙，巴里心想。

你需要我，露西暗想。不过尤其重要的是，我妹妹需要我。一个自作聪明的人的逆反心理此刻消失了。"我会去的。"

36

我望着巴里一闪身在教堂的棕色天鹅绒靠背长凳上坐下。"这一切你有什么想法？"我问鲍勃，他从未参加过赎罪日活动。他喜欢百吉面包圈、比利·克瑞斯托和桑德拉·布洛克，还会用犹太文说"恭喜"，不过关于犹太人，他也就知道这么多。

"为什么这地方没有坐满人？这些空位子是怎么回事？那些靠忏悔长大的人，无法通过一年一度像出麻疹一样暴露自己灵魂的方式蒙混过关。我们将会悬在木筏上，绕着一块岩石迂回前进，猛地撞在石头上，然后再上岸，乞求摆脱自己的罪孽。"

昨晚我为何不带鲍勃一起来？那时人们的忏悔就像平时一样自然，有十一个人试图挤进八个人的座位。几乎每个灵魂都被剥得只剩下情感的内衣，都带着不同程度的悔意和诚实。当伴随着赎罪日祈祷音乐的集体抽泣，从苍茫的拱形天花板上反射回来，大家纷纷摇头晃脑并集体发出呻吟，犹如穿戴得体的风中杨柳那样。

"你会看到——在今天快要结束时，这个地方会挤满人。"我把注意力转移到巴里身上，他正站在一圈孤独的人正中央，试图做祷告。我很想知道他为何要祷告，究竟为了什么。

"为了那些我们出于无奈，或者自愿犯下的罪孽。"斯特劳斯·谢尔曼拉比以他那来自天国的洪亮嗓音说道。众信徒仔细聆听着拯救灵

238

魂的老一套说辞。"为了那些我们在你面前由于冷酷无情犯下的罪孽……由于一时疏忽……由于口快无心……由于不道德……公开或秘密地……由于知识和谎言……为了这一切,善于原谅的上帝,原谅我们吧,宽恕我们吧,弥补我们的罪过吧。"就在 S.S. 拉比说完这些话的时候,那个无形却人丁兴旺的唱诗班又开始重复他的话,就好像有人错过了他话里的重点。

原谅我,巴里祷告着。宽恕我。仿佛我的路易爷爷和每一个男性祖先正站在他面前。他裹在一条有蓝色条纹的犹太男用晨祷丝巾里,决心让今天的主角——上帝听见他的话。

昨天,在基蒂那里吃过晚饭以后,巴里开始了禁食。对他来说这一切都是新的。他的胃已经在说了,喂我吧,因为他几周之前事先并没放弃咖啡因饮料——我的秘密武器——他的头开始隐隐作疼。我不明白为何我们的祖先会认为这种特殊的肉体考验能令一个人处于祷告的情绪中。也许在延续期,会有人告诉我那是什么原因。

我从来不认为巴里或我是虔诚的。尽管如此,他最近去当一个宗教集会的理事,偶尔,我们会去参加一次仪式。大多数的星期五晚上,我们会去看一场电影,离一个香甜的辫子面包数英里之遥。尽管我去世了,然而,巴里——跟其他哀悼者一起——在安息日那天在教堂担任了迎宾招待员的角色,并向安娜贝尔的学校捐助了一笔数额可观的钱款。其结果就是,在这幢建筑的五楼,如今有了一间展品丰富的莫莉·迪万·马克斯艺术室,房屋中央是一个养了好几百条摩利鱼的水族箱,这些鱼是酒吧逢到欢乐时光时鸡尾酒的色调:金灰、奶油灰以及其他荧光色,还有莫莉偶尔会穿的运动装那种荧彩绿和橘红色。

"想不想去看那条大摩利?"我问鲍勃,急着想从外表显然很难受的巴里那里逃开——还想摆脱我自己的难堪。"她是一条迷幻珍珠鱼。"我时常会全神贯注地望着她,乐于相信我的一部分灵魂也萦绕在这条丰满的母鱼和她上百条鱼宝宝的身上了。

"过会儿吧。"鲍勃一边坐进来，一边说道。

"为了我们在你面前犯下虚伪的自我否定罪和撒谎罪。"那位拉比接着说。

鲍勃瞟了我一眼，像是在说：严肃些。也许他要忏悔一些事——我无法钻进他脑子里，他也极少谈论自己——不过，我最好去这么猜想，那就是他觉得我只要自己去忏悔就可以了。到处都有大量罪过、邪恶和违反道德的事，我需要对自己的行为做出说明。

S. S. 拉比已经讲到了嘲弄的罪行。我仔细想了想。不。嘲弄，可不是我干的事。

"为了我们在你面前由于目中无人的行为而犯下的罪行。"讲到这个，我的思绪条件反射似的想到了基蒂。那个女人在哪儿？难道她觉得自己就不需要赎罪吗？还有那个同样也缺席的斯蒂法妮怎么没来？既然她儿子也在这所教堂的附属幼儿园上学，她肯定也是这所犹太教堂的会员。她是否真地认为她可以毫无罪过地过掉这一年？得了吧。让我来为她一桩一桩计算一下。不过念及她们俩，我也要给自己算下账，尤其是 S. S. 拉比这会儿已经转移了话题，开始谈莫莉的事了。

我自身的罪孽各种各样，犹如一块海绵上的细菌。我那罪孽的精华蜷缩在巴里体内，因此我们俩可以作为一个小组，一起向上帝恳求，就像我们以前曾做的那样。他正在起劲地祷告，绷紧了脸，这种表情我曾在他做俯卧撑的时候看见过，努力想让那位大人物听见他的默祷。我把事情搞砸了，他暗暗说道。莫莉已经去了，这都得怪我。要怪我，得怪我，得怪我……

"为了我们在你面前由于一颗误入歧途的心而犯下的罪过。"

一颗误入歧途的心？嗨，上帝，就是这个了。这个项目是否永远都在你的服务之中？抑或是你暗中为我准备的？我仍等待在延续期与你相见，可是我不会放弃。你断定我的心已经并正在误入歧途。这颗心错乱了，陷入低落状态。我是否感到后悔呢？洋基体育场卖不卖花生？或许我不该嫁给巴里，或者应该早些跳出苦海，在婚礼之后，甚至在更早的时候。可是这样一来，也就不会有如今的安娜贝尔了。正是因为安娜贝尔的存在，我才开始觉得，巴里和我可以学会今后如何幸福地生活，那是你的五年规划。好吧，上帝，或许我们朝着一个错误的方向来了一个起跑式的出发，不过多亏了斯塔福德医生，我们得以扭转乾坤。有些人二十岁时就已经成熟了，其余的人走运的话要到四十岁才成熟。可不是啊，上帝，总而言之，我的心误入歧途。

我是不是该离卢克远远的？这不是我最好的时机。可是上帝啊，你比谁都更清楚，我从来不是故意要去伤害巴里。最起码，我们俩都要承认这一点，他不是个最好的丈夫，我的观点是不是太残酷了？我知道你明白我对卢克的感情是真诚的。我对他的激情是你让我体会过的最光辉灿烂的感情，仅次于我对我孩子和我父母的爱。那就好比是情感世界中最罕见的一道彩虹：大写的爱情。那个是不是就很坏呢？

上帝啊，让我们好好谈谈吧。当你安排我们相遇，我该怎样做才好？卢克把我拉到了他身边。我并没有去勾引他，因为他是另一个人。你为何要这么安排呢？我并没有责怪任何人，只能怪我自己不好。你知道，如果有个男人能像卢克那样听我倾诉心曲，我是无法抗拒的，他能熟练地操纵我的肉体，就好像在操作一台三号游戏机，碰巧他的外表、气味和微笑又是那个样子，噢，卢克啊。你安排他降落红尘，安排他让我堕入情网，莫非就是为了嘲笑我吗？

啊，可是用来冥想的时间已经结束了。S.S. 拉比又开始布道了。

"在犹太新年时，它会被记录下来；在赎罪日，它又会被留下印迹……有多少人离开人世，又有多少人诞生。谁会在那个命中注定的时刻沾着？谁又会在那时死去？谁又会走在时代的前列？"

我的心愈加迷茫了——充满了许多疑问，我需要在接下来的永恒之中一一解决。排在首位的就是我，莫莉·迪万，为何会在十二个月之前站在这所礼拜堂里，和我周遭的那些女人一样热烈祷告，能在下一年的生命之书里留下我的名字，却未被选中。我就跟这个礼拜堂里任何违犯戒律的人一样罪大恶极。我是个容易激动的重罪者。然而，我无法相信你会那么单纯地认为根据罪有应得的原理，正是因为我的失贞，才令我流落到延续期，尤其是巴里和卢克却依然可以在尘世逗留。你不可能有一种双重标准：认为欺骗对女人比男人更糟。

"这些人会用水……火……剑……兽……饥馁……口渴……风暴……瘟疫……扼杀……投石去处置他们。谁将安息？谁将游荡？谁将和谐共处？谁将处于忧患？谁将享受安宁？谁将忍受苦难？谁将窘迫贫困？谁将富裕昌隆？谁将受到贬低？谁将得到推崇？"

那个挂着一根乌木手杖的留胡子的文雅绅士，总是坐在我们前面——他看上去就像祭坛上的百合花那么雅致。明年他是否还会来这里？抑或是去六英尺之下？那位来自安娜贝尔幼儿园熊腰虎背的妈妈——她死于吃哈根达斯冰淇淋，或者参加健美俱乐部，或者靠珍妮·克雷格家庭减肥法交上了好运，又有多大的差别？基蒂能不能进入决选呢？我母亲呢？被生命之书赦免是否真地取决于她那本生命账簿里记录了多少功劳和过失？并取决于她的赎罪是否真诚？或者你有没有在变幻莫测的人生中得到千载难逢的好机遇？

巴里正在计算以前的过失。从他的祷告中我知道得很清楚。与过去相比，他更为将来担忧。

"你觉得他真的感到懊悔了吗？"

"我看是这样。"鲍勃说道。我很愿意相信他。我努力去相信。鲍勃不是个犬儒主义者。我却是。

"他希望每件事都能有所不同，"鲍勃说道，"仔细听他说。"

午后的亮光漫射进礼拜堂的彩色玻璃窗，信徒们默默献上祷告的时候，镀金的大片阳光照亮了他们的脸。我又去搜寻巴里的声音，等他为斯蒂法妮许愿，可他满脑子尽是安娜贝尔、他母亲以及"可怜可爱的莫莉"。那真是个令人同情的祈求，当他开始啰里啰嗦地为自己祷告时，我松了口气。他以自身的故事来渲染这种祈祷。上帝啊，还记得有一次因为一个兔唇患儿的父母负担不起，我就免去了外科手术费？你没发现对安娜贝尔来说我是个多好的父亲吗？请注意我给出的全部慈善家捐款：都有成千上万的美元了。请回忆一下我主动给德尔菲娜加了薪水，还有我是怎样宽恕露西的。别忘了我还是个孝子。最最孝顺的。我每天都给我母亲打电话。

"在风的吹拂中，在冬天的严寒里，我们想起他们。"那位拉比说道。

他们当真会想起我吗？他们能否听见我那嘻嘻哈哈的笑声并回想起我的眼睛？知不知道我哪一边的眉毛比另一边的高？是否还记得我做的巧克力曲奇饼的味道？他们听克里斯·博蒂或者克里斯·罗克的时候，是否会想起莫莉觉得这些小伙子很摇滚呢？

我已经听够了。所有这些回忆会让一个姑娘心情沮丧，在一天快要结束的时候，并没人答应给你一份涂了酸奶油、裹着农家奶酪和蓝莓糖浆的薄卷饼来酬劳你，尤其是，最至关重要的是，要为了又一年的血汗、欢笑的泪水，以及又一年光辉灿烂的生命来跟上帝讨价还价。"在天空的蔚蓝中，在夏日的温暖中，我们回想起他们。"鲍勃和我正要离开时，S.S. 拉比吟诵道。在我离开之前，我又朝身后瞟了一眼。

巴里已经在这里待了一整天，祈祷者从各个角落里冒了出来，可是，真该死，他仍然是一副内疚的样子。

37

露西把我最喜欢的三件衣服摊在床上。"我妹妹是不是觉得自己就是个首席芭蕾舞娘？"她大声对自己说。"为什么竟然有人会需要三条蕾丝裙子？"

如果只问我的话，答案是显而易见的。有条裙子是那种镶薄纱花边的，无论我何时想效仿奥黛丽·赫本，上身穿件衣领平坦的船领小背心来配这条裙子，就会显得相当迷人。另一条花边裙长及我的脚踝，是那种冰镇卡布奇诺咖啡的颜色，与一件露西已经找到的薄纱胸衣搭配，让我感觉很高，就像一个意大利女贵族。第三条是一条金色的及膝蓬袖裙。我只穿过一次，有一次我去参加奥斯卡学院奖的颁奖晚会，作为一名奥斯卡晚会上的混搭穿衣者，我赢得了最佳造型奖。

　　我不指望露西会欣赏我这些服饰。对露西来说，衣服只是一种必需品，仅此而已。

　　我望着露西，不单单是因为我想念我那位爱批判、脾气火暴的姐姐，不过我得承认，我还想念我那些衣服——买下衣服，抚摸衣服，假装我穿上它们就变成了另一个人。我想念我的衣服、陌生人的衣服、甚至那些刊登在杂志上被我讽刺挖苦过、剪裁很有问题的衣服。说不定我归根结底就是个挑剔者。

　　每过几个钟头，露西都会给我妈妈打电话。"我该拿莫莉穿着去参加安娜贝尔命名仪式的那套行头怎么办？"要是换成别的哺乳妈妈，可能选择穿一件线条流畅的束腰外衣和一条有活动腰扣的紧身短衬裤，来配合妊娠反应，我则穿上雪白的仿羔皮呢套装和大衣，来为孕期增色。

　　"我会喜欢的，"我母亲说道，"你把它运过来吧。"她会把这套行头就挂在我的婚纱旁边，并希望它依旧散发出我身上的香水味儿。这一点让我踌躇，假如我身上的芬香，比方说，是伊夫·圣罗兰的巴黎香水，而不是卡尔文·克莱因的永恒香水，是否我的命运就会不同？

　　"那件高中毕业时你给她的，皮毛剪开的海狸皮大衣呢？都掉毛了。"

　　"也许，某家慈善团体会要。"

　　"她那件拉拉队制服呢？"

　　"运回家吧。"

　　不送给史密森博物馆啊，我要崩溃了。

"一大堆黑裤子呢?"露西问,心里纳闷干吗需要十条裤子。这些裤子我都穿,不管是廉价的、昂贵的、轧别丁的、丝绸的、羊毛的、低腰的、立体裁剪的、灯芯绒的,尤其是卡尔·拉格菲尔德为 H&M 设计的那一款,价值五十九美元的纯粹的喜悦。

"说真格的,"我母亲说道,有点开始使小性子了,"用你自己的判断。"等她意识到以后就插嘴说。

这是赎罪日的第二天。露西已经把成堆的手袋和毛衣都送给了德尔菲娜。今天,她背了一个花哨的品牌挎包来上班——寇驰!寇驰!寇驰!她没有背平时那个可靠的尼龙大手提包。我希望她能看看包里面的那个暗袋,她会在那里找到一张二十美元的钞票。

对露西来说,这是一种需要注意力和持久力的三项全能运动。她不希望安娜贝尔看到她母亲的世俗财产将来在庭院拍卖时展览,所以,她把工作时间限制在我女儿离开的时候。我姐姐甚至都没正眼瞧过巴里。她在麦迪逊的一家小旅馆里登记入住,昨晚,她一边看美国职业棒球比赛,一边喝麒麟啤酒,并用一块鳗鱼手卷解酒。今天早上,她快步疾走,冲过中央公园的人群,及时在安娜贝尔上学前赶到了那里。

不过眼下,即使安娜贝尔会有好几个钟头不在家里,露西依旧来到外面,把露营用具从一只手换到另一只手上。她急速奔下台阶的时候,地铁进站了。好兆头。每当公共交通的神灵向我微笑,我琢磨这一事件具有深邃的天文意义。遗憾的是,我也看出一层颠倒过来的因果关系,例如,选了一个不用除臭剂的家伙旁边的位置,或者坐在那个尖叫着"妈的!"少女身边,因为我的腿擦着了她的腿。

露西在哥伦布广场站下了地铁。布里推荐了市里所有吃午饭的地点——小猫头鹰、巴斯蒂斯、旋转木马——可露西否决了每一家:太远了,太法国风了,太假模假式了。她不觉得四十美元一道的大菜有什么了不起,一份有着详细说明、像动物标本似的呆呆站着的牛排,上面淋着鸡尾酒调味汁或雪白的松露。露西最近喜爱的食物就是冰冻酸奶。当然喽，实际原因是出于，傲慢与偏见。露西想跟布里处于一种平等关系，不想看她跟餐厅领班抛飞吻，或者抽出一张美国证券交易所的黑卡，坚持由她来请客。与其让布里来付钱，她宁可吃癞蛤蟆。

布里和露西最后达成一致，在一个俯瞰公园的购物中心的一家小餐馆里碰头。露西早到了，就在那儿等。等了又等。她就站在餐馆门口。布巷面包房照规矩是先到者先招待，不是一个她可以优雅地坐下来要一杯饮料的地方。我希望自己可以告诉她，其实她不妨先在下面一层楼的博德斯书店，看上一两章的书：是要花上一点时间的。

可以预言，布里会迟到二十分钟。等到她在自动扶梯上挥手致意的时候，我姐姐扮了一个鬼脸。

"抱歉我来迟了，"布里轻快地笑着说道。"叫不到出租车。"骗子。其实八分钟之前，在离开她那位于麦迪逊和六十一号大街的办公室后，她迅速地找到了一辆车。我曾经仔细研究过布里的作息时间，可是露西认为，缓慢这种罪行简直与冒犯你邻舍的公牛没多大分别。布里踌躇着要不要在露西脸上亲一下。好时机错过了。"很高兴见到你!"布里说道，咧开嘴巴，粲然一笑。

"我也是。"她们朝一张公共长餐桌走去的时候，露西回答。她们跳到一张高椅上，面对面坐下来。布里和露西差不多一般高，尽管布里犹如一个细长型香槟酒杯，露西则如同一杯加了冰的烈性威士忌。除了我的葬礼和七日服丧期外，我不记得她们曾单独待在一起过。要是没有我的介绍，她们是不会坐在一起吃一顿饭的。

露西打算直接切入正题。"我觉得你会喜欢这些东西的。"她说着，轻轻地把那个包放到布里身边。

布里不安地瞟了一眼那个露营包，似乎里面会装着我的脑袋。

"来吧，布里，"露西说。"往里面看。"

布里打开那个包，小心翼翼地展开那条金色的裙子；一套猕猴桃绿的真丝睡衣；一件手工编织的灰色毛衣，像夏洛的网那么精致；还有一件猩红短上衣，上面精致地绣着银花和蝴蝶。我得为露西说一句话：我们俩的品位如同橄榄和冰淇淋那么不协调，不过在挑选这些宝贝上面，她真的很在行。

布里强忍着不让泪水淌下来。她默默无言地把每一件衣服都叠好，回想着我穿每一件衣服的样子以及我有多喜欢这些别致的东西，她心里纳闷，她是否应该把手放到露西的胳膊上呢？要站起来，走到对面，去拥抱她吗？我姐姐活在一个多愁善感的禁飞区，布里明白最好别去入侵。所以她只是说："露西，谢谢你。我很感动——无法用言语来形容——并对所有这些纪念莫莉的方法感激不尽。"如此一本正经的陈述，无法缓解空气中像湿气一样愈加浓重的紧张感。

"别客气。"露西说。

"你肯定这些衣服你一件都不要吗？"

"要是我穿上一条连屁股都遮不住的金色裙子，你还能对我坦诚以待吗？"露西问。难道布里根本就不了解我？她心里纳闷。"我肯定莫莉愿意把这些衣服都给你。其实，要是你还想要别的，请跟我说。"

确实有。布里真想让露西来谈谈——关于巴里，还有安娜贝尔，尤其想让她谈谈到底是什么原因，使我这会儿无法坐在这张餐桌边，确保她们俩最后不会闹到将对方手臂扭到背后去的地步。不过，布里跟露西之间没什么联系。正当她考虑接下来该说什么时，露西又换了一个新话题。"这里什么东西好吃啊？"她一边扫视菜单一边问。"我想吃加了烤奶酪的土豆汤。"

"绝对别吃这玩意儿。"布里说道，尽管她叫这个名字，却不是会狼吞虎咽厚白面包片中流出的一英寸奶酪的那种人。"我总是点菊苣和水田芥色拉。"

这就是你为什么没屁股，露西意识到。妈的，我要跟这个女人谈什么？露西不但忘记了那个最显而易见的话题——我是怎么死的，女士们——还忘了布里的机敏好心，以及我从拥有一个朋友当中获得了我曾有过的坚定果敢态度的两倍。就仿佛我曾经可以独自一人滑翔。

"安娜贝尔看见你是什么反应?"布里问道。让露西清理我的衣橱是一回事,可是要让巴里真的允许露西单独跟安娜贝尔在一起,那就是另一回事了,难道他考虑到那几乎就是绑架吗?

"我跟她时间待得不够长,没法讲。"露西说道。"昨天下午,我们一起外出了一小会儿"——有德尔菲娜监督着,她坐在汽车的前排座位上押车——"不过后来,我就要离开了。"为了避开巴里。

"再下一个礼拜六,我会带她去美国现代艺术博物馆。"布里说道。

这恰恰是她这个年纪的小孩子需要做的事,露西心想。她会只看一眼凡·高的画就做几个星期噩梦的。这段聊天已经聊够了,她断定。"那么,你从那位警探那里听到了些什么?有什么新闻吗?"这一两天来,希克一直没有回她的电话。

"他正在验证那个自杀的推测,"布里说道,"考虑到那封信……"

"那封信?简直是瞎扯。"露西说道。"我不知道我妹妹是在几时写下那些多愁善感的话语的,不过,我敢肯定,这不是为了宣布她要结束自己的生命。"

"这一点你有办法证明吗?"在露西看来过于伤感的东西,布里觉得很美好。这会儿,她又当了一次慈爱的代理妈妈,为了睡在她床脚下的那条蹦蹦跳跳的小狗。每一天,她从不知道她拥有的母性肌肉都开始抽动。

"我当然证明不了。"露西说道。她脸上的表情也许是蔑视的——或者自卫的。"那只是一种直觉。"

"噢,不管结果怎么样,我同意。"

"当真?"布里的股票都套牢在露西的纳斯达克指数上了。她满意极了。"而且,你什么时候和那位精明的警探讲话?"事到如今,这家伙也该破案了。其他案子怎能侵占他宝贵的时间呢?

"昨晚。"食物上来的时候,布里说道。

"当真?"她险些就要产生敌对情绪了,希克对一位纯粹的朋友做出的反应,比对他的情欲对象迅速。"那位纽约警察都说了些什么?"

没有什么话是布里想重复的。她吃了一小口水田芥,把刀叉举得高高的,似乎她是维也纳某个叫冯某某的贵族抚养长大的,而不是在波特兰之外的什么地方,生来就享有阳光和药草,是由肌肉发达、穿勃肯软木底拖鞋的制陶工抚养大的。布里的桌上礼仪惹恼了露西。"我觉得你有事瞒着我。"露西说,用她通常会对她学生使用的语气。杰克逊,立马从那个角落里出来——点心时间到了!艾米莉!看着我,现在。

布里脸一歪,试图保持镇定,可还是忍不住咧嘴微微一笑。"露西,"过了一会儿,她轻轻说,"昨晚发生了最不可思议的事。希克和我上床了。"

露西并不缺朋友:一起当老师的同事、一起跑步的密友、大学同学、三六九等的邻居、狗狗、猫猫、仓鼠、她当志愿者时在健康中心遇到的老年人、朋友刚学会走路的孩子。不过,她没有布里那样的朋友,她每小时收费几乎达到一千美元,与南美一位说着口齿不清的卡斯蒂利式西班牙语的女继承人关系亲密。

"伊莎贝拉怎么样?"她不假思索脱口而出。一个情人还不够吗?

"你是说伊莎多拉?"布里说。"我们散伙了。我们彼此想要不同的东西。"

露西暗想,我会说,这个女人就不能选了一种性别,并一直坚持下去吗?他妈的,这真是太不公平了。我都有八个月没跟人约会了,可并不是说我就没有注意到希克。我长着眼睛呢。

布里感觉露西的怒火腾地一下就上来了,意识到她不得不换个话题。"希克警探,"——这会儿她还羞于称呼他海华沙甚至海——"和我曾经交往过的任何男人都不同,别有一功啊。"他吻得更甜蜜更长久,弄到最后,她忍不住发出一种更厉害的呻吟,他那样爱抚她,仿佛她简直就是圣人一样,布里可不想在这个男人面前自己是这个样子,正打算解释一下。

当她注视着希克，所有她曾经想象过的下流精彩的念头，突然变得像她身体背得出来的歌词。

布里从她那盘色拉上抬起头来，望着露西，暗想，给我一些力量吧，表现得像个女孩！换作你妹妹，她会把水喷我一脸。假如我在场，我会说，那是怎么发生的？你们两个人都喝醉了吗？是谁头一个表白的？他最佳的举动？我从来没跟一个黑人好过——那感觉是不是更好呢？是不是好很多呢？好吧，原谅我这么问，不过他是不是，我不知道该怎么说才好，那玩意儿很大？他有没有让你发笑？有没有听你的？你是不是在恋爱了？尤其要指出的是，你觉得希克是不是也爱上了？

布里是对的。我会像你午夜之后在QVC购物频道订购的那些可悲的、爱诉苦的鹦鹉那样，呱呱呱地唠叨个没完的。我真想伸手拥抱布里。我一直支持她和希克，希克是每个女人都需要的那种很挺括的男人，假如她决定再给男人一次机会的话。我预言过她最终会招到跟她登对的人。不错，我也不是全然大公无私——说不定，他们这种关系会刺激希克去破我的案子。

"那么，你跟那位警探，"露西终于开口说。"我很好奇，那是怎么发生的？"别的女人会做些什么我不会做的事？这正是我姐姐最想了解的。露西觉得除了她自己，似乎每位女性都得到过一本有注释、带插图的指导手册，关于如何吸引并留住一个男人。这类建议是不是她们头一盒丹碧丝卫生棉里的秘密奖品？

"就那么发生了。"布里回答。一向就是这样的。前一分钟，你们俩还在进行最普通的谈话，抱怨总统大选长得够你读一个硕士学位了；下一分钟，你四周原子的次序都重排过了。蓦地，保龄球馆或者飞机上或者五金商店里一下子没有了旁人。你注意到他的眼睛正把你脱得一丝不挂，你心想要是把手放到他衬衫下面，感觉会怎么样。

布里感觉到露西脸上露出一丝她以前从来没有注意过的率真，并且有几秒钟，她觉得我正坐在露西对面。似乎有某种联系。布里暗想，我能不能把这个女人当成我的朋友呢？我可以利用一个朋友。她心里面有一处缝隙，我以前总要去把它填平。她一边吃最后一口色拉，一边反复考虑这个问题。

"本来应该是你跟他要好的，露西。"布里说道。"这我清楚。"这话刚一出口，她就吃准了我姐姐会把这当作一种屈尊。她仿佛在蹚过一条河，并且发现对岸有一头北美洲灰熊。

"噢，是啊，随你怎么说吧。"露西咕噜着。

"你还有时间喝咖啡吗？"布里问道。

"不行了。"露西回答，一边朝侍者招了招手。"还有很多事我还没做完呢，在安娜贝尔回来前，我没剩多少时间了。"

"你介意有人帮你一起做吗？"布里问道。"我可以取消我下午的约会。"

"还是我自己来弄吧。"露西又板起了脸。你简直可以听见关门的声音。

布里掏出她的钱包。"这顿我来请。"

"绝对不要。"露西边说边放下五张崭新的十美元钞票，随后站起来套上夹克。"这次我请吧。不过，我想劳驾你回答我一个问题。"

"请讲。"布里说道。

"请告诉你男友，请他找到杀死我妹妹的凶手。"

第二天，在拖了七袋带有莫莉气息的物品去过旧货店后，我姐姐终于开始整理我的抽屉了。昨天，知道露西姨妈要来，安娜贝尔拒绝去上芭蕾舞课。德尔菲娜很不情愿地在她房间里看奥普拉读书节目，每隔十分钟探出头去检查我姐姐跟我女儿亲密地看《尼莫》。露西为安娜贝尔洗了澡，给她念故事，就在我女儿犯困的时候，巴里回来了。

"你真是太好了，为我照料这一切。"他边说边为他们俩都倒了一杯意大利苦杏酒。"搞得怎么样？"

"到明天搜寻活动就能结束了。"露西说道。

"有没有什么新奇的发现吗？"巴里捅了一下炉子，火苗向他打了个招呼。

"还谈不上，除非你觉得一根绿色爬行类动物皮带也能算——我猜想那意味着我接触到了古生代，或者至少是八十年代。"露西打算保留我的斯沃琪手表，这块表很像她几年前丢的那一块。

她瞟了巴里一眼，他似乎正在研究炉火。她知道自己欠他的情。"我在安娜贝尔幼儿园干的那件疯狂事——我真是个疯子。我书面向你承认过，不过我也需要把它大声说出来。我很抱歉。不过，我是出于爱才这么做的，很不明智，不过……"

"忘了吧，"他边说边给自己满上酒，"我已经忘了。"差不多。

他当然不想谈这件事。一整天他都泡在雌激素里。这个下午不断有专家会诊，最终以讨论一名十五岁女孩的病历来宣告结束，她母亲坚持要让她整一个皮克西夫人那样的鼻子，这么一来她们俩就会很像，而这位女孩坚决反对。斯蒂法妮责备他忘了今晚的约会，她发誓他们本来约好今晚一起吃饭的。就连他的护士看他的眼神都很奇怪，仿佛他就是门格勒医生似的。巴里恨不能给自己打静脉针，把酒精注入自己体内。他建议露西再来一杯酒，露西拒绝了。他目不转睛地盯着他的大姨子，她那种宁折不弯的姿势，令她的胸脯看上去更大了。

露西感觉到了他的注视。"我该走了，"她说得很唐突，"明天晚上我再来见你。"其实她根本不会。她已经预订了一班下午的飞机，她没有心情跟巴里来一个哭哭啼啼的道别。

第二天早晨，露西动手整理我的高脚橱。这个橱的抽屉内部都仔细地垫了一层淡紫色的纸，而那种紫丁香的芬芳早已经消散了。假如你是一个维多利亚时代的妇女，拥有一条无袖宽松内衣、两条内裤、一件紧身内衣、五条缎带和一顶无边女帽，那么这个狭窄的衣柜会很实用。换了是我，这些抽屉里则塞满了黑色紧身衣、胸罩、皮带、短袜、宽松睡衣、带花边的吊带背心和几样杂乱的成人用品。我最爱高脚橱那种胡桃木的色泽以及精雕细刻的花朵,尤其是它那面波浪形的镜子,虽然我只有在休息日才能享受到欣赏自己头发的那种奢侈。

露西先从顶层那个放胸罩的抽屉开始,一层层清理。她迅速把物品归类,不让自己多想,因为翻捡另一个女人的贴身内衣,就像在她做爱时跟她躺在同一张床上。她花了不到一个小时,就整理到最底下那层,她认出那件法兰绒睡袍正是我怀孕时她送给我的。不管我什么时候穿上它,我就成了电影《音乐之声》里的那位玛丽娅。尽管露西自己并不是长胡子猫咪一类的姑娘,她仍然用手指轻轻拨弄束腰周围那个小巧玲珑的金属圈。这一件,她忽然决定,她会留给自己。

她抖开那件睡袍,把它举了起来。从衣服宽松的褶皱里掉出一张黑白照片,面朝下落在地毯上。

有一天,卢克撑好了一个三脚架,我们一次又一次地摆姿势。这张照片是我选出来保留的。我眼睛闭着,在大笑。这并不是那种比真人好看很多的照片。我喜欢这张照片的地方是卢克看我的那种神情,充满了柔情蜜意。在相片背面,我写了"十一月"三个字。露西能从我的发型看出,拍照的那个时间是在好些年以前了。

她感到很冷,呼吸变得急促起来。露西直勾勾地望着那张照片,用食指轻触照片上我的脸,似乎是在抚摸我的颧骨。"天啊,莫莉,"她喃喃说道。"一个女人可以变得多傻啊?要是你爱这家伙,不管他是一颗多微不足道的小螺丝钉,你干吗不离开你丈夫呢?假如你爱的是巴里,你又何必在抽屉里保留这么一个危险的信号呢?"

她自有她的道理。

露西试图看懂照片上那个男人的脸。这家伙爱你,她心想。你大概也是这种感觉。

露西擦掉一滴眼泪。她飞快地把照片藏到自己的口袋里,扎紧最后那个袋子,走出了卧室。

38

希克的办公室没啥特别的——让人焦躁不安的荧光色，从没上过聚氨基甲酸乙酯的木地板，还有一张上面凹下一块去的金属办公桌，你简直怀疑它被人踢过。也确实这样。他坐在一张橡木转椅上，令与他共享一个小隔间的冈萨雷斯探员愤怒的是，他在研究他的公告板时，心不在焉地摇转椅，弄出吱嘎的噪音。我乐意把公告板上的东西想象成一个逐渐要完工的、为我造的祭坛，上面有巴里、露西、基蒂、我父母、布里、伊莎多拉，以及巴里的护士（包括那个爱溜须拍马的巫婆，说起话来老爱装出一副可怜样："巴里医生准会回你电话的。"）的照片。我也看到一群难分彼此我猜是病人的妇女。其中有一个是斯蒂法妮，还有一些人我在葬礼和七日服丧期间看见过，其余的都是一些高消费的陌生人。这件祭坛杰作的中央是希克画的一幅地图——画得相当好——从我家门口的道路直到通向永恒安息之处的前一站。在我结束生命的地方标了一个字母 X，这个地点令希克自言自语。

"是谁杀了你？抑或是你自己结束了生命？告诉我，美丽的夫人。"

我巴不得我能。冈萨雷斯探员也一样。她已经对希克老是向着空中发问感到腻味了，空气里弥漫着前一天的咖啡、芥末以及过期的空气清新剂的味道。"嘿，你是在跟我讲话吗？"她咕哝着。乔治亚·冈萨雷斯能代表一位曲棍球运动员的狡猾，不过她天生具有一种直觉，希克就像相信自己那样相信她，或许还要多一些。

"很抱歉，乔·贡探员。我不是故意要干扰你解决一桩非常重要的罪案，"他说道，"你今天把一名大毒枭投入监狱了吗？"

"你不会真认为那个女人自杀吧？"他们两人每天都讨论我的案子。冈萨雷斯念了我写的那封信，险些要哭了——毕竟，她也是做母亲的呀——她立刻向希克宣布，对于一封遗书来说，这信也未免太整洁了。

他花了好几天才得出同样的结论。"不，我不认为她是自杀。"他承认，"要是的话，那我的生活也太容易了，如果你想自杀，却把自行车骑出道外，那也太他妈的费事了吧。除非她冲进河里溺死前就失控了。不是，今天我又回过头来觉得那是桩该死的令人不快的意外了。"

他想象着，白痴，剪刀，抢劫。泥浆，砰的一下，鲜血。

"我始终在想会不会是那位婆婆拨打1－800电话，雇人杀了她。"冈萨雷斯似笑非笑地说，这令她显得挺强悍的，那张圆圆的脸都可以说是漂亮了。"从前我在幼儿园教课那阵，我时常告诉孩子们的父母，学会和别人分享是一个人毕生的工作。她想独占自己的儿子。"

"你这么想？"希克端着咖啡杯站起来，对着冈萨雷斯探员。"你是在什么时候当幼儿园老师的？把年幼敏感的孩子托付给你，这个念头简直吓得我要神经错乱了。"

冈萨雷斯掉过脸去。"你不知道的还多着呢。我是个神秘莫测的女人。"

"我怎样才能证明是基蒂·凯兹干的呢？"

"又不是我的案子。"

"乔·贡探员，你刚才不是告诉我要学会分享吗？"

冈萨雷斯喝光她的咖啡，取出一支橘红色的闪光唇膏，那是她的招牌颜色。她给自己涂唇膏，连镜子都不看。

"别白费口舌了，乔·贡探员。你儿媳是否讨厌你呢？"去年，希克去参加了冈萨雷斯儿子的婚礼，他十八岁就当上了父亲。她儿子可是个很有责任感的男人，他女友怀孕的时候，他毅然跟她结了婚。

"玛丽娅崇拜我。"

"提到儿媳的时候，基蒂或多或少也是这么说的。"

我没去偷听那场不同寻常的谈话，可我很喜欢我们已经亲密到可以直呼其名了，希克和我。

"那位发狂的姐姐呢？"冈萨雷斯直视着希克。

"不该用发狂来形容露西·迪万。"希克说，尽管莫莉死的那天露西也无法提供不在现场的证据。"你这是在浪费我的时间，我的朋友，乔·贡探员。"希克档案里有关露西的记录都是这类词：激烈、嫉妒、高度紧张、痛苦。"但是我并没有消除对她的怀疑，"随着希克越来越了解露西，他越来越喜欢她。她不是凶手，他的直觉这么告诉他。

"会不会是那个坏丈夫自己干的？"

"那位专爱陌生人的医生？"希克坐在冈萨雷斯的办公桌上，把他的咖啡杯往垃圾桶里一扔，双臂交叉到胸前，背靠着墙。

"我想起另一个家伙。"冈萨雷斯模仿他的姿势说。希克不在近前的时候，我见过她长久地注视卢克的照片。这一点我们两人很相似。

"我越来越认为是那个医生干的，他还没从我的嫌疑人名单上划掉。"就像斯帕姆午餐肉那么平常，巴里经常会打电话问希克"警探，有什么新闻吗？"不过，我丈夫的固执没有让希克认定他无辜。我死的那段时间，他人在哪里，对此他无法自圆其说。卢克也不能。况且，也没有偶然经过的跑步者或骑车人可以证明他们都不是凶手。

"你把那些'后宫众女子'置于何地？"

"啊，你说那些女士们。那么多女人，那么少时间。总有新人要去认识。"每一天，希克的足迹都把他引到另一个方向，要不就是以前他怀疑的某个病人可能提供了线索。

砰，布里提到的那些话令希克感伤。他那严厉的纽约市警察的外表正在发出尖叫，真不专业，不过他体内支持他的每一根神经正在跳着踢踏舞庆祝上周六的好事呢。布里将成为他的小秘密。他不希望他最近才播下种的恋情——他还真敢这么叫——被他亲爱的、却很爱揶揄人的朋友乔·贡口头上的攻击给糟蹋了。尽管在过去，他们会一起分享风流韵事的具体细节。话说回来，在希克想要回忆之前，没理由进行这一类的讨论。不过，他仍然不想把萨布里纳·劳森先生和海华沙·希克警探的那件不好说的事告诉她，这等于把它掐死在摇篮里。

"已经适当地讯问过那位朋友了，我向你保证。她可以证明，事发当天晚上自己在圣保罗，而且无论如何，莫莉·马克斯对维加小姐似乎并不重要。我并没发觉她自己显出紧张的情绪。"

"你对拉丁妇女并不是太了解，对吗？"

"是的，"他说道，"我不了解。我并没声称对随便哪一类女性非常了解，乔·贡。"尤其是莫莉。希克望着那块公告板。也许，我真该给自己弄几个飞镖来，不管投中谁，谁就是那个凶手，他心想。

39

"我就买下了。"这条裙子不是我必须的，却是我想要的——不单是因为它令我的臀部看上去显小。我垂涎那一抹酒红色、崭新的天鹅绒。

"包装盒你要随身带走吗？"收银台附近一个流浪儿模样的人一边问，一边捻弄着从发髻里漏出来的一绺儿细长拳曲的古铜色头发。

我没想过要把衣服快递回去，不过，天气预报说要下雨了，该死，我却显得——对我来说——越来越漫不经心的样子。"怎么办好呢？"我说道，"请送快递吧。"我把我的信用卡交给那姑娘，觉得自己真有勤俭的美德，因为裙子打了六折。这是因为巴尼高级女士时装的真正购买者召开过会议，一致同意要冷落这件衣服吗？管它呢。我能想象得出来，当巴里和我起身跳摇摆舞的时候，那条意大利面条似的吊带会炫耀我的肩膀，裙摆则在我的膝盖处打转。前两天的夜里，把安娜贝尔送上床以后，我们真地放了一张唱片，在厨房里练习跳舞来着。

有人邀请我们参加情人节舞会。这两年，我觉得自己就跟露西似的，甚至在她的教室里都有一种抵制参加情人节的倾向，这令多数四岁的男孩感到安慰，令所有女孩感到惊慌，当他们得知这骇人听闻的事件以后，一致威胁说要上演他们自己的情人节大杀戮节目。说句公道话，我从来不知道要给巴里买哪种类型的贺卡好，因此就避免了最基本的那一类卡片：性瘾患者或者斯努基·伍科姆斯那种——为了支持那些有趣的邻居。

去年二月十四日，对我又出现了新的考验：卢克的因素。不过今年，我不去想他，不去想我们在"手艺人"互相喂对方吃奶酪的情景，除了"巴黎"，"手艺人"是我最喜欢的小餐馆；也不去想他锲而不舍的电话——最起码一周一次——我总是躲着不接。每一次卢克的脸闪现在我的脑海里，我尽量去按那个拒绝按钮。有时，它会起作用，闪烁着说"哪个卢克？"如果我把他想象成一股影响我心灵的陌生的生命力，我就能驱逐他的形象和声音，一次能驱逐好几个钟头。我已经决心为巴里并只为巴里腾出地方，我提醒自己要把他当作"我的丈夫"。

我溜到商店外头，蓦地，雨伞被风吹得翻了面，掉在了排水沟里。我不想让我最惬意的情绪被这件讨厌的事给糟蹋了，每辆开过的出租车似乎对我视而不见，我也不想受此影响。我朝公共汽车候车亭走去。等我打开钱包，才发觉自己恰巧缺两角五分硬币。我以一种参加生日晚会的态度，向一位老者要了二十五美分，上了公共汽车，等车启动朝麦迪逊大街开去时，我紧紧抓住头顶上的横杆。在七十九号大街的拐角处，我耐心地等待第二部公共汽车载我去公园。在阿姆斯特丹大街，我下了车，径直走进雨中，淋湿了我的麂皮鞋。

"我最恨发生这种事了。"一位走出公共汽车的陌生人说道，这人修长的双腿从污水坑上一跃而过。我注意到那身雨衣、配雨衣的那顶帽子还有及膝高筒靴，一身香奈儿太过分了，尽管衣服是真货。这女人跟我同龄，也许更年轻，看样子是使用了防水化妆的那种人。

"没啥大不了的。"当脏水渗进我的紧身裤时，我这么说。我打定了主意，让那些无关紧要的琐事就截止到今天早上，不让它们再去毁掉我的整个下午。

当天早些时候，巴里和我结束了去斯塔福德医生那里看我们第七次为时五十分钟的心理门诊。通过那位医生深思熟虑的提问、对临时想法的强化、依稀记得的梦以及我那彻头彻尾的乐观主义，我完全可以肯定，这次咨询将把我们的夫妻关系往亲近的方向引导或者甚至是——我可否令自己想到亲密这个词呢？前天，在我整理巴里衬衫的时候，无意中看到一个合法证据，以小首饰盒的形式出现，那是基蒂最喜爱的珠宝商生产的。我小心翼翼地解开红缎带瞅了一眼，心形坠子上镶着一颗多面的浅粉色宝石，闪烁着深紫色李子冻的光芒。那不是我可能为自己挑选的那一类首饰——与其说是莫莉的物件，不如说是基蒂的物件——不过，等我轻手轻脚地把那条项链从天鹅绒盒里捞出来戴上，它无比熨帖地伏在我锁骨的中央。我望着镜子里的影像，感到自己那颗伤痛破碎的心怦怦直跳。

　　我丈夫正在做出弥补，试图给我们的幸福构筑一个良好的开端。我不会让自己再去东想西想。我相当怀疑那是一件送给基蒂的礼物，连巴里·马克斯都不可能那么厚颜无耻，竟然会为另一个女人购买一件示爱——好吧，虽则华而不实，却依然相当可爱——的礼物，并把它藏在我们自己的卧室里，距离我们的婚床只有六英尺远。这就意味着，他在斯塔福德医生的办公室里说过的话准是真的。我一边脚踩着泥泞的雨水，一边考虑着下周末的情人节晚会，此刻我的心跳得很厉害，之前我从未对巴里产生过那种情愫。

　　走了半个街区，我发觉那位穿香奈儿的女士正和我并肩行进，大概在距我六英尺的右侧。"要不要一起？"她一边对我说，一边下巴颏儿朝伞下面一扬，显然她刚从上高尔夫球课上溜出来。"有的是地方。"

　　我双脚很冷，在那双被雨糟蹋的鞋里摩挲着，雨点继续击打着我的头顶。"好的。"我说道，迅速朝我恩人那里奔去，心想这恰恰就是那种很难碰到的好运气，如此慷慨的举动我真该把它写下来，添油加醋润饰一番，并把它寄给《纽约时报》的《都市日记》栏目。"多谢。

我正去几个街区以外的市中心给我女儿报名上游泳课。"

安娜贝尔拒绝把一个脚趾头的大部分都浸到水里，巴里跟我觉得这种情形必须面对。然而，如果确实如此，我又何必总是喋喋不休呢？

"我也要去那边。"那女人说道。她的声音略带一点鼻音，并不够香奈儿那种级别。

"没开玩笑？"

"当然，"那女人说道，"我儿子能水陆两栖。"

"他几岁了？"

"三岁半。"

"我女儿也差不多那个年纪。她叫安娜贝尔。顺便说一下，我叫莫莉。"

她转向我。"很高兴认识你，莫莉。"她嘴角一抬，丢给我一个意味深长的微笑，缓缓拼出我那个很世俗的名字，似乎她以前从未听说过。我等着她自动报出，说不定还有她儿子的，可她却一声不吭。我真想凑近了偷看她一眼，不过雨水和我们身高的差异——她很高——令我很难做到。即便是在雨伞下和在倾盆大雨中，尽管这样，她的牙齿还是令人难忘。它们是戴着牙套呢？还是她过分热衷于牙齿美白呢？

我们俩继续默默无言地走过几个街区，直到我们到了目的地，并在遮雨篷下停下。可可·香奈儿啪地收了雨伞，毫不费力地为我们俩推开了沉重的玻璃门。我们走进礼堂的大厅，里头挤满了妈妈们、保姆们、流浪汉们和学步的小孩们。空气里充满了羊毛的潮味和嘈声。

"马克斯太太？"一部电梯放出一大拨喧闹的妇女和小孩的时候，某个人喊道。

我从人群中转过身去。"是纳尔西莎吗？"

"是的，太太。"她说着，蹒跚地朝我走来。"你来这里给孩子报名游泳？我刚刚给埃拉报上了名。最好快一点——人快满了。"

"卑鄙！"我说道，心想该用一个分量更重的词。难道别的妈妈们又一次掌握了这种训练课的窍门，早早地在几个钟头之前就赶来了吗？我为何要把时间浪费在购物上？我干吗不派德尔菲娜来处理这种家务琐事？因为我总是低估纽约妈妈们那种粗暴的竞争行径，因为我想要那条裙子，因为德尔菲娜已经回到了公寓，监督安娜贝尔，还有，比如说吧，埃拉，这也就是为什么纳尔西莎此刻会在这儿的缘故。"噢，很高兴见到你，纳尔西莎。我尽量去争取一下。"最起码要是埃拉在上游泳课的话，就很容易说服安娜贝尔去相信，像死人那样漂浮在尿那么温热的水面上，将是她在每周三下午三点都盼着要做的事。下部电梯人太满走不进去，接下来那部仍然挤不进。我终于让自己挤进第四部下来的电梯中，等电梯门在五楼打开时，我看见那位替我打伞的同伴也在五楼，而且已经排到了队伍的前面，她前面只有一个女人。她一定是跑上楼梯的。提醒自己注意，我心想，下一次，赶紧开溜。

"我帮你留了个位子，"可可冲我喊道，引得其他的妈妈和保姆们纷纷瞪着我。

"嗨，没门儿，"其中一个说道。"我先来的。应该讲公平才对。"

那位提出抗议的人说得有道理。"不管怎么样，还是得谢谢你。"我说着，走到小房间后面，开始在我包里翻找《泰晤士报》家庭版，恰恰这时候，我听到手机嘟嘟嘟地唱起了《当圣徒朝着那荣耀而去》。等我在大衣口袋里找到了手机，我已经错过了卢克的电话。这是那天他第三次打来电话，我连一个也没回。我把手机放回包里，打开报纸。我发觉自己很难全神贯注。卢克不单是钻进了我的脑海，对着我轻声细语、冷嘲热讽，还兴奋地冲着我的耳朵吹气。

手机又响了。我再次没去理会他的来电。我了解那些圣徒，我暗想，和你，我的朋友，都不是圣徒。手机再次发出了声音。

"要是你不打算接电话，起码把你那该死的手机关掉。"排在我前面的那个女人吼着，引起这个小房间里大家的注意。

我有机会时干吗不插队呢？"要是打扰了您，我感到很抱歉。"我回答，"可我必须把手机开着。"德尔菲娜也许会打电话的，或者巴里。

"要知道，你不但讨厌，还很粗鲁。""扬声器"龇牙咧嘴地说。

手机又响了起来。这间房子一下安静了，那女人瞪着我，逼着我不得不接电话。手机发出尖锐刺耳的声音，《圣徒》响起来了。

我觉得自己是中了圈套，受了胁迫。"喂，"我说道，"不，这会儿我真的不方便说话。"卢克的声音散发着他一贯的魅力。"我没有开玩笑，我不能……"他又说了一会儿，与其说他的花言巧语显得很冷静，不如说他是在死气白赖地哀求、劝诱我。"我不同意……这真是个馊主意。"该死，他很顽固。

我感到有股力量在把我往他那里拉，很轻柔，犹如一阵和风。"好吧，好吧，你真该去当律师的。好吧，我们要见一下……我们要谈一次。不过不是今天，因为……"我望着室外。雨突然停了。太阳已经出来了。"因为我要去……骑车。"等我挂断电话，我的决心一下子崩溃了。

我感到这个房间里的每双眼睛每对耳朵都对准了我和我的电话。我试图把手机调到震动档，可那段音乐再度响了起来。我尽量低下头，小声说："我当然对你有感情的。"似乎那就是问题的关键所在。

"莫莉，我爱你。"卢克冲着我和整个房间说。显然，我按下了扬声器的按钮。

"这会儿我要去骑车了。"我说，"我们换个时间再解决这个问题吧。"我不能去听。"我这就要走了。"我啪地合上了手机盖，又把它塞到了我的口袋里，尽量不去理会那些目光和窃笑。

幸运的是，登记员示意我往前走。那女人的手指在她计算机的键盘上轻触舞动。还有名额给安娜贝尔，最后一个。我要活下去，我告诫自己，今天仍旧是个好日子。

在我填表的时候，那位穿香奈儿雨衣的女人，我注意到她刚才避到一边去了，这时哧溜一声从我身边走过，连再见都没说。她自然是那种忽冷忽热的人，我暗忖，恰恰这时候，那女人也接到了一个电话。

"巴里。"听见她这么说，我马上恍然大悟。她的音量不是很轻很低的那种，而且，除非我完全成了偏执狂，我有点感觉她是想被人偷听到。"哦，那很有意思，可我不能就这么完了。你没告诉过我你妻子很吸引人。反正，真是个新消息啊。你是对的。她准是在跟什么人约会呢。"

我抬起头来。那女人已经走了。

40

"你再说一遍好吗？我们何必要公开呢？"某个礼拜天，巴里和基蒂刚喝完他们第二杯经过三次蒸馏的咖啡。我丈夫看着自己映在那台双倍宽玻璃门不锈钢新冰箱上的倒影，心里的念头跟我一样：他母亲九年前装修的厨房如今是怎么了？细木工的橱柜、花岗岩的台面、还是那个按要求冷藏食物的冰箱？然而，就像快速拨号的设计师一样，当你拥有足够的金钱，你还是可以选择加温抽屉和六头专业煤气灶，却依然每周五那天到外面吃饭，以此自娱。

对一个每年花在做单腿鸽王式瑜伽动作的时间超过了祈祷的人来说，我婆婆依然是一部犹太传统的维基百科全书。"一般都是那么做的，"她说，"这个仪式必须在死者逝世满一周年之前举行。"

"否则呢？"巴里问道。

"那是传统。"基蒂说。她打消了那个展示自我控制的心血来潮的念头。"况且，我们就说你跟斯蒂法妮已经订了婚。你不会希望让揭露真相来碍你的事，对不对？"

巴里被一片厚厚的百慕大洋葱呛着了，洋葱就撒在他的百吉饼上。

"我只是在设想。"基蒂说，"尽管那姑娘正是你需要的那种类型。"

我的婆婆在影射她具备哪些资格呢？指她爱搬弄是非吗？我雄心勃勃地走了。基蒂发现女性是男性成功背后坚强的驱动力。我相信她具有这样一种观点，认为随便哪位儿媳都不过是一种生物学意义上传宗接代的必需品，她那实用主义的经验部分规定了，只要一位男性继承人必须结婚的话，他最好能娶一个很像她的人。

"你稍微有点超前了。"咳嗽停止后巴里说道。

"我是吗？"基蒂转过身去，在她那个黑白条纹的马克瓷杯里——那个杯子上还嵌着很可怕的粉红线条，而他的杯子则嵌有黄绿线条——续上咖啡，并预言夏天之前会有一场订婚仪式。也许会是一次旅行结婚。她一直想去塞舌尔瞧瞧。迪拜、不丹和巴厘岛也在基蒂心仪的名单上，不过当然啦，斯蒂法妮会有她自己的想法。有件事基蒂知道得很清楚，先是邀请她在萨克斯吃午饭，然后又提议溜达到她舅舅开在四十七号大街，只有丁点儿大的珠宝店，这样一位三十四岁的女性，可是不容小觑的，在那儿，她漫不经心地指点着一颗一九二零年代装饰艺术风格的单粒钻石，那颗钻石几乎就跟这家珠宝店一样大了，方形切割，意味深长的长阶梯形状。要是换了别人的母亲，可能会吓得胆战心惊，不过基蒂很欣赏斯蒂法妮的自信。她深信一位女性需要有她自己的兴趣，这就跟她需要精通卧室专长同样重要。"就把揭幕仪式交给我来办，"她对巴里说，"你去订购那颗宝石吧。"

巴里照办了——这正是 S.S. 谢拉比此刻正在练习声带的原因，明天他又将来我家主持仪式；这正是为什么我简直就能闻到加过肉桂和葡萄干的巴布卡蛋糕的味道；这也是为什么一个被包裹起来的大理石纪念碑正在神圣的避风港里等候。纪念碑是那种粉灰色，不像基蒂最近安装的彩色混凝土台面。

我朝遮盖的布头下瞟了一眼，希望巴里在碑石的题词上也许会显出他的一丝独创性。这会儿，我还无法决定我是更像贝蒂·戴维斯（"她敬酒不吃吃罚酒"）或者卡伦·卡明特呢（"一颗尘世间的明星，一颗天国里的明星"）？还是更像迪安·马丁（"每个人都会在某时爱上某人"）？巴里写的肯定会比"莫莉·迪万·马克斯，亲爱的女儿、妻子和母亲"这句更好。简洁而庄重，是啊，不过我的神秘性到哪儿去了？我的热忱呢？我那狂妄的黑色幽默呢？我说不定会喜欢："莫莉，骑自行车的菜鸟。"甚至会喜欢品位非常差的句子："我爷爷奶奶经历过大屠杀，而我得到的就这些吗？"毕竟，我在三十五岁就死了啊。

昨晚我们迪万一家就到了，比礼拜天中午的祭拜活动早来了两天。今天上午稍晚些时候，安娜贝尔将跟外公外婆一起参观儿童博物馆，不过露西恐怕去不了。她从百老汇的一家咖啡馆出来，开始朝北走以后，我一路尾随着她。在她兴致勃勃地经过大农产品市场、巴恩斯和诺布尔书店，以及一家其创造性的经营手法似乎是在奥克兰和吉隆坡设立分支机构的银行时，她似乎对十二月的空气具有免疫力。她始终没有抬头，从一幢高耸入灰色苍穹、分套出售的公寓旁经过。她直视着前方，几乎就是在竞走了。

甚至连阴森雄伟的哥伦比亚大学也不能让露西眨一下眼，不过在一百二十号大街，她向左拐，停下来欣赏哥特式河岸大教堂的壮观，相形之下，北美最时髦的一所犹太礼拜堂，伊曼纽尔礼拜堂，看上去就像药店那么乏味。露西没有停下来，她径直朝格兰特总统墓地走去。

这会儿她来到一个永久安息之地。自从公园管理部门出于羞愧而重整它的外貌——这发生在时代广场开始向观光客全方位提供一些表演的时候：妓女、色情照片和西洋景，超大奥利奥圣代冰淇淋，以及迪士尼电影精选——我以前常顺便拜访一下我的朋友尤利西斯和朱莉娅一家，把我的单车停在车棚里。"谁埋在格兰特总统墓地里？"是路易爷爷的一个谜语，他总是一边说这个谜语，一边来一个喜剧演员格劳乔式抖眉毛的动作。到露西和我开始上幼儿园的时候，我们就会朝他吐一口唾沫说："没有谁！"将军夫妇都被埋在精心打造的双穴石棺内。

露西跨过纪念碑来到墓园内，尽管她瞟了一眼刻在墓园进口处的字："让我们享受安宁"，我总觉得这是对美国历史上某个最顽固的鹰派人物一句很讽刺的墓志铭。露西把手深深插进她紫色羽绒服的口袋里，并转向那条木质墙脚线，它是指定的自然保护区之一，标牌上写着："永恒的荒野"。

当曼哈顿人觉得要在城市中央造公园，就觉得要有引人注目的湖和贡多拉凤尾船，要有鲜黄绿色的牧草地草坪，还要有一个可以给神经过敏的北极熊安家的动物园。尽管就住在附近，居民也难得到河畔公园来。尽管在电影《电子情缘》里，梅格·瑞恩和汤姆·汉克斯在河畔公园的花圃边浪漫邂逅，它仍是一个很符合城市周边风格的低调公园。骑自行车的、跑步的、遛狗的，纷纷来这儿干自己的事，不过它仍是个让你速战速决的地方，而不是让你悠哉游哉度假的。

露西缓缓走向一条杂草蔓生的小径，来到一处地势略高于荒凉的哈得逊河的地面，那里寒风吹拂着河面，冻红了她的脸颊和颧骨。这里的气温似乎比百老汇低十五度。这时节在附近出没的人都行色匆匆，三步并作两步走。她大步流星地往前赶路，针织帽的流苏犹如海蒂的辫子那样跳来跳去。

两条金色猎犬嗖地一下跑过去。它们的主人很快跟上，停下来看了看手表。刚过九点钟，这会儿是狗必须重新套上皮带的魔法时刻，否则它们的主人没法给它俩买一份像样的晚餐了。"西格蒙德，"狗主人喊道，"哈姆雷特，到这儿来。"可那两条狗没睬他，也许是对自己的名字感到尴尬。它们朝露西跑去，她弯腰摸了摸它们毛茸茸的脑袋，随后亲切地在它们耳朵后面挠了挠。

"你们这些孩子原来在这儿，"那男人说。那条大一点的狗跳起来去舔露西的脸，而另一条狗却试图咬她帽子的流苏时，狗主人跟上了它们。

她觉得跟一位宠物爱好者交谈是安全的。"请问，你能告诉我怎样走到河边吗？"她一边指着乔治·华盛顿桥那个方向一边说。华盛顿桥在远处逶迤曲折，犹如一串马略卡岛出产的灰色珍珠项链。

"当然。"那男人笑容满面地说道。看上去他是露西可能会喜欢的那种男人：浓密蓬松的头发，宽厚的肩膀，身上看不到衣服标签，除了那顶扬基队的帽子。他胳膊下夹着一份《时代周刊》的运动专栏。我猜，不是哥伦比亚大学教授就是精神病医生。这一带充斥着这两种人。"我想，要绕几个弯的。"他摸了摸自己的胡子，一边凝视着露西。他的眼睛是绿色的，带着澳大利亚口音，口气很愉快。"我可以给你带路。"我断定他已经离了婚。这周末，他的孩子们和他前妻在一起，整整一天他都可以很闲。露西，买下这张乐透彩票吧。我一直担心你孤零零一个人，而这位狗主人拥有一张好人面孔。

但愿我知道怎样卖弄风情，露西脑海里闪过这个念头。其他女人到处能碰到男人，而我呢？从来碰不到。而且，我会把事情搞糟。这个男人的眼睛很聪明。我喜欢他在小动物和读物上的品位。

然而，我姐姐有没有让他带路呢？"噢，那就没必要了。"这是她下意识的反应。

"芝加哥。"那位陌生人说着，又笑了起来，这次嘴巴咧得更开了。他的两颗前门牙之间有个可爱的小缝。他知道自己是发疯了，不过，要是这位女子愿意跟他一起喝杯咖啡呢？他喜欢她的长相，没有涂脂抹粉，也没有很做作的表情。他们可以好好聊一聊，也许看场电影，到书店里随便看看，随后呢，谁知道？

"芝—加—哥，是啊，你怎么念出来的？"露西像每个中西部人那样，相信除了她自己，人人都带着口音。

"实际上，我就是在那边那所大学里获得学位的。"他说着，一边等着露西善意地取笑他。

"很棒的学校。"她终于说道。我是否该告诉他我就住在距海德公园两英里的地方？她心想。不了。他干嘛会在乎这个？"那么，你能给我指个路吗？"

他照她的话做了，还暗骂了自己一句——他干嘛不要她的电话号码呢？——他一边这么想，一边眼巴巴地望着她朝北走去，直到她的身影小得像指甲盖，她的紫色大衣小得像浆果。

终于，我姐姐来到了水边。她直勾勾地望着新泽西，似乎它能揭示出真相：莫莉是怎么死的？她很肯定，巴里急切地要在明天的揭幕仪式上来个盖棺论定：她是被人推下去的，还是自个儿跳下去的？那个没说出口的、荒谬可笑的臆测朝芝加哥那边飘了过去，那似乎是：一定是我掌控了自己的死亡。"莫莉绝不会做这么没脑子的事。"她对着那条河尖叫，眼睛追随着一条在波涛起伏的河里缓慢行驶的驳船。"妈的，莫莉可是一条敏捷迅速的船。"露西摇了摇头，发出一种声响，介于苦笑和哀叹之间。

露西昨天跟希克通过电话。他都知道些什么？似乎，什么也没有，至少他什么都不想告诉露西。她踌躇了好几个礼拜，内心在挣扎。她是否该把那张照片给他看呢？她恨不得从未发生过发现我通奸的那一瞬间，那个证据——但是为什么呢？

露西仍在怀疑，如果那位神秘人物被卷入我的死亡，到目前为止一位纽约警局的侦探是否还来得及单枪匹马地把他找出来，并用拇指掐住脖子逼他认罪呢？她推测，希克已经跟这个那家伙有所接触了，却不认为是他干的。在那种情形下，为何还要玷污我的名誉呢？她最想保护的人是安娜贝尔。何必要让她外甥女觉得，她父母的婚姻不是非常幸福的那一种呢？为何不让那个神话继续保持下去呢？

露西从她口袋里抽出卢克与我的合影。至少你看上去很快活，妹妹，她暗想，我希望你非常喜欢这个男人——而他也同样喜欢你。不管这傻瓜是谁，也不管他在哪儿，我希望他还是这样。

露西回到公园里，凝视着两边。莫莉，这里是你断气的地方……但愿我知道确切的地点在哪儿。她走到水边，把嘴唇按在照片上我那微笑的脸上。她本想把照片撕成两半，留下有我的那一半。"不，你们俩应该在一起。"她断定，然后把那张照片投进哈得逊河。

"让那里充满安宁，"她喃喃说道，"让那里充满安宁。"她俯下身，把合抱的胳膊放到膝盖上，低头抽泣起来。

那张照片随着浪涛上下起伏，迅速地顺着混浊的水流漂走了。露西转过身不去看哈得逊河，可是我紧盯着那张合影，仿佛它就是活生生的血肉——卢克害怕了，逃命去了，一个正在逃避的男人。

41

照片沉入哈得逊河时，我感到一阵感情被抽空的空虚，因为感情应该是有生气的，纵使——尤其当它受到伤心和愤怒煎熬的时候。我成了一个影子，一片枯叶，一截枯萎的花茎，一个空洞的葫芦。我成了一个遗失的希望，一个没有实现的诺言，一段记忆，一句未出口的词句。自然之母清了清她的喉咙，我就……走了。

我不能留下来望着露西离开河边。她干吗不表现得更明智一些？她干吗不放弃今天的任务？她干吗不跟西格蒙德和哈姆雷特的主人一起喝咖啡，然后跟他回家做爱、吃炖排骨，然后共度余生呢？

我转过身去。鲍勃正和我面面相觑呢。我喘了口气，尖叫一声，捶打着他的胸脯。"妈的，凡人都是傻子，难道不是吗？生活毫无意义。"

"到时候了。"他静静地说着，一边攥住我的手腕让我克制自己。

"到什么时候了？"有一项责任我还没有履行吗？

"到时候往前走了。"鲍勃低声说道。

"你在说什么啊？"我乞求道。昨天，我刚看着安娜贝尔学会写第一个歪歪扭扭的 A，犹如一间歪斜的小屋。当布里与希克打车开到一家乡村旅馆时，我也在场。他们打算穿着雪鞋远足——那就是说，要是他们起得了床的话。我在父亲体检后查了他的化验单——他得继续服用利普妥，不过他的血压还算正常。噢，医生还希望他能减二十磅。我望着我母亲在覆盖着天鹅绒般苔藓的盆栽土里插了根温柏枝——她正在劝诱今年的春天能早早来临，希望不久就能得到回报，看到土里长出白色的新芽。我甚至就站在巴里和斯蒂法妮边上，旁边还有一千来个尖叫着的运动狂躁症者正在玩一场踢人游戏，直到我决定，要是我正处于一种受虐的情绪中，那就应该是看有线－卫星公共事务网络。

"莫莉，你得问一问你的能力对你有什么好处。"鲍勃说，"渴望一种已经完结的生活，看着其他人做爱，看着巧克力曲奇饼，看着别人犯错……是否我要替你把这些都说出来吗？"

"可我还没准备好结束这一切呢。你告诉过我，我的能力将一直延续到——延续到它们终结的时候。为何我要来做这个终结者呢？"

我听出了自己的恐惧。我的计划是想等一等，并祈求我的能力会持续——并非永远（谁会需要那个呢？），不过，最起码持续到解开我的死亡之谜，尤为重要的是能持续到安娜贝尔长大。不过，这些天来那是怎么发生的？等她上了大学，或等她到了二十一岁，或等她毕了业，或等她开始工作，或等到她住在自己的公寓里，或等到她结了婚或有了孩子吗？这会儿我不想开小差擅离职守。

"具有能力并不意味着你需要去使用它们。"鲍勃以一种他梦寐以求的儿科医生的口气说道。

也许我们可以谈判一下。"好吧，我们说好了我先休息一下。"不是全然放弃，而是稍事歇息。"然后又怎么样呢？"

"我要说，就这么定了，现在是时候让你见见某人了。"他说，"我一直在观察你……"

不是在开玩笑。他觉得自己是隐身的吗？每个角落里都有鲍勃，他是蓝星人怀乡曲里的星巴克哥哥。"这位某人他是谁啊？"

"别那么疑神疑鬼的。你很快就明白了。"鲍勃总在劝告我要有耐心。

我等待的时候，日子就仿佛一条虚无的缎带那样展开了。我跃过了去宁静港的旅行。你们应该在我不在场的时候举行揭幕仪式。最让我念念不忘的就是安娜贝尔了。幼儿园的嘉年华开得怎样？她写到 B 了吗？德尔菲娜带她去剪头发了吗？我希望，刘海不要剪。也别剪她的发卷。

我的思绪游离了。斯蒂法妮会说服巴里去威尼斯，并希望他会求婚吗？布里会喜欢希克母亲做的星期日晚餐吗？希克的妈妈会喜欢布里，或对她儿子跟一个白人妇女交往感到惊惧吗？伊莎多拉会努力赢回布里的心吗？我父母已经取消了去日本的旅行——他们会重新安排吗？露西可能把她的日式蒲团换成大号沙发吗？收养一只猫吗？基蒂会换皮肤科医生吗？

卢克现在跟谁在一起——他遇到的那位金发女郎，她比我的胞姐长得还像我；还是那个有一头黑卷发、说起话来口齿不清、瘦得皮包骨头、无比时髦的模特儿？希克能否借助冈萨雷斯探员的直觉破了我的案子？如果不借助呢？我以前的生活是这个世界上最好的肥皂剧，只有一个观众。

我设法拿出一些意志力来，好不让自己消沉失落。一种浸得很深的迷信情绪帮助我不去欺骗，就像下界之事一样有趣的是，鲍勃不但挑逗了我的想象力，还让我感到焦虑。要是他提到的我将与之见面的人是我自己圈子里的呢？我们不妨来假设一下，基蒂上瑜伽课做倒立动作的时候倒下来了，弄断了脖子，这样我们就成为室友了。或者更糟，要是露西、或者布里、或者我的父母、再或者是——快别那么想了，莫莉——安娜贝尔来了？我吓得呆住，这么一来我就不用去考虑任何这些说不出口的选择。

到了第四天，鲍勃又出现了。他不是一个人来的，旁边还有一个个子很高的男人。

"萨姆，这位是莫莉。"他说道，"莫莉，这是萨姆。"

"可——可是，你们来这做什么？"我张口结舌地说，显得很不礼貌。

"我也同样自问，"这位萨姆说。"你们这些人都是干什么的？"

"莫莉将成为你的导师。"鲍勃说道。他对萨姆来了一句老套的说辞，这话他之前也跟我讲过。重新安置啦、延续期啦、能力啦、上去啦、下来啦、别欺瞒，诸如此类。

"你碰到什么事情了，萨姆？"鉴于此刻我不能只想着我自己，我问他。这个可怜人正处于受过外伤后的第一个阶段，我记得很清楚：震惊，怀疑，努力去揣测他为什么找不到他的脉搏了。"仔细想想吧。"

他终于开口了。"当时我心里正在想我刚才遇到的那个女人，正迷失在一长串挥之不去的念头里，比如，要是我俩一起喝个咖啡会怎么样，要是我能说服她白天陪我一起过会怎么样。她身上有些地方——她大方的脸，她善意的眼睛……随后，我的一条狗挣脱了它的皮带——我们一直在公园里散步——朝河畔快车道跑去，我就拔腿去追它。接下来，我就倒在一辆越野车底下了，这辆车的司机正戴着耳机听电话。"他飞快地倒出了真相。"我只知道这么些。"

"你的狗叫什么名字？"

"西格蒙德。"

"你是个教授吗？"我问道。

"不。"他回答，一边那样看着我，似乎我没经过大脑就胡言乱语。

"精神病医生？"

千万别对我说，我给这个女人看过病，萨姆心想。会不会有一个为弗洛伊德们建造的特殊地狱啊？你不得不在那里聆听病人们唠叨来世的一切，我母亲的这个，我母亲的那个？"我是一名分析学家。"他说。他提到纽约心理分析协会与研究所。

可以说，我希望无法断定我是不是留下了深刻的印象。

"你干吗要这么问？"他又补充了一句。

"你看上去像个精神病医生，我也就这么随口说了。"

"这是什么鬼地方？"萨姆的手捋过他红棕色的头发，这头发对一名死者来说，显得特别健康。

"噢，我会向你解释清楚的，不过首先，我要提几个问题。"我掉头去看鲍勃是否就藏在附近。他不在，然而为了以防万一，我还是压低了嗓门。"萨姆，当你出事的时候，心里想着的那个女人——她长什么样？"

他的笑容令他的脸帅气多了，能看到他门牙之间的缝隙和别的。"很漂亮，"他说着，视线转到别处，仿佛在这个特殊时刻他也看见了她。"我脑子里闪过一个念头，我猜她就是那种从来不觉得自己漂亮的女人。差不多跟我一般高，棕色的眼睛能看到你心里面，看穿那些谎言。美极了的眼睛。我直视她的一刹那，我就有种刺痛感：我们俩应该在一起。妈的，我恨不能跟着她。"他又把目光集中到我身上，好几秒钟都没说话。"要知道，要是一个病人告诉我这种事，我就会告诉他应该去追她。当你碰到某个人，并觉得她是你的意中人，别像树那样站着。你的全部幸福，正取决于你如何对一个该死的冲动做出反应。你得专心。"

鲍勃为什么觉得我是萨姆最合适的导师？接下去我不知道说什么，我真想问一问，他的狗活下来没有，不过他大概也不知道，而西格蒙德——要么是哈姆雷特吧，我可受不了去想它在街道上扭动身体的形象。我唯一能想到的话就是"放松一些，萨姆。你会有足够的时间来解决问题的。正如我们在延续期常常喜欢说的，要活下去。"

他哈哈大笑，我就知道我们能合得来。

"我喜欢你的口音，顺便说一下，你是澳大利亚人吗？"

"是南非人。"

真该死。

"你的声音很像她，"他又说。他的声音如梦如幻，似乎刚刚苏醒过来，在某种程度上，他也确实如此。"你是从芝加哥来的吗？"

"我们得聊一聊。"

42

露西是个爱运动的人。她像男孩那样用脚踢球，发球，旋转，把我留在伊利诺斯的尘埃里，而她也不是被每个球队选中的第一人，却不可避免地最后成为队长。露西·迪万，是最好的全能露营者。在大海狸湖女生露营地健康中心的墙壁上，在一个眼神忧伤的麋鹿头下，依旧悬挂着一块铭牌，一旦我知道了湖对面的男生露营地赞美母海狸①的时候，上面刻的字我永远都会抵制。露营的结束并非很大的损失，因为当我开始凑合着喜欢脖子上挂的系刀绳和小吐司的时候，团队运动擦破了我膝盖上的皮，就像我的自我意识所受的伤一样严重。骑自行车倒是很不一样的——那是一张通向自由的车票，只需要你拍死少数几只蚊子，记住少数几条规则。自打我父亲解放了我那两只炽热发怒的车轮，我就令这只菜鸟飞了起来。

"穆西，今天想不想骑自行车？"每一个夏天的早上我都会这么问。

骑自行车永远都不会过时，可我的车子会。每隔三年，我父母都会为我买一部精光锃亮的自行车，这个传统我一直保持着。我目前用的是一辆价值够买爱马仕包包的黄色单车，是最近为了庆祝我三十五岁生日买的。我急着想骑它出门，瞧瞧这辆车是否配得上推销员那夸张的广告词。安娜贝尔和德尔菲娜以及埃拉一道外出了，骑自行车可以给我一个思考的机会，来解决我跟卢克再度面临的那个感情死角。我最爱骑在车上苦思冥想。

我换上一套胖女孩穿的那种棉布大短裤，那是因为，一辆单车跟一条大皮带很搭，正如巴里爱说的：像一个同性恋者跟一条阴茎那么搭。套上一件针织运动衫和一条打补丁的短裤，令我的臀部甚至看上去更大了，好像垫过一样。等我找到我的背包和手套时，电话铃响了。

"是巴里？"我问道。

"是的，你那魅力无敌的丈夫。干吗那么吃惊？"

"因为通常我要给你发三条短消息，你才回电啊。"话一出口，我就后悔了；我仿佛可以听见斯塔福德医生，以她那富有教养的口吻，

---

① 俗语，暗指女性生殖器。

提醒我们两个人"嘲讽难得能改善夫妻关系",对此她好有一比:那就有如一只抹过辣椒的沉重的手。

"晚饭吃什么?"巴里问道。

这位可爱的焕然一新的巴里,居然开始关心起我们是吃鱼还是吃鸡,是家里烧还是到外头吃,这不可能是因为他那个香奈儿妈咪的缘故,我告诉自己。

"包在羊皮纸里的三文鱼,配冷冻甜豌豆,还有我用犹太盐烘烤的仿法式炸薯条。"我已经用橘红色的郁金香和蜡烛布置好了餐桌,并打算在骑车回来的路上,荡到银月亮面包房去选几样奢侈的甜点。或许我还能买到巴里最心爱的铺着巧克力碎屑的蛋糕。

"你给安娜贝尔上游泳课报名了吗?"他问道。

他记得这是今天我列在任务清单上的一项。这个男人是在努力了。"是的,"我说。"是最后一个报上名的。"

"超人妈妈又得了一分。莫尔斯,接下来你要做什么?"

我发现,他真是啰嗦极了。"我准备把我的新单车骑出去。"

"就现在?"

"差不多已经到春天了。"我说道。

"这才二月份。"他带着一种很谴责的语气。"这个时间你要去哪里?"

中央公园就像是我家前院,不过,要是我骑到更西边的地方就能靠近那家面包房了。我决定了要让那道甜点成为一个甜蜜的惊喜。"我还没想好呢。"

"注意安全。"

"我什么时候不注意啦?"我反问道。"待会儿见。"

巴里是否真的以为我粗心大意吗?我真是这样吗?我匆忙穿上一件带有装饰反光条纹的风衣,拜安娜贝尔所赐,那些条纹上贴满了许多在黑暗中闪光的粘纸。穿着这件衣服,连瞎子都看得见我。

我朝厨房走去的时候，手机响了。卢克和《圣徒》又响起来了。我没把他当作一个使劲去想最后一句话的人。

"有事吗？"

"能跟你谈谈吗？"他问我。

"只能谈一小会儿。"

"我真地需要见你。就现在，宝贝儿。"

宝贝儿？这词也太老套了吧，当它从卢克嘴里冒出来的时候，我就成了他的人质。他的嗓音开始渗入我的肌肤，犹如一款滋润的止痛膏。我依然说："之前我对你说过我会见你的，可我并不是指今天。"

"可我就在附近呀。"

这是巧合吗？我可不这么认为。

"挑个地方，"他说。"小餐厅？健康面包天堂？随便哪儿都行。"

我心想，把傻瓜这个标签贴到自己头上。你必须对卢克进行接种疫苗预防，就好像他是一头致命的原生动物。我头脑的另一半却反过来嘲笑我，除非，该死，你喜欢他缠住你不放。承认吧，你就是这样的。

"莫莉，说话啊。"

"我不可以说，卢克。"我慢吞吞地回答。我是个堕落的酒鬼，而你是个勾引专家。我——一——口——都——不——会——尝——的。对我这样的女人，应该有个十二步治疗法，我需要参加每日一次的治疗。

"我要出去骑自行车了。"我说。

"骑到哪儿？"

"河畔，也许吧。这又有什么关系？已经太晚了。不过我明天会给你打电话的。我保证。我们要谈一谈。"

"周六你会打电话给我？当真？你没有一次是在周六给我打电话的。"

他把我弄得忐忑不安了。"那么，就周一打。"

"我可不能等上三天啊，莫莉。我们这会儿就得把这事儿给搞清楚。"

"卢克，我们必须做的就是停下来……"不管是什么都得停下来。

"给我一个站得住脚的理由。"

"去见你会令我发疯的,"我嚷道,"欺骗丈夫这种事我做不来。这令我看不起自己。我讨厌像我这样的女人。我对不忠之人总是很严厉,并且……"

"爱能战胜不忠。我为你痴狂。这你就不明白吗?"

我的目光落在一张婚礼上拍的快照相框上。巴里和我跳着我们的第一支舞。那时是不是我一生中最后的清醒时刻?当时,乐队独唱者风情万种地唱着"或许就是你",那时距我看见巴里从我父母化妆室出来,后边跟着太妃糖冷美人小姐已经过去三个钟头了。

我能听见卢克的呼吸声,期待着我给他一个回答。"我也疯了似地爱你。"这么说不可谓不准确,可我只会变得疯狂。"卢克,我不知道说什么好了。"除了我必须从这里出去。

"干吗不说'我爱你'?因为我觉得你正是这样。"

从前门那里,传来钥匙开门的声音。我不想让德尔菲娜和安娜贝尔注意到我六神无主的样子,眼泪扑簌簌地流下来。"我答应你我们要谈一谈——过了周末以后。挺住。不过这会儿,先挂电话吧。"

"莫莉……求你了。见我,就十分钟,就今天。"

"卢克,再见!"我说着,按掉手机,抓过一张纸巾擦脸,从衣钩上拿下我的头盔,前门打开的时候,我重重地关上了后门。我把车从地下室的楼梯推上去,骑着车来到大门口。

"你刚刚跟马克斯医生错过了。"门房阿方索说道。我意识到,这个巴里也真奇怪,我此刻真没有心情去见他,他怎么没有提起会早点回家呢。之前我们还在电话里谈了不下一刻钟呢。这会儿我不能去想这个。

我把我的自行车鞋夹在踏板里,出发了,双脚使劲蹬。

只有到了街上,在距离我家公寓两个街区的地方,我才意识到,我把手机落在厨房台面上了。

43

我望着希克打开他的邮件。账单，《经济学家》杂志，眼科医生的明信片（"无论如何你要看一眼，你该来检查了"），《厨师》的插图版，还有一张婚礼请柬。不过顶有趣的一封信是一个上头没写寄信人地址、也没有计算机生成标签的轻薄的白信封。红色邮票是一粒好时之吻巧克力和一颗题写着"爱"字的心。他小心翼翼地打开信封。为什么会有人寄给他一叠诗阁服饰样品的剪报呢，这家专门替人订制高级衬衫的成衣店，他只探头进去过一次，一件马球衫能花掉他一百美元呢。

"布里，宝贝儿，我希望你可别给我买什么礼物啊。"她穿着他在梅西商店买的一件衬衫走进厨房时，希克对她说，他同时希望，她也别给他买。她挣的钱是他的五倍，这是他俩之间一个很敏感的话题。她说她对此并不介意，那他又何必要介意呢？

"我可不想过四个月再给你买生日礼物。"她说着，把一粒葡萄塞进嘴里，随后又塞了一粒给他，接着拥抱了他一下。"这是个暗示吗？"

"这个吗？"当他冲着布里的脸一扬那叠剪报，才看到了它的反面。有一页贴了一个标签："在这页上"。那是一张合影，里面除了别人还有卢克·德莱尼和莫莉·马克斯。寄信之人还在他们两个人的手上用黄色的笔画了一个圈，我俩的手可能拉着，也可能没拉。这很难说。这张照片上还贴了一个标签，上面写着："凶手?"

嫌疑犯 L. 德莱尼。他并不是官方认定的嫌疑犯，尽管他给莫莉打过电话，希克注意到，她去世那天，卢克给她打过无数个电话，包括她最后接的那个。希克清楚卢克隐瞒了什么。他隐瞒了什么是一个问题，对希克，对我，都是如此。

卢克接受审讯时都崩溃了，可是从他的叙述里找不到破绽。早在两周之前，他打电话询问案子进展。"没进展"是一个很恰当的回答。

"你认为这些剪报是哪本杂志上的?"希克问道。

布里凑近了去看。《城市与乡村》。其实，那是《起程》杂志。那张照片是在圣多明各的海滩上拍的，那是我最后一次跟卢克一道去外景地旅行。"可是这张照片又能说明什么呢? 莫莉和卢克·德莱尼一起工作，说不定还一起睡觉。由于职业而造成的危险，比比皆是。"布里应该明白的，因为她跟同样的人做过同样的事，她决定不把这一点告诉希克。

"最重要的是，谁寄的照片?"他说道。

"那是一项指控，还是一种猜测呢?"

"你想它是什么，它就是什么。"

布里坐在花岗岩台面旁的铝制吧凳上，这个台面把希克紧凑、整洁的厨房和他的起居室隔开了，这间小厨房里摆着双人真皮黑沙发和不锈钢的圆餐桌。他中了一张购买不动产的彩票，买下了这套出售的公寓，虽说距他母亲的住处不到一英里，可离她还是有一大步。我能跟这个男人住在一起吗? 布里正开始自问。如果唯一需要在意的事是她有多在乎他，他们两个人都是那种肛门克制型的人，在这点上，答案就是一个很响亮的"能"。

"是谁送来的?"她问道。"我的赌注押在巴里身上，善良、老套、内疚的巴里。"

"为了什么内疚?"

"为了某些事。我敢肯定。"

"如果你是在法庭上，那就离题万里了。"他哈哈大笑。"你不觉得这事是那个大块头的坏露西干的吗?"

"露西玩不来游戏的。她会打电话来说，'我那笨蛋妹妹有了外遇，那家伙害死了她。抓住他。'"布里每次学露西的样子，都能让我们两个人笑得花枝乱颤。

"你觉得基蒂呢? 她会不会想把人们的注意力从她的宝贝儿子身上

引开？"希克问道。

"或者从她自己身上。"布里说，尽管在心里，她并不把基蒂当杀手。布里不明白希克眼神的涵义。"你知道我是在开玩笑，对吗？"

"那这又怎么样？"希克边说边把布里拉得离自己很近，并扯掉她的发箍，她那头秀发就披散到她后背上。"莫莉爱着德莱尼，可德莱尼却爱着别人。可是，莫莉不会给他自由。她遵从着致命的吸引力，表现得像个怀恨在心、报仇心切的狠毒女人。所以他提议他们一道去骑自行车。到了某个景点，他们停下来，她以为他要吻她，他却狠狠地把她从单车上推到水里，听任她淹死。"

"决不可能。"布里说道，"可是这个又怎么样？巴里和莫莉一道去骑自行车，路上吵了起来。他推了莫莉一把——是出于无意呢还是刻意为之，这点我至今无法弄清——因此她掉到了水里。他害怕了，想拉她出来，像个尽责的医生那样给她做人工呼吸。当他意识到她伤得很重，极有可能死去，而且他百分之二百地断定发生的这一切没人注意，他就离开了犯罪现场。"

"他的动机是什么？"

"她知道他已经 N 次出轨了，她准备提起诉讼，拿走他的一切。"

"真有意思，劳森探员，"希克说道，"或许也可能他们吵了一架，随后那个傻瓜一气之下骑车走了，再也没有回头，因此他从来不知道莫莉骑车失控。轻率鲁莽的危险行为。"

"噢，那你还挺喜欢巴里的。好吧，也许卢克确实去了那家他说过的电影院，不过他早早离开了，并及时追到莫莉把她除掉，因为他是教科书里写的那种精神病患者，并且要是她不为了他离开她丈夫，那他也不想让巴里占有她。或者……"

"不，我有主意了。"希克又说，"听听这个怎么样？"他把手伸进布里的衬衫里，迅速地往下摸——什么也没有——从而结束了这场讨论。一直等到两个钟头以后，布里离开，他才再次去看那叠剪报。

希克打了四通电话，分别打给卢克、巴里、基蒂和斯蒂法妮，告诉他们他明天要去拜访。

44

我从中央公园西部路向北骑去，在几乎每个拐弯处都减速，或者停下来，在八十六号大街左转，经过了那幢威廉·鲁道夫·赫斯特将马里恩·戴维斯金屋藏娇的公寓大楼。脱帽向马里恩致敬。曾经有个女人知道怎么去控制她的情人。

右转，我躲进河畔公园，那里有一面美国国旗呼喇喇地迎风招展。妈的，今天比我原先以为的风大。我继续骑车经过希波游乐场。如果天气一直好的话，我明天就要给安娜贝尔一个惊喜，带她到那里玩。我只骑了一小会儿就骑进那个阴湿的散石隧道里，那条隧道穿过公园大道并一直把我带进哈得逊河里。

"慢行"，一块标志牌提示，"请尊重他人。"说得太对了，卢克，别再引诱我了。够了，尊重我想翻开新的一页的意愿。

我下车四处探看。往南，哈得逊河变宽了。我能认出泽西市，一个只有从气象预报里才知晓的地方。在北面稍远处，乔治·华盛顿大桥在一层网状灰雾笼罩下若隐若现。即便在一年中的这段时间里，暮色在晚饭前就降临了，在下午投下它的光线还嫌太早了些。更近一点，河畔教堂高踞于一座小山岗上，俯瞰着尤利西斯·辛普森·格兰特的墓地。

我又跨上单车，加快了速度。右边几码远的地方，有一道更适宜监狱用的栅栏将整条道路一分为二，从相反方向开来的汽车飞驰而过，司机直勾勾地盯着前方，专注于他们的使命。去吧，去吧，去吧。超过另一个家伙。天啊，这也太吵了吧。车辆的喧嚣从来都不会不让我惊讶，但我能把声音关掉。我总是这样做。伊利诺伊的郊区可能是我的诞生地，不过我仍是一个纽约人，并可以激活我内心的 iPod。我唱得都走调了，这是我所唱过的詹妮斯·乔普林最嘶哑的歌曲。"要知道，感觉良好已经对我够好，对我和我的博比·麦吉已经够好。"

我高速穿过一小排矮松树林，它守护这个空荡荡的网球场。我拐到左边的樱桃大道上，这是一条参差不齐的自行车道，左侧与低矮的石头堤坝相接。堤坝上的岩石径直朝阴暗河面重重叠叠的边缘斜下去，河水就比岩石低一到两英尺。

在歌词中，生活往往被提炼成一种离奇和不真实的清晰。可我认识的女人是不会借桃子酒来浇愁的，她们也不希望用她们全部的明天只交换一个昨天。上床之前，她们会做五十个仰卧起坐，吞服一片依地普仑，考虑要不要孩子，或者咨询一位顶级离婚律师，计算一下还要几个月就能去度假。她们可以戴着一顶宽边帽，厚厚地抹上一层 SPF 值为四十五的防晒霜，融化在海滩的烈日下。直到那时，她们依然继续向前，令脚上的鞋始终光亮如新，保持乐观开朗的心境，克尽职守，无论内心还是外在，都经过了精心修饰。

我决心要比她们做得更好。我不能在一个不完整的家庭里过一种不完整的生活。

这个白天是时断时续地出太阳，这会儿又要开始下雨了。这令人神清气爽，雨水洗掉了之前的那个莫莉，涤净了我的想法。我打算一路骑自行车到桥那儿，弄清楚安娜贝尔和我都很喜爱的那个红色小灯塔是否经受住了冬天，然后再调头，飞快地骑到面包房那里。要是雨下得越来越大，我就换个计划，从费尔维离开，我可以在那里给巴里买上一小片樱桃派，他一次可以吃掉两片——一个表示和好的举动，纵使他觉得那也只不过是一份甜食。

肾上腺素升高时，我的大脑开始枯竭——安逸、舒适并且稳当。这就像骑自行车对我臀部尺寸或心血管系统能带来的好处一样。我略微注意了一下滑板运动场、篮球场，甚至小径画好的分隔线，像血管那样呈蓝色，并显得很稳定，把那些北行的飞车族跟那些南行的分开了。每转一圈，我能感到我的紧张消除了，我的决心却增强了。

到周一，我会给卢克打电话。躲着他不见很残酷；比起那些草率的交谈，我们俩以往的甜蜜可要有价值得多。我要用朴实无华的语言来告诉他，这可能是我们的最后一次谈话。一切就都结束了。

可是——我眯起眼——这不就是他吗，博比·麦吉·德莱尼本人，一个穿着海军蓝风衣和牛仔裤的瘦高个，正站在路边。"别骑了，我们谈谈吧。"他叫道。

卢克竟不顾一切地要找到我，这让我很受触动，可我并没做好准备，我觉得被人下了圈套。"噢，卢克，这会儿不行。"我大声回答。"已经太晚了。"这话能有多方面的涵义，可我尽量把语气放缓和。"我现在没时间。"

"莫莉，我来了，我们得谈谈。"他嚷道。

恕我不能苟同；我的表情很复杂。

"你不明白我有多爱你。"

也许吧，可我不想再听。我想保持清白，让眼下的局面可控。

"我爱你，莫莉。我真的爱你。"

也许他是爱我的。也许是我欠了他的。也许这就是我的卡萨布兰卡。有太多的也许……

"好吧，"我说道，"格兰特的墓地就在路尽头。你走过去，就在那里等我。我去墓园里见你。"

他满腹狐疑地看了我一眼。他真地以为我要甩了他吗？

"我会去的，"我说道，"十分钟内，最多一刻钟。"

"格兰特的墓地，"他说道，"我会去那里的。"然后，他就走了。

我要按计划骑到大桥那里，去看看那个灯塔是否安然无恙，再掉头骑回来，跟卢克见面，然后我们今天就谈一下，而不是周一。我不想装腔作势，不想矫情。我想纠正我生活中错误的行径。我将会改变，每一天都做出改变。我告诫自己，纵然那个第三者爱我，我不会再去当一个顺从地微笑着并竭力将一种走钢丝似的艰难生活维持下去的女人。

我不会拿出磨刀机。我将态度委婉却无法挽回地将事情了结，犹如折断一根脆弱的树枝一般，卢克跟我将各走各的路。我将一洗自己最初的愧疚，重新面对自己的丈夫。我知道这件事我是做对了，这又给了我一种动力，把车骑得更快了。

是的，我对卢克是有感情的。

不，我还没准备好对这些感情做出交代。

是的，我也许永远爱他。

不，无论他做什么都无法令我回心转意。

随着每一次车轮子的转动，我越来越坚决了。我，莫莉·迪万·马克斯，能做到的。我开始排练。

卢克，我将永远爱着你，可是……不行，没人喜欢听"可是"。

卢克，从一开始我们俩就都知道……可我们并没有啊。

卢克，你对我是非常宝贵的，因为这个关系……

我忙着搜寻那些陈词滥调，随即又像对待碎线头那样，把它们扔掉。我压根儿没注意到，在下午晚些时候天色已暗下来，仿佛某个人有效地调暗了灯光。雨点的节奏犹如一首坚定不移的进行曲，敲打着我的头盔。我听到一声霹雳，犹如低音鼓。

正当我拿不定主意要不要放弃灯塔，直接去格兰特墓地，冷不防又响起了第二声，更响的霹雳。像铙钹那么闹。

天空开始炸开。那正是为什么一开始我没听到另一个声音，此刻，那声音愈来愈响了。接着，我分明听见身后有另一辆自行车齿轮转动的声音。越来越近。

太近了。

我觉得自己听见有人在喊我的名字。是巴里在跟踪我吗？我扭头去看身后。跟在后头的那人显然已经为坏天气做好了准备，将大量

L. L. 宾恩发的礼券都派上了用场。我这不是在开玩笑，教科书工具，从头到脚穿一身黑橡胶服，最后，以一个头罩遮住了那顶头盔。我正在看着一个穿衣过于讲究搭配的成人，一个衣服裁减得挺宽松却时髦的骑车人，这人也许是个女的；我无法看清楚这人的身材轮廓，却看清楚这人戴着太阳眼镜——巨大，深黑色，沉甸甸的。

"请原谅，我是否错过了狗仔队？或者错过了将有飓风的天气预报？"我真想大叫一声。不过那位骑车人却抢先叫了起来。

那个声音在说什么？是"在你左边"吗？是"当心"吗？抑或这个人在喊我的名字？那些话语都被电闪雷鸣给淹没了。白金色的闪电撕裂了天空，雨点开始敲打得更猛烈、更无情了，水平地扫过来。我仿佛陷入洗车房的季风周期里。不过，我继续骑车，尽量不去理会我身后那个在恶劣天气依然衣着讲究的时髦人，集中精力不让自己骑到自行车道外去。当我的车轮试图在被突发的暴风雪刮来的杂物里刹住时，我能感觉到那人冲我骑过来了。该死，这也太近了。他有没有意识到这样多危险？或许，他之所以紧跟在我屁股后头，是因为他觉得我可以带他走出暴风雨？黑武士选错了女童子军。

当他无法骑到我前头去的时候，我就开始考虑，要不要以我那有效的疯女人一声吼把他骂走。有一次一个特别狂妄自大的小偷想偷我的钱包，我那声吼很管用。在法庭上，在当陪审员时，也都管用。不过，要是这个呆瓜，比方说吧，一个神经错乱的自行车信使出门是为了抢劫我——或者更邪恶呢？这儿毕竟是一个发生过各种极富想象力的罪行的城市。

我必须把他甩掉。我打算骑到旁边，靠向自行车和机动车之间的那道栅栏，尽管那里的水塘已经积得很深了。水花飞溅到我裤子上，再渗进我鞋里，这已经是那天第二次这样了。我能感觉到在我袜子下水流的拍打声。不管跟踪我的那个人是不是巴里，他都是对的。谁会在二月份骑自行车呢？难道我是个负责任的母亲吗？并具有一种并不超越常人的骑车水平吗？难道我并没将自己误认作环法自行车赛的参赛选手吗？我其实只是一个傻瓜。

我探头张望。那个跟踪者在喊："我要跟你谈谈……"在更近的距离内，那声音听上去尖锐、瓮声瓮气、音调更高。不是巴里。这会儿，有件事是明确无误的。他——或者她——是认识我的人。

"莫莉·马克斯！骑慢一点！"

"你在干什么？"我尖叫着说。不过看上去，似乎这位车轮上的怪人就是冲着我来的。"退回去！妈的，快躲开！"这声音却没有从我喉咙里出来。我开始气喘吁吁。

"妈的，快把车骑到一边去！"骑车那人一边尖着喉咙，一边滑进了一个水塘，导弹般地从右边扑向我。

我得踩动踏板避开这个鬼鬼祟祟的女怪物。我能做到的。

"面对现实吧，莫莉。你跟巴里已经完了！他觉得你很可笑。就算你对我不理不睬也改变不了这个事实！他不再爱你了！"

"你是谁？"我尖叫。

"得了吧，你当然知道我是谁！"

我恍然大悟。我一下子全明白了，一种既强烈又纯粹的感情更是加强了这一点。我相信那是一种达到白热化的仇恨。我掉过头去想再看一眼——想完全确定。恰在那时，我们撞了，我松开了车把手。我的两条胳膊犹如疯狂的啦啦队长那样高举到头上，完全失控了。一只脚也脱离了踏板。然而，正当我的自行车歪歪扭扭地朝相反的左边方向驶去，另一只脚却死也不肯离开踏板。我像在看一部恐怖片那样注视着这一切，直到我不得不闭上眼睛。终于，我的自行车开始减速了。

我感谢上帝。正像路易爷爷常说的，要是一个犹太人不指望会发生奇迹，那她就不是一个现实主义者。

随即，我看到了我前方的终点，一块尖锐、有锯齿形边缘的岩石。就像慢动作一样，这块岩石碰到了我柔软的脑门儿，划破了我的皮肤，鲜血一滴滴地流进我的嘴里。我的自行车摔在我身上，纠缠在一起的辐条和非常愉快的黄色金属似在嘲弄我，发出一声震耳欲聋的巨响。

"耶稣啊!"有人在说，"别这样做。"我非常肯定那个脱离躯壳的声音不是我自己的。

我听见我的自行车溅起一片浪花，哈得逊河的水使我的脸、我的头颈、我的肩膀变得冰凉。随后，我就什么……都不知道了。

那个骑车的贱人凑到我身前，松开了我的脚。或者，也许是我自己松开的，就像一位勇敢无畏的母亲吊起了四吨重的小货车，那车压得她的幼儿不能动。我就待在沿岸的水边。我能看见和闻到的只有微咸的河水。河水流得有多快？我上一次注射破伤风针是在什么时候？我是否还记得怎么游泳吗？

哈得逊河威胁着要把我吸进它肚里去的时候，我的身体曲折前游——颠簸地滑行，仿佛在跳绝望的霹雳舞——我伸手去抓一块伸出的覆着绿色粘泥的岩石上突起的部分。我使劲抬起胳膊，那种痛真让人受不了。这个突兀的动作，令我的眼睛捕捉到我那件风雨衣手腕处系着的维可牢尼龙绳上挂着的什么东西闪了一下。我捕捉到一件珍宝，一个闪闪发光的嵌着浅粉红宝石的心形坠子，宝石四周还镶着一圈深紫色圆钻，同样还有颗心形坠子就挂在巴里打算要送给我的那条项链上，或者那本来就是一对恶魔双子星。情人节快乐，莫莉! 这是另一把戳在你心上的刀。

我的手套已经撕裂了，我伸出那只冻僵的手去摸那个嘲弄人的小玩意儿。我一把抓住它，冰凉，坚硬，摸上去无比光滑。仿佛我抓住的是上帝，我用手指紧紧包裹住那颗心。

我的大腿僵了，肩膀疼得剧烈抽搐起来。我浑身湿透了，却大汗淋漓。根据我对解剖学的常识，我猜我是摔断了锁骨，就像烤鸡上那根叉骨那么易折，可我的大腿和肩膀感受到的痛苦也只有我内心的一半。

我想再次闭上眼睛，缓一口气，暂时休息一下。

我觉得我听到有个声音在恳求我保持清醒，别屈服于刀割般的疼痛以及寒冷彻骨的急流。它喊着："莫莉。"那是从一只钟的中央远远传来的背景声。那是一个我甚至无法肯定它确实存在过的声音，一个让我充满恐惧并再次向我充填恐惧的声音。

"抱歉。"它这么说。

某个人弯下腰。这人是想救我呢还是想杀我？但随后发生的只是那颗心形宝石被人从我的手心里撬走了。我听见一声小水花，脚步声……接着，我什么……也听不见了。

这会儿，我又是一个人了，被自己的沉默淹没了……

我能望见天空。当我无法动脖子或抬头时，我能依稀辨出一个大道上的广告牌。"回家晚了吗？"它这么说。告诉你的数字录像机别等你就开始吧。

我想笑，可笑不出来，就声嘶力竭地大叫、呼喊："救命啊……救救我……救救我，快来人啊。"可是机动车的噪音震耳欲聋。有人可否听到我躺在这儿，像垃圾一样被丢弃，隐藏在荆棘丛中？我尖叫，退缩，再度尖叫。每一次我大声呼喊，那感觉就好像刀锋在割我的肋骨，可我还是会倒吸一口气，然后，再次尖叫，尖叫，尖叫……继续尖叫，直至发出的声音有如虚弱的动物的叫声或咕噜噜的呻吟。

有人会找到我的。有人必须找到我。快了。

我告诉自己，大声地，轻声地，保持镇静，保持清醒。我一直数到一千，背诵字母表，用英语、再用法语——玩押韵的游戏，就像露西和我在小学里做的那样，轮流喊出脑子里想到的第一个词。

露西，穆西，加里·布希，瓦图西，布鲁西表弟，呆鹅，德彪西。

莫莉，手推车，截击，孟加拉，玩具娃娃，诺尔玛·卡玛利，牧羊犬，萨尔瓦多·达利，快活，波莉，天啊，墨西卡利，犯傻。

完全是在犯傻。

我正看着的这个人是卢克吗？他俯身望着我——告诉我要挺住，说他要去找人来救我？那是不是他呢？抑或仅仅是希望，祈祷，那是爱穿牛仔裤的他吗？

卢克，公爵，迪比克，巴鲁书伪圣经，侥幸，赫尔曼·沃克，呕吐，幽灵。

我真的是被一个穿一身黑的女巫劫匪逼到道路外的吗？那真是可可·香奈儿最可怕的噩梦啊，抑或这只是幻觉？我头脑胡乱产生的幻影？有个女人声称过她爱巴里吗？巴里爱的是否就是她而不是我呢？

这有什么关系呢？唯一要紧的一件事就是要活着。

我努力把注意力集中在河畔礼拜堂的尖顶上，安娜贝尔的汉堡王王冠抵住碳黑的天空。我开始浏览安娜贝尔的生活，从我肯定精子遇到卵子、所有细胞都用来造新人的那个晚上开始。经过差不多让人惊叹的十月怀胎。威廉·亚历山大。亚历山大·威廉。我能有幸见到他吗？我快速跳回安娜贝尔分娩那天。把我那粉红、无发的漂亮宝贝带回家。在凌晨时分给她喂奶，一支牛奶团队，就我们母女俩坐在一把绿天鹅绒的椅子里一起摇晃。安娜贝尔的第一颗乳牙、第一声笑、第一个冰淇淋甜筒、第一根棒棒糖、第一个洋娃娃、第一次发脾气、第一次剪头发。学会沿着光亮的木地板像螃蟹那样爬，学走路，学叫妈咪。开始上幼儿园，开始跳芭蕾，开始做一切事情。

我试图回想她的每次生日宴会、每次宴会穿的裙子、每个生日蛋糕，尤其是我为她第三个生日亲手烤制的巧克力泰迪熊蛋糕，我在那上面撒了一层椰丝，好掩盖我撒了太多的结块糖粉，为我的粗心打马虎眼。吹灭蜡烛。你一岁了吗？你两岁了吗？你三岁了吗？你四岁了吗？不是四岁。还不是。我得活着才能看到她四岁。我必须等到她四岁。一，二，三……

我将永远是安娜贝尔的母亲。我将永远是安娜贝尔的母亲。这句话我重复了一遍又一遍。那是我闭眼之前的最后一个念头。

45

永恒是一种无止境的慰藉，犹如婴儿的呼吸或糖果商人撒过糖粉的糖果那么安稳。在延续期，我穿越时空，犹如一架喷气机穿过云层。时间犹如被风刮在一起的雪堆，原始质朴，无穷无尽。我们不是以时日或时代来算日子。我们压根儿就不计算时间。

"回到那个时候"——是对"活着"一个非常坏的说法——"你对死亡想过很多吗？"有一次鲍勃这么问，"你做过噩梦吗？有不祥的预感吗？"

萨姆有过。作为一名精神病医生，他活在人们的头脑里，那里始终都是世上最最可怕的地方，是一团由纠结的关系和陈旧的悔恨所构成的混乱。病人离开他的办公室，一定会为他的舒解而松口气，萨姆会在睡梦中琢磨病人留给他的焦虑，解开他们心灵的谜团。

担忧呢？我当然会有了。担忧就是我的手机铃声；我整天都听得到它。可是真实的噩梦呢？那难得有。大多数时候，我反复默想最坏的场景。是啊，有太多最坏的场景变成了现实。然而，当我试图反思这些糟蹋了我幸福的问题，我的记忆便如燕麦粥一般粘稠而多块。

萨姆和鲍勃依然是我扩大的社交圈的一部分，这赋予了"需要全村的力量"这话一层新的涵义。斯蒂法妮的儿子乔丹，这会儿也到这儿来了，他是一场用来吓唬人的直升机滑雪体验致命的牺牲品。他正凝视着一块巨大的花岗岩尖塔，轰隆一声巨响。他就死了。

后来，斯蒂法妮这个人就跟先前不一样了，这是那场悲剧带来的唯一好处。她开始受到恶有恶报念头的折磨，这令巴里的生活变得难以忍受。作为格雷特内克地方的女儿，斯蒂法妮·利普希茨·约瑟夫·马克斯开始变得反复无常。如今她一直吃犹太明胶圆形软糖，用一顶假发遮住她灰白的短发，并相信这种头饰看上去就像真货。斯蒂法妮拒绝在安息日那天上车。这让马克斯医生和马克斯夫人很难把蜜月礼物给她，就是去长岛海滨上一座高耸入云的玻璃钢建筑物过周末。每当斯蒂法妮不注意的时候，巴里就会偷偷把小排骨藏到教堂那么大的厨房里。

他们两个人依然是差不多百分之百的夫妻。假如巴里在之前的二十多年来跟谁有染，他妻子不想知道也不去关心。她拥有了那么多金钱，甚至都可以用这些钱来替她擦眼泪了，这么想对她很有帮助。斯塔福德医生坚决要求巴里必须上止怒的课程：他和斯蒂法妮正在斯塔福德医生的办公室里联袂上课。巴里朝斯蒂法妮扔过去一本书，叫道："瞧见没，要是你气得咬牙切齿，我就不会在你嘴巴里撒尿。"

巴里因为某些……缘故而谴责斯蒂法妮。究竟什么原因，他一丁点都不知道，其他任何人也不知道。

乔丹来这里没多久，纳尔西莎也来了。她死于糖尿病。德尔菲娜曾经抱怨她越来越胖了——为了参加她儿子的婚礼，她必须把两条钉着串珠的翠绿色礼服裙缝成一条——可纳尔西莎从来不听她的劝告。纳尔西莎和乔丹变得很喜欢对方，这让我很是欣慰。她把那位四肢柔软灵活、一头卷毛的少年搂在宽阔的胸膛里，我经常看见他们两个人一起又笑又唱，他模仿罗伊·奥比森的嗓音唱八度音阶，纳尔西莎有一副女高音的甜美嗓音，给人一种她没那么胖的错觉。乔丹跟着纳尔西莎一起去新生界。以耶稣的名义，他有了一个多么好的朋友啊！

我父亲也到这里来了。他在吃一块美味多汁、烤得半生的厚牛排时噎死了，那是他跟露西一起跑马拉松后的第二天。这样走掉也不算最坏，尽管他只有七十四岁。当我和他重聚时，我们俩就像在珍贵的前世里那样互相抱住对方。"爸爸，爸爸……"

"莫莉，宝贝儿，"他这么回答，"你被害惨了。"不过我让他别说下去。在延续期，当人们没做到《圣经》所要求的三分或十分，我们是不会表示质疑的。我们让活着的人去判断。过去的，都成了过去。

我父亲迫不及待地告诉我莫莉一案的审判，确实是悬而未决。我听说，这件可怕的烂事，曾被仔细分析过。任何智商高于九十五的人宁愿为公司流言负责，也不愿被小报新闻折磨，哪怕是任何十亿分之一秒。可是，因为那些演戏的人很上镜，很有经验，那些白人、制片人和编辑就用那个故事来代替，说凶手是从伊拉克回国的颅脑受伤的残废士兵。

"这桩案子成了一个罗尔沙赫氏测验，"我父亲说，"有一天我登陆美国在线网，那里可以给'你相信谁是凶手'的问卷投票。顺便说一下，有百分之六十八的女性都投了票，认为你朋友卢克无罪。"

他总是管卢克叫我"朋友"，就好像我们俩一起干过的事仅限于一起喝草莓苏打，或者一道坐出租车。

"有人建议我在一场为电视拍的电影里客串一段戏，"他又说，"让我扮演一个脾气暴躁的老侦探。你相不相信竟然有人眼光这么差？"

我相信。我作为一个下界生活的无形的旁观者，已经有好长一段时间了，不过我听说过一些事，听说了很多。但是，我希望我爸爸谈论的还是安娜贝尔。她是否真地出落得超群出众、美丽动人呢？她的身高是否到了五英尺九呢？

"噢，是啊。她有基蒂那种身段，你妈妈那种脸蛋，还有露西那种身高。"

"是否高得不能演《胡桃夹子》里的克拉拉了？"

"噢，那个么，她放弃跳芭蕾，改打篮球了。"

"她没什么地方像我吗？"

"有啊，宝贝儿。她有你那头秀发。"

难道他就不知道我那头金发完全是化学漂染的？然后，我看到什么东西一亮。

"安娜贝尔有你的微笑，就是让每个房间都亮起来的那种笑。你不能不爱那姑娘。她简直就是另一个你。"

"那她干吗去苏格兰上大学？"我完全有理由相信她已经被普林斯顿大学录取了——普林斯顿大学的教务处主任——在被她拒绝录取的一个贫民窟孩子枪杀后来到了这里——告诉我她已经考上了。

"为了躲开……"我父亲说道，"那些陌生人的指指戳戳，为了避开经常吵架的巴里和斯蒂法妮。乔丹的死让她很伤心。那两个孩子总是一起躲到一边去，头碰着头，犹如一对站在它们自己浮冰上的鸭子。"他欲言又止，只是凝视着我。有那么一会儿，我有了一种完整、活着的感觉。

"不过，生活是有趣的。"他说道。

难道不是吗？

"要是安娜贝尔没去苏格兰，她就不会碰上尤恩。一开始，我和你妈都很沮丧。我们以为你那小安妮贝尔是想找个爸爸型的恋人。可露西却不同意。她是对的。"

她总是对的。

"等到她结婚的时候，安娜贝尔也许自己还是一个孩子——十九岁的孩子——不过尤恩正是她想要的。"

"给我讲一下她的婚礼。你跟妈咪都参加了吗？"

"当然去了！你母亲觉得尤恩穿着他那身苏格兰方格呢裙显得很时髦。有许许多多的蜡烛，我都觉得那幢那么高的老城堡都快要融化了，可你女儿却说她希望婚礼看起来像电影《纯真年代》里那样，因为露西发誓说那是你最喜爱的一部电影。"

我最初的想法是，我姐姐是想保持住我的荣光，似乎我就是戴安娜王妃似的；我的第二个想法：难道马丁·斯科西斯还在拍电影吗？

"每一次祝酒总比下一次好，"我父亲忽然换上一口漂亮地道的苏格兰口音说，"敬我们两个人！谁又会跟我们一样？"他问道，随后自问自答，"只有少数几个……而他们也已经死了！"随后他环顾四周，我们俩放声大笑，只有延续期的人才会笑得那样放肆。

46

当我意识到我的探访是残忍的，是一种不同寻常的惩罚的时候，我就不再回人间去了；自怨自艾令我更忧伤，更愤怒，更孤独。我学会了在延续期四处游荡，让我逐渐遗忘以前的事。要是我曾经知道我究竟是怎么死的，我逐渐遗忘的东西也比我曾经知晓或记住的东西多。我已经停止了寻找答案，开始寻求起安宁。

我已经得了一种萨姆称为灵魂高烧的病；我钻进了一个健忘的雪洞。"许多像你那样结束生命的人都会出现这种情况。"——比如惨死的、不计后果的、不愿宽恕的、英年早逝之人。"感受一下你父亲对你的爱，或许能开启你的记忆之门。"萨姆的理论听上去像一大堆心理治疗的废话，然而我逐渐发现其中自有真意。这使得我想最后回人间一次，尽管我的能力犹如久病初愈者身上的肌肉那么松弛。

然后，就真的没有选择了。我央求父亲陪我一起去，他却说他还没准备好，也可能永远都准备不好了。看到他的克莱尔跟别的男人在一起，丹·迪万会受不了的。

他去世两年之后，我母亲和隔壁邻居结了婚。他是个鳏夫，曾坦言自己一直迷恋她，多年前，露西和我从他目光灼灼地望着她的样子就猜到了，那目光就像圣诞灯一样。克莱尔·迪万是书里写的那种女人，她两度找到了真爱，这种爱具有罗曼蒂克的激情，温柔如水，心心相印。我认为我父亲不会嫉妒我母亲两度得到幸福，可他不想听有人叹息着喊她"克莱尔宝贝儿"。

到目前为止，我对英伦三岛的完整体验仅限于伦敦——老古玩店，吃了太多的松饼，注意到人们似乎特别爱用"垃圾"这个词。现在我来了。这一片苏格兰临海小镇的旁边，碧绿得犹如古代瓷器那么安详，初开的番红花从多岩石的土壤中顽强地冒了出来。要是有一群黑面的小绵羊从小路上漫步过来，由小波比亲自照管，我也不会觉得奇怪。远方，因为其他庆典的关系，能听见呜咽的风笛声，似乎它们自己也觉得悲伤。然而在这座朴素的石头教堂里，却洋溢着欢快的情绪。我走进教堂，感觉就像回到自己家，似乎我从书架上取下一本心爱的书，阅读夹着书签的一页。这种似曾相识的感觉我无法解释，但如今我已经明白了这个道理：生活是由一长串起伏不定的神秘组成的，死亡也一样。

我一转身，看到安娜贝尔就站在那里，犹如一朵蜂鸟簇拥着的旱金莲。她容光焕发、身姿挺拔地朝座位走去，朝右转，留下来接受美好的祝愿。她旁边站着的是尤恩，还有一对年幼的男孩和女孩躲在他背后，他们的脸蛋儿红扑扑的，头发是胡桃糖那种颜色。"简直跟他们父亲一模一样。"有人在轻声议论孩子。安娜贝尔就是他们的神仙继母。她穿着一袭坎贝尔家族的洗礼长袍，戴着一顶无边女帽，帽子上点缀着奶蛋酒那种奶油色的古老花边，花边的质地就像羽毛那么轻柔。那个睡得很香甜的新生儿，对这种神圣场合里的喧闹没有做出任何反应，这也引起了我另一半的关注。

教堂里人都来满了，那扇沉重的木门突然打开，一股清新的海风吹进教堂里。四周充满了爱意，安娜贝尔以一种难以置信的柔和目光望着她的孩子，就像我以前望着她一样。我恣意品味着每个人每件事，我的空虚逐渐填满了

一位牧师欠了一下身，态度友善地开始了受洗仪式，对这个喜悦的时刻、对婴儿的降生，向上天表示感恩。"我的主啊，为了您的孩子尤恩·坎贝尔以及安娜贝尔·坎贝尔，我们衷心地请求您的安慰。"那个"r"音轻柔地从他舌头上滚过，犹如海浪涌上光滑的岩石。"帮助他们成为明智耐心的父母，帮助他们领会一位幼童那逐渐成长的身心需要的关怀。在困难的时候，请赐予他们勇气与力量。"

我本能地开始祈祷，向我曾经与之有过分歧的上帝祈祷。请免除

他们的忧伤吧，我祈求上帝。请保佑安娜贝尔，请保佑她的丈夫与他的孩子。请保佑这个小宝宝，这个外孙。说"外孙"这词儿时，我真的感到了惊讶。我的小孩如今也有了自己的小孩，这实在是神奇，这孩子我还不认识，可他就是了不起。

那位牧师接着说，他的声音简直就是一段优美的旋律，我在房间里左顾右盼。那里站着我母亲，照我看，她的脸很年轻。她正依偎在她的新丈夫身边，这个男人比不上我爸爸一半英俊，却长着一张充满同情心的圆脸。他碰了一下我母亲的手，姿势稍有些僵硬，却依然很轻柔。她可以在我去世的二月份里眨眼，未来犹如阴影，阻挡了她的视野。然而她非常明智，支撑到今天再次眨眼，此刻一切都很完满。

希克和布里轻声交谈了几句，随后，哈哈大笑。布里脖子上挂着我很久以前送给她的那个银质放大镜。岁月令放大镜的轮廓不那么分明了。她宛如一位女王，乌黑的秀发挽成一个发髻。希克已经不再戴他的耳环，开始戴眼镜，人也更壮实了。在我这桩悬而未决的案子后，他把它当作一次个人的失败，开始在晚上研究法律。布里和他一起开业。假如你跟犯罪沾上了边，你可以求助劳森与希克律师事务所。他们干得不错，比其他新婚夫妻更爱粘在一块儿。

有个人来晚了，那是个高挑、丰满的女人，脸蛋圆圆的，没有一丝皱纹，一头乌发里仅掺着一缕白发，溜到安娜贝尔背后的那排椅子上。她凑近去亲了亲她的脸，抱紧了她。安娜贝尔听任她拥抱自己，依偎到这头"母熊"身边。"穆西阿姨，你来啦。"她说道。

"我们都来了。"露西回答。我们是都来了。

"我们"还包括一位笑嘻嘻的年轻拉比，他坐着一辆红色敞篷车一路从爱丁堡赶到这里。当他道了一声"您好"，叫巴里来领圣餐酒时，他的丝绸织锦缎方礼帽折射出一道阳光。巴里一个人来的，斯蒂法妮没陪他，他腿脚稍微有些不灵便，上个月他刚换了膝盖。可他倒是笑容可掬，就跟他照片上的父亲一模一样。很少有男人剃了光头仍显得英俊，他就是其中之一。巴里高举起他从纽约带来的犹太教龙形圣杯，那双握着银质杯脚的外科医生的手依然强劲有力。我听见他以中气十足的嗓音毫不含糊地说了几句希伯来语，我纳闷他到底在想什么。

我意识到我不再关心，也不需要知道。如今，他已经属于另一个女人了。

那位牧师招呼安娜贝尔和尤恩上前，尤恩把手搁在妻子苗条的后腰上，他俩小心翼翼慢慢地走，她正抱着他们熟睡的宝宝。他们俩走到前面，相互亲吻。尤恩擦去安娜贝尔眼里掉下的一滴泪。我也紧紧靠着她，这个接触令我浑身一震，原先的能力又恢复了。安娜贝尔感受到夹着一丝轻微失望的狂喜，每当她希望我也能在场，她总是尽量消除这种失望。今天，我来了。主啊，要是你也在这间屋子里，请让她知道这一点。

“小孩的教母也上来好吗？”那位牧师问道。我们有个教母。她走上前来。为了这个场合，这位骄傲的大姨妈穿着舒适的鞋子和一身线条流畅的宝蓝色衣服。她头上的一缕白发连同她手指上她丈夫送的戒指，令她看上去简直就是甲壳虫乐队歌里唱的“天籁中戴钻石的露西”。她站到巴里身边，没错，他俩拥抱了一下，毫不做作，尽管时间很短，却也显示了一种亲近感。

“这个孩子，”那牧师问道，“她有名字吗？”

“她有。”尤恩回答。他朝安娜贝尔笑笑。“她叫莫莉·迪万。”

说不定上帝就在这间石头教堂里。

“莫莉·迪万·坎贝尔，”拉比朝那位沉睡着的宝宝说道，“你用的是谁的名字，我的小心肝儿？”

“用的是我母亲的名字。”安娜贝尔说道。她心想，我母亲早就去世了，不过在我心中，她永远不会被遗忘。

“用了我妹妹的名字，”露西说道，“假如我妹妹此刻就在这间屋里，我希望她不会介意我念一首她还是少女时写的诗。”

"《请帮我脱掉那件鸽子绒的披风》。"露西开始念。

> 令我肩膀上如月桂树般苍白的玉米须黯淡无光
> 我要和上帝一起唱一首二重唱

这一切之前，我确实相信有上帝的存在。

> 河水齐声唱着副歌来回应
> 星星们，演唱着高音部
> 鹅卵石是圣土的装饰音
> 贝壳、蜗牛以及海星的暗影
> 参与演唱渐强部，一棵生长的植物
> 吟唱着扎根于沃土的礼拜堂
> 开始听说伞菌和俄罗斯的油橄榄树。

露西从哪儿找到这首诗的？我是否曾是一个充满幻想的十六岁少女？期待着生活的开始？露西的目光穿透我，把我钉在了石墙上。

> 我最后的梦徘徊不散
> 此刻我只是在等待春天的吻
> 去吧！让我深陷爱中。

我姐姐摘掉她阅读用的放大镜，放下了这首诗，望着安娜贝尔和她的外甥女。"这就是我对小莫莉的希望，"她说，"希望她可以深陷爱中。"

阿门。让她深陷爱中，青春永驻，直到永远，就像她的外祖母曾经有过的那样。

由于孩子父母不同宗教信仰所造成的差异，仪式省去了朝孩子头上洒圣水这个步骤，尽管如果耶稣也在场，我肯定他也会受到欢迎。他和我如今还没有见面，不过其他在延续期的人，一直可以见到他。

"孩子的教父呢？他可以上来吗？"那牧师问道。

他上来了，跟以往一样高，眼睛比它们原来盯着我看的时候陷得更深了。他一直都在关注安娜贝尔，从小到大，扮演着一个机智幽默的叔叔角色，给她讲好听的故事，带给她美妙的礼物。他是个话很少的男人，一个谁也不认识的人。

我一直希望露西和卢克能凑成一对，可那只是我过度热心造成的幼稚的一厢情愿。有一次，他们两个人都喝得烂醉，一起过了完整的一夜，带着一种粗率不明智的激情，可是事后，他们俩都承认在床上感觉到了我的存在——尽管千真万确我当时并不在场。露西和卢克又恢复到法律规定的受限期期满之前的友谊状态。他们保持着联系，很大程度上是通过互相寄赠附注了暧昧信息的名信片。好多年以前，露西成家了。她的丈夫是一个小有名气的雕刻家，对妻子和卢克·德莱尼共享的秘密，他心里有点吃醋，不过，这位丈夫还没有嫉妒到停止将露西美化成一件惊人的艺术品的地步。我姐姐天生就适合用泥土塑，用大理石雕，用青铜来浇铸。他精心制作的每一件作品都显示了她的坚忍和决心。

那么卢克呢？他快不快乐呢？我看了他一眼就明白了。他仍不快乐。

"安娜贝尔让我来念一首诗，在她母亲去世的每个纪念日她都要念这首诗。莫莉·马克斯……"他说，"是我最好的朋友。"他暗想，每次她自己念这首诗，安娜贝尔都忍不住哭泣，眼睛总是湿润的，他也怀疑自己念的时候能否不哭出来。安娜贝尔笑了笑，催促他念诗，从她脸上，卢克和我都看到了和我一模一样的笑容。

"《我们被一种无尽的爱爱着》。"我知道这首诗，那是一个拉比写的。

> 我们被拥抱着，被一双找到我们的胳膊。
> 即使是在我们自我逃避时，
> 我们被抚慰，被那些触摸过我们的手指。

卢克简直像在耳语似的吐出这些句子。就好像他自己就在逃避。他留着修得很整齐的柔软的胡须，在他粗糙不平的脸上，那犹如一道黑色的污痕，他将一直保持着这副模样，进入他平和的六十岁，明年他就六十了。他凭记忆把诗背了出来。

尽管我们过于骄傲不肯接受安慰，

我们得到指引我们的那个声音的忠告。

尽管我们过于悲伤不愿去倾听，

我们被一种无尽的爱，爱着。

小宝宝莫莉开始动了。我女儿掀开她的无边女帽，欣赏她的宝贝儿的脸。她举起这个孩子，让尤恩去摸她的那一缕淡金色卷发。他们两个人默默无言地交流着，我不想去打扰，也没必要去打扰，因为，我唯一的愿望，就是看着莫莉和安娜贝尔。

安娜贝尔、尤恩和小莫莉，一起沿着中间的通道往前走去，穿过那两扇开着的门，来到室外。在那儿，青苔将每块古老的石头紧紧相连，就像我们每个人和其他人以及我们的历史紧紧相连那样。他们和我母亲、我母亲的丈夫以及他们的亲友，还有巴里、希克、布里、露西、卢克……这些我所爱的人……亲切交谈着，正像娜娜·菲莉斯会说的那样，由于这样一个欢庆的场合，再度相聚。

忽然，安娜贝尔把手搁在尤恩的胳膊上，停下了脚步。她抱着莫莉，独自一人朝我灵魂逗留的地方转过身去，背对着那所教堂，张望旁边古老的橡树林。她拼命想看到某个人。她像我那样笑起来。小莫莉睁开惺忪的睡眼，那眼睛犹如蝴蝶般娇柔。我们三人的目光相遇了，爱犹如一道活生生的暖流，确定无疑地把我们联系在一起。我明白了安娜贝尔在想什么，这就够了。这就是一切。

随后，安娜贝尔眨了眨眼，回到现实中。

我，已故的、被哀悼的莫莉·马克斯，最后望了长长的一眼。我都做完了，完完全全地。此刻，我要休息了。我可以回到延续期了，等待着未知的降临。

他们能够感觉到吗？我不知道。

著作权合同登记号　　图字 01-2012-7146

图书在版编目(CIP)数据

往生书/(美)科斯洛著;龚容译. —北京:人民文学
出版社,2012

ISBN 978-7-02-009533-9

Ⅰ. ①往… Ⅱ. ①科… ②龚… Ⅲ. ①长篇小说-
美国-现代 Ⅳ. ①I712.45

中国版本图书馆 CIP 数据核字(2012)第 240461 号

责任编辑：苏福忠
选题策划：雅众文化
文学统筹：薛鸿梅
封面设计：瀚　愔

往生书
(美)科斯洛 著　龚　容 译
人民文学出版社出版
(100705　北京市朝内大街166号)
山东临沂新华印刷物流集团有限责任公司印刷　新华书店经销
字数：245千字　开本：960×1300毫米　1/32　印张：9.5
2012年12月北京第1版　2012年12月第1次印刷
印数1-8 000
ISBN 978-7-02-009533-9
定价：28.00元